文艺美学研究

2018年秋季卷

教育部普通高校人文社会科学
重点研究基地山东大学文艺美学研究中心 编

中国社会科学出版社

图书在版编目(CIP)数据

文艺美学研究.2018年秋季卷/教育部普通高校人文社会科学重点研究基地山东大学文艺美学研究中心编.—北京：中国社会科学出版社，2022.1

ISBN 978-7-5203-9719-3

Ⅰ.①文…　Ⅱ.①教…　Ⅲ.①文艺美学—文集　Ⅳ.①I01-53

中国版本图书馆CIP数据核字(2022)第023643号

出 版 人　赵剑英
责任编辑　郭晓鸿
特约编辑　杜若佳
责任校对　师敏革
责任印制　戴　宽

出　　版　中国社会科学出版社
社　　址　北京鼓楼西大街甲158号
邮　　编　100720
网　　址　http://www.csspw.cn
发 行 部　010-84083685
门 市 部　010-84029450
经　　销　新华书店及其他书店

印　　刷　北京明恒达印务有限公司
装　　订　廊坊市广阳区广增装订厂
版　　次　2022年1月第1版
印　　次　2022年1月第1次印刷

开　　本　710×1000　1/16
印　　张　20.5
插　　页　2
字　　数　289千字
定　　价　118.00元

编委会

Editorial Board

目　录

文艺美学

生态美学

文艺理论

学术访谈

CONTENTS

Artistic Aesthetics

Ecoaesthetics

Artistic Theory

Academic Interview

Translated Paper

Seminar Topics

文艺美学

Artistic Aesthetics

朱光潜的鲍姆嘉滕美学观研究之批判反思

程相占

摘要　朱光潜《西方美学史》在阐发鲍姆嘉滕美学观的时候，不恰当地运用二手文献得出了“美学是研究艺术和美的科学”这个论断，从而偏离了鲍姆嘉滕美学研究“感性认识能力”的本义而突出了“美”在美学研究中的位置。这个失当的论断后来成为中国当代主导性美学观，集中体现为李泽厚的“美—美感—艺术”三元理论模式。摆脱中国当代认识论的局限之后会发现，鲍姆嘉滕所说的“感性认识能力”就是“审美能力”，美学的真正门径应该是“审美”及其所界定的概念家族，包括审美态度、审美属性与审美体验等。这种美学思路不仅有利于克服“美的本质”这样的命题所隐含的理论陷阱，而且有助于提高中国美学研究的国际化程度。

关键词　朱光潜；鲍姆嘉滕；美学观；审美

作者简介　程相占，山东大学文艺美学研究中心副主任，山东大学生态文明与生态美学研究中心副主任，博士生导师，主要研究领域为中国美学、环境美学与生态美学，也涉及生态批评。

引　言

美学基础理论研究首先会遇到一个所谓的“逻辑起点”问题：研究美学时，我们究竟应该从哪里展开我们的理性思考与理论构建？笔者认为，这个起点应该是“美学观”，即对“什么是美学?”这个问题的回答。[①] 笔者对这个问题的回答是：美学就是鲍姆嘉滕意义上的“审美学”或“感性学”。

中国学者对于鲍姆嘉滕的接受大概始于1915年出版的《辞源》的“美学”条目，[②] 距今已有百年。但是，鲍姆嘉滕审美学的本义究竟是什么？众所周知，鲍姆嘉滕包括《美学》在内的主要著作都是用艰深的拉丁语写成的，这一客观因素大大制约了《美学》一书的传播和准确接受，比如说，该书至今尚无英文全译本。这对我们准确理解鲍姆嘉滕美学理论造成了极大困难。

中华人民共和国成立后，在研究鲍姆嘉滕的学者当中，时间较早且影响巨大的应该首推朱光潜先生。朱先生的一代学术名著《西方美学史》设置专章研究鲍姆嘉滕，其内容不可谓不详尽。但是，受制于当时主导性美学观念，朱先生在具体论述过程中，有意无意地回避了鲍姆嘉滕的美学定义，在误用第二手文献的基础上提出“美学是研究艺术和美的科学”这个不确切的论断，从而在中国当代美学观中大大突出了“美”的位置，为后人将美学误解为“美的学问”提供了不恰当的历史根据。

非常遗憾的是，这个不符合鲍姆嘉滕美学观本义的论断却成了中国当代主导性美学观，许多影响巨大的美学论著都不加反思地采纳了朱光潜先生的论断，出现了一系列值得批判反思的理论后果。比如，李泽厚先生就采纳了这个观点并做了一点修改，提出了一个影响深远的说法：“美学——是以美感经验为中心，研究美和艺术的学科。”[③] 他出版于1989年的《美学四讲》集中体现了这种美学观：四讲其实就是四章，依次分别是“美学”、“美”、“美感”和“艺术”；除了第一章是对美学观

---

① 参见程相占《怎样研究美学?》，《中国研究生》2013年第4期。

② 下文将对此做出比较详细的介绍。

③ 李泽厚：《美学三书》，安徽教育出版社1999年版，第447页。

的讨论之外，二、三、四章清楚地显示了一种美学模式，即“美—美感—艺术”。[①]

笔者认为，如果不从学术史的角度对鲍姆嘉滕的美学观进行一些正本清源的基础性工作，中国美学必将长期陷入理论泥潭而难以自拔。

一　朱光潜对鲍姆嘉滕美学定义的误解与忽视

鲍姆嘉滕之所以被后人称为“美学之父”，是因为他最早在1735年就提出了“审美学”（即感性学），并在1750年出版的《美学》第一卷中进行了更加详尽的论证。后人研究鲍姆嘉滕的美学理论，无论如何也无法回避他的美学定义。朱光潜先生的一代学术名著《西方美学史》开辟专节介绍鲍姆嘉滕[②]的美学思想，其核心内容当然要涉及鲍姆嘉滕的美学观。但是令人颇为费解的是朱光潜没有开宗明义直接介绍鲍姆嘉滕《美学》中的美学定义，而是引用了如下一段较长的文字，我们不妨抄录如下：

> 美学的对象就是感性认识的完善（单就它本身来看），这就是美；与此相反的就是感性认识的不完善，这就是丑。正确，指教导怎样以正确的方式去思维，是作为研究高级认识方式的科学，即作为高级认识论的逻辑学的任务；美，指教导怎样以美的方式去思维，是作为研究低级认识方式的科学，即作为低级认识论的美学的任务。美学是以美的方式去思维的艺术，是美的艺术的理论。（“感性认识的完善”实

---

① 参见李泽厚《美学三书》，安徽教育出版社1999年版，第469—596页。程相占《论生态美学的美学观与研究对象——兼论李泽厚美学观及其美学模式的缺陷》（《天津社会科学》2015年第1期）比较详尽地批判了李泽厚的美学模式，此处不赘。

② 朱光潜先生的译名是“鲍姆嘉通”，本文据商务印书馆1999年版《德语姓名译名手册》修正。

际上指凭感官认识到的完善。——引者)①

朱光潜特别注明，这段引文是转引自赫特纳的《德国十八世纪文学史》卷2第4章的引文，也就是说，朱光潜并没有去检查鲍姆嘉滕的原著，而是转引了二手文献。紧接着根据这段转引的文字，朱光潜得出了一个结论："从此可见，美学虽说作为一种认识论提出的，同时也就是研究艺术和美的科学。"②

今天看来，朱光潜得出这个结论实在是过于匆忙了，原因至少有如下三个方面。第一，所使用的文献有欠准确。核对鲍姆嘉滕的《美学》可知，朱光潜转引的赫特纳的那段话是拼接三句话③而成的，并非鲍姆嘉滕《美学》一书的原文。其中，第一句对应的是鲍姆嘉滕《美学》的第14节："美学的对象就是感性认识的完善（单就它本身来看），这就是美；与此相反的就是感性认识的不完善，这就是丑。"此后的两句话则出处不明，待查。

第二，翻译不确切，把关键性的"美学的目的"误译为"美学的对象"，引起了较大混乱。国内学者对鲍姆嘉滕《美学》第14节已经有过两种翻译，第一种是简明的译文：

> 美学的目的是感性认识本身的完善（完善感性认识）。而这完善也就是美。据此，感性认识的不完善就是丑，这是应当避免的。④

李醒尘的译文与朱光潜的译文差别更大：

---

① 朱光潜：《西方美学史》（上卷），人民文学出版社1963年版，第280页。尽管作者在1978年修订再版了这部著作，但这一部分依然保持原样。参见朱光潜《西方美学史》，人民文学出版社1979年版，第289—290页。

② 朱光潜：《西方美学史》（上卷），人民文学出版社1963年版，第280页。

③ 一个句号为一句话。

④ ［德］鲍姆嘉滕：《美学》，简明、王旭晓译，文化艺术出版社1987年版，第18页。

美学的目的是使感性认识本身得以完善，并且还应避免感性认识的不完善，即丑。[①]

两种译文的主语都是“美学的目的”，而不是“美学的对象”。为了谨慎起见，笔者依据德国学者出版于2007年版的拉丁语—德语对照版鲍姆嘉滕《美学》，将这句话试译如下：

美学的目的是感性认识的完善，这就是美；而缺少它，就是不完善，这就是丑。[②]

撇开细微的差别可以断言：鲍姆嘉滕《美学》第14节所讲的是“美学的目的”——美学这门学科的意义或价值，它远远不同于朱光潜所理解的“美学的对象”——美学的研究对象。“目的”与“对象”之间无疑具有巨大差别。

如果说上述两个原因属于文献选择和翻译方面的缺陷的话，那么，第三个原因则是不恰当的学术策略。我们不妨思考：究竟应该根据什么文献来把握鲍姆嘉滕的美学观？根据笔者的理解，美学观也就是美学的定义，鲍姆嘉滕的美学定义无论如何也应该是我们重点分析的文献。但是，非常奇怪的是，朱光潜却回避了鲍姆嘉滕的美学定义，他的《西方美学史》竟然对此只字不提。[③]

客观地说，朱光潜比较熟悉鲍姆嘉滕的《美学》，比如，他在《西方

① 马奇主编：《西方美学史资料选编》（上卷），上海人民出版社1987年版，第693—694页；刘小枫主编：《人类困境中的审美精神》，知识出版社1994年版，第4页；刘小枫选编：《德语美学文选》，华东师范大学出版社2006年版，第4页。

② Baumgarten, Alexander Gottlieb, *Ästhetik* [Lat. - Germ.], translated, with an introduction, notes and indexes ed. by Dagmar Mirbach, Vol. 1, Hamburg, 2007, p. 20. 对于此处拉丁语的理解，笔者得到了拉丁语专家、中国人民大学文学院雷立柏（Leo Leeb）教授的帮助，特此说明并致谢。

③ 一种可能是，朱光潜当时尚未接触到与鲍姆嘉滕美学观相关的文献。

美学史》的相关部分引用了鲍姆嘉滕《美学》的第 18 小节;[①] 尤其重要的是，他还曾经翻译过鲍姆嘉滕《美学》开宗明义的那个著名的美学定义。我们且看他对鲍姆嘉滕美学定义的翻译：

> 美学（美的艺术的理论，低级知识的理论，用美的方式去思维的艺术，类比推理的艺术）是研究感性知识的科学。[②]

应该说，这个翻译比较准确，后来的翻译基本上与此近似。我们不妨比较另外两种翻译。第一种是简明的译文：

> 美学作为自由艺术的理论、低级认识论、美的思维的艺术和与理性类似的思维的艺术是感性认识的科学。[③]

这位译者在所翻译的《美学》一书的“前言”中介绍，他是“根据一本权威的德文译本翻译的”，但没有提供该版本的译者姓名、出版社和出版日期等相关学术信息。[④] 译者简明、认真、细致地分析了这个美学定义所包含的内容，笔者觉得可以概括为如下三个要点：

第一个要点是“自由艺术”，即相对于西方传统的农业、商业、手工业、几何、哲学、天文学等“艺术”的那些“美的艺术”，包括演说术、诗、绘画和音乐等，鲍姆嘉滕提出美学是“自由艺术的理论”；第二个要点是“低级认识”或“感性认识”，二者其实是一回事，都是指与德国理性主义哲学家沃尔夫的“高级认识”（即理性认识）相对的一种感性认识，鲍姆嘉滕认为美学就是研究感性认识的科学；第三个要点是“思维”，鲍姆嘉滕提出，美学除了研究前两者之外，还要研究人类的思维方式，这种

---

① 朱光潜：《西方美学史》（上卷），人民文学出版社 1963 年版，第 281 页。
② 北京大学哲学系美学教研室编：《西方美学家论美和美感》，商务印书馆 1980 年版，第 142 页。
③ ［德］鲍姆嘉滕：《美学》，简明、王旭晓译，文化艺术出版社 1987 年版，第 13 页。
④ ［德］鲍姆嘉滕：《美学》，简明、王旭晓译，文化艺术出版社 1987 年版，第 3 页。

思维方式应该是“美的”“与理性类似的”，鲍姆嘉滕也将之称为“艺术”——这种意义上的“艺术”与前面提到的“自由艺术”完全是两码事。① 根据上述分析可见，这个定义与名词性的“美”（即所谓的“美的本质”意义上的“美”）根本无关，鲍姆嘉滕所使用的“美的”那个修饰语所修饰的只不过是“思维”，也就是说，是用来描述那种很恰当的、很高明的思维方式。根据笔者的理解，这些“美的思维”包括鲍姆嘉滕所说的“仔细地选材”、“分明的条理安排”和“寻求恰当的表达”等。②

李醒尘的译文则更加清楚：

> 美学（自由的艺术的理论，低级知识的逻辑，用美的方式去思维的艺术和类比推理的艺术），是研究感性知识的科学。③

如果排除细节的差异，综合上述三种译文我们可以清楚地看到，鲍姆嘉滕的美学定义与名词性“美”毫无关系；定义中出现的“美的”这个形容词，所修饰的是“思维的艺术”——这里的“艺术”主要指思维的精巧或深刻，与“艺术品”意义上的“艺术”完全是两码事。也就是说，朱光潜如果根据这个定义，根本无法得出他《西方美学史》中的结论——“美学是研究艺术和美的科学”。笔者据此推测：朱光潜之所以避开他所熟悉

---

① 参见［德］鲍姆嘉滕《美学》，简明、王旭晓译，文化艺术出版社 1987 年版，第 5—9 页。

② ［德］鲍姆嘉滕：《美学》，简明、王旭晓译，文化艺术出版社 1987 年版，第 17 页。朱光潜把“用美的方式去思维”解释为“用审美的态度去观照事物”，笔者觉得同样是一种缺少根据的“过度诠释”。参见北京大学哲学系美学教研室编《西方美学家论美和美感》，商务印书馆 1980 年版，第 142 页。

③ 马奇主编：《西方美学史资料选编》（上卷），上海人民出版社 1987 年版，第 691 页。译者注明所依据的文献是汉斯·鲁道尔夫·施威泽尔的《美学史感性认识的哲学》，1973 年德文版。这个译文后来又收进刘小枫主编《人类困境中的审美精神》，知识出版社 1994 年版，第 1 页。该书的扩展版题为《德语美学文选》，华东师范大学出版社 2006 年版，第 1 页。李醒尘后来又将译文修改如下：“美学（作为自由艺术的理论、低级认识论、美的思维的艺术和与理性类似的思维艺术）是感性认识的科学。”参见李醒尘《西方美学史教程》，北京大学出版社 2005 年版，第 183 页。在这个修正版中，“美的思维的艺术和与理性类似的思维艺术”更加清楚地表明，美学所研究的内容包括思维方式。

的鲍姆嘉滕的美学定义，而去根据第二手文献转引一长段并非美学定义的拼接文字，目的是让名词性“美”顺利进入鲍姆嘉滕的美学定义之中，其深层原因是为当时的中国主导性美学观寻找历史根据。也就是说，朱光潜先生不恰当地把“美”添加到了鲍姆嘉滕的“美学”定义之中，对于中国当代美学观产生了广泛的误导，其理论后果需要我们认真反思。

二 “审美能力”：鲍姆嘉滕“审美学（感性学）”中被遮蔽的核心要义

众所周知，鲍姆嘉滕曾经先后三次界定过美学的定义。第一次是发表于1735年的《诗的感想——关于诗的哲学默想录》，他使用aesthetics这个术语来表示“事物被感官认识的科学”；四年后，在《形而上学》一书中，鲍姆嘉滕扩展了这个定义，用来包括“低级认识能力的逻辑，优美与缪斯的哲学，低级的认识论，以美的方式来思维的艺术，理性类似物的艺术”等。[①] 第三次则是1750年《美学》中的那个著名定义，与第二个定义十分接近，我们上文已经讨论过了。笔者认为，要确切把握鲍姆嘉滕的美学观，必须综合分析他的三个美学定义。我们理应返回到他最初的美学构想。

通过研读《诗的感想——关于诗的哲学默想录》会发现，鲍姆嘉滕所讨论的是他自幼童时就被深深吸引、几乎没有一天不读的诗歌。这个“诗学”文献所探讨的是“领悟感性表象”的“低级认识能力”，[②] 反复陈述的是“富有诗意的表象”或“唤起情感的表象”，提出了“唤起情感是富

① 参见Paul Guyer，“The Origins of Modern Aesthetics：1711－35”，in Petev Kivy，ed.，*The Blackwell Guide to Aesthetics*，Blackwell Publishing Ltd.，2004，p. 15。

② 章安祺编订：《缪灵珠美学译文集》第二卷，中国人民大学出版社1987年版，第88、89页。

有诗意的”或“唤起情感则富有诗意”这样的论断。[①] 在这里，最容易引起误解同时也是最核心的内容，就是鲍姆嘉滕所说的“低级认识能力”——它的确切含义到底是什么？

鲍姆嘉滕明确指出，他的“哲理诗学”“是指导感性谈论以臻于完善的科学”，而“哲理诗学”“先行假定诗人有一种低级认识能力”。这说明，所谓的“低级认识能力”是诗人的作诗能力。鲍姆嘉滕既然那么痴迷于诗歌，就不可能在否定意义上使用“低级”这个修饰语。根据当时的学术背景和鲍姆嘉滕的相关论述可知，与“低级”对应的所谓“高级”认识能力，就是“领悟真理”的逻辑能力，也就是当时理性主义哲学所强调的“理性”。以沃尔夫、莱布尼茨为代表的理性主义哲学在当时占据着思想界的主导地位，所以，鲍姆嘉滕才小心翼翼又略带调侃地提出：“哲学家们还可以有机会——而且不无很大报酬——去探讨一下方法，借此改进低级认识能力，增强它们，而且更成功地应用它们以造福于全世界”；他相信：“有一种有效的科学，它能够指导低级认识能力从感性方面认识事物。”[②]

简言之，在鲍姆嘉滕看来，人类具有一种不同于逻辑认识能力的感性认识能力；这种能力的典型代表就是诗人的作诗能力——诗人正是凭借这种能力才创造出了“富有诗意的表象”或“唤起情感的表象”。哲学家们绝对不应该忽视这种能力；鲍姆嘉滕进一步提出，应该找到适当的方法来“改进低级认识能力，增强它们”。针对当时现有学科的缺陷，他尝试创立一个新的学科——“一种有效的科学”——来认认真真地研究这种能力，来“改进低级认识能力，增强它们”，从而“指导低级认识能力从感性方面认识事物”——这就是青年鲍姆嘉滕的学术方向。

鲍姆嘉滕明确地意识到自己的独特贡献。他指出，希腊哲学家和教会

① 章安祺编订：《缪灵珠美学译文集》第二卷，中国人民大学出版社 1987 年版，第 97 页。
② 章安祺编订：《缪灵珠美学译文集》第二卷，中国人民大学出版社 1987 年版，第 129—130 页。

的神学者都慎重地区别过“感性事物”和“理性事物”；但是，非常遗憾的是，他们并不把二者“等量齐观”，相反，他们“敬重远离感觉（从而远离形象）的事物”——我们今天也知道，柏拉图正是这种倾向的典型代表，他的理念式的“美本身”不但远离具体的“美的事物”，如漂亮的少女、美丽的鲜花等，而且是感觉器官根本无法把握的——某种程度上可以说，柏拉图的美学其实是“反感性”的，是与鲍姆嘉滕的“感性学”格格不入的。有鉴于此，鲍姆嘉滕大胆地提出了他那天才般的论断，让一个崭新的学科打破西方自柏拉图以来理性主义独霸天下的局面而横空出世：

> 理性事物应该凭高级认识能力作为逻辑学对象去认识，而感性事物［应该凭低级认识能力去认识］则属于知觉的科学，或感性学(Aesthetic)。[①]

鲍姆嘉滕的思想脉络可以简单地概括如下：

> 高级认识能力—理性事物—逻辑学
> 低级认识能力—感性事物—感性学

综观鲍姆嘉滕三个美学定义会发现，“低级认识能力”是鲍姆嘉滕的关注核心，所谓“低级认识论”正是研究这种能力的理论，鲍姆嘉滕将之称为“感性学”。因此，鲍姆嘉滕的“感性学”其实是“低级认识能力学”。因此，如何准确地理解“低级认识能力”成为我们正确理解鲍姆嘉滕美学的关键。

笔者认为，鲍姆嘉滕“哲理诗学”所讨论的“作诗能力”就是他所谓的“低级认识能力”。在评价这种能力时，我们应该注意两方面的问题。第一，不应该将之纳入国内通行的认识论哲学所确定的“认识过程”来理

① 章安祺编订：《缪灵珠美学译文集》第二卷，中国人民大学出版社 1987 年版，第 130 页。

解。按照中华人民共和国成立后通行的认识论模式，学术界一般将认识过程概括为“从低级的感性认识到高级的理性认识”，因此，鲍姆嘉滕的“低级认识能力”的真正意义一直以来都被遮蔽了。第二，我们应该将“作诗能力”与维科的“诗性智慧”联系起来进行解读。按照维科的理论，“诗性智慧”是一种有别于“理性智慧”的独特智慧，以之为基础的作诗能力、读诗能力绝不是一种“低级的认识能力”，在很多情况下这种能力甚至很“高级”，甚至高级得远远超过能够达到“理性认识”所谓的“高级认识能力”。因为受制于当代中国主导性的认识论框架，中国当代美学曲解了“认识”一词，从而偏离了鲍姆嘉滕美学的重心——“认识能力”，以至于我国美学论著很少认真研究“审美能力”这样的关键词。①

三　“审美”（the aesthetic）的确切含义：美学之门

朱光潜之所以得出“美学是研究艺术和美的科学”这个没有历史根据的论断，主要是受制于中华人民共和国成立后所谓的“第一次美学大讨论”：学者们当时争执不下的核心问题是所谓的“美的本质”，似乎这是“美学”的唯一问题，除此之外就没有其他问题了。在这种情况下，取消了“美”与“美学”的关联，似乎就意味着取消了美学——这在当时是无法想象的。

但是，我们必须清醒地认识到：“美”与“美学”的联系并非必然，中国美学将二者联系起来带有很多偶然性，其学术后果可谓利弊参半。众所周知，“美学”对应的英语术语为 Aesthetics，该术语在 19 世纪末 20 世

① 在我国，“审美能力”通常被理解为“艺术鉴赏力”，也就是“人们认识美、评价美的能力”，包括审美感受力、判断力、想象力、创造力等。参见百度百科，http：//baike. baidu. com/link？url = xDvttE7HENcVGGCrThkZ0Tgz0Rxn5P63z – Qg_ QAaxwQLJu5eYPlfrFj2Slp6Q9UJswUyUooqrCl1rNNJ0JJGsa，2013/10/6 访问。

纪初从西方传入中国。根据学术界的相关研究可知，最早翻译该术语的学者是颜永京（1838—1898）。颜氏于1854年赴美留学，1861年大学毕业，次年回国，1878年起担任上海教会学校圣约翰书院院长，同时兼授心理学等课程。颜氏曾先后翻译出版过《心灵学》等书，其中《心灵学》将“美学”翻译为“艳丽之学”，将“审美能力”翻译为“识知艳丽才”。这种译法在学界产生了一定影响，比如，益智书会负责审定和统一外来名词的美国传教士狄考文，1902年编订了《中英对照术语辞典》（1904年正式出版），即采用“艳丽之学”来对译Aesthetics一词。1908年，由颜永京之子颜惠庆主编、商务印书馆出版的影响久远的《英华大词典》，在译Aesthetics为“美学”“美术”的同时，也仍保留着“艳丽学”这一译法。1915年出版的《辞源》设有“美学”专条，在解释了美学的内涵后特别说明：“18世纪中，德国哲学家薄姆哥登（Alexander Cottlieb Baumgarten）提出，始成为独立之学科。亦称审美学。”①

简言之，英语术语Aesthetics传入中国后至少出现了三种译法：艳丽学、审美学、美学。其中，第三种译法最容易使人望文生义，误认为“美学”就是“关于美的学问”，从而将“美”与“美学”之间的关系误解为一种天然的、必然的关系。然而非常遗憾的是，从整个20世纪中国美学的发展实际来看，“美学”这个译法大行其道，由望文生义造成的误解泛滥成灾；不少学者认识到这种弊端之后，在20世纪末开始采用“审美学”或“感性学”的译法来补偏救弊。不过，“艳丽学”则完全绝迹了——笔者绝不认为“艳丽学”就是一个恰当的译法，但是它的好处就是提醒学术界：所谓的“美学”与那个“美”字并无必然联系，将“美的本质”视为美学的第一问题或核心问题可能是非常危险的理论陷阱。

---

① 参见黄兴涛《“美学”一词及西方美学在中国的最早传播——近代中国新名词源流漫考之三》，《文史知识》2000年第1期。文中的“德国哲学家薄姆哥登 Alexander Cottlieb Baumgar ten”，即鲍姆嘉滕，这大概是国人对于鲍姆嘉滕的最早介绍。

作为一个独立的现代人文学科，美学孕育、发生、发展在西方。它不仅与西方的哲学思想与文化传统密切相连，而且与西方的语言特点和表达方式相关。单纯从语言表述的角度来说，西方语言比汉语更富有逻辑性，词性的变化标志更加明显，因此更容易将理论问题解释清晰。如果有人仅仅根据思维方式与语言的血脉关系就断言，汉语不太适合理论思维，甚至进一步怀疑汉语美学的理论性，我们当然难以同意这样的极端观点；但是，本文最基本的观点是：汉语由于缺乏明显的词性标志，无法清楚地区分一些成对的术语，从而导致很多不必要的误解。我们这里尝试着追本溯源，以英语术语为参照来厘清美学的本义及其关键词，试图找到美学的真正门径。

美学的英语术语 aesthetics 由作为词根的形容词 aesthetic 加上表示学科的后缀 s 复合而成。这就意味着，美学的门径就是对 aesthetic 这个词根的准确理解。按照通常的解释，aesthetic 是个形容词，它主要有个义项，一个是“审美的”，另外一个是“感性的”。[①] 西方学术界也似乎有着同样的思考，按照英语的表达习惯，在形容词前面加上定冠词 the，该词就转化为名词。所以，西方学术界出现了“the aesthetic”这个比较常见的术语。比如，国际著名的《劳特里奇美学指南》的第 16 章就以此为题，它开门见山地指出：

> “审美”这个术语最初由 18 世纪哲学家亚历山大·鲍姆嘉滕所使用，用来指通过各种感觉器官所得到的认知，也就是感性知识。他后来用它来指代各种感觉器官对于美的知觉，特别是对于艺术美的知觉。康德继承了这个用法并将这个术语运用到对于艺术美和自然美的判断上。最近，这个概念再次扩大了内涵，它不但用来修饰判断或评

① Aesthetic 也可以用作名词，意思为“美学”。不过，这种用法在西方不太通行。

> 价，而且也用来限定属性、态度、体验和愉悦或价值，它的运用也不仅仅局限于美。审美的领域也比审美上令人愉悦的艺术品领域要更加宽广：我们也可审美地体验自然。……本章将首要地聚焦于审美属性和审美体验，关注人们在感知这种属性或产生这种体验时，是否涉及一种特殊的态度。简言之，审美态度、审美属性与审美体验这些概念是相互界定的概念。①

这段话可谓言简意赅，涵盖了西方美学从鲍姆嘉滕直至当代自然美学（或环境美学）两百多年的发展历程。它透露出的学术信息非常丰富，主要有两方面：第一，“审美”绝不仅仅与“美”或“艺术”相关，特别是康德美学的核心内容之一“崇高”就与“美”无关，而是与“美”并列的一种审美形态；第二，要想准确理解“审美”的含义，最佳的途径就是解释它作为形容词所修饰（或限定）的那些美学核心术语（或范畴），诸如审美态度、审美属性、审美体验等——一旦我们理解了这些术语的内涵，我们就理解了“审美”这个词的内涵。也就是说，包括“审美”在内的这些美学术语其实是一个“家族”——美学术语家族，其内涵就像一个家族的成员之间的关系那样，必须互相界定。比如说，只有通过“丈夫”才能界定“妻子”，反之亦然；只有通过“兄长”才能界定“弟妹”，反之亦然。也就是说，美学术语所包含的内涵不是一种柏拉图式“本质性”定义，而是维特根斯坦哲学所说的“关系属性”。考虑到这些概念的“互相界定性”隐含着一种“诠释循环”，《劳特里奇美学指南》“审美”一章的作者从“审美属性”开始本章的讨论。笔者认为，这种理论思路非常值得我们借鉴——一旦我们理解了审美态度、审美属性、审美体验等术语，“审美”一词的内涵就不难理解了；而一旦我们把握了“审美”的确切含

① Gaut, Berys and Dominic McIver Lopes, eds., *The Routledge Companion to Aesthetics*, London: Routledge, 2001, p. 181.

义，它与“美”“艺术”的关系就不难把握了；最终，我们就会更加深切地把握“美学”作为“审美学”的确切含义。笔者坚信，上述思路具有较大的优越性，远远胜过恪守柏拉图式的“美的本质”，时时刻刻围绕着“美”来展开美学思考的那种美学门径——西方古代、中世纪美学与现代美学之间的历史分野就在于此。简言之，将柏拉图式的“美的本质”问题转化为“审美”问题，才是鲍姆嘉滕对美学的最大贡献——尽管他远远没有实现学术上的雄心壮志。

纵观整个美学史会发现，美学这个概念曾经先后在希腊语、拉丁语、德语、法语、英语等各种语言环境中出现，20 世纪之初进入汉语学者的研究视野。与西方语言相比，汉语的组词方式和表达方式独具特色，从而使得汉语美学产生了一系列的理论混乱：没有明确标志的词性变化，使得汉语美学无法清晰地区分名词“美”与形容词“美的”，进而无法区分“美的对象”与“审美对象”；混淆了“美”与“审美对象”之后，又衍生出“美感”特别是“美感经验”这样内涵混乱的术语；按照动宾词组的思维习惯将“审美的”（即“感性的”）拆解为动宾词组“审—美”，导致一部分汉语美学固守“美的本质”这样的古希腊形而上学命题而无法进入“审美对象”这样的现代美学视野；追求简洁的表达传统使得汉语美学将“审美教育”简称为“美育”（即美的教育），从而严重曲解了审美教育培养“审美能力”的根本意义。汉语美学的独特贡献在于凸显了“审美的”与一般“感性的”之间的区别，使得汉语美学有可能更清醒地研究美学的阿基米德点；同时，由动宾词组“审—美”衍生出来的“审—丑”则有助于美学解释现代艺术。但是，这些根源于汉语语言特点的理论混乱使汉语美学长期陷入理论窘境，严重制约着中国美学与国际美学的对话交流。

四　简论作为中国美学研究方法的“反译”

已经有许多著名学者谈论过美学研究的方法论问题。笔者认为，美学研究可以视为安身立命的一门“手艺”，不同的人完全可以有不同的做法。笔者的做法是“古今中西的互动诠释”——理想的美学形态（今）、中国美学（中、古）与西方美学（西）的“互动诠释”。①

上述方法所隐含的前提是中西美学的平等对话。但是，我们必须清醒地认识到：到目前为止，中国美学与西方美学之间的平等对话依然是一个学术梦想，甚至是一个比较遥远的梦想；无可争辩的事实是我们目前依然必须大量引进西方美学（包括当代西方美学），而中国当代美学被西方引进的情况则凤毛麟角。

引进西方美学的主要方式是翻译，也就是将西语美学翻译成汉语美学。有鉴于此，笔者这里尝试着提出一种方向相反的研究方法——“反译”，也就是把我们汉语美学中的关键词尝试着翻译回它所来自的语言，至少是国际美学通用的工作语言——英语，看看这中间会发生什么样的变异或歧义。试举一例，上文已经提到，汉语美学的关键词“审美”译自英语的 aesthetic，但是，受到汉语动宾词组组词方式的习惯性影响，汉语美学通常将“审美”理解为一个动宾词组——“审—美”，意思是“欣赏美”。② 为了检验我们的理解与接受是否准确，“反译”法就会发生重要作用：把“欣赏美”翻译成英语，一般的表达是如下一个短语：to appreciate beauty。仅仅从直观上来看，这个短语与 aesthetic 已经有了天壤之别。从

---

① 参见程相占《生生美学的十年进程》，《鄱阳湖学刊》2012 年第 6 期；又见程相占《生生美学论集——从文艺美学到生态美学》，人民出版社 2012 年版，“自序”，第 13 页。

② 对这种误解及其所隐含的思维方式的分析，参见程相占《论生态审美的四个要点》，《天津社会科学》2013 年第 5 期。

"翻译"到"反译"，就会很容易发现中西美学在交流过程中所产生的歧义，有效地避免不必要的理论混乱。

除了核查我们的理解是否准确之外，"反译"法的另外一个益处是促使我国美学研究的国际化，即通常所说的"与国际接轨"。笔者认为，美学是一门国际化程度很高的学科，无论有多少理由去强调中国美学的"中国性"、"中华性"或"民族性"等，但仍无法鉴定，美学的国际性是毋庸置疑的基本事实——笔者坚持认为，国际性才是汉语美学应该努力的正确方向，衡量一位学者美学水平的尺度无疑是其学术成果国际化程度的高低。中国美学研究要想与国际接轨，其最基本、最简单也是最有效的方法就是"美学术语的国际接轨"：国际美学界通用什么样的术语，我们最好就使用什么样的术语①——这丝毫不是压制或贬低中国美学家的独特创造——恰恰相反，如果某一位中国美学家所创造的一个或几个美学术语得到了国际美学界的普遍接受，那说明中国美学已经达到了国际水准、在国际美学界产生了一定影响——在此之前，我们最好还是"遵照国际惯例"。笔者这里提倡的"反译"法，目的正在于为我们的美学研究"遵照国际惯例"提供一条切实可行的操作方法（发表于《学术月刊》2015 年第 1 期，第 135—142 页）。

A Critical Reflection on Baumgarten's Conception of Aesthetics Researched by Zhu Guangqian

Cheng Xiangzhan

Abstract Zhu Guangqian's *A History of Western Aesthetics* uses the secondary literature to sum up Baumgarten's conception of aesthetics and asserts that "aesthetics is the science of the study of beauty and art." This statement drifts off the original meaning of Baumgarten's aesthet-

① 中国美学史研究除外。笔者这里讨论的主要是中国当代美学研究问题。

ics, a study of "aesthetic cognitive power", and highlights the place of "beauty" in aesthetic study. This improper statement becomes the dominant conception of aesthetics in contemporary China, especially represented by Li Zehou's aesthetic model of "beauty-sense of beauty-art." With the overcoming of the limitation of contemporary Chinese epistemology, it is easy to find that Baumgarten's "aesthetic cognitive power" is exactly "aesthetic power". The real door of aesthetics is "the aesthetic" and the conceptive family defined by it, such as aesthetic attitude, aesthetic property and aesthetic experience. This line of thought in aesthetics is not only helpful in overcoming the theoretical trap implied in the statement of "the essence of beauty" but also in improving the degree of internationalization of Chinese aesthetics.

Key Words Zhu Guangqian; Baumgarten; Conception of Aesthetics; the Aesthetic

Author Cheng Xiangzhan, a professor of research center of aesthetics and literary theory of Shandong University, with academic interests in Chinese aesthetics, ecological aesthetics and environmental aesthetics.

寻找马克思主义与符号学的张力及其超越

——斯图尔特·霍尔文化研究的立场与方法

杨建刚

摘要 作为20世纪的两种重要思潮，马克思主义与符号学之间的相互征用和借鉴已经成为学术发展的必然要求。斯图尔特·霍尔正是在寻找二者之间的张力及其超越的可能性的过程中奠定了其文化研究的基本立场和研究方法。霍尔的学术活动贯穿了马克思主义的主线，而结合文化主义与结构主义并加以超越则是他的文化研究的方法论前提。霍尔把这种方法运用于对电视文化的编码和解码方式以及表征的不同路径的分析和批判之中，从而为伯明翰学派的文化研究提供了理论指导和研究范本。

关键词 马克思主义；符号学；编码；解码；表征

作者简介 杨建刚，陕西三原人，山东大学文艺美学研究中心教授，文学博士，主要研究方向为文学理论和美学。

学术的发展往往是在不同方法的相互交融中向前推进的。作为20世纪的两种重要思潮，马克思主义与符号学之间的相互征用和借鉴已经成为学术发展的必然要求。一方面，在为符号所充斥的当代社会，马克思主义根本无法忽视符号在认识中的巨大作用，因为，正如保罗·利科所言："如果不分析认识的符号学来源，如果不了解科学和艺术中所使用的符号学形成的具体特征，如果最终不了解记号作为社会和个人的行为的中介者所起的作用，那么就不可能对哲学问题做严肃、系统的论述。”① 另一方面，符号学研究要更好地介入社会文化现实，就必须超越纯形式分析的瓶颈而持一种坚定的批判立场，这一点正是马克思主义之所长，因此符号学要取得发展自然也不能忽视马克思主义的理论遗产。我国著名符号学家赵毅衡就明确指出：“符号学本质上是批判性的，它把符号意指看成文化编织话语权力网的结果，与马克思主义的意识形态批判在精神上至为契合。”② 在精神本质和价值取向上的高度契合使马克思主义与符号学之间的结合与对话不但成为可能而且双赢。马克思主义为符号学提供了一种介入现实的批判立场，而符号学则为马克思主义提供了分析问题的科学方法，因此在二者的张力中进行探索就成为一种行之有效的学术路径。

文化是承载意义的符号的集合，文化研究也是符号学发挥作用的最佳领地。在当代西方文化研究的诸流脉中，无论是法兰克福学派、英国文化马克思主义、法国结构主义还是伯明翰学派，要么以马克思主义者自居，要么将马克思主义作为重要的理论资源，因此文化研究也就成为我们探讨马克思主义与符号学之间张力与对话的最佳切入点。尤其是，文化研究的巨擘斯图尔特·霍尔及其领导的伯明翰学派与马克思主义和结构主义符号学的关系都至为密切。可以说，霍尔的文化研究正是在马克思主义立场和结构主义符号学方法的张力中得以建立，并通过对二者方法论的超越而得以推进和完善，最终深深地影响了他所领导的伯明翰学派文化研究范式的形成和走向。

一　霍尔文化研究的马克思主义立场

霍尔的学术活动中始终贯穿马克思主义的主线，而对马克思主义的接

① ［法］保罗·利科：《哲学主要趋向》，李幼蒸、徐奕春译，商务印书馆2004年版，第409页。

② 赵毅衡：《符号学：原理与推演》，南京大学出版社2011年版，第15—16页。

受过程则直接影响着他的学术研究不同阶段的立场、对象和方法。早在1951年之前，当霍尔还在牙买加读书并准备留学英国的考试的时候，就已经受到了马克思主义的影响。此时，他接触到的主要是马克思著作中的《共产党宣言》、《工资劳动》和《资本论》等内容。在牛津留学期间，他深深地为威廉斯、霍加特和汤普森等英国第一代左派理论家的学说所吸引，并与好友合作创办了《大学与左派评论》杂志，后来又接管并全面负责汤普森所创立的《新理性者》。在这两个刊物合并为《新左派评论》之后，霍尔成为这份影响甚大的左派杂志的重要奠基人。1964年霍加特创办了伯明翰大学当代文化研究中心，但由于他被联合国教科文组织借调，中心的实际工作由霍尔主持。1968年，霍加特正式调到教科文组织，霍尔便于此时开始担任中心主任，直到1979年离开伯明翰大学赴开放大学任教。霍尔1997年退休，之后还担任着《今日马克思主义》(*Marxism Today*)杂志的编委。这种贯穿始终的马克思主义倾向使霍尔通常被学术界定义为"马克思主义文化理论家"，并深深地影响了他的弟子们以及伯明翰学派文化研究的学术立场和价值取向。正如马克·吉布森所言："他接受了马克思主义的概念和观点，他所造成的影响超过他人，被公认为这方面的权威。如果有某一个时期文化研究的确受到了马克思主义的影响，那么一定是霍尔掌管伯明翰当代文化研究中心期间。"[①] 霍尔的弟子托比·米勒(Tody Miller)也明确指出，英国文化研究至少"是通过与马克思主义的意义深远并持续性的关联才成就了自己"[②]，而格劳斯伯格则直接称伯明翰学派的工作为"英国马克思主义文化研究"。但是，同样不可忽视的是，他们与马克思主义之间的关系并不是始终如此密切，伯明翰学派的学者们对

---

① [澳] 马克·吉布森：《文化与权力：文化研究史》，王加为译，北京大学出版社2012年版，第105页。

② Toby Miller, "Cultural Studies in an Indicative Mode", *Communication and Critical/Cultural Studies* 8, No.3 (2011): 321.

待马克思主义的态度也并非完全一致。而且，马克思主义内部本身就流派纷杂，经典马克思主义、苏联马克思主义、英国文化马克思主义以及以法兰克福学派为代表的西方马克思主义等之间存在较大差异，并不同程度地影响着霍尔和伯明翰学派的文化研究，其中有的是正面继承，有的则是反思和批判。因此，不能简单笼统地给霍尔和伯明翰学派理论家贴上马克思主义者的标签，而是要对其加以详细辨析。

从霍尔的生平传记来看，作为一个混血儿，在孩童时期霍尔就常常对身份认同问题感到困惑，而后来移民英国更使这一问题被几何级地放大了。他早年热衷于阅读马克思的著作，并在后来领导伯明翰学派时注重对性别、种族和阶级等核心问题的研究，很大程度上就是因为马克思对这些问题的论述有助于回答他所遇到的困惑。也可以说，霍尔的这一学术定位是马克思主义的理论影响、自身的身份体验和英国文化现实相结合的产物。真正促使霍尔走上文化研究道路的是英国左派文化理论家。在英国左派文化理论的三大领袖中，霍加特和汤普森都与霍尔在工作上有直接的关联，而文化马克思主义的开创者威廉斯则是霍尔学术研究方面的精神导师。但是，威廉斯、霍加特和汤普森本身与马克思主义的关系就比较复杂。在霍加特的《识字的用途》一书中虽然也提到“中产阶级马克思主义者”，但他对马克思主义并没有表现出忠诚，甚至有人说他从来都不是一个马克思主义者。相反，汤普森是一个态度鲜明的马克思主义者、英国共产党的长期成员和党的历史小组的积极参与者以及马克思主义刊物的建立者。相对而言，威廉斯的马克思主义倾向则有一个发展过程。威廉斯指出，当他在剑桥读书的时候，对他的思想产生重大影响的有两个人，一个是利维斯，另一个是马克思。但是，由于1956年在苏共二十大上赫鲁晓夫对斯大林独裁统治的揭露，以及苏联军队对匈牙利革命的干预，西方马克思主义者受到了深深的伤害和沉重的打击，一度对马克思主义信仰产生怀疑，并出现了退出共产党的高潮，而威廉斯此时就犹豫过、彷徨过。这都对霍尔的马克思主义立场产生了影响。在回顾伯明翰学派的发展历程时，霍尔明确表示，早期伯明翰学派的文化研究与马克思主义之间就有意识地保持距离，如其所言："在消除了对文化研究理论的抵制之后很长一段时间，大约有五、六年的时间……我们还是围绕着欧洲思想转圈子，就是为了不轻易向当时的时代精神——马克思主义进行有条件的投降。"①

在经历了这段迷茫期之后，伴随着对阿尔都塞和葛兰西等西方马克思主义哲学家的再认识，霍尔和伯明翰学派对马克思主义的信念变得日益坚定。阿尔都塞的意识形态国家机器、多元决定论等学说为霍尔提供了思考文化问题的新方法，而葛兰西的霸权理论则为其提供了切入问题的新角度。20 世纪 70 年代之后，当葛兰西在西方学术界的地位越来越重要时，从事文化研究的学者们就再也不能忽视葛兰西的著作，而是从他的思想中得到了极大的启发。正如霍布斯鲍姆所言："事实上，今天，不更走进葛兰西或者不更明确地运用他的思想，就难以或不可能讨论大众文化或任何文化问题。"② 可以说，葛兰西俨然成为后威廉斯—霍加特时代的英国文化研究的精神领袖。不同于法兰克福学派理论家们所从事的书斋里的革命，葛兰西并不是纯学术型的学者，这与伯明翰学派把文化研究看作一种非纯粹学术性的活动的观念相一致。他们不赞成法兰克福学派把大众文化看作资产阶级霸权的表征，以及他们在文化问题上所持有的精英立场和悲观态度，而是继承了威廉斯等人的平民化立场和乐观态度，认为大众文化作为大众自己所创造的文化形态体现着大众阶层的观念、情感、精神和趣味，其自身就具有反资产阶级霸权的力量，可以成为工人阶级争取和建立自身文化领导权的重

---

① 转引自［澳］马克·吉布森《文化与权力：文化研究史》，王加为译，北京大学出版社 2012 年版，第 106 页。

② ［英］埃里克·霍布斯鲍姆：《如何改变世界——马克思和马克思主义的传奇》，吕增奎译，中央编译出版社 2014 年版，第 319 页。

要途径。正是基于这一点，他们集体性地“重返葛兰西”，并推动了文化研究的“葛兰西转向”。[①] 这一转向进一步增强了霍尔和伯明翰学派理论家对马克思主义的信心，并积极地将葛兰西式的马克思主义运用于大众文化研究之中。因此，通常认为，在70年代中期霍尔做掌门人的时期，伯明翰学派已经真正地转向了马克思主义，认为马克思主义是战后英国激进思潮中的一台“动力无限的发动机”[②]，为文化研究提供了强劲而持续的原动力。

二　文化主义与结构主义的接合及其超越

在伯明翰学派之前，从事文化研究的主要有法兰克福学派、英国马克思主义和法国结构主义等流派。霍尔等人因为法兰克福学派的精英主义立场而与其保持距离，从而与批判理论没有发生应有的“接合”。[③] 相反，他们对英国马克思主义和法国结构主义抱有极大兴趣，试图将二者分别秉持的文化主义和结构主义的研究范式接合在一起并加以超越，从而创建一种全新的马克思主义文化研究范式。

威廉斯等新左派倡导一种文化马克思主义。威廉斯认识到，虽然马克思自己曾经构想过一种文化理论，但遗憾的是，最终并没有能够充分完善和实现。包括普列汉诺夫等后世的马克思主义者们也试图发展一种马克思主义文化理论，结果却造成了混乱，因为“这些理论在不同场合和不同作家那里，大家都在各取所需地随意使用所有这些说法”[④]。更严重的

---

① 李艳丰：《重返葛兰西：文化政治的理论溯源与文化研究的葛兰西转向》，《文艺理论研究》2017年第5期。

② 转引自武桂杰《霍尔与文化研究》，中央编译出版社2009年版，第69页。

③ ［美］道格拉斯·凯尔纳：《批判理论与文化研究：未能达成的接合》，陶东风译，陶东风主编《文化研究精粹读本》，中国人民大学出版社2006年版，第133页。

④ ［英］雷蒙·威廉斯：《文化与社会1780—1950》，高晓玲译，吉林出版集团有限责任公司2011年版，第289页。

是，苏联马克思主义的斯大林主义模式简单化地套用马克思的经济基础与上层建筑这一关系模式，把文化的发展动力直接归结为经济因素而忽视了文化的相对自主性，从而造成了对马克思思想的误读。恩格斯就说过："根据唯物史观，历史过程中的决定性因素归根到底是现实生活的生产和再生产。无论马克思或我都从来没有肯定过比这更多的东西。如果有人在这里加以歪曲，说经济因素是唯一决定性的因素，那么他就是把这个命题变成毫无内容的、抽象的、荒诞无稽的空话。"① 文学艺术乃至整体性的文化都是各种因素"多元决定"的结果，而不是经济的直接反映。威廉斯等人清楚地认识到了这种混乱和误读现象，因此他们一边接受马克思的思想和方法，但又坚决反对后世马克思主义者在文化问题上的"经济还原论"，认为其忽视了文化的相对自主性，从而大大削弱了文化在社会建构中的重要性。因此，在他们看来，走出"经济还原论"的拘囿，建构一种马克思主义文化理论，就成为完善和发展马克思主义的重要任务。他们对待马克思的态度以及对马克思主义文化理论的建构深深地影响了伯明翰学派。正如格劳斯伯格所言："如果马克思主义被定义为经济决定论与意识形态的绝对主义，那么我坚信文化研究是反对马克思主义的，即便它有时是在马克思及其后继者所提供的基础上运作。"② 相反，威廉斯等人的著作都"与某种技术进化论、经济还原论和组织决定论构成了根本性的决裂"③。威廉斯认为文化是人们的"整体性的生活方式"④，而文化研究就是"对整体的生活方式之内的各元素之间的

① 《马克思恩格斯选集》第4卷，人民出版社2012年版，第604页。

② ［美］劳伦斯·格劳斯伯格：《为文化研究而工作》，金浪译，载周宪、陶东风主编《文化研究》第13辑，社会科学文献出版社2013年版，第338页。

③ ［英］斯图亚特·霍尔：《文化研究：两种范式》，孟登迎译，载陶东风、周宪主编《文化研究》第14辑，社会科学文献出版社2013年版，第305页。

④ ［英］雷蒙·威廉斯：《文化与社会1780—1950》，高晓玲译，吉林出版集团有限责任公司2011年版，第337页。

关系的关注”[①]，其重点则是探究和分析人们的生活经验与情感结构。在霍尔看来，威廉斯对文化的这种界定超越了经济基础与上层建筑的二元对立，看到了文化的相对独立性及其在社会结构中所具有的不可替代的重要作用，因此用“文化主义”概括其方法论最为贴切。但是不可忽视的是，这种文化主义坚持的是一种人文主义立场，而其方法则是经验主义的，缺乏一定的科学性。

就在文化主义的研究范式大行其道的时候，欧洲大陆的结构主义文化研究范式异军突起，从而形成了文化研究领域双星并峙、相互补充、此消彼长的局面。虽然结构主义也同样反对“经济基础/上层建筑”这一隐喻，并在很多方面与文化主义有明显的重叠，但差异也是极为明显的。就研究对象来说，结构主义关注的不再是文化主义所关注的经验问题，而是把文化中的意识形态作为文化分析的核心问题，从中我们也可以清晰地看到其与马克思主义之间的密切关联。而从方法论角度来看，结构主义强调语言的结构化和“多元决定论”，认为是结构和整体决定了文化的特性，因此在为文化研究提供了一种科学方法的同时，由于其反对人文主义和历史主义的倾向而又“让文化进程偏离了它所服从的‘人的设想’这个中心。……因此，结构主义也标志着和理论性人文主义的各种主导范式的彻底决裂”。[②]

霍尔认为，文化主义与结构主义相互对立，各自的优点及其获得恰恰都源自对方的弱点，因此“都不足以将文化研究构造成一个有明确概念和充分理论根据的领域”[③]。但是，换个角度来看，二者之间却又相互补充，

① ［美］丹尼斯·德沃金：《文化马克思主义在战后英国》，李凤丹译，人民出版社2008年版，第206页。

② ［英］斯图亚特·霍尔：《文化研究与伯明翰当代文化研究中心》，詹悦兰等译，载周宪、陶东风主编《文化研究》第13辑，社会科学文献出版社2013年版，第193页。

③ ［英］斯图亚特·霍尔：《文化研究：两种范式》，孟登迎译，载陶东风、周宪主编《文化研究》第14辑，社会科学文献出版社2013年版，第318页。

如果能够在更高的水平上加以辩证综合，必然产生一种新的文化研究范式。霍尔将这种多重立场和方法之间的“接合”所构成的复杂关系描述为“多重视野的搏斗”①。正是在这个克服双方弱点的同时进行综合运用的新的起点上，霍尔开启了伯明翰学派文化研究的征程。在这个过程中，葛兰西的文化霸权理论、阿尔都塞的结构主义马克思主义和福柯的后结构主义权力理论，一并进入霍尔的视野，为其提供了方法论启示和武器。其中，葛兰西的霸权理论对霍尔的影响尤甚，因为在霍尔看来，“葛兰西大大纠正了各种结构主义理论通常据以运作的那种非历史的、高度抽象的、拘泥于形式的以及理论主义的层面”②。通过对这些方法的综合运用，霍尔建立了他自己乃至整个伯明翰学派文化研究的风格和特色，也奠定了他在伯明翰学派乃至世界文化研究领域的领袖地位。

三　电视文化的符号学批判

伯明翰学派的文化研究主要集中于青年亚文化和媒体这两个相互交织的领域。如果说青年亚文化的研究方法侧重于“将结构主义与人道主义结合起来”③，那么媒体研究的方法则侧重于将马克思主义立场与结构主义符号学方法结合起来，其中最具代表性的成果就是霍尔对电视文化的符号学批判。威廉斯把电视作为一种新的“技术和文化形式”以及大众文化的重要载体进行了深入研究。④ 霍尔继承了威廉斯的这一传统，在 20 世纪 70

① ［美］劳伦斯·格劳斯伯格：《为文化研究而工作》，金浪译，载周宪、陶东风主编《文化研究》第 13 辑，社会科学文献出版社 2013 年版，第 338 页。

② ［英］斯图亚特·霍尔：《文化研究与伯明翰当代文化研究中心》，詹悦兰等译，载周宪、陶东风主编《文化研究》第 13 辑，社会科学文献出版社 2013 年版，第 200 页。

③ ［美］丹尼斯·德沃金：《文化马克思主义在战后英国》，李凤丹译，人民出版社 2008 年版，第 224 页。

④ Raymond Williams, *Television: Technology and Cultural Form*, Wderyn Williams ed., London: Routledge, 1990.

年代把研究中心置于电视和媒体研究，主要尝试着运用结构主义符号学、阿尔都塞的意识形态理论和葛兰西的霸权理论研究媒体与国家、政治与权力之间的关系问题。麦克罗比认为这一时期也是“霍尔作为一名清醒的马克思主义者分析最精彩的时期”①。在电视文化研究中，霍尔指出：“节目制作被描述为公众的声音，事实上却只是占主导地位的政治意识形态。”②霍尔把电视媒体看作一种意识形态国家机器，是资本主义运用电视节目的符号编码和解码机制生产意识形态，从而实现统治的重要手段。资本主义社会的媒体表面上与国家政权相互冲突，新闻记者热衷于报道政治家的丑闻，并对各种政策提出批评，让人产生一种错觉，认为新闻媒体站在民众一边，代表了民众的声音。但是这些却都是表面的假象，在其深层，是媒体与政权之间的一种共谋。

霍尔等人这种极具马克思主义色彩的批判立场是通过对电视文本进行结构主义的符号分析来确立的。在《编码、解码》一文中，霍尔明显借用了马克思的生产—消费理论和雅各布森的语言交流理论。在霍尔看来，电视节目作为一种社会产品具有与一般商品类似的生产和消费过程，符合一般商品生产和消费的规律。但是作为一种特殊的文化产品，它又具有一般商品所不具有的特殊性，它的生产和消费过程实际上是一种类似言语交流行为的信息的编码和解码过程。雅各布森提出了言语交流活动的六要素，即信息的发送者、信息、符码、语境、接触和信息的接收者。在言语交流活动中，信息的发送者根据语境，通过语言符码来编织信息，形成语言文本，借助一定的接触方式将信息传递给信息的接收者。在这个过程中，就出现了信息发送者的编码和信息接收者的解码两个活动，

---

① ［英］安吉拉·麦克罗比：《文化研究的用途》，李庆本译，北京大学出版社2007年版，第15页。

② ［英］安吉拉·麦克罗比：《文化研究的用途》，李庆本译，北京大学出版社2007年版，第16页。

而对于信息交流能否完成而言，这两个环节是诸多环节中至关重要的。雅各布森是从语言学的角度讨论信息的生成和传递过程的，霍尔将其运用到大众传播研究中，把电视、广播、报纸等一系列大众传播行为都看作类似于语言活动的信息生产和传递过程，因此可以借用语言学的方法加以分析。

大众传播研究首先面临的是信息的编码问题。任何一个尚未经过加工的历史事件都不可能通过电视新闻来进行传播，只有当历史事件在电视话语的视听形式和话语规则范围内经过加工而符号化之后，传播才成为可能。在这个环节中，历史事件必须服从语言的形式规则才能够被符号化或编码，从一个原生态的“历史事件”转变为一个可以讲述的“故事”。这样，通常被看作信息传播过程中居于次要地位的话语形式就被提高到了“主导地位”。不同的信息传播媒介的话语形式规则不同，也就决定了同一个历史事件因不同媒介所编码而成的“故事”具有不同的特点，并产生不同的效果。鲍德里亚不无极端地说海湾战争并没有发生，就是因为我们所看到的并不是真实的战争，而是经过电视新闻媒介编码过的“故事”。[①] 但是霍尔不同于鲍德里亚，他认为即使话语规则和信息形式僭越为主导性要素，也并不意味着它所指涉的历史事件、产生这一事件的社会关系以及事件的社会和政治后果不复存在。话语生产者借用一定的符号编码规则把基于一定社会关系而发生的历史事件编码为“作为意义的话语节目”，并试图通过诱导受众按照其设计好的规则和路径对这些话语信息进行解码，从而在传递信息的同时在受众中产生影响和效果，进而完成情感传达、思想建构和意识形态再生产等目的。在此过程中，信息编码者往往试图采用一定的编码规则和技巧，使具有一定主

① 杨建刚：《批判理论的符号学拓展——鲍德里亚学术研究中的符号学方法》，《文艺理论研究》2017 年第 5 期。

观意向或意识形态性的信息表征为自然或真实的样貌。因此，霍尔认为并不存在巴特所说的“零度”的语言，所谓的自然主义和“现实主义”式地对再现对象的忠实再现，以及其所造成的“真实效果”，无不是话语实践的结果。①

但是，信息和话语的编码者与解码者并不处于平等的地位，解码者也不一定按照编码者的编码规则进行解码，这就造成了信息传递过程中误读的可能性。为了减少这种误解，话语编码者往往会选择一种社会通用的“主导话语结构”进行编码，也期望解码者能够从诸多解码方案中采用这种主导性话语结构进行解码。这种主导话语结构在话语的编码和解码过程中处于“主导—霸权地位”，也是电视、广播等作为意识形态国家机器的大众传播媒介所采用的主要编码和解码方式。这是一种理想的解读模式，而在实际的信息传递过程中，出现更多的是信息的“协调性解读”。在协调性解读中，由于解码者与编码者基于不同的社会关系，采用不同的符码规则，甚至对相同符码的理解和掌握程度也有所不同，这就造成了信息解读中必然存在误读和分歧。真实的意义和信息的获得就是在编码者通过符码所编织和传递的意义与解码者所解读的意义之间相互协调和博弈的结果。第三种情况是解码者采用完全相反的方式进行解码，从而得出相反或敌对的信息，霍尔称之为“对抗的符码”。这种对抗性解读是一种“意义的政治策略”，其中融入了政治和话语的斗争。由于不同的编码和解码的方式与策略的存在，电视、广播等媒体在编码过程中也就不仅提供一个可供解释的固定意义，而且提供一种意义解读的范围，或者说通过推荐一种或几种意义来引导观众对经过编码的文本进行解读和释义。正是这种推荐的多义性的存在，使电视等媒介成为意识形态国家机器的

① ［英］斯图亚特·霍尔：《编码、解码》，王广州译，载罗钢、刘象愚主编《文化研究读本》，中国社会科学出版社2000年版，第350页。

一部分。

四　文化表征的路径与方法论批判

霍尔文化理论系统论述的是在20世纪90年代成型的文化表征理论。在霍尔看来，表征是某一文化的众成员间通过语言符号进行意义生产和信息交换过程中的一个必要组成部分，而根据语言符号如何再现世界并生产意义的方式，形成了三种不同的表征模式：反映论、意向性和构成主义。反映论的观点认为意义是一种客观存在，语言单纯反映已经存在于那里的关于物、人和事的世界的意义，只是意义得以呈现的载体和工具，并不参与和生产意义。意向性的观点持一种接近于浪漫主义的表现主义方法，认为语言只是个人意向或情感的表达，其缺陷在于把语言看作完全私人的东西，殊不知无论语言多么个人化，也都必须进入语言的规则、信码和惯例中，才能得到共享和理解，因为语言本身就是一个社会系统，个人言语必须与语言系统相妥协，其所传达的意义才能够得到理解和实现。构成主义并不反对物质世界的存在，也不反对言说者的意向性，但是它认为意义的产生并不依赖于二者，而在于语言或符号的意指实践。也就是说，意义是实际的行动者运用语言或符号系统而建构起来的，并伴随着言说的展开而形成并呈现出来，因此这些语言符号就构成了意义的表征系统。

从构成主义的角度来看，文化并不是一系列诸如小说、戏剧、绘画、音乐、建筑等现成事物的堆积，而是在人们对这些事物的使用、言说、思考和感受并赋予其意义的表意过程和意指实践中所呈现的一种状貌。文化研究的核心不是研究这些具有意义的现成事物，而是研究人们言说这些事物并赋予其意义的方式和过程。构成主义的表征方法具有两种路径，即索绪尔开创的符号学路径和福柯开创的话语路径。前者侧重于语言和符号生产意义的运作机制，属于“诗学”的范畴，而后者侧重于意义生产过程中的权力关系，即表征的后果和影响，属于广义“政治学”的范畴。

依据表征的符号学路径，意义并不是内在于事物之中，而是通过语言符号等信码被建构和生产的。因此，“思考‘文化’的一种方法是以这些共享的概念图、共享的语言系统和驾驭它们之间转化关系的各种信码为依据。信码确定了概念和符号间的关系。它们使意义在不同语言和文化内稳定下来”。[①] 在霍尔看来，当能指与所指之间的任意性关系转化为约定俗成性时，人际交流才成为可能，而这种转变过程依赖于社会惯例，以及对这种惯例的学习、遵守和传递。文化的习得过程正是这种“信码内在化”过程。只有将这种共同的信码内在化，学会了这种知识的惯例，才能逐渐成为“有文化的人”。每一种文化都具有一种共享信码的“文化契约”，“归属于一种文化就是大致上归属于同一个概念和语言的世界，就是去了解各种概念和观点是如何转换成不同的语言的，以及语言何以能被理解为涉及或指称世界的。共享这些事物就是从同一概念图里面看世界，并通过同一系统理解世界”。[②] 正因为信码或语言是一种文化的标志和存在的根基，因此，在文化研究中，意义、语言和表征就成为核心要素和主要研究对象。

霍尔充分肯定了索绪尔语言学对于表征的符号学路径的开创性意义，但又明确指出了索绪尔语言学理论中的两大缺陷。一是索绪尔只关注能指和所指，很少关心或者不关心指称物，即外在于语言而存在于现实世界的物、人和事。这一点正是皮尔斯的三元模式所要解决的问题，因此，霍尔对皮尔斯的符号学方法也格外关注。二是索绪尔只关注语言系统（深层结

① ［英］斯图尔特·霍尔：《表征：文化表征和意指实践》，徐亮等译，商务印书馆2013年版，第29页。

② ［英］斯图尔特·霍尔：《表征：文化表征和意指实践》，徐亮等译，商务印书馆2013年版，第30页。

构），不关注日常言语（表层结构），而文化恰恰是在这种个人言语行为或表述的过程中才得以呈现的。索绪尔结构语言学的这两大缺陷在巴特的符号学中有所弥合，因此霍尔把巴特的神话符号学作为表征的符号学路径的代表性方法。巴特对时尚服装、意大利面广告、摔跤比赛和《巴黎竞赛》中黑人向法国国旗敬礼的照片的分析，都已经超越了单纯的语言学范畴而深入了文化现象的意识形态层面。但是，总体而言，符号学把语言当作一个封闭的、相对静止的系统，从而将表征局限于语言中，言说主体以及言说过程中的各种权力关系被忽视了。要解决这一问题，就需要“从索绪尔和巴特式的以‘意指结构的支配’为基础的方法，转向以他所谓的‘诸权力关系、战略发展和策略’的分析为基础的方法”①。这样，霍尔就将表征理论由符号学路径转向了话语路径。

话语本身是一个语言学概念，本意是指各种相互联系的书写和演讲的段落，但是福柯赋予了话语新的含义。作为一个后结构主义者，福柯所感兴趣的并不是纯粹意义上的语言系统，而是各个不同的历史时期生产意义的陈述和合规范话语的各种规则和实践。知识是主体经过话语而被建构的，有了相应的话语，比如疯癫、惩罚和性等这些知识才得以被创造出来，没有这些话语，相关知识就不存在。而且，所有的话语、表象、知识和真理都产生于一定的历史语境，脱离了这个历史语境，这种知识和话语也不可能产生，或者表现出不同的特征。因此，类似于库恩的范式理论，福柯认为同一种话语就构成了一种知识型。

福柯把关注的重心转向知识是通过规范他人的行为而设置的特殊制度来运作的。这些制度的设立本身就蕴含着一定的权力关系。因此，在福柯看来，所谓话语，就是包含权力关系的言说。作为一种言说和权力运作的

① ［英］斯图尔特·霍尔：《表征：文化表征和意指实践》，徐亮等译，商务印书馆2013年版，第63页。

场所，话语构成了一般的文化实践的基础部分。正如海登·怀特所言："在所有话语的背后，都是欺和骗的结构。……不论福柯关注什么问题，他所发现的都是话语；而无论这些话语从哪里产生，福柯看到的都是一场争斗，一方是那些生成自己对话语拥有'权力'的集团，而另一方则是那些被否认他们自身的话语拥有权力的集团。"① 显而易见，福柯的话语理论已经超越了索绪尔的共时语言学，排除了结构主义的非历史化倾向，将表征从纯形式理论的控制中解救出来，并置于一个历史的和实践的运作语境之中。通过把语言与权力及其产生的历史语境联系起来，福柯最终进入了语用学领域。霍尔将表征问题由符号学路径转自话语路径标志着构成主义表征路径的一个巨大发展。巴特的含蓄意指分析虽然也运用话语，关注意识形态，并具有马克思主义色彩，但他侧重于符号学的结构分析，并没有将话语延伸到历史的层面。福柯却不同，他对话语、知识与权力之间关系的关注很大程度上让我们想起马克思的意识形态和阶级社会理论。但霍尔也看到了二者之间的不同。他认为马克思主义的意识形态理论强调经济基础的决定作用，而福柯反对把话语、知识和权力的关系置于经济关系和阶级利益的层面进行讨论，而是认为所有形式的政治和思想都不可避免地卷入知识和权力的相互作用，而不仅仅限于阶级问题。可见，霍尔并不是从经典马克思主义的意义上接受福柯的，他的表征理论中的福柯明显具有葛兰西的影子。可以说，霍尔表征理论的"话语转向"是伯明翰学派文化研究的"葛兰西转向"的一部分。再加上霍尔自身的人生经历和种族特性，最终决定了他一改文化主义的路径，将种族、差异、身份、认同等作为伯明翰学派文化研究的核心问题。在霍尔看来，这些问题都是通过一定的文化符号和知识话语所生产和建构出来的，因此也

① ［美］海登·怀特：《福柯》，载［英］约翰·斯特罗克编《结构主义以来——从列维-斯特劳斯到德里达》，渠东等译，辽宁教育出版社1998年版，第97页。

就自然成为其表征理论的组成部分，可以通过表征的两种路径加以分析。

通过对《星期日泰晤士报杂志》封面上的名为《英雄还是恶棍》的照片的符号学分析，霍尔明确提出了黑人运动员所具有的“他者”身份以及在英国社会所遇到的认同困境。从巴特的神话学意义上来看，这张照片显然是在神话的层次上发挥作用。“有一个字面的、直接意指层次上的意义——那就是一张百米决赛的照片，跑在前面的人物即本·约翰逊。然后，还有一个较含蓄的或主题性的意义——兴奋剂报道。而在此范围内，还有一个次要的‘种族’和‘差异’的主题。”① 与巴特相同，在霍尔看来，同一个文化符号，其直接意指是单一的，但其含蓄意指则是非常丰富和模棱两可的，都包含多种潜在的意义，有待解读者去发现和挖掘。在这个符号中，意义“漂浮着”，无法固定下来。而把这种不确定的意义固定下来，就是一次表征实践的任务。是读者的解读，即表征的意指、实践的介入，从多种潜在意义中最终选中其中一种而确定下来。因此，我们可以看到，对符号表征的意义解读必然不可忽略语境的重要性。有人对巴特的批评正是从这一点出发的，认为巴特的含蓄意指分析忽视了历史语境对于符号意义的生产和解读的影响，而霍尔也正是从这一点出发借用和丰富巴特的表征符号学方法的。

霍尔指出，所有的他性、种族、身份和认同问题都是通过一系列的差异原则而被固化和自然化的。西方世界中有色人种的他者地位就是文化的差异原则的一个典型例证。无论是商品、广告、言说等都在从不同的层面不断地强化着白人/黑人、文明/野蛮、先进/落后、文化/自然等差异，从而让人们觉得黑人的他者地位是由于白人与黑人之间的肤色差异而自然产生的。肤色的差异衍生出文化的差异，而当代西方文化则用一系列的符号来强化和表征这一差异系统，从而将其定型化。可以说，这种定型化就是

① ［英］斯图尔特·霍尔：《表征：文化表征和意指实践》，徐亮等译，商务印书馆2013年版，第337页。

通过确定符号边界，并排斥不属于它的任何东西，来使差异固化和自然化，以此保持其文化和种族的“纯粹性”。霍尔认为，这种符号的定型化实际上是一种文化霸权，它通过对符号权力的掌控来确立文化和社会中的规则和秩序。或者说，这种定型化本质上是一种阶级划分的策略。要改变这种阶级关系，一个重要的途径就是突破这种定型化的符号边界，揭示其表征系统及其运作方式的虚假性和欺骗性，表明这种差异并非自然而然产生，而是一种人为的文化建构。可见，在霍尔对黑人的他者地位的表征系统及其运作方式的分析中，葛兰西的文化领导权理论和福柯的权力学说被融合在一起。如其所言：“对于葛兰西，就像对于福柯一样，权力既卷入了经济压迫和物质限制，又卷入了知识、表征、观念、文化领导和权威。两人都会同意，权力不能仅靠想到武力和强制而引人注目：权力还吸引、拉拢、诱惑、赢得赞同。”① 符号和表征的权力不是一种强制性权力，也不是在宏观的层面运作，而是一种非强制性的，在微观层面通过诱使和吸引人们自觉并乐意接受的方式进行运作的权力关系。

科林·斯巴克斯（Colin Sparks）认为，在经历了与马克思主义持续20年的蜜月期之后，从20世纪80年代末期开始，霍尔乃至伯明翰学派的文化研究已经逐渐远离马克思主义。② 这个论断表面看来似乎如此，因为霍尔于90年代发展成熟的表征理论中几乎没有出现马克思和恩格斯的名字，也极少出现经典马克思主义所强调的阶级概念，而是把重心转向了权力问题。但是，通过上述分析，我们发现，事实并非如此。虽然此时的霍尔较少提及经典马克思主义，但是阶级问题以及马克思主义的批判立场一直贯穿始终。而从其思想中的马克思主义传统来看，他只是把讨论的重心由经

---

① ［英］斯图尔特·霍尔：《表征：文化表征和意指实践》，徐亮等译，商务印书馆2013年版，第386页。

② David Morley and Kuan-Hsing Chen, eds., *Stuart Hall*, *Critical Dialogues in Cultural Studies*, London and New York, Routledge, 2005, p. 89.

典马克思主义和文化马克思主义转向了西方马克思主义者葛兰西和阿尔都塞等人的学说。这些都渗透并贯穿在他分析以索绪尔和巴特为代表的表征的符号学路径和以福柯为代表的表征的话语路径的过程之中。显而易见，在霍尔的表征理论中，葛兰西的霸权理论、福柯的权力学说和阿尔都塞的意识形态国家机器等各种具有马克思主义色彩的学说和结构主义符号学理论达到了很好的融合与对话。也正是这种融合与对话，才使霍尔乃至伯明翰学派的文化研究充满了张力与活力。

结　语

尽管文化研究更大程度上是一种实践性学术活动，并不以理论见长，但是对大众文化的批评实践不能脱离基本的学术立场和方法论的指导。在霍尔乃至整个伯明翰学派的文化研究的理论探讨和批评实践活动中，马克思主义贯穿始终并为其奠定了批判性的学术立场，而结构主义符号学则为其提供了剖析文化文本的科学方法。通过寻找马克思主义和符号学之间的内在张力并予以超越，霍尔确立了自己的文化研究的基本立场和研究方法，并为整个伯明翰学派的文化研究提供了理论指导和研究范本。

在20世纪后半叶，马克思主义与符号学之间的相互征用与对话并非霍尔和伯明翰学派所独创。事实上，包括列维—斯特劳斯、罗兰·巴特、鲍德里亚等我们所熟知的文化理论家，以及以沃尔佩、亚当·沙夫、罗西—兰迪、杰夫·伯纳德和奥古斯托·庞其奥等为代表的欧洲马克思主义符号学派理论家，都是在马克思主义与符号学的张力中建立其学术高地的。对霍尔文化研究的立场和方法的分析，仅仅是介入这一学术论域的一个尝试。寻找马克思主义与符号学之间张力及其对话的可能性，建立马克思主义符号学，应该成为中国文学理论和文化研究中的一个重要命题。

Searching for the Tension between Marxism and Semiotics and Its Beyond

——Stuart Hall's Approach and Method of Cultural Studies

Yang Jiangang

Abstract The mutual expropriation and reference between Marxism and semiotics which are two important trends in the 20th century have become inevitable requirements of academic development. Stuart Hall's academic activities run through the main line of Marxism, and the integration of culturalism and structuralism is a methodological premise of his cultural studies. Hall applied this method to the analysis and criticism of the encoding and decoding methods of television culture and the different paths of representation, thus providing theoretical guidance and research templates for the cultural studies of the Birmingham School.

Key Words Marxism; Semiotics; Cod; Decode; Characterization

Author Yang Jiangang, born in Sanyuan of Shaanxi province, a professor of research center of aesthetics and literary theory of Shandong University, doctor of Literature, with main research interests in literary theory and aesthetics.

歌谣的形式美学：生发于"歌谣运动"的文学语言观

曹成竹

摘　要　虽然歌谣看似语言简单粗糙、形态自由多样，但其具体的形式技巧和整体的形式观念又是无处不在的。它不仅具有独特的形式经验，更显示出与日常口语、地域方言、古代汉语乃至正统诗歌之间的微妙关联，以及在这种联系的基础上不断变化的可能性。可以说更值得新文学借鉴的并不是歌谣中的妙语金句，也不是其简单自然的语言风格或表露民众民族心声的勇气，而是歌谣表面看来漫不经心、但潜在层面却根深蒂固的语言形式意识。这一经验不仅为文学语言的形式革新提供了有益的借鉴和滋养，更从情感结构和现实内容上充实了新文学，推动了20世纪中国文学表达方式和审美内涵的现代转向。

关键词　歌谣；歌谣运动；文学语言

作者简介　曹成竹，文学博士，山东大学文艺美学研究中心副教授，博士生导师，主要从事马克思主义文论、审美人类学、民间文艺美学研究。

引　论

1918年由一批北大知识分子发起的歌谣运动，是推动中国文学语言形式和审美趣味转向的重要事件。值得注意的是，这一运动作为民俗学、民间文学滥觞的学术史意义早已得到肯定，但其文学和美学方面的深广影响却并未得到现当代文学和文艺美学研究的足够重视。究其原因，一是刘半农、胡适、俞平伯、刘大白等人模仿歌谣的新诗创作未能引领时代风气；二是歌谣运动与其说是一个整体性的轰轰烈烈的“运动”，倒更像一个复杂矛盾、断断续续的“事件”。它有着“学术的”和“文艺的”[①] 两个目的，“学术的”成果日渐丰硕，而“文艺的”方面则收效甚微。歌谣运动的主要代表周作人便随着时间的推移而心灰意冷，认为：“我从前对于民歌的价值是极端的信仰与尊重，现在虽然不曾轻视，但有点怀疑了……我们如果用了绝对的诗的标准来看，民间诗歌之美的价值总是被计算得过高，或者大抵由于感情作用的缘故。”[②]

然而我们也必须看到，歌谣与新文学的关系是由表及里的，其对于新文学的影响是潜在而深广的。20 世纪 20 年代之后，歌谣以各种形式和方式参与了中国文学的审美建构：它为新诗发展提供了启发和参照，中国诗歌会提倡的“大众化的新诗”，革命根据地的“红色歌谣”，以赵树理、李有才等为代表的延安文艺，乃至“大跃进”时期的“新民歌运动”等，都与歌谣有着密切联系。此外，歌谣更频繁地出现在鲁迅、沈从文、周作人、端木蕻良、台静农、朱自清、汪曾祺等人的小说和散文中，不仅作为文本的重要点缀，更时常作为核心审美意象，表征着乡土民间世界的自在状态和文学知识分子的乡愁情结。这一现象持续存在于 40 年代的解放区文学以及中华人民共和国成立后的“十七年文学”乃至当代文学中。更有意思的是，我们还可以发现一种“歌谣化”的语言风格——作家把歌谣的音韵节奏、口语习惯、方言俚语、民俗景观和诙谐化等特点融入作品中，形成了以歌谣美为内在韵味的文本语言形态。这种“歌谣化”的语言风格以沈从文、汪曾祺为典型代表，其表现方式是多样的，其共同特质也是能够分辨的。

由此可见，我们对歌谣运动文学美学意义的认识还并不充分。它把歌

① 参见周作人《歌谣》发刊词，《歌谣》第 1 卷第 1 期。
② 周作人：《周作人文类编 · 花煞》，湖南文艺出版社 1998 年版，第 574 页。

谣这样一种民间语言资源和文艺形态翻找出来，构成了当时文化和文学语境中不可或缺的一部分。而歌谣一方面与人们的日常生活和语言习惯紧密联系在一起，是通俗易懂和不断流动变化的；另一方面，它又保持了对日常口语的艺术处理方式和历史经验传统。也就是说它在应对普通的、变化的语言的同时，背后有着相对稳定不变的形式法则。这种变化和稳定的结合，使得歌谣从《诗经》时代直到今天，都具有鲜活动人的艺术生命力。可以说歌谣的形式经验对中国新文学的发展是极为重要的，它在文化断裂和文学语言转型期为中国文学的现代发展提供了可供借鉴的资源、养料和基本原则。我们重新回顾歌谣运动的历史文献，以当时研究者的发掘和阐释为依据，以歌谣的语言形式观为线索，可以更好地思考这一问题的重要价值。

一　歌谣的音韵形式法则

歌谣作为口传和听觉艺术，首先是为了传唱而服务的，因此歌谣的音韵形式便是其语言方面的首要特征。这一特征也自然引起了歌谣研究者的重视和阐发。根据对搜集到的歌谣的整理研究，发现了歌谣在音韵方面的诸多具体的形式技巧，主要有起兴、双关、重奏复沓、联响等。

第一是歌谣的“起兴”。顾颉刚注意到，“起兴”是民间歌谣的一个重要特征，歌唱者并不在意歌谣起首一句同第二句之间的“可比性”，而仅仅是出于押韵的需要①。他列举了“萤火虫，弹弹开/千金小姐嫁秀才”“阳山顶上竹叶青/新做媳妇像观音”“栀子花开心里黄/三县一府捉流氓”等歌谣例子，指出在这些歌谣中，首句和次句之间都没有必然联系。这样的安排，一方面是因为两句最后一个字同韵；另一方面是避免了上来就直

① 参见顾颉刚的《起兴》一文，详见钟敬文《歌谣论集》，上海文艺出版社 1989 年版，第 97—104 页。

奔主题的率直和突兀。由此，顾颉刚阐发了《诗经》和《孔雀东南飞》等诗歌中的起兴现象，认为古人的许多解释是牵强附会的。的确如此，我们发现歌谣中存在大量的首句与第二句之间并无关联的现象，如“日落西山一点红，先生骑马我骑龙”“日落西山一点红，武松杀嫂为长兄”“天上大星配小星，地上野鸡配黄莺”等。在这些歌谣中，首句“起兴”的主要作用便是谐音和陪衬。当然这并不等于歌谣首句起兴一定与次句毫无关联，我们同样能发现诸多歌谣中的首句与次句之间既有谐音性也有意义方面的可比性，如“天上星多月不明，河里鱼多水不清”“山歌好唱口难开，桃子好吃树难栽”等。但总体来看，顾颉刚对“起兴”的认识无疑是正确的，歌谣的起兴以音韵为第一要旨，而内容和意义的可比性则是锦上添花，既是作者的创造发挥也有赖读者的联想。满足后者可能是一首美妙的歌谣，但必须首先满足前者才能成为合格的歌谣。因此起兴的音韵基础无疑是歌谣的形式法则之一。

第二是歌谣的“双关”。钟敬文探讨了歌谣与诗相比一个重要的不同表现手法——双关语①。他例举了“想妹一年又一年，古井烧香暗出烟。魂魄五更同妹嬲，醒眼依旧隔重天”“二月燕子口含泥，一个高飞一个低。路上逢郎无相问，那条心事来怨我?”“岭岗顶上一枝梅，千年万载无花开？柑子来同桔子味，唔得团圆做一堆”等歌谣，指出“烟”即“冤”，也就是“想而不得的冤枉”，“燕”即“怨”，“柑”即“甘”，是“甘乐之意”，“桔”即“结”，为“郁结之意”。作者旨在说明：双关语是歌谣的常见手法，它似乎是一种“隐比”的手法，也就是通过隐喻建立事物之间的联系，但它又不注重所借喻的事物本身的意义，而是注重其谐音效果。可以说双关的大量使用，一个很重要的原因在于歌谣作为口传的文

① 参见钟敬文的《歌谣之一种表现法——双关语》一文，详见钟敬文《歌谣论集》，上海文艺出版社1989年版，第109—118页。

学，是最适合于利用声音的艺术。这里钟敬文的发现再次指向了歌谣音韵方面的形式化技巧。与顾颉刚探讨的“比兴”不同，双关语可能存在于歌谣的任何地方，这就把音韵原则推进到了歌谣语言结构的内部，也可以说歌谣的音韵原则并不仅仅停留在首句起兴或者句尾的韵脚之处，还存在于歌谣语言结构的内部，是歌谣语言无处不在的形式技巧和法则。

第三是歌谣的“重奏复沓”。语言学家魏建功认为，“重奏复沓”是歌谣表现手法中首要的形式原则①。他指出《诗经》中的歌谣（在这里被认为是诗歌）并非如顾颉刚所说，是“奏乐的关系”，“太短了觉得无味”，所以才重奏复沓好几遍，实际上《诗经》中许多诗歌的重奏复沓都比较随意，并无固定不变的章法，这说明把重奏复沓当作使作品有味的技巧，实际上是并不太靠得住的。因此作者提出，《诗经》的诗的重奏复沓现象，源于作者发泄情绪、抒发情感的自然要求。而歌谣作为原初形态的诗歌，无疑更具有此特征。作者通过例举歌谣的重奏复沓现象进而指出：歌谣是很注重重奏复沓的，重奏复沓是人工所不能强为的，重奏复沓是歌谣表现的最要紧的方法之一。与“起兴”和“双关”不同的是，“重奏复沓”原则并不侧重外在的音韵性，而是侧重内在的节奏性，而且这种节奏并不是机械的、技巧性的，而是自然的、自发性的。然而，“重奏复沓”同样从整体音韵层面强化了歌谣的形式化原则和艺术表现力，因此无疑是歌谣音韵形式技巧的重要表现。

第四是歌谣的“联响”。提出歌谣中“联响”现象的是民俗学家常惠，他以这篇歌谣为例：

月儿光光，下河洗衣裳，洗得白白净净，拿给哥哥穿起上学堂。学堂满，插笔管，笔管尖，尖上天。天又高，一把刀。刀又快，好截

① 参见魏建功的《歌谣表现之最要紧者——重奏复沓》一文，详见钟敬文《歌谣论集》，上海文艺出版社 1989 年版，第 139—160 页。

菜。菜又甜，好买田。买块田儿没地底，漏了二十四粒黄瓜米。

在常惠看来，“天又高，一把刀”，看似像是心理的联想，洗衣的女儿看到天上的新月很自然地想到了一把刀。但像把刀的月亮可能是“月儿光光”吗？作者认为这一句与其说是“联想”，倒不如说是“联响”，也就是纯粹为了满足歌谣音韵而服务的一种技巧①。这里的“联响”的确是歌谣的一种既特殊又常见的形式技巧，类似的歌谣和童谣我们还能够找到很多。常惠并未对“联响”现象展开更多分析论述，但他的这一发现却是极为重要的。“联响”的特殊性在于，它把事物通过音响串联起来（从衣裳到学堂、从学堂到笔管，从笔管到天，从天到刀……），从而具有了意向的流动性，这种流动性既像是一种纯粹音韵的语言游戏，同时又具有内在的联系（如学堂和笔管）。这种想象是跳跃性的，又是能够唤起我们联想的。“笔管尖，尖上天”，看似纯粹押韵的“联响”，但我们又可以从中确立一种巧妙的形象的修辞。同样，像一把刀的月儿也不妨碍我们把它想象为光光的。可以说这种“联响”的表面在“响”，但其妙处却在“联”，也就是说它在一定程度上（虽然并不明确）为“联想”提供了可能性，因为歌者对词语和意象的寻找虽然以音韵为出发点，却又总脱离不开他的生活世界和经验世界，其音响效果之外的联系性是潜在的，这使得歌谣内容有跳跃性却又没有明显的陌生和断裂感。这一现象也引起了其他歌谣研究者的注意和思考，有人指出：“在歌谣的结构上，联响跟联想，都是非常重要的。有时它们是各自发展，有时它们也交互影响。所以凡是比较有趣点的歌谣，联响跟联想，大都能各尽其妙，出口成调，不为韵所限死，不为意所阻止也。”② 实际上歌谣的“联响”问题同之前我们谈到的“起兴”一样，遵循的首要原则无疑是音韵，而能否引发“联想”则是其成为妙语

① 参见常惠《我们为什么要研究歌谣》，《歌谣》第1卷第3期。
② 参见张为纲《歌谣中的联响跟联想》，《歌谣》第2卷第31期。

的充分但不必要条件。好的歌谣是“联响”与“联想”交相辉映的，但音韵方面的和谐一致却是其首要形式原则。

可以发现，无论是“起兴”、“双关”还是“重奏复沓”与“联响”，都更加强调歌谣在音韵方面的形式技巧，也就是说歌谣往往首先重音，其次才是重意。应该说歌谣研究者对歌谣形式特征的把握是极为准确的，他们对歌谣具体形式原则的探析，不约而同地指向了歌谣作为口传文化、听觉文化和民间通俗文化的鲜明特征。正是歌谣研究者对歌谣具体形式特征的深入发掘，为歌谣在艺术手法和文本形态方面的经验总结提供了有力的支撑，也为人们进一步认识歌谣的形式问题提供了依据。

二　从具体形式技巧到总体形式观

在各种具体的形式技巧之外，歌谣研究者对歌谣形式问题还有一种更加总体和宏观的把握。这种总体形式观包括两个方面，一是“无形式的形式”，也就是认为歌谣在具体的形式技巧之外，更符合音韵的整体美、自然美和内在节奏美，而这正是歌谣在音韵方面更重要的形式原则。二是“有形式的形式”，也就是认为歌谣在历史传统、地域方言等因素的作用下，形成了自身相对稳定、严格的形式传统，这一传统在很大程度上影响和决定了歌谣的流传和再创作始终保持一定的整体面貌。

先来说“无形式的形式”。郭绍虞曾在一篇文章中提出，村歌俚谣的声韵是“无不调和的”，而这种音节和声韵的调和又是自然而然为之的：“自然的灵秘，不必一定是艺术家才能感受得到，才能表现得出，尽有不识文字的人，自能运用质实，朴素，逼真的手腕，发为自然的歌诗，成为天地间的妙文。”① 可见，歌谣“自然调和的音韵”作为一种隐含的形式，

① 参见郭绍虞《村歌俚谣在文艺上的位置》，《歌谣》第1卷第12期。

对于歌谣研究和欣赏者来说具有更大的吸引力，这是不识文字的人的天才发挥，是歌谣独立于各种艺术法则和技巧之外的魅力。卫景周则从“心情波动”的内在美层面对歌谣的音韵美进行了阐发：

> 按正经说起来，“声”是诗的本源。我说的这个“声”不仅是字面形状的“声”，实在是内容情质的“声”。所以好诗感动我们的地方既不是从文字押韵而来，也不是从作者思想而来，乃是从他心情波动的音节而来。我们所以能感受他的美，也是因为我们心情波动的“声”和作者的“声”协和一致，所以感觉着“美”，并不是认识几个字，懂得音韵学得来的。譬如遇见一种刺激，心中波动立时改变，必须吟咏几句，才能恢复原状。有一首歌谣说得好：
>
> 山歌不唱不宽怀；磨儿不推不转来；酒不劝人人不醉；花不逢春不乱开。
>
> 这里边有一句应当注意的，就是“山歌不唱不宽怀”，“不宽怀”便是不快活，也便是心情波动，不能恢复原有的“声动”，必须乎把方才所受的异样的音节，唱出口外然后能宽怀。这样看起来，那历代诗翁吟咏他们的音节，然后消愁解闷，和那民众歌唱他们心情上自然的音节，然后好推转他们的磨，宽他们的怀，不是一样吗？可见诗和歌谣各有其音节之美，我们不能以听惯贵族音节的诗，就腻烦听民众歌唱的音乐才好。①

这里作者旨在说明，歌谣和诗内在的音节之美是符合人的内在情绪节奏特征的。“山歌不唱不宽怀”的这种歌谣的情感表达机理同《毛诗序》“情动于中而形于言”的说法是相通的。朱光潜在其作于1931年的《诗论》

① 卫景周：《歌谣在诗中的地位》，参见钟敬文《歌谣论集》，上海文艺出版社1989年版，第191—192页。

中也提到了这一观点："人生来就有情感，情感天然需要表现，而表现情感最适当的方式是诗歌，因为语言节奏与内在节奏相契合，是自然的，'不能已'的。"① 此外，刘半农、周作人等人也表达过对歌谣音韵美的欣赏。

在当时的研究者看来，歌谣"无形式的形式"是一种极为重要的内在形式，这一形式的魅力在于歌谣音韵的自然与和谐。与之前学者分析过的歌谣本身的形式技巧以及中国诗歌固有的格律传统相比，歌谣音韵的内在形式似乎更为重要也更具魅力，因为它不仅有着不事雕琢的清新自然风格甚至文学上的反叛性，同时还符合我们情绪和心理的内在节奏。在此意义上，歌谣不仅并未背离，反而会更加凸显诗歌的音韵和节奏的美学原则。

再来说"有形式的形式"。1936 年《歌谣》周刊复刊后，重新将歌谣的文学价值作为关注的重点。此时朱光潜对歌谣的语言形式技巧问题做出了总结和强调。他指出："歌谣并不如一般人所想象的，全是自然的流露；它有它的传统的技巧，有它的艺术的意识。"② 在他看来，歌谣的形式起初是源于抒发情感的自然需要，但随着其传统技巧和艺术意识的成熟，也就有了固定的形式惯例，此后的歌谣创作和流传始终离不开对这些惯例的守旧和遵循。朱光潜并未提到上文的诸如"起兴""双关""重奏复沓""联响"等形式技巧，但他承认自己始终密切关注《歌谣》周刊，并且也搜集和阅读了大量歌谣。因此他的这一立场，可以看作对歌谣形式美学问题的肯定和总结。

实际上早在《歌谣》创刊伊始，常惠也曾表达过相近的看法："歌谣它自有它的格律，是唱的人没有不守它的规则的，而它的规则绝不受一切的思想和文字的束缚，它多半注重在音调上。即便这个地方没有的东西，唱的人也一定守着它的规则照样的唱它。不能随便的任人删改的。"③ 常惠

① 朱光潜：《诗论》，北京大学出版社 2005 年版，第 7 页。
② 参见朱光潜《从研究歌谣后我对于诗的形式问题意见的变迁》，《歌谣》第 2 卷第 2 期。
③ 参见常惠《我们为什么要研究歌谣》，《歌谣》第 1 卷第 3 期。

认为歌谣的形式规律多半集中在音调方面，意义则次之。例如，“咕咚咚，坐轿儿。一年一窝小耗子儿”，这是一首抚育的歌谣，也就是人们哄小孩时唱的歌谣。常惠推断，人们可能将孩子放在膝上，使膝盖起伏好像坐在轿子中，所以说“咕咚咚”是模拟声音的起韵，而“坐轿儿”则是具体的事件本身，至于“一年一窝小耗子儿”，则完全是衬韵，与前句并没有实际的关联。这一歌谣形式观与朱光潜的相比，虽然缺乏更加明晰的表达和理论针对性，但也同样肯定了歌谣在音韵方面的形式优先原则。

总之，歌谣研究者对歌谣语言技巧方面的探讨和阐发，无论是起兴、双关、重奏复沓、联响，还是其自然音韵、内在形式以及常惠、朱光潜对歌谣形式特征的总体把握，都强调了歌谣作为一种民间口头文学在语言形式方面的特殊性。这些探讨的意义绝不仅限于学术研究，更有益于歌谣自身的艺术自足自律以及新文学特别是新诗创作的发展。他们对歌谣形式化原则的发掘以及对歌谣形式美学规律的确证，使歌谣的文学研究落在了实处，与鉴赏式的、理想化的、带有情感和政治倾向的赞美相比，这种探究更有益于歌谣文学价值的阐发和文艺地位的提升。不仅如此，歌谣的形式问题经由人们的梳理发掘，逐渐落实到音韵层面。这凸显了歌谣作为口传文学、听觉文化的首要形式美学原则，也使得歌谣作为一种文艺形态确立了更加自觉和独立的地位，而不再是正统文学、书面文学的附属品或边角料。

三　歌谣语言形式观之境遇

虽然歌谣的文学价值在歌谣研究者眼中是很重要的，但实际上这些声音在当时面临着普遍的质疑和重重阻力。首先他们面对的便是来自传统守旧派的压力。歌谣运动是作为新文化运动和文学革命的支流登上舞台的，当这一始终被压抑在文学和文化秩序底层的资源被发掘出来并且得到人们的推崇时，其颠覆性和挑战性势必引发文学和学术上传统保守一方的打压。例如，卫景周提到针对歌谣运动有一个“笑骂派”：

> 此派人非常之多，在社会上的势力也很大，我在这举一个事实，以见他们的批评和态度罢。前些时我往保定省兄，在那里遇见了一位老者，听说是前清的进士，他突然向我发问道：“贵校新立了歌谣研究会，是真的吗?”我说：“是，真的。”他便向别的一位老者冷笑道：“可惜蔡孑民也是翰林院出身，如今真领导着一般青年人胡闹起来了！放着先王的大经大法不讲，竟把那孩子们胡喷出来的什么‘风来啦！雨来啦！王八背着鼓来啦！’……一类的东西，在国立大学中，专门研究起来了！”①

“前清的进士”和“别的一位老者”仿佛一个符号，代表着当时势力很大的文化正统或保守观点。他们认为“先王的大经大法”才是值得研究的，而这些孩子们“胡喷”出来的歌谣则毫无价值。洪长泰的《到民间去：1918—1937年的中国知识分子与民间文学运动》也提到，“大多教授学者更视《歌谣》周刊为蓄意破坏正常社会秩序的出版物”，“‘学衡派’是完全站到对立面上的中坚。他们连篇累牍地发表文章，指责歌谣等民间文学作品传播的都是肮脏下流、猥亵的思想，对它们痛心疾首”。②

除了传统守旧派的压力之外，新文学知识分子本身也对歌谣在文艺方面的价值持怀疑和否定态度。例如苏雪林认为刘半农的《扬鞭集》虽然“无一不生动佳妙”，但却是“不可无一，不能有二”，因为民歌毕竟“粗俗幼稚，简单浅陋，达不出细腻曲折的思想，表不出高尚优美的感情，不

① 卫景周：《歌谣在诗中的地位》，参见钟敬文《歌谣论集》，上海文艺出版社1989年版，第186页。

② ［美］洪长泰：《到民间去：1918—1937年的中国知识分子与民间文学运动》，董晓萍译，上海文艺出版社1993年版，第264页。

能叫做文学"。[①] 闻一多评价俞平伯的《冬夜》时，也针对其模仿民间歌谣的简单质朴的语言形式提出了犀利的批评。他写道："我很怀疑诗神所踏入的不是一条迷途，所以更不忍不厉颜正色，唤他赶早回头。这条迷途便是那畸形的滥觞的民众艺术。"[②] 模仿歌谣的新诗创作的确不是20世纪20年代以后的诗坛主流，当时引起更大反响和好评的，是以闻一多、徐志摩为代表的语言形式精致、内容抒情浪漫的"新格律诗"，以郭沫若为代表的"浪漫主义新诗"以及李金发、戴望舒的"象征诗派"等。这些诗派与歌谣化的新诗相比有一个最大不同，他们更注意语言的精致文雅，也就是在诗歌的"真"之外，更注重诗歌之"美"。而这种诗歌之美，在当时的新文学知识分子看来更应当乞灵于西方。"西洋文学"陌生新鲜的语言表达，不仅能够为新诗带来更加自由灵活和精致漂亮的句式，还增添了奔放浪漫的情感和想象。更重要的是，五四新文化运动的重心便是崇尚西方，知识分子对西洋文学的喜好是以他们的价值期待和社会理想为基础的。所以以歌谣为资源推动新诗发展很难成为当时文学知识分子的主动选择。正如有学者所指出的："文化的冲突，注定在五四时期民歌不可能成为影响新诗形式的主体，也注定了歌谣征集运动在文学界的昙花一现，不能留下更多的辉煌。"[③]

由此看来，歌谣的文学形式经验虽然得到了认识和发掘，但其境遇又是比较尴尬的。它不仅受到中国传统"贵族""山林"式文学秩序的轻蔑，也遭遇着以西方文化和审美趣味为主导的新文学制度的抵抗与排斥。然而从另一方面来看，其边缘地位和尴尬境遇或许又证明了其重要性——如文化理论家雷蒙德·威廉斯所指出的，任何一种新兴文化和文学情感结构想要谋求其合法位置，都是在复杂的张力矛盾中艰难前行的。歌谣的文艺价

① 鲍晶编：《刘半农研究资料》，天津人民出版社1985年版，第301页。
② 闻一多：《闻一多全集·第二卷》，湖北人民出版社1993年版，第62页。
③ 贺仲明：《论民歌与新诗发展的复杂关系》，《中国现代文学研究丛刊》2008年第4期。

值特别是形式美学原则经过人们的发掘阐释，毕竟在其边缘位置上发挥了有益的影响。例如，胡适在1936年《歌谣》周刊的复刊词中指出，中国的新诗在技术上、音节上、语言上都有很大的缺陷，一个很重要的原因便是我们过于偏重学习西方，忽视了从自己的民间歌唱中汲取经验。他写道："我们深信，民间歌唱的最优美的作品往往有很灵巧的技术，很美丽的音节，很流利漂亮的语言，可以供今日新诗人的学习师法。"① 梁实秋也认为，中国新诗发展最困难的一个问题便是音节，既不能没有音节，而白话的音节又很不顺口。相比之下，歌谣的音节正是新诗应当参考的榜样。他还补充道："歌谣的用字之简朴，以及抒情叙事之手腕，在在均能给新诗作者以健康之影响。"因此"新诗作者要寻找模仿或参考的对象吗？我劝他们注意我们的民间的歌谣！"②

20世纪20年代至20世纪30年代的中国现代诗歌发展取得了一定的成果，但也的确暴露出诸多问题。一方面，我们对西方文学的理解尚不深入全面，引入情况并不理想；另一方面，我们正处于文学语言传统的断裂状态下，古典文学被新文学运动以彻底决绝的态度所否弃，这实际上并不利于新文学的健康生长。我们不否认语言和文学随时代的变迁而变化，但这种变化更多的是一种自然自发的、内在的新变，而并不是激进彻底的外部换血所能够解决的。传统文学语言蕴含的丰富养分，只有在具体使用和与社会文化环境的交互作用中才能发生转移并酝酿新变，如果完全脱离这一文学传统，理想的新文学不可能凭空生长出来；此外，现代西方文学往往起源于自己国家的民族语言和民间歌谣，而我们的新文学特别是新诗创作，恰恰对民间歌谣并无太大兴趣，即使有歌谣运动的引领也没有取得理想的效果，少数从事歌谣化新诗创作的诗人也并未得到人们的认可。因

① 参见胡适《〈歌谣〉复刊词》，《歌谣》第2卷第1期。
② 参见梁实秋《歌谣与新诗》，《歌谣》第2卷第9期。

此，现代诗歌的发展陷入困境也就不难理解了。

在此情形下，歌谣逐渐被人们认识和发掘出来的形式原则就显得弥足珍贵了。虽然歌谣看似语言简单粗糙、形态自由多样，但其具体的形式技巧和整体的形式观念又是无处不在的。它不仅具有独特的形式经验，更显示出与日常口语、地域方言、古代汉语乃至正统诗歌之间的微妙关联，以及在这种联系的基础上不断变化的可能性。可以说更值得新文学借鉴的并不是歌谣中的妙语金句，也不是其简单自然的语言风格或表露民众民族心声的勇气，而是歌谣表面看来漫不经心，但潜在层面却根深蒂固的语言形式意识。它揭示了一种植根于日常语言基础上的艺术传统的重要性、独特性，以及这一传统发生改变的渐进规律。

结　语

歌谣从微观到宏观层面的形式原则，为新诗改革提供了宝贵的经验。新诗改革虽然以白话新诗为方向，以革除旧有的格律传统和文言法则为目的，但也绝不能偏离形式原则太远，在完全割裂古典文学、忽略民间文学和模仿西方文学的语境中进行下去。朱光潜在探讨了歌谣的形式问题后便指出："诗和语言的关系最密切，语言是生生不息的，却亦非无中生有。语言的文法常在变迁，我们不能否认，但是每种变迁都从一个固定的基础出发。诗的形式应该和语言的文法一样看待，它们原都是习惯，却也都是做进化出发点的习惯。诗的形式在各国固然都有一个固定的模样，但是这个模样却也随时随地在变迁。每个诗人似乎都应该在习惯已养成的形式范围之内，顺着情感的自然需要加以伸缩修改。……总之，对于诗的形式，我主张随时变迁，我却也反对完全抛弃传统。"[①] 胡适、梁实秋以及朱光潜

① 参见朱光潜《从研究歌谣后我对于诗的形式问题意见的变迁》，《歌谣》第2卷第2期。

等人，都认为当时中国的新诗创作很不成熟，而从民间歌谣中汲取经验则是弥补这一欠缺的有效路径。

实际上不仅新诗发展需要借鉴歌谣的语言经验，正如本文摘要所言，歌谣于20世纪20年代之后逐渐在小说、散文中扮演起十分重要的角色，而一种“歌谣化”的语言表述方式也成了现代白话文写作中的一股清流。可以说歌谣的价值在很大程度上是潜在的，它作为一种话语资源和文艺形态，虽然存在于边缘，却对当时中国的文学和文化语境起到了重要的搭构和深层滋养的作用。随着历史的推移和文学实践的发展，歌谣的影响超出了新诗创作的狭窄领域，一种更加宽广的以“歌谣”为核心的语言诗意和美学风格逐渐确立起来。

在此意义上，我们有必要重新衡估歌谣运动的文学美学意义。可以说歌谣运动所代表的文学语言的民间转向是极为重要的，它在中国文学与传统断裂和探索新语言形式的转捩点上指示了一个新的方向。歌谣作为民间语言艺术最集中和典型的表达方式，不仅在古典文学、旧白话文学被新文化运动和白话文学革命否弃之后，在人们对西洋文学的模仿和推崇陷入困境之时，为文学语言的形式革新提供了有益的借鉴和补充，更从情感结构和现实内容上充实了新文学，推动了20世纪中国文学表达方式和审美内涵的现代转向（文章发表于《文艺理论研究》2018年第6期）。

Formal Aesthetics of Ballad: Chinese Ballad Movement's Linguistic View on Literature

Cao Chengzhu

Abstract Although the ballad seems simple and vulgar, its specific formal skills and overall concept of form is everywhere, and this is what its important literary value lies. It not only provides its formal experience, but also shows its subtle association with daily spoken language, dialect, and ancient Chinese poetry. So, what is worthy for New Literature is not the wonderful words or sentences in a ballad, or its simple and natural language style or strong feelings expressed by ordinary people, but its deep formal laws. This experience not only provides useful reference and nourishment for the formal innovation of literary language, but also enriches the New Literature on the emotional structure and realistic content, and promotes the modern turn of the 20th century Chinese literature in expression and aesthetic connotation.

Key Words Ballad; Ballad Movement; Literary language

Author Cao Chengzhu, Doctor of literature, is an associate Professor of Center for Theory of Literature and Aesthetics, Shandong University. His academic interests are Marxist literary theory, aesthetic anthropology, folk art and aesthetics.

生态美学

Ecoaesthetics

媒介生态与百年中国文学史的书写问题

胡友峰

摘　要　媒介生态作为传播学的一个流派，可以改造成为百年中国文学史书写的理论原则。通过将媒介生态区分为宏观媒介生态和微观媒介生态，能够将其与百年中国文学史的书写关联起来，从而为书写百年中国文学史提供一个新的视角。其意义在于：界定百年中国文学的叙述起点、更新百年中国文学史的书写范式、变革百年中国文学史的叙述方式、厘清百年中国文学的发展动力。

关键词　媒介生态；百年中国文学史；书写；意义

作者简介　胡友峰，1977年出生，安徽金寨人。文学博士（后），山东大学文艺美学研究中心教授，博士生导师。

将媒介理论引入文学研究，是当前文学研究的一个热点问题。学界对这一问题持续多年的热情，说明了媒介与文学之间有着内在的联系，也说明了这一研究对文学研究本身的推进作用。现代印刷技术的变革导致了文学的现代发生，没有近代以来印刷技术的快速发展，中国现代文学的形成和发展将会是另外一个模样。文学研究者正是看到了文学与传媒之间的这种互动共生关系，并以之作为其研究的方法论基础，我们在文学与传媒相关的领域才取得了非常重要的成果。而近三十年来，百年中国文学是学界持续关注的热点，百年中国文学史的书写也被学界提到议事日程上来，但对于“百年中国文学”这一概念的界定始终莫衷一是，如何去书写“百年中国文学史”更是仁者见仁、智者见智。如果从媒介生态的理论视域出发，我们对“百年中国文学史”的书写可能会别开生面。

一 “百年中国文学”概念的形成及其文学史的书写现状

（一）“20世纪中国文学”的提出

“百年中国文学”及其相关概念的提出最早可以追溯到1985年北京大学黄子平、陈平原、钱理群等所发表的《论“二十世纪中国文学”》一文：“所谓20世纪中国文学，就是20世纪末本世纪初开始的至今仍在继续的一个文学进程，一个由古代文学向现代中国文学转变、过渡并最终完成的过程，一个中国文学走向并汇入世界文学总体格局的过程，一个在东西方文化的大撞击、大交流中从文学方面（与政治、道德等诸多方面一道）形成现代民族意识（包括审美意识）的过程，一个通过语言的艺术来折射并表现古老中华民族及灵魂在新旧嬗替的大时代中获得新生并崛起的过程。”① “20世纪中国文学”的概念打破了学界一向固守的“近代文学”“现代文学”“当代文学”的研究界限，将19世纪末20世纪初以来直至当下的中国文学作为一个有机整体进行把握，使“文学史从社会政治史的简单比附中独立出来”，并试图在世界文学的格局下审视中国文学。

这一论述引发不小轰动，一时引起重写文学史的热潮。仅十年间，大陆以“20世纪中国文学”命名的论著就有十余种。②

① 黄子平、陈平原、钱理群：《论“二十世纪中国文学”》，《文学评论》1985年第10期。

② 表格中仅罗列读秀学术搜索引擎所收录的1985—1995年题名含“20世纪中国文学”的图书。

	作者	书名	出版社	出版时间
1	陈元恺	《20 世纪中国文学与世界》	西安:陕西人民出版社	1987. 08
2	黄子平等	《二十世纪中国文学三人谈》	北京:人民文学出版社	1988. 09
3	乐黛云、王宁主编;北京大学比较文学所编	《西方文艺思潮与二十世纪中国文学》	北京:中国社会科学出版社	1990. 11
4	罗强烈	《原型的意义群:二十世纪中国文学主题》	天津:百花文艺出版社	1991. 08
5	朱德发	《二十世纪中国文学流派论纲》	济南:山东教育出版社	1992. 12
6	乔福生、谢洪杰主编	《20 世纪中国文学》	杭州:杭州大学出版社	1992. 12
7	张夫	《圣地之外:20 世纪中国文学的寻根倾向》	长春:时代文艺出版社	1993
8	陈鸣树主编	《20 世纪中国文学大典》	上海:上海教育出版社	1994. 12
9	顾圣皓主编	《20 世纪中国文学》	郑州:河南人民出版社	1994. 05
10	王一川、张同道、丁涛等主编	《20 世纪中国文学大师文库》	海口:海南出版社	1994. 10
11	刘明馨、赵金钟主编	《20 世纪中国文学论纲》	郑州:河南人民出版社	1995. 08

（二）“百年中国文学”概念的成形

在“20 世纪中国文学”提出的同时，争议之声也此起彼伏。首先是时间界定的问题。根据黄、陈、钱三人的论述，1898 年是“20 世纪中国文学”的上限，将严复翻译《天演论》介绍现代自然哲学、梁启超作《译印政治小说序》介绍西方文学、裘廷梁作《论白话文为维新之本》关注文学媒介的问题视作“20 世纪中国文学”的起点。有学者认为，可将起点进一步推至甲午中日战争之后。如谢冕以1896年丘逢甲所作《春愁》为例，指出百年中国文学的主题是“忧患”，基本情调是“悲凉”。[①] 不过，也有学者仍然认为，“20世纪中国文学史”的起点应是以白话写作与现代精神为标志的五四新文化运动。如宋世明认为，以1898年维新变法为起点，或许可以反映中国知识分子的历史地位的变迁和心理发展，但五四新文化运动后的文学与清末文学的精神内涵和审美情趣迥乎不同，“文学史并不等同于知识分子精神史”。[②] 关于这一争议的结果，如今尚无定论。

上述论述牵涉另一个争议之处，即命名问题。有学者指出，晚清势必不能被排除于中国文学现代化的历史进程之外，但“20世纪中国文学”无法包含晚清时段，这一命名的不严谨之处显而易见。他认为，从中国文学的整体格局来看，要与中国古代文学、未来文学发展形成对应，并且考虑到国际交流时所使用的世界通用语言，最为贴切的是使用广义的“中国现代文学”这一概念。[③] 但众所周知的是，“中国现代文学”一般用来指称1917—1949年这一时段的文学，用“中国现代文学”来指代这一时间段的文学仍有混淆之嫌。

在此期间，董炳月已经注意到日本学者藤井省三的《中国文学百年》（此书尚无中文译本）在时间观念上的突破与黄、陈、钱三人有异曲同工之妙，不过，所谓的“百年”只是一个泛指，其论述实际时间跨度长达一百五十年。[④] “百年中国文学”的概念呼之欲出。1997年，北京大学出版社推出由谢冕、钱理群主编的八卷本《百年中国文学经典》，收入自1895

① 谢冕：《辉煌而悲壮的历程——〈百年中国文学〉总序》，《社会科学战线》1997年第5期。

② 宋世明：《20世纪中国文学：分期、主题、叙事与美感》，《徐州教育学院学报》1999年第12期。

③ 雨箫：《为中国现代文学正名》，《山东社会科学》1996年第6期。

④ 董炳月：《构筑新的时间与空间——关于藤井省三的中国文学研究》，《中国现代文学研究丛刊》1993年第7期。

年至1996年的优秀作品。[①] 此后，“百年中国文学”的概念频频被学界使用，并逐渐被沿用下来。

此外，关于“百年中国文学”的分期问题也是众说纷纭。一般来说，备受关注的重要时间节点，主要包括1942年延安文艺座谈会讲话，20世纪30年代抗日战争爆发，80年代中期先锋文学兴起等（关于“百年中国文学”分期问题的讨论，宋世明在《20世纪中国文学：分期、主题、叙事与美感》中亦有较为详细总结）。因论者的研究兴趣与偏重领域不同，对这一概念内部具体分期划分的标准也不尽相同。因此，上述争议，如今都尚无定见。

（三）“百年中国文学”的空间性问题

1997年北京大学所推出的《百年中国文学经典》，其中收录的作品涵盖了“日据时代的台湾文学、沦陷区文学以及香港、台湾（1949年以后）的文学作品”。这意味着“百年中国文学”概念在形成之初，就没有将视野仅仅局限在内地。随后，有学者进一步将“中国文学”的概念明确为“两岸三地文学”。1999年，陈辽在《“干”同而“枝”异——两岸三地百年文学比较》中指出，“中国文学的‘根’是中国的历史生活和现实生活，‘干’是中华民族文化，中国内地文学、台湾文学、（香）港澳（门）文学便是由‘干’分蘖出来的不同的‘枝’。它们‘根’、‘干’虽相同但各有其不同的发展历程，因而也各有相异之处”。[②]

随着海外汉学界对中国现当代文学的关注以及“华文文学”概念的提出，国内大陆学界对海外华文文学研究随之兴起，“新移民文学”也进入研究者的视野，并逐渐被纳入“百年中国文学”的范畴。一般认为，新移民文学或可视为20世纪第三次留学浪潮的衍生品，20世纪八九十年代，

① 舒迅：《北京大学出版社推出〈百年中国文学经典〉》，《出版参考》1997年第3期。
② 陈辽：《“干”同而“枝”异——两岸三地百年文学比较》，《世界华文文学论坛》1997年第3期。

部分来自大陆的留学生改换身份，成为当地华人，在海外进行文学创作。但曹惠民认为，“新移民文学”的界限可以进一步拓展，如於梨华、聂华苓、白先勇等在20世纪六七十年代移民美国的作家及八九十年代来自港澳台地区的移民者亦应在列。①

“新移民文学”在发轫之初因其热销且多被改编为影视剧，一度被质疑为是“文化快餐”②。但随着大批实力作家的涌现、研究者视角的转换和研究方法的深入，移民文学的文化及审美价值和在“百年中国文学”中的地位得到肯定。曹惠民认为，“新移民文学”这一概念强调的是身份定位，“对于世界文学来说，这些作品所具备的独特品貌，无疑最能凸显华人移民文学不可替代的真价”。③

2001年以来，山东大学黄万华教授提出将“20世纪中国文学史”扩展成“20世纪汉语文学史”的设想，即“在中国内地、台湾、港澳和海外互为参照的框架中整合20世纪的中华民族新文学”，进行“空间上的‘越界’”。他认为，“文学史叙述的空间自然不只指‘本土’和‘境外’，也包括文本和媒介、文学和文化等不同空间。关注文学史空间的存在和拓展，就会产生文学史叙述的不同面向”。④ 从而为“百年中国文学”概念的进一步发展提供了新的思路。

(四)“百年中国文学史”的书写现状

进入21世纪以来，关于文学史的书写进入了井喷状态，中国现代文学史和中国当代文学史的书写都达到了数百部之多。但是将中国现代文学与

---

① 曹惠民：《华人移民文学的身份与价值实现——兼谈所谓“新移民文学”》，《华文文学》2007年第2期。

② 潘凯雄：《热热闹闹背后的长长短短——关于“新移民文学”的再思考》，《当代作家评论》1993年第3期。

③ 曹惠民：《华人移民文学的身份与价值实现——兼谈所谓“新移民文学”》，《华文文学》2007年第2期。

④ 黄万华：《越界与整合：从20世纪中国文学史到20世纪汉语文学史——兼论百年华文文学的意义与价值》，《江汉论坛》2013年第4期。

中国当代文学联通起来书写百年中国文学的文学史著作还不多见。朱栋霖主编的《中国现代文学史（1917—2012）》[①] 是一部贯通中国现当代文学的文学史著作，该著作以百年中国文学中“人”的观念的嬗变来贯通百年中国文学发展历程，重新阐释了百年中国文学的发展变化，是书写百年中国文学史的一部非常重要的著作。但是由于其叙述的起点界定在1917年，也就是将现代文学的发生起点界定在1917年，没有将晚清以来中国文学从近代向现代的转型交代清楚，不能不说是一大遗憾。杨匡汉主编的《20世纪中国文学经验》[②] 也是一部百年中国文学史书写的力作。本书分上、下两卷，并不是一部文学史的著作，而是一部论述20世纪中国文学经验的研究性著作，该书以20世纪中国文学为整体考察对象，以“现代性”为书写的中心线索，分9个方面论述20世纪中国文学的发展经验，具有反思与创新的精神，是书写百年中国文学史的力作。严家炎主编的《20世纪中国文学史》[③] 是一部三卷本的教材，该教材将20世纪文学的滥觞延伸到19世纪八九十年代，强调了晚清文学对20世纪中国文学的影响和作用，该教材在史论结合方面做到了论从史出，对作家作品的分析也非常到位，说明教材对文学审美性因素的重视。

上述著作在对百年中国文学史的书写中，还存在一定的缺憾。比如百年中国文学的学术起点是模糊的，究竟从哪一年开始叙述，没有一个确切的时间节点。百年中国文学的发展动力，无论是“人”的观念的变化抑或“现代性”的发展，这都是一种单一的视角，无法对百年中国文学的发展历程做出准确的判断，从人的观念的嬗变入手，可以很好地从作家作品的视角出发得出百年中国文学的文学性品格，但是对于百年中国文学发展来说，文学外部世界的风云变化更是起到了重要的作用。如果从“现代性”入手，可

---

① 朱栋霖主编：《中国现代文学史（1917—2012）》第二版，北京大学出版社2014年版。
② 杨匡汉主编：《20世纪中国文学经验》，东方出版社2006年版。
③ 严家炎主编：《20世纪中国文学史》，高等教育出版社2010年版。

以很好地解释百年中国文学发展的外部动因，但是对文学作品审美性的忽视也是一个弊端。我们选择从“媒介生态”的视野介入百年中国文学史的书写，可以在一定程度上克服这种“非此即彼”二元对立的文学史书写模式。

二 “Media Ecology”的汉译争议及其中国化的历程

选择“媒介生态”作为百年中国文学史书写的理论原则，就必须对“媒介生态”这一概念的来龙去脉交代清楚。在学术研究中，厘清关键概念的范畴，能够“为我们的实际研究提供一个基础，不仅可以比较准确地使用这个概念，而且能够确定在此基础上所要解决的问题和突破的方向”[①]。由于生成、传播与发展的社会文化情境不同，北美与中国的“Media Ecology”研究即使都采取了“生态学”的视角，但由于逻辑起点的迥异，呈现出的研究向度、问题域也不尽相同。因此，亟须对“Media Ecology”的汉译做一个界定。

国内学者何道宽于1991—2002年间最先译介了加拿大传播学者麦克卢汉与伊尼斯的媒介理论，但并未明确阐述“Media Ecology”这一命题（值得注意的是，2002年何氏发文认为伊尼斯与麦克卢汉属于“媒介决定论派”，2003年修正为麦克卢汉“绝对不是鼓吹技术决定论的人”，只是技术乐观主义者[②]，2006年才开始发表关于北美“媒介环境学”的评论）[③]。虽然1992年何氏的《理解媒介》译著出版时，“恰逢国外第二次热潮随着互联网出现而兴起，但当时国内学界仍然没有察觉”，通过对麦克卢汉研

---

① 黄旦：《“传播概念译丛”中文版总序》，载［美］文森特·普赖斯《传播概念·Public Opinion》，邵志择译，复旦大学出版社2009年版，第1—2页。

② 何道宽：《“天书”能读：麦克卢汉的当代诠释》，《四川外语学院学报》2003年第1期。

③ 参见［加］马歇尔·麦克卢汉《人的延伸：媒介通论》，何道宽译，四川人民出版社1992年版；以及何道宽《媒介即文化：麦克卢汉媒介理论批评》，《现代传播》2000年第6期；《加拿大传播学派的双星：伊尼斯与麦克卢汉》，《深圳大学学报》（人文社会科学版）2002年第5期。

究的译介，至2000年前后国内相关研究才形成规模①。然而此时大陆学界仍未就“Media Ecology”进行专门而深入的探讨。

2003年，浙江大学传播研究所主办的《中国传媒报告》（2002年创刊，出版于香港）率先在大陆传播学界推介了北美的“Media Ecology”研究②。2003年第2期（总第4期）“卷首语”之后即“媒介生态研究”专栏，栏目主编为清华大学教授崔保国与美国威廉·帕特林大学教授、北美“Media Ecology”学派第三代代表人物林文刚（即Casey Man Lum），并依次刊登了四篇文章：林文刚《媒介生态学在北美之学术起源简史》、崔保国《媒介是条鱼——理解媒介生态学》、骆正林《公共政策变迁和媒介生态循环》、陈星《试论史前媒介生态中非语言媒介的演变》。同年第3期（总第5期）的“媒介生态研究”专栏继续刊发了兰斯·斯瑞特与林文刚的《刘易斯·芒福德与科技生态学》、刘云的《中国电视文化生态的转型》。《中国传媒报告》在介绍“媒介生态”理论方面有筚路蓝缕之功，但此后的《中国传媒报告》杂志迄今（至2016年总第60期）一直再未开设“媒介生态研究”专栏，林文刚等北美“Media Ecology”学派的学者也未在此刊物上发表任何论述。

2006年何道宽首先发文指出，“起初（2003年）大陆学者把Media Ecology直译为‘媒介生态学’，旅美学者林文刚也采用直译的办法”，但二者并

① 参见宋晓舟、林大津《学术翻译与中国媒介环境学的发展：何道宽教授访谈录》，《国际新闻界》2016年第9期。

② 有学者认为2006年何道宽的《异军突起的第三学派》“第一次明确地将‘媒介环境学’概念引入中国，将中国学者对该学派的研究和美国已有的media ecology学科对接起来”，参见陈力丹、毛湛文《媒介环境学在中国接受的过程和社会语境》，《现代传播》2013年第10期。首先，准确的表达应当是“何道宽与其同人林文刚、陈世敏第一次明确地在中国提出‘媒介环境学’概念”，因为在《学术翻译与中国媒介环境学的发展》（《国际新闻界》2016年第9期）中，何道宽回忆“2006年我和另外两位学者达成共识将之译为‘媒介环境学’”。其次，2003年第2、3期《中国传媒报告》虽然采用“媒介生态学”一词，但其所刊林文刚的两篇文章确属北美学派；且第2期陈星《试论史前媒介生态中非语言媒介的演变》的立论，也基本采用了媒介环境学的视点，就内涵上业已对接北美学派。

不是一回事。崔保国意识到了 Media Ecology 研究在北美与中国的分殊，但“遗憾的是，他却用同样的名字（媒介生态学）来称呼这两个取向不同的学派”。何氏在与国内北美学派的李明伟、丁未、陈世敏等学者切磋后，决定译为“媒介环境学”①。这一译法得到了林文刚的首肯，他强调，“波兹曼（1970 年）在首次公开就这门学科的定义和范式讲话时做了这样的表述：媒介环境学把环境当作媒介来研究。在这个意义上，媒介环境学至少有 3 个层次上的概念”——符号环境、感知环境和社会环境（即多重媒介的环境）；同时“这个词本身体现并唤起环境保护主义的观念和实践”。由此，“为了维持理念上的一致和清晰度，我建议把迄今为止我的一切中文著作里 Media Ecology 的译名从‘媒介生态学’一词更名为‘媒介环境学’”。② 于是林氏最早译发于《中国传媒报告》2003 年第 2 期的《媒介生态学在北美之学术起源简史》，2007 年在人民网刊发时即更名为《媒介环境学在北美之学术起源简史》③。这说明 2003—2006 年间中国本土学者（如崔保国）与北美学者（如林文刚）对于 Media Ecology 的学术建构理念存在不小的差异，在中国流行的 Media Ecology 至少有两类研究范式。因此根据具体语境对 Media Ecology 的汉译进行界定，也就是在廓清不同研究范式的基本内涵。

现在回过头来分析 2003 年第 2、3 期《中国传媒报告》刊发的“媒介生态学”专栏论文，不难看出，林文刚的《媒介生态学在北美之学术起源简史》是对北美 Media Ecology 的学术史进行梳理，突出了“媒介作为环境研究”的主题及北美学派权威学者的理论创设。兰斯·斯瑞特与林文刚的《刘易斯·芒福德与科技生态学》也表达了对北美学派先驱芒福德将“技

---

① 何道宽：《异军突起的第三学派——媒介环境学评论之一》，《深圳大学学报》（人文社会科学版）2006 年第 6 期。

② 参见何道宽《异军突起的第三学派——媒介环境学评论之一》，《深圳大学学报》（人文社会科学版）2006 年第 6 期；《媒介环境学辨析》，《国际新闻界》2007 年第 1 期。

③ 林文刚：《媒介环境学在北美之学术起源简史》，人民网—传媒—研究，2007 年 5 月 24 日，http：//media. people. com. cn/GB/40628/5773173. html.

术生态”（ecology of technics）作为一种学术传统，以及一种对技术、媒介以及文化进行研究的视角的推崇。至于中国学者的论文，除了陈星的《试论史前媒介生态中非语言媒介的演变》声称试图发现史前非语言媒介的物理、符号形态演变“对人类思维及交流活动产生的影响”，还有些北美学派提出“媒介技术重塑了人类环境”；其他的如崔保国的《媒介是条鱼：理解媒介生态学》提出“研究媒介与其生存发展环境以及人与媒介环境之间相互关系”，骆正林《公共政策变迁和媒介生态循环》探究作为传播生态影响因子的公共政策对于媒介生态系统的形塑，刘云的《中国电视文化生态的转型》论述了在制度、经济、文化和技术等因素合力作用下电视文化生态的转向——这些都突破了北美学派的研究范式：至少不止于“媒介即环境”和“媒介即文化”的命题，而指向了媒介生存状态与社会系统的生态互动。

从字面上看，Media Ecology 准确恰当的译法就是“媒介生态学”，而不是“媒介环境学”，因为“生态”具有系统性、整体性的特点，强调的是一种“整体”性的因素，而“环境”只是一个具体的外在对象，没有系统性关联。即使北美学派的代表人物也曾将“Ecology”译为“生态”——林文刚在 2003 年采用了此种译法；之后在 2007 年 10 月出版的林文刚编、何道宽译的《媒介环境学：思想沿革与多维视野》一书中，在翻译第二章尼尔·波兹曼的“The humanism of Media Ecology”（初次发表于 2000 年）一文中用了这样的表述：“在媒介环境学（Media Ecology）这个术语里，我们把媒介（Media）放在生态（Ecology）前面，意思是说，我们感兴趣的不仅是媒介，我们还想说，媒介与人互动的方式给文化赋予特性，你不妨说，这样的互动有助于文化的象征性平衡。”① 这里的“文化的象征性平衡”更加有了生态的意味。

---

①［美］尼尔·波斯曼：《媒介环境学的人文关怀》，［美］林文刚编《媒介环境学：思想沿革与多维视野》，何道宽译，北京大学出版社 2007 年版，第 44 页。

但北美学派的逻辑起点终究是“媒介作为环境的研究”，聚焦于“大众媒介和信息技术对文化观念和社会变迁的影响”①，其“立足点是从人出发，研究方法上以文化研究和人类学研究方法为主，但丰富多彩且多元化，研究的面也很广很杂；而中国的媒介生态学研究目前的切入点，主要立足于媒介，方法上接近政治经济学和媒介经营管理学”。② 可见，北美的 Media Ecology 研究认可生态学的基本思维方式，并不排斥“生态”一词；他们之所以在汉语语境中坚持“媒介环境学”的称谓，从根本上说，不外乎是想坚持北美研究范式的独立性，以期与诞生于中国本土的“Media Ecology”研究划清界限。因此，将北美的“media ecology”汉译成“媒介环境学”，而将中国的原创理论命名为“媒介生态学”，可以廓清其学科差异，避免理论的混淆。③ 崔保国在《媒介生态分析的理论框架》中提出了广义“媒介生态学”的概念，认为其包括两大部分：一个是研究人与媒介环境的媒介生态学，另一个则是研究媒介与其生存发展环境的媒介生态学；并认为把前者称为“媒介环境学”比较妥当。④

至此也就不难理解《中国传媒报告》的做法了。一方面，以崔保国、邵培仁（《中国传媒报告》主编）等为代表的学者，意识到了其 2001—2003 年⑤即着力探索的中国媒介生态学与北美媒介环境学存在研究取向的

① ［美］戴维·阿什德：《传播生态学：控制的文化范式》，邵志择译，华夏出版社 2003 年版，第 2 页。

② 崔保国：《媒介是条鱼——理解媒介生态学》，《中国传媒报告》2003 年第 2 期。

③ 阳海洪：《媒介生态学还是媒介环境学？关于 Media ecology 的汉译问题》，《云梦学刊》2013 年第 5 期。

④ 参见崔保国《媒介是条鱼——理解媒介生态学》，《中国传媒报告》2003 年第 2 期；《媒介生态分析的理论框架》，《中国传媒大学亚洲传媒研究中心会议论文集》，2005 年东北亚传播学国际研讨会（北京），2005：8。2008 年 5 月邵培仁也提出“凡能以生态的眼光来‘观照媒介传播之实质’的相关研究，其实统统可以纳入到广义的媒介生态学的学术圈中”，但邵培仁仍坚持“媒介生态学”的统一译法。参见邵培仁、廖卫民《思想·理论·趋势：对北美媒介生态学研究的一种历史考察》，《浙江大学学报》（人文社会科学版）2008 年第 3 期。

⑤ 参见邵培仁《论媒介生态的五大观念》，《新闻大学》2001 年第 4 期；《论传播生态规律与媒介生存策略》，《新闻界》2001 年第 5 期；以及崔保国《理解媒介生态——媒介生态学教学与研究的展开》，2003 年中国传播学论坛暨 CAC/CCA 中华传播学术研讨会（上海），2004：1。

差别——简言之，崔保国等人认为“媒介是条鱼”，生活在社会生态系统的“水”中；林文刚等人则认为“人是条鱼”，生活在媒介环境构筑的“水”中。另一方面，中国传播学者着重建立中国本土的媒介生态学研究，以媒介的存续环境（媒介之间、媒介与社会之间）为研究中心。因此自2003年第4期开始的《中国传媒报告》中，指涉北美媒介环境学思维的论文大多归于“文化·社会·传媒”专栏，而研究中国媒介生态学的论文多见于“媒介经营与管理”“传播与媒介交叉理论”“传媒产业研究”等专栏。

或许林文刚在2003年提出“中国媒介环境学与北美的媒介环境学在典范内容和研究方法上会有什么异同之处”的问题时，也未必能够想到中国媒介生态学与北美媒介环境学的研究向度如此不同。因为他虽然认为“中国媒介环境学必定牢牢根植于中国的历史和文化，而且从学术层面来看，还牢牢根植于中国的学术传统”，但他当时仍然期冀中国的媒介生态学“研究传播技术如何在中国文化的发展中扮演角色”。[①] 因此他后来才决意于与中国的媒介生态学各树旗帜。

在此需要特别指出的是，中国的媒介生态学者一贯主张吸收北美媒介环境学的理论与方法。崔保国的广义“媒介生态学”概念明显同时涵盖了媒介环境学派和传播政治经济学派的内容。邵培仁也认为，在媒介生态学研究中应适当关注下述内容：包括并可拓展为媒介环境理论的学者群研究、麦克卢汉研究、媒介社会环境史研究等[②]。加之两种范式都以生态环境为媒介研究的问题域。

媒介生态学关注以媒介为中心的环境，而媒介存续于具体的文化、政治、经济等语境中，并对社会人的心理、思维、习惯产生特定的影响；媒

① 林文刚：《媒介生态学在北美之学术起源简史》，《中国传媒报告》2003年第2期。

② 邵培仁：《媒介生态学研究的新视野——媒介作为绿色生态的研究》，《徐州师范大学学报》（哲学社会科学版）2008年第1期。

介环境学的研究往往根植于某一媒介形式，而这一媒介形式也存在于具体的文化、社会、政治、经济等宏观环境中，也必然要考虑到媒介与其他文化因素间的相互关系及作用，也即媒介所构成的生态与媒介间的相互影响。①

由此，我们认为在中国学界将“Media Ecology”译为“媒介生态学”，这里暗含四个基本前提：一是对于崔保国提出的“广义媒介生态学”概念承认“媒介环境学”译法的认可（同时对于邵培仁统一译为“媒介生态学”的提法不能认可）；二是对于“媒介生态学”与“媒介环境学”研究范式互相吸收、相得益彰的期望；三是特别在涉及北美学派思潮与方法的时候，必须翻译为“媒介环境学”；四是在“媒介生态学”中，“媒介是一条鱼”，媒介生活在社会、文化、政治、经济等构成的“水”之中。

三　媒介生态作为百年中国文学史书写的理论原则

上面我们已经论及，“媒介生态（环境）”是北美的一个传播学流派，主要将“媒介作为环境来研究”，而中国的媒介生态学则主要将媒介放置在一个大的社会文化生态环境之中，研究媒介与环境之间的相互关系，并将媒介生存的环境作为一种生态系统，在此基础上研究媒介的生存环境问题。对于百年中国文学来说，媒介不仅仅是百年中国文学发展的一个载体，更是百年中国文学发展的一个推动力，如果我们从媒介生态的视角介入百年中国文学史的书写之中，我们就能够有新的理论发现。

（一）继承与改造：从传播学流派的“媒介环境”到文学研究理论视域的“媒介生态”

从媒介生态的视角观之，文学作为一门语言艺术，其发展与变迁既受

① 王彤、王纯菲：《媒介生态学与媒介环境学的碰撞与涵容》，《辽宁大学学报》（哲学社会科学版）2015 年第 2 期。

到符号媒介的影响，又受到载体媒介的制约；既与“作为环境的媒介”息息相关，又与媒介存续的政治的、经济的、文化的、技术的宏观生态环境紧密相连。由此，我们将传播学流派的北美媒介环境学与中国媒介生态学的观点加以改造，批判吸收，最终采用“宏观媒介生态”与“微观媒介生态”这一具有整体观感的分析路径，去考察百年中国文学的演进，以求立论的清晰。具而言之，社会环境与受众构成了“宏观媒介生态”，符号媒介、载体媒介形式及其科层化生产组织则构成了“微观媒介生态”。

（1）宏观媒介生态。这一理论来源于中国的媒介生态学研究。依据中国媒介生态学创立者之一的邵培仁《论媒介生态系统的构成、规划与管理》中的阐述，媒介生态系统可以分为自然环境、社会环境（含有政治环境、经济环境、文化环境和技术环境等）和一级生产者（传播者）、二级生产者（媒介）、三级生产者（营销）、消费者（受众）等①。因此我们说，一方面，承载、传播文学艺术作品的媒介及媒介组织（也在一定程度上参与文学生产）是一条鱼，生活在由社会环境、技术形态环境、读者环境等诸多因子构成的社会生态的“水”中。另一方面，各个宏观媒介生态因子之间也是相互渗透、相互作用的关系。比如经济媒介生态与受众之间是直接的一些关系，而两者又同时受到政治媒介生态比如（媒介体制）以及文化思潮、教育水平等因子的制约。技术因子则极为活跃，它与资本市场合力形塑了大众媒介文化生态。

（2）微观媒介生态。微观媒介生态涵盖两层意思：既强调符号媒介（语言、文字、图像、声音）与载体媒介（报刊、广播、电视、网络等）在整个媒介场域中的重要作用，又强调载体媒介的生产性组织（报社、出版社、电视台等）的相对独立性作用。理论分别来源于北美的媒介环境学与中国的媒介生态学。首先，文学是语言的艺术，而语言又是一种符号媒

① 邵培仁：《论媒介生态系统的构成、规划与管理》，《浙江师范大学学报》2008年第2期。

介，承载着独特的意义空间。北美媒介环境学的先驱苏珊·朗格认为语言是一种思维；而且不同的媒介形式对于文学的演进也有不同的作用，文学是一种语言符号、其意义的表达受到媒介形态、媒介环境的影响。其次，载体媒介的生产性组织是规模化、组织化文学生产、传播的主要参与者，媒介组织之间的竞争与合作的着眼点即提高媒介产品市场占有率，扩张媒介产品的发行与销售能力。

为了直观与清晰，我们用下面的“微观—宏观”文学媒介生态系统逻辑结构图来表示本研究中的“媒介生态”的内涵。图中外部的六边形勾连了宏观媒介生态的六大因子，内部的六边形显示出微观媒介生态的组成态势。

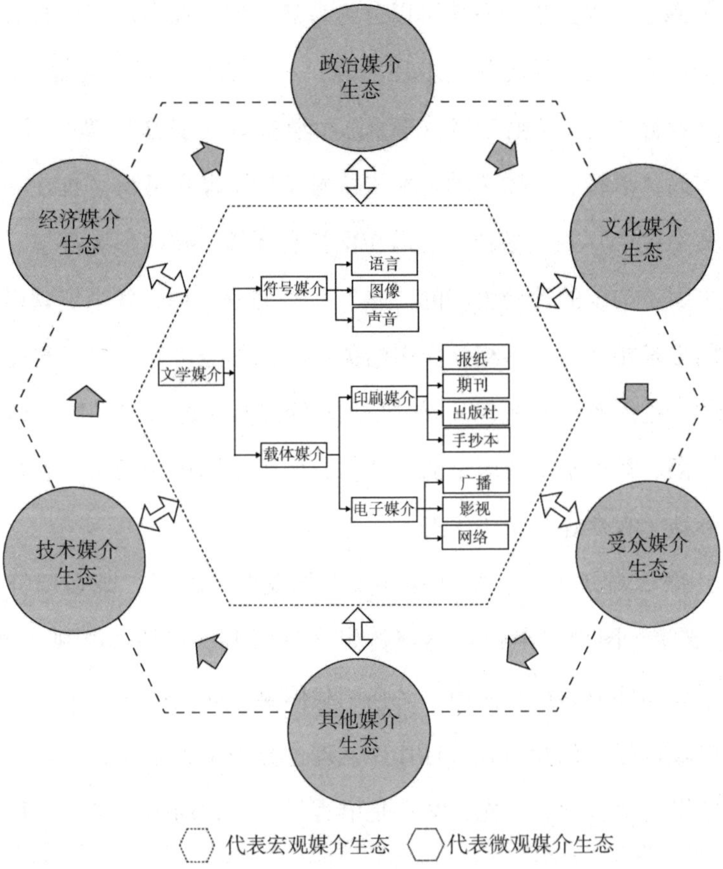

“微观—宏观”文学媒介生态系统逻辑结构

从上图我们可以看出，对于百年中国文学研究来说，媒介生态与其之间的关联更加紧密，原因在于媒介生态是一种关系型的存在，是一种动态的生成型的存在，而不是静态的一种工具和中介，这其中，媒介生态从整体上可以划分为宏观媒介生态和微观媒介生态，宏观媒介生态包括了政治媒介生态、经济媒介生态、文化媒介生态、技术媒介生态、受众媒介生态和其他媒介生态。微观媒介生态包括了报纸、出版社、期刊、手抄本这些具体媒介的编辑策略、审美实践以及它们之间的相互关系等，更为重要的是，在微观媒介生态中还包括了符号媒介，比如语言、声音和图像等符号媒介均包含在微观媒介生态之中。

（3）两大媒介生态之间作用的特征：

一是合力性与独立性。宏观媒介生态、微观媒介生态两个维度既分别、又同时对百年中国文学发展产生影响。比如具体到某一文学作品或文艺作品系列的出版与发行，微观媒介生态（作者的思想语言风格、作者群、出版社）起到了直接的作用；但整体来看，又处于受众、市场的拉动力之中，更与当时的政治舆论环境的宽严、媒介与交通传递技术的发展紧密相关。

二是非等价性，即诸多媒介生态因子中必有起主导或决定作用的因子。一个简单的例子，在“十七年文学”时期，政治媒介生态的主导性最强。

三是不可替代性和互补性，媒介生态因子虽非等价，但都不可或缺。这些媒介因子共同推动了百年中国文学的发展。

总之，宏观媒介生态和微观媒介生态提法综合考虑了文学的媒介属性（语言即媒介）、媒介之于文学的价值（承载内容或赋予意义）以及中国语境里的媒介生态学研究，两者共同建构了百年中国文学发展的媒介生态。

（二）宏观媒介生态与百年中国文学研究

宏观媒介生态，就是影响媒介生存发展的外在的、整体的社会环境。

就承载百年中国文学发展的媒介来说，主要指涉政治生态、经济生态、文化生态、技术生态、受众生态和其他生态等六大因子。文学的发展即文学的生产、传播与接受（或消费）也在这些生态因子的互动与博弈中进行。

政治生态是媒介发展的政治环境，对于百年中国文学发展来说，政治环境可以分为“晚清—民国—共和国”三个时期。政治环境的变化对媒介发展影响巨大，甚至在某一特定时期决定了媒介生产的体制，以及文学生产的内容与主题。实际上，就算在市场经济崛起与新媒介技术日新月异的新时期，消费受众对于文学生产的拉动作用显得尤为重要，但政治因子中的宏观调控对于媒介与文化市场资本的配置、媒介组织的“建制化”倾斜，以及文学生产内容的基调、底线仍然具有导向性的作用。

经济生态指的是影响媒介发展的经济环境因素，涉及具体经济体系之下的市场、资本的动态发展。对于百年中国文学发展来说，经济环境从市场经济到计划经济再到社会主义市场经济的转变，这些经济环境的变化也影响着媒介的生存和发展。比如市场经济体系的确立与完善，极大地激发了媒介产业市场、文学艺术市场的活力与多元化生产，甚至提出了“文化产业”这一国家命题。这拉动了文艺出版市场、影视产业、电子文化市场的发展并扩大了从业者的规模。

文化因素和技术因素本身就是西方媒介环境学中的重要组成部分。百年中国文学是百年中国文化的一个重要组成部分，文化环境的变化势必影响到百年中国文学的发展。比如每一次新的文化思潮对于媒介的推广、对于文学转型的推进；又比如国民教育的进步与识字率的提升对于媒介使用、文学阅读的推动。就技术因素来说，从手抄本、雕版印刷到机械印刷，从印刷媒介到电子媒介再到数字媒介，媒介形式的演进对百年中国文学发展的影响都是巨大的。与此同时，一种媒介技术创造了相应的文化思维方式，影响了文学语言的形式，又创造了人类的生活方式。媒介技术、传播和文化形塑了一个复杂的信息系统，它赋予人类某些思维方式，感觉和行为方式。

就受众来说，就是百年中国文学读者群的变迁：百年来，中国文学的受众从以精英阶层、市民阶层为主体，到以工农兵阶层为主体，再到以市民阶层、大众阶层为主体，这既与各类受众接受的文化教育水平密切相关，也与受众的文学艺术消费（阅读）旨趣不可分离。

其他生态因子，我们认为包括自然条件、地域区位等。比如交通便捷的城市或者中心区域的媒介传播、文学生产比较发达（相较于村镇地区），比如现代文学的出版中心在上海。媒介集团的总部大多位于北上广深津杭等特大城市。地区的文化、文艺的生产制作中心，不少前沿作家群也位于（居于）省会城市。

因而从媒介生态入手，就可以以“媒介”为中心，将政治、经济、文化、技术、受众等因素组成起来，形成一股“合力”，共同推动百年中国文学的发展。从宏观媒介生态出发，它的影响还主要表现在文学的外部研究方面；因此我们从宏观媒介生态出发，主要考察百年中国文学制度的演变。

我们以出版社为例来考察其受到宏观媒介生态的影响。作为传播媒介的出版社在百年中国文学的现代性历程中占据了重要的地位，出版社一方面是文学出版的机构；另一方面又是文学出版的载体。出版社的出现对中国现代文学的生成与演变以及向当代文学的转型都具有重要的意义。出版社的三次重大变革与媒介生态就有着内在的密切联系。作为具体传播媒介的出版社在百年中国文学发展的进程中，由于技术、政治、经济等宏观要素的变化，其作用在中国文学发展的历史进程中也是各不相同的。

清末民初，由雕版印刷为主的手工作坊出版模式向铅字印刷的出版社转型，导致了清末民初“新小说”的横空出世。“新小说”的出现缘于文学新模式与受众期待中传统模式的“错位”，这种错位暗合了国人利用报刊新媒介认识世界、感知世界、构建新世界的欲望，所以才会成为文学新贵。“新小说”既是出版社文学出版的副产品，又以文学的形式在舆论上起着主导媒介的作用，这是通过出版的技术变革带来文学由古典向现代转型的千年之变。而1949年中华人民共和国成立之后，由于意识形态变革导致了出版社出版机制的调整，展现出意识形态对文学出版资源的控制，“十七年文学”则是这种出版机制的产物。“文革”文学的传媒媒介则更加显示出意识形态的力量。“实行改革开放后，由于国家工作重心的调整，市场因素回归，文学出版呈现出新的时代面貌。在逐渐宽松的话语环境中，文学出版在遵守国家出版政策之外也在商品经济的引导下探索自身发展道路。20世纪90年代以后，随着社会主义市场经济体制的确立，在电子媒介的兴起、多媒体发展等多重因素的共同影响下，文学出版在观念上呈现出市场化的特点”,[①] 中国文学在此出版观念的指引下也逐渐地走向了多元化发展道路。

再比如说，印刷技术在百年文学发展中也有着不同的作用。清末民初由于印刷技术的变革，即印刷技术从雕版印刷到大规模机械印刷的转变，“媒介生态”发生了巨大变化，过去由官方印刻的文学转变为民间印刷，文学的形态由此发生了重大变化，文学的生产形态和生产机制产生了巨大的转型。技术变革首先带动的是文学传播方式的现代性变革，现代意义上的出版机构得以建立。报纸、期刊、书籍印刷的方便为文学提供了得以展开的现代传播渠道和赖以生存的社会公共场域，为市民读者群和现代职业作家的出现提供了方便。其次，印刷技术的变革也改变了文学的内容和文体，印刷技术变革开创了以“复制”为标志的新的传播模式，文学告别了最初以诗文为中心的文体模式，转而形成了以“小说”为中心的文体格局，文学现代性也就是在相应的印刷技术变革中得以产生。最后，印刷技

① 胡友峰、郑晓锋:《论中国当代文学出版观念的变迁》,《浙江工商大学学报》2015年第3期。

术的变革催生了“现代性”文学观念的形成。印刷技术的变革，文学打破了古典时代封闭性的个体化操作局面，而转向了以技术为基础的社会化操作的局面。时空观念的现代性和“主体体验”的现代性在印刷技术的推动下形成了新的现代性文学观念——“活的文学”和“人的文学”观念得以产生，“活的文学”意味着文学打破传统的思维习惯束缚和文言言说的方式，建立意味深长的话语模式，“人的文学”因为这“人”成为文学关注的焦点问题，在此基础上，现代意义上的现实主义和浪漫主义文学观念获得了新的生机和意义。

三四十年代的文学、“十七年文学”和“文革”文学与政治媒介生态有着比较密切的关联。在三四十年代文学发展中，最突出的特点表现在政治媒介生态对文学制度的影响上，这与三四十年代中国社会的发展境况联系在一起。国统区文学、沦陷区文学和解放区文学由于政治背景的不同，形成了不同的文学制度。解放区文学以延安抗日根据地为中心，由于物质匮乏和教育落后，解放区文学制度要求是与农民“对话”，因而解放区文学呈现出政治化、民间化和大众化的趋向，“讲话”是最基本的制度，“赵树理方向”是文艺实践的基本方向。沦陷区文学处于政治高压的“不自由”状态，日伪政府引诱作家为“建设大东亚共同圈”而写作，从而对作家造成了很大的压抑，一批作家成为流亡作家。国统区文学建立了中华全国文艺界抗敌协会，是抗战期间团结国统区各方作家最重要的文艺团体，《抗战文艺》是期间出版时间最长、流传最广的期刊。中华人民共和国成立后，党和国家从政策上将文学的创作、出版、发行、批评等一系列的文化行为收拢起来，置于政治制度之下，从而有计划地进行文学生产。作为文学生产机制核心环节的文学出版制度，与现代文学相比，发生了重大的变革，即从市场配置转向国家垄断。新的出版制度主要包括以下四个方面：（1）党委负责制；（2）选题计划审批；（3）分工合作制；（4）文学出版三审制。

“文革”期间，政治媒介生态对文学发展的影响达到了顶峰。“文革”

期间，文学制度发生了重大变异，《纪要》成为“文革”文学的官方制度，对“十七年文学”彻底否定，突出样板戏的典范作用，文学期刊全面停刊。

但“文革”期间文学期刊的缺席，并不能完全阻止文学的创作和传播。一方面，官方通过掌控的“两报一刊”的印刷媒介和广播媒介，不断生产和传播文学的国家话语模式，大力宣扬国家意志，加强意识形态控制；另一方面，民众通过口诵、手抄等原始的生产和传播方式，创作和传播自己的文学作品，抵御国家意识形态的侵蚀。广播的传播在文革文学传播中成为一种传奇。在传播媒介被国家全面控制的情况下，广播成为传播“文革”文学国家话语模式的必然选择。广播这种单向度的传播媒介不仅因其广泛的“接近性”，将“红太阳”意象渗透到每一个角落，同时在传播过程中所产生的广场效应，使个人在群体中消失，散漫无序的个体被整齐划一的群体所替代，国家意志成为集体无意识，从而实现了国家意识形态的控制。

因而在百年中国文学史的书写过程中，如果我们能够将媒介生态理论贯穿在整个研究的始终，从媒介生态系统的变革中描绘百年中国文学与媒介之间的互动共生关系，不仅仅是从媒介变革看文学发展，更能够从百年中国文学发展的历史进程中透视媒介的力量，从而为百年中国文学史的书写增添新的视角和内容。

（三）微观媒介生态与百年中国文学研究

微观媒介生态，就是影响媒介生存发展的内部媒介环境，就承载百年中国文学发展的媒介来说，主要有两方面含义：一是媒介组织之间的竞争、合作关系，媒介组织内部的生产、经营机制等，这源自中国的媒介生态学研究；二是具体的载体媒介形式之间的叠加或竞争，以及作为符号媒介的语言的变迁。这源自北美的媒介环境学思想。具而言之如下：

首先，与口语时代的个体化传播难以实现大规模的文学生产不同，自印刷业兴盛以来，报纸、期刊、广播、电视、网络等技术催生了大众化的传播媒介组织。专业化的大众媒介组织，指专门从事大众传播活动以满足社会需要的社会单位或机构（如报社、杂志社、出版社、电台、电视台、电影公司、网络公司和媒介集团等）。它们将文学生产升级为一种规模性、组织化的生产、传播与消费行为；有时还在某些层面（比如单向度的传播）接近法兰克福学派所言的“文化工业”。

其次，语言是微观媒介生态的一个非常重要的组成部分，它与某一具体的文学媒介结合，可以形成某种独特性的语言，从而形成一种独特性的文体、形成一种文学社团、推动着某一流派甚至文学思潮的发展。比如对于《新青年》来说，正是对语言的重视，才引发了“文白”之争论，从而导致了文学革命的发生——在这里，语言具有优先传播何种文体的“倾向性”。尼尔·波兹曼的研究主题之一即作为媒介/技术的语言研究，他更是认为语言即环境（语言构筑人的生活时空）、语言即文化，甚至主张“利用语言创造一个世界，这个世界包括我们的文化、社会结构、时代风尚、社会规范、成文法律和技术”。可见，符号媒介尤其是语言是微观媒介生态中心之一。

与此同时，麦克卢汉和昆廷·菲奥雷声称，每个时期都有一个重要的媒介，界定了社会的本质，分别对应于时代的主要交流模式，比如电子时代的阅读、交流即时性、比特化——媒介形式对于文学演进功莫大焉。单小曦认为，“文学艺术从来都是一定历史文化语境中的具体存在”。而文学的媒介载体即是这语境的组成部分。当前崛起的数字化新媒介甚至“已经打破了传统意义上的文学和艺术的划分”，传统意义上的文学和艺术在赛博空间中交合，形成了“文、艺、技渗透交融的新形态”。①

① 《倡导媒介文艺学建设——单小曦教授访谈录》，见蒋晓丽、赵毅衡主编《传播符号学访谈录——新媒体语境下的对话》，四川大学出版社 2017 年版，第 170 页。

由于任何的文学载体媒介都需要通过语言来传递文学信息，因而在整个的微观媒介生态中，我们选择以语言为中心来把各个要素联系起来，语言首先就是一种符号媒介，另外在各种文学媒介组织的相互合作和竞争关系中，语言也起到了黏合剂的作用，最重要的是文学是语言的艺术，通过语言我们可以对具体的文学作品、文学文体、文学现象和文学思潮进行分析和研究，从而能够从细节处洞察百年中国文学的发展进程。对照当下现实，每一代人继承了一种特殊的媒体语言结构，新一代自然也受到新媒体语言性质的影响。由此，从微观媒介生态出发，它的影响主要体现在文学的内部研究，对于百年中国文学来说，我们主要考察百年中国文学语言的变迁，兼及媒介与专业化的媒介组织对于文学艺术文本生产、传播与消费的推动作用，这样可以考察什么样的文本得到了优先生产与传播——我们假设新技术文本和距离受众心理近的文本得到此待遇。文学作为语言的艺术，百年中国文学发展的历史在某种意义上来说就是百年中国文学语言的变迁史。从媒介生态视野出发，考察媒介生态是如何影响百年中国文学语言变迁的。从文言到白话，语言的大众化、民族形式问题，消费语境下语言的变迁，与媒介生态都有内在的联系。百年中国文学的发展，实际上是以新兴思想的兴起与僵化的语言模式之间的内在矛盾为契机，在不断演变的社会文化转型中所形成的一个文学现代性过程，因此在对语言问题进行考察的同时也需要考察媒介生态与百年中国文化思想变迁的内在联系。

综上所述，从微观媒介生态出发，我们可以选择从语言的角度透视百年中国文学的发展变化，具体来说，我们可以从以下几个方面来书写百年中国文学史的轮廓与框架：第一，语言作为符号媒介是如何进入百年中国文学媒介生态系统的？在这里要解决媒介生态的构成问题、媒介生态的宏观维度和微观维度的具体指向，载体媒介与符号媒介之间的相互关系。第二，语言媒介在百年中国文学发展中的作用何在？语言变革与文体变革之间存在何种内在关联？在这里要解决百年中国文学发展过程中中国文学观念倡导、文学语言变革与文学具体实践之间的关联。语言的变革创新出一种新的文体与其相对应。第三，中国现代文学史上三次关于语言（文白、雅俗、民族形式之争）的论争其背后的文化背景何在？三次论争的背后，其文化背景是中国思想界对于现代性及其变革的追求。第四，“文艺的大众化”路线与百年中国文学语言的通俗化经历了怎样的发展阶段，有着怎样的关联？20 世纪 30 年代对语言大众化观念的全面倡导到 40 年代“民族形式”论争中对语言“民族性”的强调，再到 50—70 年代文学语言的通俗化进程，最终目标是解决新文学读者的阅读困境，推行文艺政治的教化功能。第五，80 年代文学出版格局的多元化导致文学语言内在变化的机理何在？随着 80 年代文学出版格局由计划经济向市场经济的转型，文学期刊的繁荣发展，文学语言呈现出语言的雅化、精英化、口语化、世俗化、众神喧哗的多语混成的局面。第六，新媒体的产生对文学语言有着怎样的影响？对百年中国的文体形式产生何种影响？新媒介的出现产生了新的文学形式——网络文学的产生，网络文学的语言有着自己的特征，句式的简洁、表达的戏谑，“粗口秀”的话语方式及其词语使用的随意性和不规范性，这些对百年中国文学的发展都具有非常重要的影响。从文学语言的细部入手可以克服宏观媒介生态带来的对文学作品、文学问题、文学思潮等问题的忽视，从而能够进一步地探明百年中国文学史的丰富内涵。

四　媒介生态作为百年中国文学史书写的理论原则与意义

（一）媒介生态与百年中国文学史书写的基本原则

首先，我们的研究不是以文学媒介文献资源为中心的资源汇编，而是在对文学媒介文献资料进行精密分类整理、甄别基础上的一种文学史书写，以史料为基础，以媒介生态作为理论视域对百年中国文学史进行的宏观把握、理论概括和整体归纳，从而追求理论的高度和深度，既注重文学史的细枝末节、又重视理论的提升与总结。从媒介生态的理论视域出发，要警惕文学史研究中的史料至上和理论至上两种趋向，将文学史的书写落到实处，警惕其知识的碎片化和理论的游戏化倾向。也就是说，文学史的叙述要以“媒介生态”为中心，将各种方法重新改造，熔为一炉，百年中国文学经验对于百年中国文学史书写来说，是最贴近，又是最适合的。

其次，如果仅仅从宏观的媒介生态来书写百年中国文学史，则长于文学的外部研究，对文学的内部要素，诸如语言、文体等就缺乏足够的认识，这样的文学史书写还是有缺憾的，而从微观的媒介生态出发，将语言作为百年中国文学发展的一个符号媒介加以阐释，则可以对文学语言发展的内在线索，以及与语言相关的百年中国文学文体的内在发展线索，文学风格的发展线索作出更为精致的梳理。

最后，将宏观媒介生态与微观媒介生态结合起来分析，把刊物、书局、作品、流派的研究，同作家、编者、读者、出版家、教育家的学术思想相互结合，将百年中国文学从内部到外部连通起来，将文学的生产、流通、传播、评价、教育各个方面加以联通，把百年中国文学发展的面貌揭示得异常细致和生动，这是别样文学观书写所无法达到的，通过作品的发行、读者的教育、本研究的笔触深入过去文学史从来没有达到的“文学影响”层面，文学史的叙述达成了文学与读者之间的互动。

（二）媒介生态与百年中国文学史书写的理论意义

1. 界定百年中国文学的叙述起点

百年中国文学与中国古典文学之间存在巨大的差异，学术界更多地从西学东渐、现代学术体系的建构、精神启蒙和国家救亡、知识分子的价值选择等方面去探究这种差异性。从媒介生态出发，要特别重视晚清报刊兴起引发的中西文化交流情况和晚清知识分子内部思想激荡碰撞并融合中西文化所形成的独立见解，从中观察和描述百年中国文学的发生，才有可能趋近于历史的还原。因此，要充分认识现代报刊在百年中国文学发生的作用和意义。基于这样的认识，我们将百年中国文学发生的时间定在 1902 年，这是社会革命失败后知识分子向文学寻求“舆论”支持的一次转移。梁启超在这一年创办《新民丛刊》《新小说》等刊物，并提出“小说界革命”、“文界革命”和“诗界革命”，这对于中国文学转型具有重要意义，另外这一年《大公报》创刊，之后《绣像小说》、《新新小说》和《月月小说》创办，小说也成为一种新的文体，催化了新的文学范式。

2. 更新百年中国文学史的书写范式

根据以往文学史的写作情况，一般来说，文学史的写作范式有以下几种：第一，以作家作品为中心的述史方法。传统的文学史叙述就是以作家作品为中心，围绕作家作品来分析文学思潮的演进、文学文体的演变，这样的文学史书写确实把握住了文学的审美性特征和文学作品的研究意义，却又仅仅是在作家作品的范围内打转，这样一来，可能文学史的著述会成为文学史料的堆积，而对作家的研究则会演变为对作家生平简历的介绍。第二，以问题为中心的历史叙事方法。这种研究方法需要叙述者有自己的研究理论视野，如果这种理论视野和方法论原则不能与具体的文学现象相互契合，对文学史的书写将会有害而无益。而作为文学载体和符号的媒介与外在的政治、经济、文化、技术、受众等因素结合起来形成“媒介生态”，它就不再是一个单一的力量去作用于文学史，而是一股“合力”，通过对宏观媒介生态与微观媒介生态的区分，可以将文学的外部研究与内部研究集合起来，这样文学语言、文体、流派、思潮等文学内部因素与社会变革、政治变动、经济市场变化、读者接受等外部因素结合起来，形成文学发展的一股“合力”，共同推动百年中国文学的发展。通过“媒介生态”，我们可以建构一种“合力型”的文学史书写范式，找到一种将文学的内部因素与外部因素统一起来的文学史书写的基本单位，形成对“直线型”文学史写作的一种理论突围。通过“媒介生态”，我们可以将媒介所承载的文献材料经过借鉴和消化西方的“媒介生态”理论，形成我们自己的“媒介生态”理论视域，并将其作为文学史叙述的基本单位，来解决百年中国文学发展的重大理论问题。

3. 变革百年中国文学史叙述方式

我们知道，成功的文学史编撰除了资料挖掘和史家的眼光之外，尤其需要找到一种叙述方式，将该领域的材料贯穿和连缀起来，形成一种价值重估，然后整合成一种哲思观念。纵观目前的百年中国文学史的写作，大部分是观念材料相似的大杂烩“文学史”和叙述模式粗放且大而无当的“思想史”。如何重构百年中国文学史，关键在于我们如何找到一个叙述的线索，将百年中国文学的相关材料串联起来。百年中国文学的一个最突出的特点，便是与一百年来时代风云的变幻处于息息相关的联系之中。以“媒介生态”作为百年中国文学史的叙述线索，将百年中国文学发展置于同时期与文学媒介相关的政治、经济、文化、技术、受众等因素相关的复杂网络结构中加以分析，在由此形成的文学体制中，突出文学语言作为符号媒介在百年中国文学发展中的重要地位，考察与文学受众的复杂关系和接受路径，形成一个立体的，网络状的以“媒介生态”为中心的文学史图景，这样可以变革百年中国文学史的叙述方式。

4. 厘清百年中国文学的发展动力

我们认为，百年中国文学发展可以看作是自由主义文学思潮、激进主义文学思潮和保守主义文学思潮的相互冲突、融和与三足鼎立的发展过程。保守主义文学思潮以因袭、承续与发展中国古代文学的传统为基本特色，呈现出前现代即古典的特征；而自由主义文学主张“文学独立论”，追随西方现代艺术自主性的思想路线，坚信“在文学范围内解决问题”的思路，呈现出现代特色；而激进主义文学思潮，即以左翼文学为始端的政治化的文学思潮，借助文学问题来解决中国的生存发展问题，也是一种典型的古典文学形态。因而，从“媒介生态”出发，可以将百年中国文学发展中的三大重要文学思潮统一起来，它们都是在“媒介生态”的视野中推进自己思想发展的。

Media Ecology and the Writting Issue of the One-hundred-year History of Chinese Literature

Hu Youfeng

Abstract As a branch of communication study, media ecology can be transferred into the theoretical principles of the writting issue of the one-hundred-year history of Chinese Literature. By dividing media ecolgy into macro media-ecology and mirco media ecology, we can associate media ecology with the writting of the one-hundred-year history of Chinese Literature so that a brand new angle is provided for the latter. Its meanings are in that it can define the starting line of narration of the one-hundred-year history of Chinese Literature, renew its writting paradigm, transform its narrative approaches and reveal its engine of development.

Key Words Media Ecology; the One-hundred-year History of Chinese Literature; the Writting; the Meaning

Author Hu Youfeng, He was bom in 1977, He come from Jin Zhan, An Hui, a professor of research center of aesthetics and literary theory of Shandong University.

周濂溪“窗前草不除”故事的生态学探析

辛正根

摘要　当前地球生态系统面临着环境危机和生命灭绝的危险，一直以来，儒教作为能够克服这种危机的思想资源而备受关注。从这个角度来看，儒教思想中的“万物一体”说一直被认为站在人类中心主义的对立面。万物一体说认为所有事物都连结为一个整体，所以某个生命体所遭受的痛苦，具有共鸣的特征。对于地球生态界，这种共鸣要求出现与人类中心主义（anthropocentrism）不同的应对举措和责任。周濂溪的“窗前草不除”故事，作为体现万物一体的象征性问题值得关注。周濂溪的“窗前草不除”故事非常简单，但它对哲学史产生的影响却不容小觑。程明道也有类似体验并对其做了注释，朱熹将孔子的“舞雩归咏”和周濂溪的“窗前草不除”相结合作为读书的乐趣。王阳明曾努力对“窗前草不除”进行最全面深入的注释。这是因为，人们将“窗前草不除”故事看作超越理解世界的窗口，看成是形而上学的体验、享受诗学情趣和审美快感的象征性事件。由此可见，“窗前草不除”故事提出了一个新观点，即人类不是世界的中心，人类和自然是同呼吸共命运的同类。

关键词　周濂溪；生态系统；窗前草不除；一体；共感

作者简介　辛正根，成均馆大学校教授/儒学大学。

引　言

1992年，全世界1700名科学家联合发表了“世界科学家对人类的警告”（World Scientists’ Warning to Humanity）一文，认为人类已使地球环境达到了承受底线。当时科学家们曾督促人们减少对臭氧层、海洋栖息地和森林的破坏，解决饮用水污染、土壤生产性低下、物种减少和灭绝的问题，同时呼吁中断使用化石燃料和山林采伐活动。

25 年后的 2017 年 11 月，科学家们再次发布了“世界科学家对人类的警告：第二次通告”（World Scientists’ Warning to Humanity：A Second Notice）。借助于网络和社会化媒体，这次宣言共有 184 个国家的 15000 名科学家参与了联合署名，是 1992 年的 9 倍。世界平均气温自 2002 年以后上升了 0.5 度以上，每年二氧化碳排放量以 62% 的增速递增。25 年间森林面积和淡水量大幅减少，所有哺乳动物、爬虫类、两栖类动物以及鱼类的个体数量减少了 30%。相反，人口却增加了 20 亿，随着生命多样性不断遭到破坏，继近 5.4 亿年间发生的五次大灭亡之后，第六次大灭亡正在发生。①

全世界范围内，随着产业化的不断进行，关于环境危机的报道和文章频频见诸报端。如今，人口激增的同时，生命个体数量在急速减少，所以科学家们警告人类即将面临第六次大灭亡。为了人类的生存，地球上其他生命体在悲惨地牺牲着。最终面临第六次大灭亡的现状，正是人类中心主义（anthropocentrism）酿造的恶果。因此，为了克服现在地球的生态危机，尊重生命的多样性，必须反省人类中心主义，进行对策性思考。

一直以来，儒教作为能够克服当前地球生态系统面临的环境危机和生命灭绝的思想资源而备受关注。② 从这个角度来看，儒教思想中的“万物一体”说一直被认为站在人类中心主义的对立面。“万物一体”说认为所有事物都连结为一个整体，所以某个生命体所遭受的痛苦，具有共鸣的特

---

① ZDNet Korea Lee Jeong-hyeon 媒体研究所，“科学家们，报道环境灾难……冲突人类与自然”（2017. 11. 15 报道）；《The Hankyoreh 新闻》，“‘第六次大灭亡进行中’，历代以来最多的科学家署名的这篇论文”（2017. 11. 14 报道）。

② Mary Evelyn Tucker，John Berthrong ed，*Confucianism and Ecology*：*The Interrelation of Heaven*，*Earth*，*and Humans*，The President and Fellows of Harvard College，1998.

征。对于地球生态界，这种共鸣呼唤着与人类中心主义（anthropocentrism）不同的应对举措和责任意识。

那么，应该如何将儒教的“万物一体”说体现的对所有事物的共鸣和责任正当化呢？本文尝试以周濂溪的“窗前草不除”故事为焦点展开探析。“窗前草不除”是收录在《宋元学案》《濂溪学案》中的一篇内容短小的逸话，却为后来的哲学家们带来了无数的灵感。[①] 这个故事如何与“万物一体”说相关联而产生巨大意义的磁场呢？事实上，“窗前草不除”只是一个日常小事而已，即人们生活的房子窗户下面长满青草之后如何处理的问题。为了减少麻烦，可以选择无视，也可以为了卫生选择清除干净。日常小事是如何体现了象征“万物一体”说的共鸣现象，进而扩展到形而上学的呢？或者，人们对“窗前草不除”这一日常小事赋予了过多的意义？本文着重分析“窗前草不除”故事是如何得到当时人们的共鸣和承认的。

更进一步说，如果“窗前草不除”对于周濂溪来说并非一时的有感而发，那么其产生的共鸣和洞察肯定会在以周敦颐的《通书》为代表的其他著作中，以某种方式留下痕迹。这是因为其对思维和思想能够产生影响。以此为依据，可对周敦颐的《通书》及其散文进行探究，其结果是对于“窗前草不除”的观察，经过《爱莲说》等逆向思维，周敦颐的思想和艺术在以《周易》阴阳调和和循环为基础的存在论的逻辑中展开，然后再延伸至无欲的修养论，最后与诚、圣、仁等道德标准融合。

一　周濂溪的“窗前草不除”具有生态学的思想态度？

（一）否定论

如前所述，“窗前草不除”故事只是一件再平凡不过的日常小事而已，

① 黄宗羲《宋元学案》“濂溪学案”下：“周茂叔窗前草不除去。问之。云：与自家意思一般。”“明道学案”下：“明道书窗前有茂草覆砌。或劝之芟。曰：不可！欲常见造物生意。”

并无特别之处。不在植物园、公园和森林，而在房子的窗子下面长出茂盛的草，这并非好事。尤其是夏天，蚊子等各种虫子会栖息在草丛中从而引发各种卫生问题，必须尽快铲除。

但在儒学史中并没有人批判将“窗前草不除”故事当作日常小事，那么我们通过类似案例来探析一下成为批判对象的“窗前草不除”的故事。《论语》中出现了虽与“窗前草不除”的除草故事不同，但也是将日常小事和特别之事结合起来的事例。[①]《先进》中记载，子路、曾皙、冉有、公西华等与孔子一起就坐。孔子对他人没有对自身存在感到负担而怀有“不吾知也!”的不满，于是就问他们四人:“如或知尔，则何以哉?”

四人都一一给出了答案。子路、冉有、公西华三人说各自负责国家治理的一部分任务，表达了想成功履行职务的抱负。相反，曾皙则回答:“莫春者，春服既成，冠者五六人，童子六七人，浴乎沂，风乎舞雩，咏而归。”四个人的话说完，很想知道孔子是怎么想的。孔子说:“吾与点也!”他认为相较于实现国家治理职责的抱负，专注于日常琐碎的小事更为重要。[②]

很显然，三人都不满足于现状，都明确地表达了想参与现实并展现自己才能的想法。相反，曾皙却给人一种比起参与现实的伟大抱负，更愿意在日

---

① 元朝诗人翁森曾从相同脉络写过曾皙与孔子的“风咏”和周濂溪的“窗前草不除”。这里不限定个人的细小琐事，可以确定被看作是展现诗人所怀有的气质的一个典型。“四时读书乐”:“山光照槛水绕廊，舞雩归咏春花香。好鸟枝头亦朋友，落花水面皆文章。蹉跎莫遣韶光老，人生惟有读书好。读书之乐乐如何?绿满窗前草不除。”

② 《论语·先进》26:子路、曾皙、冉有、公西华侍坐。子曰:“以吾一日长乎尔，毋吾以也。居则曰:‘不吾知也!’如或知尔，则何以哉?”子路率尔而对曰:“千乘之国，摄乎大国之间，加之以师旅，因之以饥馑，由也为之，比及三年，可使有勇，且知方也。”夫子哂之。“求!尔何如?”对曰:“方六七十，如五六十，求也为之，比及三年，可使足民。如其礼乐，以俟君子。”“赤!尔何如?”对曰:“非曰能之，愿学焉。宗庙之事，如会同，端章甫，愿为小相焉。”“点!尔何如?”鼓瑟希，铿尔，舍瑟而作，对曰:“异乎三子者之撰。”子曰:“何伤乎?亦各言其志也。”曰:“莫春者，春服既成，冠者五六人，童子六七人，浴乎沂，风乎舞雩，咏而归。”夫子喟然叹曰:“吾与点也!”三子者出，曾皙后。曾皙曰:“夫三子者之言何如?”子曰:“亦各言其志也已矣。”曰:“夫子何哂由也?”曰:“为国以礼，其言不让，是故哂之。”“唯求则非邦也与?”“安见方六七十如五六十而非邦也者?”“唯赤则非邦也与?”

常中得到满足的印象。曾皙不脱离日常生活，不为日常生活所压迫，和人们一起享受自然给予的季节盛宴。从不担心落后于生活和自然的节奏，他将自己的日常生活依托于节气的变化。宋朝的道学曾高度评价曾皙，称其为具有圣人气质的人物，这一点将在下一节进行详细阐释。

朝鲜后期的洪大容（1731—1783）对同意曾皙抱负的孔子的想法提出了异议。① 洪大容对之前未曾受到关注的语句产生兴趣和疑问。对于子路的提问，孔子在早前曾将自己的抱负描述为："老者安之，少者怀之，朋友信之。"② 借洪大容的话说，就是表明了"救世之心，务实之意"。这充分说明，在儒学中，佛教被归为虚学，士大夫们纷纷从实学中寻找自我本质。③ 但是，曾皙的回答，从忽略日常和现实事物的层面，是可以解释的通的。洪大容认为曾皙的抱负和孔子的同意与"无救世之心，少务实之意"更为接近，从违反实学的角度来看，洪大容保持了批判态度。可见，孔子身上出现了此一时彼一时的矛盾说法。

洪大容在曾皙和孔子的谈论中并没有鄙视"风咏"本身。④ 他像孔子一样，平时与朋友们一起开过小型音乐会，也会独奏乐器，是一个音乐爱好者。⑤ 但是，洪大容认为，个人可以享受音乐之类的艺术，但无法将

---

① 洪大容《湛轩书》"论语问疑"：孔子之志在于老者安之，少者怀之，朋友信之，皆是实事，便是尧舜气象。今点也无救世之心，少务实之意，遗弃事物，而游心乎风咏之乐，则狂者之所以志大，而略于事也。宜夫子之痛加裁抑，而反叹息而深许之何也？

② 《论语·公冶长》26：颜渊季路侍。子曰："盍各言尔志？"子路曰："愿车马衣轻裘，与朋友共，敝之而无憾。"颜渊曰："愿无伐善，无施劳。"子路曰："愿闻子之志。"子曰："老者安之，朋友信之，少者怀之。"

③ Ha Weon-su：《宋代士大夫论》，载首尔大学东洋史学研究室编《讲座中国史Ⅲ——士大夫社会和蒙古帝国》，知识产业 1989 年版；辛正根：《儒教知识分子的社会改善的意义：从先秦时代到宋代以儒教知识分子为中心》，《东洋哲学研究》2001 年第 26 期。

④ 在墨子的"非乐"中出现了否定以音乐为代表的艺术自身的论理。墨子在春秋战国时期不把音乐用在重要的事情上，而是放在了豪华和奢侈浪费的地方。与此相关的 Lee Woon-gu《先进弟子的"乐论"批判——以"墨子""非乐"篇为中心》，《大同文化研究》1990 年第 24 期；辛正根《老子和墨子：寻找自由，扩大和平》，成均馆大学出版部 2015 年版。

⑤ Jo Yoo-hue：《朝鲜后期实学者的音乐观研究：以洪大容和李圭景为中心》，东洋哲学和博士学位论文，成均馆大学，2009 年。

“风咏”与人生抱负或价值取向结合起来。“风咏”虽然可以使人体验到一时的快感，但并不能一般化为引领人生的抱负。若要使之一般化就会导致“无救世之心，少务实之意”的结果，儒学就不再是实学，而成为虚学，同时也会失去自我认同感。所以洪大容对孔子不仅没有“痛加裁抑”曾皙，反而“反叹息而深许之”的行为，深感无法理解并提出疑问。

如果尊重洪大容对曾皙和孔子“风咏”的批判思路，那么周濂溪的“窗前草不除”故事就没有什么特别之处，反而可以理解为懒惰的象征。因此，如果孔子看到周濂溪，可能会对他“痛加裁抑”。因为洪大容认为曾皙和周濂溪的言行不是“救世之心、务实之意”的君子儒必须标榜的抱负或价值，而只不过是以与现实无关的浪漫主义气节为先的狂者怀有的气质而已。

（二）肯定论

洪大容虽然批判曾皙和孔子的抱负，但与《论语集注》中介绍的程子的意见却有所不同。程子曾指责曾皙说“特行有不掩焉耳”，言行不一而近乎狂者，但是还夸他具有古代理想君王尧舜的气质。

> 孔子与点，盖与圣人之志同，便是尧、舜气象也。诚异三子者之撰，特行有不掩焉耳，此所谓狂也。……曾点、漆雕开，已见大意。①

当然，程子与洪大容之间存在北宋和朝鲜后期的时代差异。但两人在标榜“救世之心，务实之意”的君子儒方面，有着共同的目标指向。两人之间如果存在共同的目标指向，那对于同一事件，为何作出完全不同的评价？

程子认为曾皙的主张是圣人之意，与尧舜具有同样的气质。即便程子积极地评价了曾皙的抱负，但也附加了一个条件。即曾皙所持志向虽与圣

① 朱熹：《论语集注》。

人相同，但也存在实际做的事情并不能如实地按照自己所说的话来实行的局限性。所以即使心怀远大志向却因为不能如实地执行而被贴上狂者的标签。在此，比起付诸实践的能力，程子更关注的是人将志向投往何处。程子认为，虽然承担具体某一领域所背负的责任很重要，但是总的来说，要先考虑对于世界怀有怎样的志向。曾皙表现出想像自然一样顺应天理的态度。

朱熹也大体接受了程子的主张。他提出"曾点之学"的概念并解释了"风咏"的意义。

> 曾点之学，盖有以见夫人欲尽处，天理流行，随处充满，无少欠阙。故其动静之际，从容如此。而其言志，则又不过即其所居之位，乐其日用之常，初无舍己为人之意。而其胸次悠然，直与天地万物上下同流，各得其所之妙，隐然自见于言外。①

朱熹通过人欲和天理，对曾点之学进行了阐释，人欲和天理正是道学中理解人类的最基本的方式。曾点追求人欲消失充满天理的地方从而能够好好地体味他生活中的乐趣。他最初虽没有舍弃自己，成全他人的"舍己为人"的志向，但其内心却在迎合着天下万物的走向和步调。所以他将所有事物都回归到自己的位置并且自己漫步其中的世界用语言表现了出来。这里需要注意的是，朱熹将重点放在曾点的表现上并非是挑刺，而在于其言外之意，即提出超越语言表达，注重其中所蕴含的意义。也许朱熹已经预测到，日后与曾点的意思相比，以"风咏"为焦点，可能会发生论辩。②我们可以通过《传习录》中王阳明与薛侃的对话，了解程子与洪大容两人的差异。下面我们着重分析一下《传习录》中周濂溪的"窗前草不除"如

① 朱熹：《论语集注》。

② 围绕哲学史中对于曾点提出的多种多样的论理和立场，参照 Lim Jong-jin《曾点，是谁?》，逆落，2014。

何转变为“去花间草”。

> 侃去花间草。因曰：“天地间何善难培，恶难去?”先生曰：“未培未去耳。”少间曰，“此等看善恶，皆从躯壳起念。便会错。”侃未达。曰：“天地生意，花草一般。何曾有善恶之分? 子欲观花，则以花为善，以草为恶。如欲用草时，复以草为善矣。此等善恶，皆由汝心好恶所生。故知是错。”①

薛侃认为养花的时候，如果旁边长出草，就应该随时将草铲除。他以此为据，提出“天地间何善难培，恶难去?”的疑问。可能是看到希望长得旺盛的花没有按照意愿长大，不希望长在花旁边的草只过一天就长得旺盛的情景才说出这样的话吧。看到此情景，无论是谁都会发出“本该长大的花没长大，本该不存在的草为什么长得这么好呢”这样的牢骚。

对此，王阳明认为薛侃在面对某件事时，与其考虑要不要做，不如首先认清做这件事所花费的力气和劳累烦琐。王阳明对此的解释是“躯壳起念”，即无法看清事件本身，而是介入“躯壳”，引导它向着特定的方向发展。因此，依据王阳明所说，对于花和草，如果不介入“躯壳”，就无法产生是否麻烦或区分善恶的观点，也就可以集中于花和草本身的生命。

王阳明和薛侃的对话虽与周濂溪的“窗前草不除”没有直接关联，但都可以从同一层面去分析。即周濂溪不除草虽与薛侃想尽快除草存在差异，但都是在讨论如何处理草的问题。在此，王阳明在思想上虽与朱熹不同，但还是超越了对草的理解，而表露出关于生命的相似观点。这是因为，王阳明的主张不是朱熹所说的曾点的“言”，而是言外之意，即与关注志向的主张相类似。如前所述，周濂溪、程子、朱熹、王阳明等人在“风咏”、“窗前草不除”和“去花间草”的论述中，在超越日常小事，将

① 王阳明《传习录》第三篇其一。

其视为蕴含特殊意义的事件的观点中，可以看出他们的一致性。

二　周濂溪的转换：从理解到生命

现在来看一下“窗前草不除”的故事，《宋元学案》记载了周濂溪不除“窗前草”以及不除的原因。《濂溪学案》下记载“与自家意思一般”。在此，“意思”的意思就是不进来。下面是记载类似故事的《明道学案》下：

> 明道书窗前有茂草覆砌，或劝之芟。曰：不可！欲常见造物生意。

程明道的逸话与周濂溪的逸话类似，甚至可以说完全相同，只是将“窗”换成了“书窗”而已。对于长得茂盛的草，周濂溪并没有将其除去，而程明道虽然让他人铲除却没有铲除，他们之间只是存在如何差异而已。从两人都不除草的原因来看，周濂溪的“意思”在程明道的故事里变为“造物生意”。因故事的构造相似，所以“意思”和“生意”也具有相似的意义。那么，“意思”和“生意”似乎可以理解为今天所说的“生命”和“生命意志”①。

以此为基础，我们来看一下周濂溪和程明道所经历的状况。两人在某天看到了窗前生长旺盛的草，之前他们没有想到窗前会长出这么茂盛的草。看到窗前草的瞬间，他们首先闪现出怎样的心理指向，后续会出现何种行动？与此关联可能有三种观点。下面来看一下其中哪种观点符合周濂溪和程明道的取旨。

---

① 在字典中意思有意义，道理，意图，用意，意志，神情，情趣，趣味等多种意思。生意在《晋书》“段仲文传”的“此树婆娑，无复生意”中出现生命力，生长和发育的意思。意思有意志、情趣的意思，虽然没有直接出现生命的意思，但如果和生意是相同脉络的话，可以看作生命的脉络。

1）身体观点：不应该长草的地方长出了这么茂盛的草，所以应该赶紧铲除。如果没有其他人，必须“我”来铲除。如果我去铲除的话，不能只靠想象，应该亲手拿镰刀除草。“我”在其他地方还有很多事情要做，如果这里没有长草，就没必要除草。在此，就像王阳明对薛侃所说的那样，介入身体在观察草。此时，草已没有生命的庄严存在。只是随着镰刀的挥舞而消失，且使“我”身体劳累的令人生厌的事情。草成了使虫子满天飞的被铲除的对象，身体的观点也可称为劳动的观点。

2）实用观点：看到草的瞬间，并不认为它们是必须铲除的对象，而是当作做饭的材料。在王阳明的解释中提到了此观点。本来花是观赏用的，所以是善的，草并非如此，所以是恶的。但是在某个地方想用到草的时候草就从恶转变为善（如欲用草时，复以草为善矣）。随着观点的变化，草善恶的评价也不相同。虽然有点烦琐，但可以不用出远门就能在家里挖野菜，可以节省很多力气。也是可以吃到好久没有吃到的新鲜蔬菜的机会，虽然有点累，但对身体也有好处。即使不认为除草很烦琐劳累，为了将草做成菜肴，也必须进行清除。

3）生命观点：身体（劳动）观点与实用观点都具有着眼于利害关系的共同点。根据有无利益或损害，进行肯定或否定的评价。相反，孔子和曾皙的“风咏”，还有周濂溪和程明道的“窗前草”，则是无视利害，只关注风和草本身。由此，风不是必须躲避的对象，而是迎接和享受快乐的对象。风不仅仅是气象，它还是自然给予的在季节变化中可以感受到温暖的礼物，所以应该走进风中，与自然融为一体。

同时，窗前的草不是应该立刻处理掉的对象，而是可以被看作在世界上只要占据一席之地在日后就可以自己生长的存在。相反，窗前便成了人和草相遇并对话的场所。四个人都没有在风和草中介入身体和实用即人欲的因素，更为积极地说，排除了身体和实用因素，忘却世事、生出快感而与处处涌动着鲜活生命的现场相遇。

由此，世界并非以身体和实用为中心，也不是通过废寝忘食的劳动而扩大收获成果的“激斗技”的地方。人由对身体和实用的理解出发，每走一步都跟随自然的流逝，参与到此过程中并享受快乐，就成了养育生命的现实和农夫。暂时收起所有的欲望，“贫而乐道，富而好礼”，尊重生命本身，在其中交流喜悦，从而成为收获的生“气”的平台。① 人在身体和实用的观点中从“贫而乐道，富而好礼”来看，② 同时拥有道和礼的人就会以新的方式与他人建立关系。由此，人虽通过劳动来获取自然物质的成果，但从参与生命的角度来说便是得到了自然给予的快乐的礼物。

周濂溪和程明道无视利害关系，将生命视为首位，实现了生命自动出现，利害自动隐藏观点的转换。世界上，最先将事物视为生命，面对事态状况感受快感的时候，这种快感的本质是什么？正是使世界成为一个整体的形而上学的一体感，同时也是一种审美的快感。由此，“窗前草不除”成为歌颂草和生命快感的一句诗。

三　儒学与生命尊重的结合点

（一）孔子的“文”和孟子的“推”

孔子不以个人的个性来把握大多数人，他认为根据特性可以将人进行分类。他以人类把握自己生活方向的不同，将人分为君子和小人两类。这样将人进行分类，孔子就可以决定自己构想的理想社会的方向了。

“君子喻于义，小人喻于利。”③

---

① 在周濂溪和程明道的逸话中如果有人问“该不该除草？”那正好反证了在身体和实用的观点中被蚕食的点。从生命的观点来看，只是因为这个提问是错误的，所以也就没有回答的必要。

② 《论语·学而》15：“子贡曰：贫而无谄，富而无骄，何如？子曰：可也，未若贫而乐道，富而好礼者也。”子贡曰：“诗云：如切如磋，如琢如磨，其斯之谓与？子曰：赐也，始可与言诗已矣，告诸往而知来者。”

③ 《论语·里仁》16：“子曰：君子喻于义，小人喻于利。”

这句话虽然简单，但却是孔子将人分为君子和小人的决定性标准。孔子希望人们由重视利害关系的小人，转而成为在利害关系之中拥有自由的君子。这就是孔子扭转混乱时代的计划和梦想。如果我们同意孔子的想法，应该怎么做呢？孔子信任“文”的力量。“文”具有无视利益，凝聚人心的力量。

“曾子曰：君子以文会友，以友辅仁。”①

孔子曾说：“君子以文会友。”承接孔子思想的曾子认为君子无他，而是以文会友。同时也表明了文是在没有集会结社自由的时代中结社的原则。如若如此，人必须有学习和渴望更多知识的热情。在此，“文”不仅具有吸引人的力量，还可以实现孔子作为理想的仁的共同体。若全面解读这句话，文便是结交朋友的推动力，更进一步地说，是实现仁的共同体的基础。

这里儒教和政府不同，在朋友交好的背景下传播友爱，并且可以向结社的方向发展。这与日后书院和乡约的设立相结合，成为可以将儒教的价值体现在地域共同体的社会活动。② 仁的共同体以关爱他人为起点。③ 若扩大被爱的对象，仁的共同体中就包含着与周濂溪的“窗前草不除”更为接近的可能性。

继孔子之后，孟子对四端之心反应敏感，产生共鸣之后探究扩展之路。例如，假设我们看见幼子在不知道前方有井的情况下继续缓慢爬向前方，这时我们该怎么做呢？我们不会因为利害关系而犹豫是挽救幼子或置之不理。我们顺应挽救幼子的恻隐之心而作出相应的行动。④ 在这种“孺子入井”的情形中，我们会无视利害关系，顺从不能放任他人的痛苦的

① 《论语·颜渊》24：“曾子曰：君子以文会友，以友辅仁。”

② 国史编撰委员会编：《韩国史论 & 朝鲜前期书院和乡约》，民族文化社 1980 年版。

③ 《论语·颜渊》22：“攀迟问仁。子曰：爱人。”

④ 《孟子·公孙丑上》6：“孟子曰：人皆有不忍人之心。先王有不忍人之心，斯有不忍人之政矣。以不忍人之心，行不忍人之政，治天下，可运于掌上。所以谓人皆有不忍人之心者，今人乍见孺子将入于井，皆有怵惕恻隐之心，非所以内交于孺子之父母也，非所以要誉于乡党朋友也，非恶其声而然也。”

“不忍人之心”集中于幼子的生命本身。

唯有如此，人对于他者才不会走向理解，而是走向以“不忍人之心”为背景的四端之心。此时，人们可以开放和欢迎他者。但是，孟子认识到，人在向着他者、超越自身的时候，存在抵抗心理。即人以身体为基准区分我与他人，以血缘为基准区分我的家人与其他人的家人。与墨子不同，孟子并不主张这种区分本身是错误的。[①] 孟子认为心理界限可以被突破，并且这种界限本身的存在对于人来说是很自然的倾向。人因为出生以后最先生活在家庭范围中，所以如果发生什么事情的话会以家族为先或者进行对家族的区分。

那么人如果在伦理判断中不想为家庭所困应该怎么办呢？当然人在承认自己与他人区别的同时，必须完成突破自我的课题。孟子认为这个课题不是同时进行的，而是存在时间上的先后关系。他认为人要经历两个阶段才能超越家庭进入普遍的关系中。因此，首先要集中于我与我的家人，然后再过渡到他人和他人的家人并和他人组合家庭。最后，超越人类本身，将关注点扩大到事物上。用孟子的话来说，第一阶段是亲亲，第二阶段是仁民，第三阶段就是走向爱物。[②] 到了第三阶段，人就会突破以我和我的家族为先的界限，在区分人和事物的界限的观点中，达成超越的普遍性观点。孟子将界限的外延持续扩大，直至无限扩张，从这一点上将此课题命名为“善推”[③]。不止步于“仁民”，须转向“爱物”。向着超越我和我的家人的方向前进，说明我与他人、我的家人与他人的家人的区分不是绝对

---

① 墨子在“兼爱”中认为界限的存在建立爱的等级，直接成为社会的矛盾和对立的原因。由此，他将在界限中被磨灭的爱看作别爱，将超越别爱的爱归为兼爱。

② 《孟子·尽心上》45：“亲亲而仁民，仁民而爱物。”

③ 《孟子·梁惠王上》7：“老吾老，以及人之老。幼吾幼，以及人之幼。天下可运于掌。诗云：‘刑于寡妻，至于弟，以御于家邦。’言举斯心，加诸彼而已。故推恩足以保四海，不推恩无以保妻子。古之人所以大过人者，无他焉，善推其所为而已矣。今恩足以及禽禽兽，而功不至于百姓者，独何与？”

性的。如果无法超越，那么“善推”从一开始就没有言说的必要了。如果将孟子所说的“不忍人之心”进行“善推”的话，那么不仅要有尊重他人，还要有尊重以动物为代表的生命的视野。

（二）张载的“气”和王阳明的“一体（同类）”

孔子的“文”和孟子的“善推”，既是人超越自身可以尊重他人的生命的方向的提示，也是实践的重点。这种方向既是某种希望，也是一种当为性。因此，继孔子和孟子之后，后人曾尝试阐明这种方向进行的机制。这种方向不是当为的，是试图转变为必须那样做的条件和前提。从战国时期起，其领域就由自然现象扩展到心理现象的道德与气的思维的结合。[①] 通过气的思维，人类更明确地意识到了人与人和人与自然可以交触的机制。

道德与气相结合的结果是同文和善推，不是要求做不能做的事，而是设定条件必须那样做，但却错过了做的机会。在此过程中，我们不得不注意到董仲舒。董仲舒综合《书经》的天命和气论，主张相同的气之间可以产生反应的“同气相应论”和同类之间可以产生相互反应的“同类相应论”。自然中不存在特别的东西，而是同气和同类自然感应而发生的。人也无法意识到，但依据同类相应的理论，却认为是脱离这种对应的某种偏离。他用“灾异说”阻止这种偏离，尝试使同气相应的良性循环持续再生。[②] 王充对他的思维做出了牵强附会的评价，但在以后的哲学史中，气使人与人和人与自然的相互回应成为可能，并且从未失去过这种决定性体制的地位。相反气与医学结合，相互感应通过临床证明信任度变得更高了。[③]

---

① 参见［日］小野泽精一等编，全景镇译《气的思想：中国的自然观和人间观的展开》，圆光大学出版局 1993 年版，第 49—211 页。

② 参见辛正根、董仲舒《中华主义的开幕》，太学社 2004 年版。

③ 参见［日］小野泽精一等编，全景镇译《气的思想：中国的自然观和人间观的展开》，圆光大学出版局 1993 年版，第 49—211 页。

经过魏晋南北朝时期，相较于“災異说”，人们更为关注人类的修养。人们认为通过修养，不仅可以改变身体体质，而且还可以强化精神指向。特别是葛洪开发了各种各样的修养方法，提出了通过后天学习可以达到神仙境界的神仙可学论。① 这里的神仙与先天存在和后天学习无关，与通过神秘的方法就可以到达的存在的观点大不相同。如果人们能够通过后天的学习和修养改变自身，自我与他人、人与事物之间的界限就不是区分实体的绝对标准，而只不过是进行物理区分的暗示性记号而已。界限一旦丧失绝对性，虽然能够区分世界上多样的存在，但可以将其视为一个整体与其相遇。张载将其概括为人类是同胞万物、是朋友的“民胞物与”，并构思为“宇宙家族”。

> 乾称父，坤称母；予兹藐焉，乃混然中处。故天地之塞，吾其体；天地之帅，吾其性。民，吾同胞；物，吾与也。大君者，吾父母宗子；其大臣，宗子之家相也。②

现在世界上的所有存在都是一家人。这个家族并不是以孔子和孟子的血缘为中心的，而是与气相结合的。这意味着自我与他人、人与事物之间界限的解体。孟子的善推主张自我不断的推倒界限，无限扩张之后才最终到达同类或同气的境地。但是，张载虽然从出发点开始区分自我与他人以及人与事物，但是从根源上并不区分无关的个体，最终成为不分离的一家人。

王阳明引用孟子的同类概念，以“万物一体”说为基础，超越人与事物之间的中间差异而不断出现共鸣的反应。

> 大人者，以天地万物为一体者也。其视天下犹一家，中国犹一人

---

① 参见李龙珠《道，想象的力量：追求不死的精神和生命》，理学社 2003 年版；李龙珠《生命和不死：朴子葛洪的道教思想》，理学社 2009 年版。

② 张载：《张横渠集》卷一，商务印书馆 1936 年版，第 1 页。

焉。若夫间形骸而分尔我者，小人矣。见草木之摧折而必有悯恤之心焉，是其仁之与草木而为一体也。草木犹有生意者也。①

根据王阳明所说可以看出，除去草木的话人类也会经受情绪上的不安感，最终也会生活不下去。因为人与草木是不能分离的一体。这里需要注意的一点是，如果王阳明要讨论万物一体的仁就要言及生意，这就自然与周濂溪的“窗前草不除”或者程子的“造物生意”相对应。周濂溪和程子虽限定了窗前草，王阳明则将草木扩张为一般生物。更进一步地说，他是将万物一体的仁扩张为破碎的瓦和砖。②

由此，儒学中通过同类、思想、生意等思维解释了世界上的存在虽从现象上被区分，但从根源上仍是不能分离的存在这一点。这种特性在王阳明不仅仅是人和他人的关系，还有人和草木的一生都可用万物一体的仁来说明的论点中可以说是最为突出的。

四　周敦颐的共鸣到生命尊重的生命价值化

周濂溪的主张与先秦时期孔子的情况相似，引用作为典据的词句，将自己洞察的观点简略表达出来。在论据不足的情况下，要掌握主张的角度和意义并不容易。所以后来朱熹在他的文章里面加入了成倍的注释。无欲就字面意思来说，到底是否定人物质上和肉体上的欲望的“禁欲”，还是消除引起问题的欲望的“节欲”，并无定论。

周濂溪在如前所述的《养心亭说》还是《通书》中，都将欲与诚相结合并展开论述。在《养心亭说》中他主张首先要做到寡欲，若要做到

① 王阳明：《大学问》

② 王阳明：《大学问》：“见瓦石之毁坏而必有顾惜之心焉，是其仁之与瓦石而为一体也。是其一体之仁也，虽小人之心亦必有之。”

无欲，就要达到诚立通明。在《通书》中主张要做到无欲首先要静虚动直，最终达到明通公溥的程度。[①] 综合两者，欲和诚对立的同时也成了妨碍明通的要因。所以欲在不妨碍明通情况下多少还会留下一些积极的可能性。

通过以上例子可以看出，明通具有明白通透或者沟通无障碍的表面意义。[②] 据此明通便有理解分明，准确把握事态，关系顺畅，彼此能够很好地适应的意义。将这种意义和欲建立关联来看可能会更容易把握。欲使人以自我为中心看待事情，周围一切都是黑暗的，想追求更多并且不会沟通。这种解释就和公正且普遍的公溥的意义相连接了。周濂溪认为，不为欲所困的话就会忽略个人和党派的利益，并且可以拓展公正和普遍的视野。[③] 为此，他主张寡欲和无欲。

周濂溪通过无欲开拓公正和普遍的视野后，表明道德底线就是诚与圣的一致。[④] 若不确保两者的统一性就会不顾大局从而发生关系阻塞的情况。对此，他曾说：

> 圣，诚而已矣。诚，五常之本，百行之源也。……五常百行，非诚非也，邪，暗塞也。[⑤]

整个人一片昏暗并且关系阻塞的暗塞可以说与我们前面探析过的使诚与圣一致的明通公溥是截然相反的。

---

① 《通书·诚学》："圣可学乎？曰：可。曰：有要乎？曰：有。请闻焉。曰：一为要。一者，无欲也。无欲则静虚动直。静虚则明，明则通。动直则公，公则溥。明通公溥，庶矣乎？"

② 有趣的是周濂溪的明通与荀子用了相同的话。《荀子·哀公》："所谓君子者，言忠信而心不德。仁义在身而色不伐，思虑明通而辞不争，故犹然如将可及者，君子也。"《荀子·强国》："不比周，不朋党，倜然莫不明通而公也，古之士大夫也。"前者在思考的脉络中是明白的意思，后者不为党派所困，能够进行很好的沟通，是公正的意思。

③ 周濂溪在其他地方也强调要确保普遍性视野。《通书·圣学》："静虚则明，明则通。"

④ 《通书·圣上》："诚者，圣人之本。"

⑤ 《通书·圣下》。

周濂溪在《养心亭说》中说过要养心首先应该寡欲，最终达到无欲。换言之，在休养中承认阶段的同时要超越私人理解的观点为了站在普遍性视野的观点上需要持续不断地努力。他将人们持续不断的努力表现为“圣希天，贤希圣，士希贤”①，以后也继续提出供人体味的命题。

下面我们将分析以这样的论点为背景真实的诚与神圣的圣的一致是怎样和第一次提出的“窗前草不除”的生意相连接的。

> 天以阳生万物，以阴成万物。生，仁也，成，义也，故圣人在上，以仁育万物，以义正万民。”②

周濂溪并没有直接论证过“窗前草不除”的故事是以仁育万物的。但若追溯他的论点，“仁育万物”的抽象性命题是日常生活，那么就可以与具体的“窗前草不除”的观察相连接。若周濂溪单纯从利益和身体的观点出发，那么“窗前草不除”的生命尊重从一开始就不能成为论点。若他坚持“窗前草不除”的立场，这种观点就可以与仁育万物相结合。因为“窗前草”的“不除”通过无欲使神圣的圣和真实的诚一致并且在意思和生意的实现中可能会发现生命的价值。如此看来，“窗前草不除”在《中庸》中被引用的同时也可以说是与有名的《诗经·大雅·旱麓》中的“鸢飞戾天，鱼跃于渊”的“鸢飞鱼跃”是一样的。如果说“鸢飞鱼跃”是从万物在世界上在各自的生态界中和平生活的样子体现天地的和谐，那么“窗前草不除”就是从窗前的植物都可以受到生命尊重的事实，体现了天地的和平。由此，“窗前草不除”既是由“鸢飞鱼跃”扩大到植物的情形，也可以看作深化普遍化的例证。

① 《通书·志学》。
② 《通书·顺化》。

结 语

周濂溪的“窗前草不除”故事非常简单，但它对哲学史产生的影响却不容小觑。其重要表现在于，不只个人的单纯日常生活，其他人看不见或忽略的东西，也在周濂溪独特的视线中被捕捉。至今为止，“窗前草不除”被看作是周濂溪令人印象深刻的片段逸话。

本文将“窗前草不除”视为与在《中庸》中广为流传的象征天地和谐的“鸢飞鱼跃”相类似的事例。更进一步说，若要使“窗前草不除”成为可能，不是单独对其进行讨论，而是应该将其与周濂溪的思想相结合。这里，若“窗前草不除”要上升为形而上学的事件，那么就不能忽视要与通过无欲、诚与圣的一致，意思、生意等发现生命的价值紧密相连这一点。

相较于宋朝的其他思想家，程子和朱熹展现出细致入微地论证自己的主张并且进行热烈讨论的散文家特征。所以很容易就可以了解他们复杂的论点具有怎样的理论构造。相反，周濂溪简练地表达自己的观察，引用相关古典词句，展现出了诗人的特征。所以要看出他的论点之间是如何进行连接的并非易事。因此，本文初次着眼于周濂溪思想的整体脉络，阐释“窗前草不除”并将其与生命价值的发现和生态美学相结合，进行了初步探究。

Ecological Thoughts of Zhou Lian-xi

Shin Jeong keun

Absract Confucianism is attracting attention as an thought resource that can overcome the environmental crisis and the extinction of life that the earth ecosystem is are facing now. In this context, “Everything as One Body” in Confucian thought are regarded as ideas standing at the opposite point with anthropocentrism. Because all beings are connected to a single body, the pain of a living creature has the characteristic of being sympathetic. This empathy requires different responses and responsibilities from the situation in which anthropocentrism is carried out on the global ecosystem. It is noteworthy that the Zhou Lianxi story of "Do not cut grass in front of the wind"(hereafter, "grass" story) is a symbolic event that implements Everything as One Body.

The contents of the grass story are very simple. Nevertheless, the impact on the history of philosophy and aesthetics is not so small. Cheng Ming-dao also had a similar experience and commented, and Zhu xi combined Confucius's "walk and dance on springtime" story and the "grass" story of Zhou Lianxi with the pleasure of reading. Wang Yang-ming tried to run the best commentary on the "grass" story. The "grass" story is seen as an important event that represents metaphysical experience, a poetic mood, and an aesthetic pleasure beyond the small window where people understand the world. In this way, the "grass" story suggests a new perspective that looks at human beings and nature as the same kind and energy, not as anthropocentrism.

Key Words Zhou Lianxi; Earth Ecosystem; the Story of "Do not cut grass in front of the window"; Everything as One Body; Empathy

Author Shin Jeong Keun, Professor of East Philosophy Department, Sung Kyun Kwan University.

文艺理论

Artistic Theory

文学话语类型学研究论纲

王汶成

摘要 文学话语研究要以对“文学话语”概念的把握为根基，而文学话语概念的把握又以对当代话语理论的理解和借鉴为前提。文学话语是文学交际活动的所有参与者之间进行思想交流和发生相互影响的一种特殊的对话方式和施为方式。当前文学话语研究的突破在于文学话语类型学研究的构建。类型学的方法是人类基本的具有普遍意义的认识世界的方法，几乎所有学科的研究都会自觉不自觉地运用这一方法。类型学方法的逻辑行程是通过“识同辨异”和根据所选取的参项进行分类。“识同”导向“向上的抽象化”的归类，“辨异”导向“向下的具体化”的划类。所选的分类参项相关度越高、覆盖面越广，类型学方法就越有效力。文学话语的类型学研究要在两个逻辑等级（属和种）上次第展开，要构筑有多个内在联系的分类参项网络，要建立一个与分类对象相适应的分类体系。我们所规划的文学话语类型学研究的内容分为四个部分，即语用类型、形态类型、“施为”类型、文体类型。

关键词 文学话语；类型学；研究方法

作者简介 王汶成，山东大学文艺美学研究中心教授、博士生导师。

一 “文学话语”的概念解析

近些年，“文学话语”（literature discourse）一词已频繁出现在文学研究的著述中，但由于研究者对这个词的概念理解上歧见颇多，致使该词的使用比较随意，误用和滥用的情况时有所见，因而有必要对这一语词的内涵做一番辨析和厘定的工作。如若仅从字面上理解，所谓文学话语，无非是指文学活动中说话者“说出的话”。这里说的“说话者”应该包括参与文学活动的所有角色，既有作品的作者及其在作品中假托的叙述人和所叙故事中的人物，也有作品的接受者（广义的接受者：读者，批评者、出版发行者以及各类传播者等）。照这样的理解，文学话语就是指与文学活动相关的所有角色说出的所有的话。对文学话语的这一解释显然与通常所说的“文学语言”乃至“文学言语”都不尽相同。参照现代语言学的开创者索绪尔对“语言”（langue）和“言语”（parole）的区分，[①] 文学语言似应指文学活动中的说话者所运用的语言规则及其构成的系统，文学言语则是指说话者个人运用这些语言规则而展开的说话活动。由此来看，无论文学语言还是文学言语，都不能简单地等同于文学话语，都不能不加辨别地相互混用，尽管这三个语词之间的关系极为密切。任何在“文学语言”和“文学言语”的意义上使用“文学话语”的做法，都是对文学话语一词的滥用，都是对文学话语概念的误解，都可能导致理论上的混乱。所以我们首先要澄清，我们这里要解释的不是文学“言语”，不是文学“语言”，而是有其特定含义的文学“话语”(discourse)。

但如果仅仅从字面上将“文学话语”理解为文学活动中“说出的话”，还是远远不够的，还需要进一步探究文学活动是怎样的一种活动？文学话语又是怎样的一种话语？这就需要借助于当代的“话语理论”（theories of discourse），才有可能进行合理的解答。须知，文学话语一词原本就是在当代话语理论的启发下提出并被广泛使用的。

---

① 参见［瑞士］费尔迪南·德·索绪尔《普通语言学教程》，高名凯译，商务印书馆 1980 年版，第35页。

说到话语理论，我们不能不再次提到索绪尔。索绪尔在区分了语言与言语的不同之后，接着又区分了“语言的语言学”和“言语的语言学”。他所谓“语言的语言学”，就是研究语言规则及其系统的语言学，他认为只有这种语言学才是唯一科学的语言学。至于言语的语言学，他承认，“可以说有一种言语的语言学”，但是，“言语活动的整体是没法认识的，因为它并不是同质的”，“所以在言语中没有任何东西是集体的；它的表现是个人的和暂时的”①。他的意思是，言语的语言学由于面对的是千差万别的个人的言语现象，因而要想使之成为一门科学几乎是不可能的，应该被排除在科学的语言学之外。尽管如此，索绪尔“言语的语言学”的提法仍然为以后的语言学和语言哲学的研究提供了一个新思路。正是沿着这个思路继续前行，才产生了后来的话语理论。

当然，话语理论的产生并非只是起于对索绪尔提出的“言语的语言学”的批判性响应，现代语言哲学的发展也起到了更直接的推动作用，事实上，话语理论的产生本身就标志着语言哲学的一个新发展。所谓现代语言哲学，是伴随着西方20世纪初的“语言转向”而兴起的一种哲学研究的主要趋向，这一趋向的早期代表主要是索绪尔开创的结构主义思潮和英美分析哲学。总体上看，在现代语言哲学的早期发展中，尤以维特根斯坦的“语言游戏”（sprachspiel）说对话语理论的影响最大。我们知道，后期的维特根斯坦从逻辑哲学转向了语言哲学，从逻辑语言转向了日常语言，突出强调语言的日常运用，提出“一个词的意义是它在语言中的使用”的观点，并用“语言游戏”的说法标识这种在某一特定语境中的“语言的使用”②。他在比较了儿童学习母语等语言活动与下棋等游戏活动的相同点之后说：“我也要把由语言和那些活动相互交织在一起的整体称为

① 参见［瑞士］费尔迪南·德·索绪尔《普通语言学教程》，高名凯译，商务印书馆1980年版，第40、42页。

② ［英］路德维希·维特根斯坦：《哲学研究》，蔡远译，中国社会科学出版社2009年版，第32页。

‘语言游戏’。”① 如果只从突出日常的语言运用方面看，维特根斯坦的“语言游戏”很接近于索绪尔所说的“言语”，但从总体理论倾向看，两者又有根本的不同。索绪尔认为言语活动作为对语言的使用，是出自纯粹个人的发挥，言语活动之间没有“同质性”，因而无法进行科学的研究。与之相反，维特根斯坦则否认言语活动中“私人语言”的存在②，认为语言游戏像任何游戏活动一样，也要遵守一些因重复和习惯而集体议定和约定的“规则”，除了普遍的“语法规则”外，还有各种言语活动的游戏规则，“规则总是告诉我们同样的东西，我们根据它告诉我们的东西去做”③。因而，使用语言的行为不是纯粹个人的行为，而是有一定规则可循的集体合作的行为，完全可以依据其某种“家族相似性”（不一定是“同质性”）对此进行科学的研究④。从这方面看，维特根斯坦的语言游戏理论与稍后的话语理论似有更为直接的促动关系。

一般认为，话语理论是对探讨言语交流活动中的话语现象这样一类研究的统称。这类研究大约在20世纪20年代兴起，在欧美各国分别展开，第二次世界大战后获得了重大进展，并形成了一些极具影响力的理论，如俄国巴赫金的对话理论、英国奥斯汀和塞尔的言语行为理论、美国格赖斯的会话理论、法国福柯的权力话语理论以及布尔迪厄的合法话语理论，等等，从而构成了现代语言哲学中一支强大的生力军。这其中，对我们理解文学话语的概念最具借鉴意义的首推巴赫金的对话理论，因为这一理论就是在研究文学话语的基础上构建起来的，理应对理解文学话语的概念尤为重要。

---

① ［英］路德维希·维特根斯坦：《哲学研究》，蔡远译，中国社会科学出版社2009年版，第10页。

② ［英］路德维希·维特根斯坦：《哲学研究》，蔡远译，中国社会科学出版社2009年版，第137页。

③ ［英］路德维希·维特根斯坦：《哲学研究》，蔡远译，中国社会科学出版社2009年版，第127页。

④ ［英］路德维希·维特根斯坦：《哲学研究》，蔡远译，中国社会科学出版社2009年版，第48页。

早在1929年，巴赫金在对陀思妥耶夫斯基的小说创作的研究中就勾画出了他的对话理论的雏形。他指出陀氏小说话语的独特性，就在于“有着众多的各自独立而不相融合的声音和意识”，在于“由具有充分价值的不同声音组成的真正的复调”，而“创造了一个复调世界，突破基本上属于独白型（单旋律）的已经定型的欧洲小说模式”正是陀氏小说创作的最高成就。在此基础上，巴赫金又从小说话语的研究上升到一般话语的研究，并将他的一般话语理论称为“超语言学”（trans linguistics）。他说，“这里的超语言学，研究的是活的语言中超出语言学范围的那些方面”，“指的是活生生的具体的言语整体”。巴赫金所说的超语言学，就是指在言语交际宏观视域中的“话语”研究，显然已涵盖了索绪尔所说的仅限于研究个别“语言使用”的“言语的语言学”，只是索绪尔将言语的语言学排除在科学的语言学之外，巴赫金则认为“语言学从活的语言中排除掉的这些方面，对于我们的研究目的来说，恰好具有头等的意义”。在巴赫金看来，他构建的话语理论，即超语言学，不仅是一种科学的研究，而且“无论语言学还是超语言学，研究的都是同一个具体的、非常复杂而又多方面的现象——语言，但研究的方面不同，研究的角度不同”，因而有着无可替代的理论价值和广阔的学术前景，必须对其进行系统而深入的研究。①

概括地说，巴赫金的话语理论有这样几个要点：其一，巴赫金的话语理论建立在坚实的语言哲学的根基之上，并蕴含着深厚的语言哲学的内涵。他把他的话语研究与人的全部交际活动领域直接联系起来思考。他认为人的全部日常生活和社会实践的领域，都离不开主体间的相互交际，而主体间相互交际最能体现人的本质的形式就是话语（在巴赫金的著述中，话语也常常被称为“表述”，因为表述被看作是话语交际的单位）。因而，

① 参见［俄］巴赫金《陀斯妥耶夫斯基诗学问题》，白春仁等译，生活·读书·新知三联书店1988年版，第29、30、250页。

人的任何实践活动都是交际活动，都是对语言的使用，都有话语的存在，“人类活动的所有领域，都与语言的使用相关联”，“语言是通过具体的表述（表述是语言的事实）进入生活，生活则是通过具体的表述进入语言”。[①] 在巴赫金那里，人的生活实践活动、交际活动以及话语活动，是三位一体的，是紧密相连、不可分割的。

其二，既然巴赫金的话语理论是在人类交际的图景上解说话语现象，就必然要突出话语的社会性，并在此基础上创造性地提出了“言语体裁”的概念。巴赫金认为，每一话语虽总是由某个人说出，但一个个体在特定的语境中说出什么话语、怎样说出话语，则是由某种或强或弱的社会规约决定的，“言语与语言一样具有社会性”，这种社会性就体现为在言语交际中形成的、客观存在于言语主体之外的“言语体裁”。巴赫金说，“每一单个的表述，无疑是个人的，但使用语言的每一领域都锤炼出相对稳定的表述类型，我们称之为言语体裁”，“我们总是用一些特定的言语体裁说话，也就是说我们所有的表述都具有一定的相对稳固的典型的整体建构形式”，“说者所面对的不仅是它必须遵循的全民语言形式（词汇和语法系统），而且还有他必须遵循的表述形式，即言语体裁”。但“人们可能觉得，言语体裁彼此是那么不同，以致不可能有一个统一的角度来研究它们”，“大概正因为这个原因，言语体裁的整个问题从未真正提出过”，因而“研究表述的本质以及人类活动不同领域中表述体裁的多样性”，也就是研究话语的各种形态和类型，就成为巴赫金话语理论的重要内容。[②]

其三，巴赫金话语理论的核心议题是对话语“对话本质”的全面论证和深入阐释，这也是巴赫金贡献给我们的珍贵学术遗产中最具创造性的思

---

① 参见［俄］巴赫金《文本对话与人文》，白春仁等译，河北教育出版社 1998 年版，第 140、144 页。

② 参见［俄］巴赫金《文本对话与人文》，白春仁等译，河北教育出版社 1998 年版，第 194、140、161、164、141、143 页。

想。巴赫金在他的著述中反复申明的一个观点是：话语既然是言语交际中说出的话，就总要涉及交际中的至少两个说话者，这就构成了两个话语主体间的对话关系。只要话语还是交际的产物，只要交际还必须要通过话语，那么话语就一定是对话的。所以，他反复强调，“言语本质上具有对话性”，“对话以其单纯和鲜明而成为言语交际（思想交际）的经典形式”，“对话的泛音在任何表述中都附丽于表述的基调之上”，“一切话语都具有的内在对话性，和外在的对话形式”。[①] 这即是说，凡是交际中的话语，无不具有对话性，只是在对话的形式上有所差别。有的有明显的“外在布局”，如日常生活中的会话等；有的可能潜在于话语内部的含义关系中，需要对话语进行深入分析才能被揭示出来，如“内心独白”（对话体现为自我对话）、独立存在的语篇（对话体现为语篇对他人话语的引述和他人对语篇的“应答性理解”）等。巴赫金认为，话语的本质不只在于表述什么，更在于这一表述与其他表述之间构成的应答关系，“表述不仅指向自己的对象，而且指向他人关于这对象的言语”，“与他人话语的关系，原则上不同于与对象的关系”，只有与他人的对话关系才体现着话语的本质。在巴赫金看来，即使是貌似独白的话语形式也具有一种内在的对话性，“不管表述的独白性多么强（如科学与哲学著作），也不管它是如何聚精会神于自己的对象上，它不可能不在某种程度上回答此前就这一对象、这一问题已经讲过的话”，“然而表述不仅与前在的环节，也与言语交际的后续的环节相联系”，“表述是为他人构建的”，“说者从一开始就期待着他们的应答、他们的积极的应答性理解”。[②] 巴赫金提出的这一对话理论深刻地揭示了话语中说话者之间的互为主体的关系，并将这一关系置于说话者

① 参见［俄］巴赫金《文本对话与人文》，白春仁等译，河北教育出版社 1998 年版，第 194、154、224、208 页。

② 参见［俄］巴赫金《文本对话与人文》，白春仁等译，河北教育出版社 1998 年版，第 180、181、178 页。

与所说对象之间的主客关系之上，确立它是一种更为本质的关系。巴赫金这一思想的提出有着重大的理论意义，在当代条件下，巴赫金旗帜鲜明地反对独白式的话语专断，大力倡导对话合作精神，这或许能为当代人的生存困境寻求到一条切实可行的突围之路，同时也为“话语”这个概念注入“对话”这一最具根本性的内涵。

其四，巴赫金的话语理论的另一个重要内容，就是他对语言功能的深刻揭示和独到见解。巴赫金指出，以往的语言学只是推重语言表达思想情感的“表意功能”，而对语言交流思想情感的“交际功能”，不是“完全忽视”，就是“估价不足”，将其“推向某种次要的辅助性的地位”。巴赫金认为，这是以往语言学（甚至包括索绪尔“这样严肃的”语言学）的一个重大缺陷，导致这一缺陷的主要原因就是它们都没有看到话语的主体间性和对话交流性。在它们的观念里，“仿佛只有一个说者，而没有对语言交际的其他参与者的不可或缺的态度。即使他人的作用受到注意，也只是视为仅仅消极理解说者的一个听众……而如果此时语言也还能成为交际的工具，那么这只是语言的辅助功能”。巴赫金通过阐明话语的对话本质，纠正以往语言学对语言功能的误解，提出了语言的首要功能就是说话者之间的交际功能，而语言的其他功能都只有在交际功能的视域内才能得到合理的解释。他在引用了列宁的“语言是人类交际的重要工具”的话之后接着说，“不论它（语言）的功能有多少种类（叙述、称名、表现情感、提出问题），它们都超不出交际的范围——这是言语活动的主要任务和目的”，“交际作为语言主要的、组织性的和包罗万象的功能既可以表现为对事件和事实的简单的叙述，又可以表现为对各种事实现象的称名（或指代），还可以表现为带有某种程度情态色彩的问题或请求的形式”。[①] 这就

① 参见［俄］巴赫金《文本对话与人文》，白春仁等译，河北教育出版社1998年版，第149、150、231、232页。

是说，语言的交际功能是通过话语来实现的，由于话语的言说“意图”或“主旨”的多样性和不可穷尽性，语言的交际功能也体现为多种多样的不同形式，如告知、指示、宣布、询问、应答、请求、命令、承诺、劝说、感谢、赞同、批评等各种具体形式，各种具体形式都包括在言语交际活动的范畴之中。巴赫金关于语言交际功能多样性体现的思想，在后来的言语行为理论那里得到了更系统、更深入的阐发。所以，让我们再来了解一下言语行为理论的主要观点，这对我们准确把握文学话语这一概念也是很有必要的。

言语行为理论（the theory of speech acts）是20世纪六七十年代由英国分析哲学家奥斯汀创建，后又由美国分析哲学家塞尔发展起来的一种话语理论。这一理论认为，日常语言交际中的话语不只是“指称事物”和“记述事实”的，它本身还是一种“做某种事情”的行为。例如，一人向另一人说：“请关上窗户。”这句话不仅指出了“现在窗子是开着的”这个事态，而且还实施和完成了一个“请求别人做某事”的行为。即如奥斯汀所说：“说出那样一种话语，就是完成某种行为。”[①] 这一理论还认为，这种由话语完成的行为可分析为相互联系的三个层面的构成：一是“言内行为”，即话语所表达的事态（如窗子现在开着），也称为“以言指事”或“以言表意”；二是“言外行为”，即话语所实施的行为（如请求关上窗子），也称为“以言行事”；三是“言后行为”，即话语所取得的效果（请求被接受，窗子关上了，或者请求未被接受，窗子没有关上），也称为“以言成事”或“以言取效”。任何言语行为都应该从这三个层面加以分析，其中，第一个层面是引起这一行为的情景，第二个层面是话语本身完成的行为，第三个层面是这一行为可能引发的后果。而且言语行为在日常交际中有多种具体样式，就像巴赫金讲的语言交际功能有多种具体表现形

① 涂纪亮主编：《语言哲学名著选辑》，生活·读书·新知三联书店1988年版，第202页。

式一样。为了把握不同言语行为的特性，塞尔以“行为要旨”“词与世界之间的适应方向”“表现出来的心理状态”等方面的不同为依据，将言语行为区分为“断定式”“指令式”“承诺式”“表情式”“宣告式”五种类型，认为所有具体的言语行为都可划归为这五种类型。在这三种分类依据中，“词与世界的适应方向”尤为重要。属于表情式的言语行为“没有适应方向”，“说话者既不使世界去适应词，也不使词去适应世界”，如道歉、感谢、祝贺、欢迎、哀悼和痛惜等。而属于断定式的言语行为的“适应方向是从词到世界”，言谈的内容或与世界一致或不一致，因而有真与假之分，如叙述、说明、描写、推论等。其余三类言语行为的适应方向都是“从世界到词”，都是让世界的某些事态因这类言语行为而改变，如请求、允诺、劝告、宣布等。[①] 这就意味着后三类的言语行为的实施还可能造成世界事态的改变。沿着这一思路，塞尔又用言语行为的这种效力解释了“制度性事实”的建构和形成。塞尔认为，像指令式、承诺式、宣告式这些类型的言语行为，假如真正有效，就能促使世界适合于话语意向而发生变化，就能促成新事态的出现。前提是，这些言语行为必须经过重复以至被普遍认同而结成某种“集体的意向性”，并被赋予某种“功能归属”，形成某种“建构性规则”，就可以创造出一种客观的“制度性事实”。塞尔指出，“人类具有能够使之超越单纯的社会性事实而达到制度性事实的非凡能力。人类从事的不仅仅是单纯的体力合作；他们还在一起交谈、占有财产、结婚、组成政府等等”，“述行语（即言语行为，引者注）常常是创造制度性事实的”。[②] 这可以说是言语行为理论给予我们的最富启发性的思想，它第一次在话语理论的意义上深刻揭示了客观存在于我们社会中的种

① 参见涂纪亮主编《语言哲学名著选辑》，生活·读书·新知三联书店 1988 年版，第 215—234 页。

② 参见［美］约翰·塞尔《心灵、语言和社会》，李步楼译，上海译文出版社 2006 年版，第 109—121 页。

种规约和制度得以构建的话语根源。总之，如果说巴赫金话语理论的最大建树是全面而深入地阐明了话语的对话本质以及对话双方的互为主体的关系，那么言语行为理论的最大建树则是阐明了话语的施为本质，阐明了交际中的话语不仅是相互应答的“说话”，而且还是相互配合的“做事”，因而这种“做事”可以发挥实际的效力，可以导致旧事态的改变和新事态的创构。

上述当代话语理论为我们全面而深刻地把握文学话语的概念提供了强有力的理论支撑。总的来说，我们应抓住这样几个要点来理解文学话语这一概念：首先，依照巴赫金的观点，真正意义上的话语只能存在于言语交际中，没有交际就无所谓话语，没有交际的视角也不会看到话语的“话语性”。文学活动不单单是一个作者创作作品的活动，它还包括读者（广义的读者）接受作品的活动，因而它当然就是一个在作者与读者之间展开的言语交际活动，诚如美国当代哲学家乔纳森·卡勒说的“小说通过一部书与读者交谈”①，正是在这种“交谈”的活动中说出的话才能被称为话语。所以必须将文学话语放到文学交际的范畴中来理解，这是把握文学话语这个概念的首要一点。

其次，交际中的文学话语是通过语言的使用来构成话语、来完成交际任务的。这里说的“语言的使用”主要还不是指对“语法规则”的使用，而是指对维特根斯坦所说的“语言游戏规则”和巴赫金所说的“言语体裁规则”的使用。这就是说，文学话语是按照文学的游戏规则和体裁规则使用语言的，这种使用不同于非文学话语（日常话语、科学话语、法律话语、新闻话语等）的使用，是一种对语言的特殊用法。那么，这是怎样的一种用法以及这种用法遵循了怎样的游戏规则和体裁规则，也就成为我们

① ［美］乔纳森·卡勒：《当代学术入门文学理论》，李平译，辽宁教育出版社、牛津大学出版社1998年版，第77页。

把握文学话语概念必须搞清的重要问题。

再次，从巴赫金的观点看，任何交际活动中的话语都不可能是独白，都涉及两个以上的对话者，都必然体现为各种不同方式的对话。文学话语当然也不例外，也是一种对话。但文学话语的对话是一种非常特殊的对话，若与日常会话相比，至少有以下几点不同：第一，日常会话是口头对话，文学话语主要是书面语的对话；第二，日常会话是说话者面对面的对话，文学话语是作者通过创作文本和读者通过阅读文本而发生的对话，因而总是一种间接的不照面的对话（个别特殊情况除外）；第三，日常会话是在场的即时的对话，文学话语一般是不在场的延迟的对话；第四，日常会话一般采取对谈的方式，其对话性非常明显，而文学话语则常常是无言的对话，如读者阅读作品时的情感性和理解性的回应，如作者不直接说话而假托叙述人、人物等代言人出面说话，这都使得文学话语的对话性比较隐蔽，需要经过分析才能见出。所以，从根本上说，文学话语中的对话就是作者与读者之间的对话，只是这种对话常以隐蔽的形式展开。此外，如若再从对话的语境和主旨等方面看，文学对话还会显现出更多的特点。总之，深入探讨文学话语的对话本质及其对话特性，也是把握文学话语概念的极重要的方面。

最后一点，按照塞尔的“任何话语都是由一个或更多个以言行事的行为组成的”说法①，文学话语理应也是一种以言行事的话语，或叫作“述行语”“施为语”。但问题是，文学话语有何为？文学话语做什么事？乔纳森·卡勒在讨论这个问题时说，“文学批评家们接受了述行语的概念，认为它有助于描述文学话语的特点”，因为“文学言语像述行语一样并不指先前事态”，而是“创造它所指的事态的”，“使思想、观念得以产生”，“给人以快感”等②。卡勒给文学话语列举的这几种所作所为，应该说都符

① 涂纪亮主编：《语言哲学名著选辑》，生活·读书·新知三联书店1988年版，第232页。

② 参见［美］乔纳森·卡勒《当代学术入门文学理论》，李平译，辽宁教育出版社、牛津大学出版社1998年版，第101—102页。

合文学话语的实际，都可以找出具体作品加以论证。例如《红楼梦》的确创造了一个大观园的生活世界（尽管这种创造有现实生活世界的参照），也提供了人应该如何生活的思想，当然也给了读者以无限的审美愉悦。但是，还需要进一步探讨的是，文学话语的这些所作所为是如何联系起来的。譬如，要搞清《红楼梦》为什么要创造那样一个生活世界以及如何创造了那样一个世界。显然，《红楼梦》创造那样一个生活世界，恐怕主要不是为了告诉人们现实生活是个什么样子（因为现实生活每个人都有其切身感受，人们从文学作品中最需要知道的不是这些），而是为了告诉人们生活本身是怎么回事，人应该怎样生活，人应该过一种怎样的生活。这样，在文学话语里，“创造”（构想世界）与“告知”（提供思想）这两个行为就紧密结合起来，而且这两个行为的“结合”又是以取悦于人的审美方式（思想蕴含在创构的世界里并用精美的语句加以表述）完成的，这样，“给人以快感”的行为又与前两种行为联系起来。由此可知，文学话语虽以多种言语行为合成，但这多种行为间有一种内在关联，其中“以艺术审美的方式完成思想交流”应该处于基本地位，属于其他所有行为赖以展开的基本行为。文学话语的这种以言行事的程式或规则，绝不是哪一个人独自确定的，而是通过世代无数次的“有差异的重复”而历史地形成的，在这里，“重复形成规则”，而“差异”则“可能改变事情”①。但迄今为止，文学话语这一“以艺术审美的方式完成思想交流”的基本行为程式并未发生根本改变，只是在以怎样的审美方式以及交流怎样的思想方面有种种不同的表现。如《红楼梦》与当代的“玄幻小说”所做的事情都一样，都试图以取悦于人的方式给人以思想，区别在于，前者希望人们严肃地思考和对待生活，后者则提倡通过沉溺于幻想的虚拟世界而达到对现实

① 参见［美］乔纳森·卡勒《当代学术入门文学理论》，李平译，辽宁教育出版社、牛津大学出版社1998年版，第111页。

生活世界的暂时遗忘。因而，文学话语的基本行为可以确定为完成关于如何生活的思想交流。再从另一方面看，既然所有的文学话语都是在以不同方式完成着思想“交流”的行为，那么要真正理解这一行为，还必须将其放置于对话交流的语境中加以思考。就是说，文学话语的思想交流的行为是在作者与读者之间的对话关系中完成的。正是面对读者的吁请，作者才承诺提供某种思想，而作者的这种承诺同时也是向读者发出的吁请，请求读者响应和理解这一思想。没有作者与读者间的这种应答和对话，就没有任何言语行为的完成。无论是思想的交流，还是生活世界的创造，或是审美愉悦的产生，都是在作者与读者间的相互吁请和相互承诺中实现的，这种实现的标志就是经过双方的对话而达成的“认同”或“共鸣”。所以文学话语的“施为性”以其“对话性”为前提，而文学话语的“对话性”又以其“施为性”为目标。两者之间的关系问题也是理解文学话语概念时必须解答的关键问题。

总括上述几点，我们对文学话语这一概念是不是可以做出这样的解释：文学话语就是文学言语交际活动中的所有参与主体说出的或显豁或隐蔽的话，这些话不仅是对语言规则的特殊运用，而且还遵循一定的言语体裁规则，是一种特殊的对话方式和行事方式，是参与主体之间进行思想交流和发生相互影响的一种特殊方式。文学话语研究的任务就是对这种话语的各方面的特殊性的解析和阐明。

二 类型学的方法

首先解说什么是“类型学”（typology）。狭义的类型学只是指语言学的一个分支学科，全称叫作“语言类型学”（typological linguistics），即专门对人类语言进行分类研究的学科，如美国语言学家克罗夫特认为“类型学是对语言类型进行分类的科学"①，这是狭义的解释。广义的类型学是指一种研究方法，即一种将研究对象区分为各种类型（types）的方法。作为研究方法的类型学，几乎可以为所有的学科所运用，如荣格讲的心理类型、巴甫洛夫讲的高级神经活动类型、马林诺夫斯基讲的文化类型、巴赫金讲的话语类型等，都是各自不同的学科对类型学方法的著名运用。因此，简要地说，我们讲的类型学的研究方法就是在学术研究中对所研究的对象进行分类并区分为不同类型的方法。

从原初的意义上讲，"分类"（classify）其实是人类认识世界的最基本的方法。当远古的人类还没有学会用词语给世界万物分类命名的时候，世界在那时人的眼里还是混沌一片。索绪尔从语言学的角度说："若不是通过语词表达，我们的思想只是一团不定形的、模糊不清的浑然之物……在语言出现之前，一切都是模糊不清的。"② 然而，语词的发明却可以使人给世界万物一个名称，从此，人们知道了那个在空中发光的东西叫"太阳"，那个在地上哗哗流淌的东西叫"河流"，那个突起的庞然大物叫"山峰"……这一切前所未有的改变都来自语言的产生以及用语言给世界万物命名的结果。"命名"（naming）应该是人类认识史上最伟大的事件，人类认识的发展因此而出现了第一个拐点，此后，世界对人来说从"混沌"逐步走向了"澄明"，这正如中国的先哲们说的"无名天地之始，有名万物之母"③"道行之而成，物谓之而然"④。那么，命名何以有如此之威力？命名又是怎么回事呢？首先，命名离不开语词，语词又离不开概念。语词与概念的关系就是索绪尔说的符号的能指与所指的关系，索绪尔认为，能指与所指的关系

① ［美］威廉·克罗夫特：《语言类型学与语言共性》，龚群虎等译，复旦大学出版社 2009 年版，第 55 页。

② ［瑞士］费尔迪南·德·索绪尔：《普通语言学教程》，高名凯译，商务印书馆 1980 年版，第 157 页。

③ 《道德经》第一章。

④ 《庄子·齐物论》。

就像一张纸的两面，是不可分割的[①]。命名就是用某一语词指称某物，之所以能指称某物，是因为这一语词的概念就是关于这一事物的。比如汉语中“江”这个词，它最初意谓中国南方的一条最长的水道，这样一个意谓或概念一经形成，用“江”这个词标示这条水道的命名也就完成了。

其次，无论是概念或者词语或者命名，都是对世界万物的认识，都是由这种认识而获得的一系列成果。原始的居民先是察觉或体认到了中国南部有一条从西向东流的长长的水道，然后才建立起关于这条水道的概念，才发明了“江”这个词，才用“江”这个词给这条水道命名。所有这一切都建立在对世界认识的基础上，都是对世界认识的产物和结果。

再次，从根本上说，原始人类的这种认识就是对世界的“区分”或“分类”，只有将世界区分为各种事物类型，世界才有了“眉目”，才有了条理和秩序，才不是“模糊不清”的不可认识的。索绪尔曾谈到不同的语言对世界的“概念的划分”也是不同的[②]，他说的“概念的划分”其实就是对世界的归纳和分类。正是在这种归纳和分类中，世界万物的概念得以创建，世界万物的界限得以划定，世界万物的命名也得以完成。德里达也因此提到过“区分类型”的认识论意义，“类型一词一旦说出，一旦被接收者听到，一旦有人试图理解它，某种界限就划定了”[③]，尽管德里达作为一个解构主义者是在否定的意义上谈“界限划定”的。总而言之，命名就是对世界的最早的划分或分类，而分类则是人类认识世界的最原初、最基本的方法。

如前所说，分类就是将事物总体区分为不同的类型。之所以要分成不同的类型，主要是因为构成这一事物总体（例如“树”）的个体数量在理

---

① 参见［瑞士］费尔迪南·德·索绪尔《普通语言学教程》，高名凯译，商务印书馆1980年版，第101、158页。

② 参见［瑞士］费尔迪南·德·索绪尔《普通语言学教程》，高名凯译，商务印书馆1980年版，第162页。

③ ［法］雅克·德里达：《文学行动》，赵兴国等译，中国社会科学出版社1998年版，第159页。

论上说是无限多的，人们要想直接认识这无限多的个体，既无从下手，也不可穷尽，只能将它们分成有限的几个类型，才有可能认识它们。比如研究语言，你不可能把全世界所有的语言都研究到，你只要对这些语言加以分类，选取几种有代表性的语言进行研究，就能对语言总体有所认识了。英国语言学家科姆里在强调分类方法对语言学研究的必要性时也是这样说的："假定我们有一个适量的总体后，接着的问题是决定从这个总体中选用哪些作品，既然试图研究全世界的语言是无法实行的。"① 此外，从积极的方面说，分类的方法也是认识事物的共性所必需的。当我们把某一事物区分为几个类型之后，我们不仅认识了这几个类型各自涵盖的这一事物诸个体的共性，还同时认识了涵盖这几个类型的这一事物总体的共性。还以语言学为例，科姆里认为，语言的类型研究与共性研究之间不仅不"冲突"，而且是"并行开展的"，"两者只是同一研究企图的不同倾向"，"因此开展任何一项语言类型研究总是涉及对语言共性做出某些假设"②。以研究语言共性为己任的普通语言学就是建立在语言类型学之上的，把没有分类的语言类型学的研究作为基础，就无法构筑起总体的普通语言学的大厦。因此，严格来说，类型学的研究及其分类的方法，实际上是类型区分与共性概括的统一，是研究事物共性的必经之路，是从个体事物的认识上升到总体事物的认识不可或缺的中介，因而任何学科的研究都必然或多或少地借助于分类的方法。

分类方法既然是人类认识世界的基本方法，是所有学科普遍使用的方法，那么它就是一种根本的逻辑思维的方法。作为一种逻辑的方法，其具体程序的起点就是对被分类事物的比较。没有比较就没有鉴别，从比较中

---

① ［英］伯纳德·科姆里：《语言共性和语言类型》，罗天华译，北京大学出版社 2010 年版，第 11 页。

② 参见［英］伯纳德·科姆里《语言共性和语言类型》，罗天华译，北京大学出版社 2010 年版，第 35、37 页。

看出事物之间的异和同，逻辑学上也叫“识同”和“辨异”。“识同”和“辨异”虽代表两种相反的认识向度，但在具体的认识中两者又是并行不悖的，识同的同时也是辨异，辨异的同时也是识同。譬如我们看到一棵柳树，马上认定“这是一棵柳树”。在这个过程中，我们一方面把眼前的这棵柳树与以往见过的柳树做了比较，认出了它们是同一种东西（识同）；另一方面，我们也把这棵柳树与其他的树（如松树等）区分开来了（辨异）。可见，无论识同还是辨异，都是比较的结果，同时也成为分类的根据。正是通过比较，我们或者从“异”中见到了“同”，或者从“同”中见到了“异”，我们才能据此对事物进行分类。比如，当我们在比较异同中认定眼前的这棵树是一棵柳树时，我们已经将这棵树划归到柳树这个类型里去了。但是，作为分类的逻辑根据的“识同”和“辨异”，毕竟代表两个不同的认识向度，这就导致了分类的逻辑行程实际上也是在两个向度上展开的：一个是由“识同”所主导的“向上的抽象化”向度，一个是由“辨异”所主导的“向下的具体化”向度。这两个向度又分别构成了分类的两种方式，“向上的抽象化”构成“归类”（归纳类型），“向下的具体化”构成“划类”（划分类型）。还是举柳树的例子来说明。假如我们看到一棵柳树时，偏注于这棵柳树与松树、槐树、榆树等的相似点，我们会说“这是一棵树”，这就是向上的抽象化的分类，也就是归类。再假如我们看到一棵柳树时，偏注于这棵柳树与其他柳树的相异点，我们会说“这是一棵垂柳”，这就是向下的具体化的分类，也就是划类。归类偏向于对事物总体的认识，而划类偏向于对事物个体的认识。康德就曾正确地指出过分类的这两个向度或两种方式，他说：“通过划分，我们从较低概念上升到较高概念，又从较高概念下降到较低概念。”① 康德在这里说的划分（分类）的“上升”和“下降”的两条路向，也涉及“较高概念”和“较

① ［德］康德：《逻辑学讲义》，徐景行译，商务印书馆2010年版，第142页。

低概念”这两个逻辑层次，在逻辑学里这两个逻辑层次被称为“属”和“种”。也就是说，分类经由归类而上升到高一级的“属类”，如同将“柳树”归于“树”；分类经由划类而下降为低一级的“种类”，如同将“柳树”划分为“垂柳”“旱柳”等。这样，被区分的类型总是处于属或种的不同的逻辑层次上。而且，分类中无论是向上的归属还是向下的分种，都可以层层逐级连续展开。如“柳树”可以向上归为“树”，再向上归为“植物”，再向上归为“生物”；也可以向下分为“垂柳”，再向下分为“阔叶垂柳”“窄叶垂柳”等。因此，为避免陷入逻辑混乱，掌握分类方法首要的一点就是：要搞清分类的逻辑行程（分类要以由比较而来的识同辨异为根据），要搞清你的分类属于哪一种逻辑方式（归类或划类）、处于哪一个逻辑层次（属或种）之中，尽管在实际的分类研究中，这两种分类方式或分类层次往往是相互关联地结合在一起的。

另一个有关类型学方法的重要问题就是如何选取和确定分类的参照点，这种参照点在语言类型学里称为“参项”（parameter）。前面说过，分类是以比较中的识同辨异为根据的，但实际上这个根据还有一个根据，这就是你是参照事物哪一方面的特征进行比较和识同辨异的，如果没有这样一个参照点，你就无从比较，也分不出异同，也无法分类。分类总要依据一个参照点，总要有一个分类参项。譬如你要给你书架上的书分类，你必须先设定一个分类的参项，你或者按书的内容划分，或者按出版社划分，或者按书名的首字母划分……可供分类的参项也许很多，你总要根据分类意图选择一个，这样才能把你的书分为各种类型。学术研究中的分类更是如此，科姆里就认为确定分类参项是语言类型学研究的首要前提：“为了作语言类型研究，必须确定某些参项，根据这些参项给世界语言划分类型。”① 为了分类而确定

① ［英］伯纳德·科姆里：《语言共性和语言类型》，罗天华译，北京大学出版社2010年版，第37页。

某些参项，虽出自分类者的主观选择，但这种选择又不是任意而为。科姆里指出，在语言类型学的研究中，并不是所有的分类参项都具有同等重要的意义，“显然有些参项业已证明比其他参项更重要、更有意义”，而判定这些参项意义大小的主要标准就是看它是否更能深化对相关语言共性的认识，“这一事实意味着我们已选择的参项不只是任意的，相反，我们选择的参项使我们获得有关那些语言的结构和有关一般跨语言类型的重要知识”。[1] 但是，由于类型学研究对象的整体性和复杂性，我们仅从某一参照点上选取某一参项对其进行分类，还是避免不了片面性的，即使这个参项极具认识价值。我们还必须从各个方面选取多个参项给以分类，才能对研究对象形成较全面的审视和较综合的把握。这就产生了一个如何选取一组分类参项使之相互配合而具有最大阐释力的问题。科姆里认为，我们为语言分类确定的这些参项“在逻辑上都是互相独立的，但结果证明它们之间都有很高的相关程度”，“逻辑上彼此独立但可以以这种方式联系起来的参项网络分布越广，进行类型研究的依据越有意义”。[2] 这就是说，类型学研究应该选定具有较高认识价值的分类参项，而且还应致力于从多方面选定分类参项，这些参项的相关度越高，覆盖面越广，这种分类研究就越有效力。

关于类型学方法，还有一个与上一个问题有关联的问题需要探讨，这就是既然分类选项是由研究者人为确定的，每个研究者都可以从自己选定的参照视点给研究对象分类，那么这样分得的类型能否具有一定的客观规约性呢？如果没有客观规约性，分类不就成为一种各行其是的完全主观的东西了吗？巴赫金在解释他提出的“言语体裁”（即话语类型）时，对这

① 参见［英］伯纳德·科姆里《语言共性和语言类型》，罗天华译，北京大学出版社2010年版，第41、42页。

② 参见［英］伯纳德·科姆里《语言共性和语言类型》，罗天华译，北京大学出版社2010年版，第42—43页。

一问题做出过很有说服力的回答。他论证说，某些言语体裁的分类之所以“尚无一致公认”，一是因为“进行分类的学者们，往往违背分类的基本逻辑要求，即统一的依据，分类变得十分贫乏而且界限不清”；二是因为“对语言风格（语体）的体裁本质缺乏透彻理解……未能依照人类活动领域对言语体裁进行有据分类的直接结果”。依照巴赫金的意见，言语体裁的分类尽管是主观的，但只要符合逻辑和事理，就能获得一种主观的客观性，所以他说，话语类型“具有规范的意义，不是由说者创造的，而是为他规定了的”，还说“话语类型是话语的典型形式”。① 他这里所谓的“典型形式”就是可以作为“典范”“范型”的形式。德里达从解构主义否定的意义上，也承认类型具有客观规约性，并将这种客观规约性概括为“类型法则”的概念。他说道“类型一旦确定，就必须服从某种规则”，“‘类型’会规定‘属于’还是‘不属于’……类型这一法则均含有这一‘属于’和‘不属于’这样划定范围性的意义。这一点适应于对一般类型进行的各种类型划分……它被认为是非自然的，需要依靠法则或秩序才可以进行”。② 显然，认为类型是一种划定界限和范式的法则，就是承认类型的客观规约性。但同时，德里达又从其解构主义立场出发认为这种客观规约性是可以改变的，甚至是可以破除的。原因在于类型法则的内部有“对立法则的存在”，“内在性的分裂”及其所导致的“变异”，“所有上述分裂瓦解性‘变异’只要重复就会发生”，“其目的是颠覆类型分类的确定性，分解它们的分类方法，瓦解其经典分类词汇的稳定性”，结果是“类型的法则也制约着使类型进入生产、繁殖、谱系遗传及衰变的过程和动因”。德里达将这种类型法则的“衰变”称为“类型法则的法则”，“我想用最简

① 参见［俄］巴赫金《文本对话与人文》，白春仁等译，河北教育出版社 1998 年版，第 146、164 页。

② 参见［法］雅克·德里达《文学行动》，赵兴国等译，中国社会科学出版社 1998 年版，第 160、159 页。

单、最节省、最正式方式提出这种我称之为关于类型法则的法则。准确地说，它是一种交叉重叠原则，一种混杂原则，一种相互寄生性机制”。[①] 在这里，我们无意全面评价德里达的对错，但他指出的类型法则的变异性则是符合实际的。试想，当某个类型一旦被确立起来，反复进行的每一次给具体事物的“归类”，都是对这一类型的强化，同时也是对这一类型的修改，因为具体事物总是与它所归属的类型有这样那样的出入（交叉、混杂）。这样的修改叠加起来达到一定的限度，就可能造成类型法则的“衰变”。比如你将一个同性恋的女人归入“女性”这个类型时，已经是对这个类型法则的一次修改，因为在以往女性类型的范畴中并没有给同性恋女人留有位置。再从另一方面看，类型给事物规定了一个范型，划出了一个界限，虽然能使事物变得清晰可辨，变得秩序井然，但同时也可能把对事物的认识框定在这个范型和界限之中。然而，对事物的认识总要深化，事物本身也在发展变化，这就有可能溢出或突破原有的范型和界限，从而引起类型法则的改变。例如，当今的观念艺术、行为艺术、大地艺术等新样式的出现，就有可能酿成原有的关于艺术的类型法则的改变。当前学术界关于艺术定义、艺术边界问题的争论，在很大程度上就是原有艺术类型法则陷入不稳定状态的反映。维特根斯坦也曾谈到语言游戏的多样性，他指出：“这种多样性也不是某种固定的、一成不变的东西，而是有许多我们可以称之为新种类的语言、新的语言游戏会出现，而某些其他种类的语言和语言游戏则会变得过时而被人遗忘。”[②] 同语言游戏类型的这种情况一样，其他事物的类型法则不仅可能被修改，还可能被“遗忘”，甚至为新的类型法则所取代。所以，无论是维特根斯坦的观点，还是德里达的观

---

① 参见［法］雅克·德里达《文学行动》，赵兴国等译，中国社会科学出版社 1998 年版，第 161、164、180、163 页。

② ［英］路德维希·维特根斯坦：《哲学研究》，蔡远译，中国社会科学出版社 2009 年版，第 19 页。

点，都在反复提醒我们，类型的客观规约性是相对的，是有限度的。类型的法则是历史地形成的，也是历史地改变着的。我们在运用类型学的方法给研究对象进行分类的时候，就不能一味谨守以往有关的类型法则，将其视为不可逾越的标准和样板，而是应该在此基础上勇于革新，做出新的理论尝试和探索。唯其如此，才能使我们的分类研究既深化了对研究对象的认识，又应合了研究对象本身的发展变化，从而促启新的分类法则的创立。

三　文学话语的类型学研究

上面讲过，类型学的方法是人类基本的具有普遍意义的认识方法，几乎所有学科的研究都会自觉不自觉地运用这一方法，不运用这一方法，对研究对象的认识就不能从个体上升到总体，就不能从个性上升到共性，而把握对象的总体和共性恰恰就是所有科学研究所要达到的更高目标。当然，正如我们知道的，当代解构主义者强调类型学方法的相对性和局限性，尤其强调类型法则的可变性。在他们看来，更重要的应该是把握研究对象的个体差异，而类型学方法正是试图以模式化的类型削平了个体差异。即如前面提到的德里达“类型法则的法则”的说法，表面上好像是讲对类型法则的修改，而实际上则是对类型学方法本身的一种解构和否定。解构主义为了强调个体差异而否定类型学的方法，其理论上的偏颇是显而易见的。首先，类型学的方法与辨别个体差异并不必然冲突。因为分类有归类和划类两种方式，如果说从下而上的归类主要建立在相似性的基础上，那么从上而下的划类则主要建立在差异性的基础上。而且相似性和差异性也不是截然分开的，当我们说某些东西相似时，同时也意味着这些东西与其他东西有差异。其次，人类认识的更高的目标并不是指向个体差异性，而是指向总体的相似性。因为个体的差异是不可穷尽的，其呈现的表征也是变幻不定、极易流逝的，企图认识所有个体的差异，既无可能，也无必要。只能使用分类的方法以便在把握相似性中把握差异性，而且相似性才是事物的更内在、更稳定、更本质的东西，因而也是人类认识的更高指归。因此，我们坚持认为，类型学的方法依然是包括文学研究在内的所有学科普遍使用的基本方法。英国文学理论家福勒在20世纪80年代末就曾断言，在解构主义的热潮逐渐消退之后，“文学类型理论很可能会占据新的显著地位。这是因为它提供了一条向前迈进的路”①。现在看，福勒的这一预言或许已经变为现实。

对文学艺术的类型学研究自古就有，而且还很发达。中国古代文论中最重要的著作，如《文赋》《诗品》《文心雕龙》《诗式》《二十四诗品》等，都将诗文类型的研究作为其主要内容。而西方古代亚里士多德的《诗学》、贺拉斯的《诗艺》、以及近代莱辛的《拉奥孔》、歌德的《论素朴的诗和感伤的诗》等，也都贯穿着文学和艺术的类型学研究的传统。只不过中西古近代文论的类型学研究还大都局限在文体风格类型的范围内，准确地说都是对文学体裁类型的研究，而不是对文学话语类型的研究。诚如巴赫金说的，“从古希腊直至今日”，“言语体裁（即话语类型，引者注）的整个问题从未真正提出过。而得到过研究的，主要也是文学的体裁”②。伴随着语言学转向和话语理论的兴起，特别是在巴赫金为创建对话理论而对陀思妥耶夫斯基小说话语所作的开创性研究发表之后，“文学话语”一词才流行起来，对文学话语的研究才开展起来。但就目前总体情况看，文学话语的研究多是集中在一般理论的阐述（有关文学话语的基本概念的研

① ［英］阿拉斯泰尔·福勒：《类型理论的未来：功能和构建型式》，参见［美］拉尔夫·科恩主编《文学理论的未来》，程锡麟等译，中国社会科学出版社1993年版，第369页。

② 参见［俄］巴赫金《文本对话与人文》，白春仁等译，河北教育出版社1998年版，第141页。

究）或具体个案的分析（某个文学文本的话语分析）两个方面，而对文学话语类型的专门研究则相对薄弱。这就使得前两个方面的研究缺乏中介联系，一般理论往往落实不到个案分析上，而个案分析也很难上升到一般理论。就像在语言学的研究中，如果没有语言类型学的中介，普通语言学与个别语言学就很难形成实质性的关联。比如在文学话语的对话特性的研究中，我们在一般理论层面上已经确立起“文学话语从根本上说是作者与读者之间的对话”的观念，但在具体作品话语的研究上还仅限于对作品中人物之间的对话分析，一般理论与具体分析显然处于脱节状态。造成这种状态的主要原因就是对文学话语的对话类型的研究没有相应跟上。虽然我们在一般理论层面上已经对文学话语的对话本质有所认识①，也能运用某种理论对具体作品中的对话进行分析②，但由于对文学话语对话类型的研究基本阙如，因而前两方面的研究只能各行其是，很难形成一种相互促动的合力。迄今为止，尽管从某一角度探讨文学话语类型的著述已多有所见③，但对其作全面系统研究的专著却一部也没有，文学话语类型学研究滞后的情况由此可见一斑。因而我们主张，为推动文学话语研究进一步发展计，必须大力加强文学话语的类型学研究。

我们认为，造成目前文学话语类型学研究相对滞后的主要问题有以下

---

① 如《文史哲》2001 年第 2 期发表的李衍柱的《巴赫金对话理论的现代意义》，《文艺争鸣》2011 年第 13 期发表的南帆的《经验、理论谱系与新型的可能》，《绥化学院学报》2012 年第 6 期发表的郑丹春的《论语言的复调性》等。

② 如《赤峰学院学报》2011 年第 10 期发表的朱艳敏的《从语气隐喻理论解析〈仲夏夜之梦〉的对话》，《海外英语》2011 年第 12 期发表的石荣的《〈傲慢与偏见〉中的话语交际分析》等。

③ 例如：广东人民出版社 1999 年出版的尹昌龙的《重返自身的文学——当代中国文学思潮中的话语类型考察》和《天府新论》杂志 2006 年发表的唐凡茹、刘永志的《多元鼎立的话语时代—“后新时期文学”思潮的话语类型解读》，主要是论述文论的话语类型；2010 年胡漫的硕士学位论文《作为话语类型的“狂欢”——巴赫金狂欢化理论的语言解读》，主要论述狂欢化的文学话语类型；学林出版社 2009 年出版的张瑜的《文学言语行为论研究》，主要从言语行为方面谈到了文学话语的类型；上海大学出版社 2012 年出版的葛红兵的《小说类型学的基本理论问题》，主要是从叙事风格、题材方面探讨小说话语的类型。

四个方面：第一，缺乏类型学研究的方法论意识，大部分论者只是对分类方法的不自觉的使用，既没有认识到类型学研究的方法论根据，也不了解类型学研究的逻辑程序，这就很难形成文学话语研究中的一种独立方法和重要分支；第二，与第一点相关联，在技术层面上，往往不是从取样类比开始，而是仅依据其理论需要对文学话语加以分类，这样就可能使类型学的方法失去了科学实证的根基；第三，也是技术上的一个问题，没有将类型学方法的两种方式（归类和划类）及其涉及的两个层面（属和种）结合起来，而是或者仅研究文学话语的“属”类（文学话语作为一种话语类型与其他非文学话语类型的异同），或者仅研究文学话语的“种”类（文学话语属下各类型之间的异同），这就很难达到对文学话语的“属加种差”的整体把握①；第四，也许是最严重的一个问题，就是在分类参项的选取上比较随意而且单一，这就造成了分类的片面性及其认识和理论价值的降低，更重要的是，这样也不能建构起一个由相互联系的多个参项形成的参项网络和分类系统，从而也不能最终达到对文学话语本身的复杂性和整体性的阐释和理解。

针对上述问题和缺陷，我们的文学话语类型学研究将遵循这样几个原则：首先就是尽量满足类型学方法所规定的基本逻辑要求。比如，所有分类都应建立在对具体文学话语比较、归纳的实证基础上，即使是下行的划分类型，也应有具体话语例证的支撑，而且无论取样或举例都要尽可能符合有代表性和典型性的标准，因为类型本身就是一种“范型”。当然，我们强调类型学研究的实证性和规范性并不与理论上的创新相冲突，毋宁说前者始终是以后者为目的的。再比如，所有分类都应至少在两个逻辑等级

① 亚里士多德认为，反映事物本质的完整定义应该既能说明此事物所归属的属性，也能说明此事物所划分的种类的特性。这即是“属加种差”之说的由来。可参阅亚氏《形而上学》中说的：“我们必须考察由于分类法所造成的定义。除了基本科属与其差异而外，定义中就再不用别的了。”（见吴寿彭翻译的商务印书馆的中译本，第149—150页）

（属和种）上次第展开，既要在“话语总体”这个更高的等级上区分文学话语类型与其他话语类型的异同，又要在“文学话语总体”这个较低的等级上区分文学话语属下的诸类型之间的异同，使这两个等级上的分类研究相互应和、相互印证，共同起到揭示文学话语多方面的属性和种类特性。此外，还有更重要的一点，我们所主张的文学话语的类型学研究应该是一种系统性的研究，这种研究要求选取多个参项进行分类，而且还要求这多个参项之间有内在关联，从而构成一个能够覆盖整个分类对象的参项网络，建立一个与分类对象相适应的分类体系。只有这种系统性的类型学研究，才不仅可能描述出文学话语的全部复杂性，还可能为丰富类型学研究的方法论基础提供新的参照。

既然确立了对文学话语类型进行系统研究的目标，那就必须要对研究内容有一个先期的全面规划和设计。我们的总体构思是将全部的研究内容分为四大部分：第一部分是研究文学话语的语用类型，第二部分是研究文学话语的形态类型，第三部分是研究文学话语的“施为”类型，第四部分是研究文学话语的文体类型。之所以设定这样一个四分的布局，主要是因为我们选取了四个分类参项，即“语用”、“形态”、“施为”和“文体”，我们正是依据这四个参项来安排这四个部分的内容的。那么，为什么选定这四个分类参项呢？这就与我们对文学话语的总体理解有关了（参见本文第一部分）。按我们的理解，文学话语首先是对语言的一种运用，这就有了“语用”这一参项，并以这一参项为视点去研究文学话语的“语用类型”。紧接着语用问题而来的是追问文学话语运用语言要做什么，由这一追问就产生了“形态”和“施为”两个参项。因为在我们看来，文学话语本质上是作者与读者之间的对话交流，是人类言语交际活动中的一种特殊的对话形态，这就需要以“对话形态”为参照点去研究文学话语的“形态类型”。同时我们还认为，文学话语的对话本质与“以言行事”的本质是紧密关联并且相互贯通的，文学话语的“以言行事”以对话为前提，而文学话语的对话又是以“以言行事”为指向，这就又有了“施为”这样一个参项，又有了以此参项来分类的“施为类型”的研究。此外，我们还认为，无论是文学话语中的对话还是“施为”都不是直接的，都要有一个中介，这个中介就是“文本”（text）。巴赫金曾指出，文学话语属于一种特殊的言语体裁，是对这种特殊的言语体裁规则的运用①。依照这个说法，我们完全有理由认为，文学文本与文学的言语体裁相对应，它实际上就是文学言语体裁的书面形式，也要受文学文本已有规则的制约，也是对已有的文本体式的运用。这样，我们又得到了“文体”这个参项，而依据这个参项进行的分类研究，就是文学话语的“文体类型”研究。由此可见，我们选定的这四个分类参项之间虽相对独立，但又有内在的逻辑关联。而我们所规划的文学话语类型学研究的这四部分内容，正是基于这四个分类参项构成的织体之上的。由此也决定了这四大部分内容之间的周延性和系统性。下面再让我们分开来简要说说我们对每一部分内容的大致构想。

第一部分内容是文学话语的语用类型。文学话语既是对语言的一种运用，就有一个“用法”问题，即文学话语是怎样运用语言的？任何话语使用语言首先是要指涉或表述某种意义，然后才可能完成某种对话和实行某种行为。毫无意义的话语就不是话语，也不是对语言的运用，只是一串仅具物理性质的声响，就像一个不会说话的婴儿嗓子里发出的呜里哇啦的声音，不能起到言语的对话交流的作用，尽管也许能传达某种非言语意义的信息。所以，指涉意义应该是任何话语都具有的语用特性。文学话语当然也指涉意义，但是文学话语在指涉意义的时候有自己的特点，那就是它总是趋向于“审美地”指涉意义，这大概就是所有文学话语独具的语用特点，也是文学话语与非文学话语在语用上的根本区别之所在。所谓“审美

① 巴赫金原话：“每一领域都拥有和使用符合该领域特殊条件的自己的体裁；与这些体裁相适应，也就有特定的风格。”见［俄］巴赫金《文本对话与人文》，白春仁等译，河北教育出版社1998年版，第145页。

地”指涉意义，是说文学话语总是选用那种能够引起审美愉悦的言语方式指涉它表达的意义。从文学话语的总体上看，这种引起审美愉悦的言语方式就是言语表达与所表达的意义之间的延宕性和间离性，也就是从言语的能指到所指不是即时的和直接的，而是在中间横隔着一个“形象”，先从言语到形象，然后才指涉一个意义。但是，文学话语这一总体语用特点在每一个别话语中的具体表现是千差万别的，这一“审美地”指涉意义的言语方式的具体手段也是千变万化的，必须加以分类才能把握。我们将这些不同的用法归纳为三种语用类型，分别称之为文学话语的“曲指用法”、“虚指用法”和“自指用法”。这一部分的主要内容就是对文学话语的语用特性及其三种语用类型的阐述和论证。

第二部分的内容是讲文学话语的形态类型。如同其他话语一样，文学话语也是一种对话。但文学话语的对话是一种特殊形态的对话，这种特殊形态体现在两个方面：一是文学话语的对话是文学交际活动中的对话，因而从根本上说是文学作者与文学读者之间的对话，这种对话形态与日常会话等非文学的对话形态显然是不一样的；二是文学交际中作者的话语总是假托给一个代言人（小说中是小说家假定的叙述人，诗歌中是诗人假定的抒情主人公），作者与读者之间的对话必须通过这个代言人的话语（文学文本）这一中介才能实际进行。而且，由于这一中介的存在，作者与读者间的对话不仅多了一个代言人的角色，还使得作者用语言向读者传达某种意义时，不是直接而是通过塑造形象来传达。这就造成了文学对话的“三个角色”（作者、作者假设的代言人、读者）、“双重所指”（言语指涉形象、形象指涉意义）的特殊形态。这样一种形态的对话也显然同日常对话等非文学的对话不一样。将上述两个方面结合起来看，文学话语的对话形态的特点可以概括为以文本为中介的对话，作者、假托的代言人（也包括故事中虚构的人物）、读者等众多说话人交相混合的对话，有着“言、象、意”双重所指的对话。根据文学对话过程的历时态的顺序，并对应于文学对话的三个角色，我们将文学话语的对话形态区分为“创作形态”“文本形态”“读解形态”三种类型。这部分的主要内容就是解说文学话语的对话特性及其三种形态类型。

第三部分讲文学话语的“施为”类型。同样作为言语行为，文学话语与非文学话语有着根本区别。在日常的言语交际中，在不同的场合说不同的话，实施不同的言语行为。举个例子，你在买东西时会指着那东西说：“多少钱?”这是在向卖主提问；得到卖主的回答后，你可能又说：“能便宜点吗?”这又向卖主提出了一个请求；如果卖主说：“可以。”这是对你的请求的允诺；如果卖主说：“不行!”这又是对你的请求的拒绝。总之，在日常交际中，随着具体的场合和情境的变化，言语行为也是在不断变化的。但是，在文学交际中，无论时代如何变化，无论具体的场合和情境如何变化，文学话语实施的行为却是相对稳定的，即都是作者给读者创作作品，读者接受作者创作的作品，尽管创作和接受什么内容和形式的作品，各个时代是很不一样的。所以，文学话语作为一种言语行为的独特性就在于，它所涉及的作者和读者双方总是构成一种“吁请”和“承诺”的相互的双重关系。就是说，作者承诺创作一部给读者带来审美快感的作品，同时也吁请读者积极地接受这部作品；而读者则吁请作者创作一部能给他审美快感的作品，同时也承诺积极地接受这部作品。在这里，作者和读者双方的言语行为，无论吁请或许诺，都是围绕“审美快感”这个行为要旨展开的。作者创作作品是为了给读者提供审美快感，读者接受作品也是为了享受审美快感。当然，对什么是审美快感，各个时代的作者和读者都可以有不同的理解，但其言语行为的要旨都是指向审美快感，则是相同的。从这一点看，文学话语的言语行为的主要特点就是对于审美快感的承诺和吁请。再就是，言语行为理论认为，任何言语行为都可分析为三重内涵的合成，即前面提到的“以言表意”、“以言行事”和“以言取效”。如果按照言语行为的这三重内涵，我们可以把文学话语的言语行为相应地划分为三种类型：偏于以言表意的，我们称为“告知型”文学话语；偏于以言行事的，我们称为“传情型”文学话语；偏于以言取效的，我们称之为“劝导型”文学话语。这就形成了文学话语的三种“施为”类型。论述文学话语的“施为”特性及其各种类型则是第三部分的内容。

第四部分论述文学话语的文体类型。前面说过，文学活动中作者与读者之间的对话交流要以文学文本为中介，文学文本是文学话语的一种必要形态，没有文学文本，也就无所谓文学话语。文学文本虽然是作者假托的代言人话语的书面形式，表面上是假定的代言人说出来的，但实际上却是由作者写出来的，是作者创作的产物。作者写出的文学文本当然要体现作者个人的创造性，但同时也要符合历史上已经形成的文体样式和格式，也就是巴赫金所说的“言语体裁”。巴赫金指出，这种言语体裁的形成取决于“每一领域特有的言语交际的特定条件”，又体现为“特定的有着不同题材、布局和修辞的表述类型”[①]。具体到文学体裁或文学文体，我们也可以认为，作者写作所遵循的文体样式和格式是由文学言语交际的特定条件决定的，而文学文体的样式和格式主要体现在不同的题材、不同的布局和不同的修辞方式上。而且，巴赫金又指出，包括文学体裁在内的所有言语体裁都可区分为“基本的言语体裁”（有时他也称为“第一类简单体裁”）和“派生的言语体裁”（有时他也称为“第二类复杂体裁”）这样两个层面[②]。参照巴赫金的这个观点，第四部分的主要内容：一是在基本的言语体裁层面上，根据言语交际的特定条件的不同，区分文学文体与其他非文

---

① 参见［俄］巴赫金《文本对话与人文》，白春仁等译，河北教育出版社 1998 年版，第 145 页。

② 巴赫金的原话说：“基本的言语体裁直接反映交际情境，派生的言语体裁是专门化的体裁，反映有组织的文化交际的复杂情境。但这些专门性体裁大多是从基本体裁衍生出来的（由对语构成的戏剧，长篇小说等）。如何组织这一类体裁，决定于该交际领域的特殊目的和条件，然而被它们纳入的各个体裁都带有基本体裁的性质。”见［俄］巴赫金《文本对话与人文》，白春仁等译，河北教育出版社 1998 年版，第 218 页。

学文体的不同；二是在派生的言语体裁层面上，根据题材、布局和修辞的不同，将文学文体分为四种类型，即“叙事的小说话语”、“抒情的诗歌话语”、“对话的戏剧话语”和“自由的散文话语”。对第二方面的研究，巴赫金也称为“文学体裁”的研究，并且指出这种研究虽然从古希腊就已开始，但始终没有将这些体裁视为一种话语的“表述类型”加以研究，只是“着眼于它们的文学艺术特殊性，着眼于它们相互间的细微差别（即在文学的范围之内）”①。我们的文学文体类型研究当然会借鉴传统的文学体裁研究（如沿用了通行的“四分法”），但又与传统的文学体裁研究有本质差别。我们是将文学文体纳入文学交际中的话语这个范畴中来理解的，并将其视为文学话语借以进行对话交流和完成言语行为的一种中介形态和书面形式。我们正是在这样的意义上研究文学文体类型的，研究的侧重点也是集中在这些类型在话语表述上的特点，如表述的题材内容、布局结构、修辞方式等方面的特点。这样的文学文体类型的研究显然与传统的文学体裁研究不同，应该说是在传统的文学体裁研究基础上的一种拓展和革新。

最后需要再次强调的是，上述四部分内容只是在理论表述上有先后顺序，但在逻辑联系上却是浑然一体、不能截然分开的。因为这四个部分用来划分文学话语类型的逻辑依据是同一个有着内在联系的分类网络体系，这就必然造成四个部分内容之间的相互交融和相互贯通。而这也正体现了我们的文学话语类型学研究的系统性的探索和追求。

The Research Outline of Literary Discourse Typology

Wang Wencheng

Abstract The research of literary discourse should be based on the grasp of the “literary

① 参见［俄］巴赫金《文本对话与人文》，白春仁等译，河北教育出版社 1998 年版，第 141 页。

discourse" concept. And the grasp of the "literary discourse" concept should be premised on the comprehension and reference of contemporary discourse theory. Literary discourse is a special dialogical mode and performative mode that all the participators in literary communication activities share thoughts and influence one another. The major breakthrough of contemporary literary discourse research lies in the construction of the literary discourse typology. The approach of typology is a basic approach with universal meaning to understand our world. Research in virtually every scientific discipline would use this typology approach, whether consciously or not. The logical process of typology approach is aimed at classification according to the selected parameters through identifying the same and difference. Identifying the same would direct towards the classification of "upward abstraction" and distinguishing the difference would direct towards the classification of "downward embodiment". The typology approach would be more effective if the selected parameters of classification have higher correlation and wider coverage. The typology research of literary discourse should develop on two logical level(genus and species) in sequence, build the network of classified parameters with multiple internal relation and establish a classification system corresponding to the classified objects. The typology research of literary discourse should consist of four parts: the research of pragmatic, stylistic, morphological and performative types.

Key Words Literary Discourse; Typology; Research Approaches

Author Wang Wencheng, Professor and doctoral tutor of the Center for Literature and Aesthetics, Shandong University.

见证时间的噪音

凌晨光

摘要 《见证》和《时间的噪音》都是以苏联作曲家肖斯塔科维奇为主人公的文学作品，前者是肖氏的口述回忆录，后者是传记小说。小说作者巴恩斯亲承其创作深受前述回忆录的影响，但两者在体裁定位、关注焦点、表达手段等方面的诸多不同内蕴着含义丰富的深刻差异。通过对两书就同一事件、相同人物、相似场景的描写与感悟的对照阅读，可以看到《时间的噪音》中缺少一种作者的生活智慧和写作才能所不能弥补的东西，那就是对民族苦难和屈辱人生的切身感受和刻骨体验。恰如俄罗斯谚语所言："狼不知道羊的恐惧。"

关键词 传记小说；回忆录；人称；口音

作者简介 凌晨光（1965—），浙江宁波人，文学博士，山东大学文艺美学研究中心教授，博士生导师。主要从事文学理论及艺术批评理论研究。

《见证》是一部由苏联著名作曲家肖斯塔科维奇口述，俄裔美籍作家所罗门·伏尔科夫记录并整理的回忆录。《时间的噪音》则是英国作家朱利安·巴恩斯以肖斯塔科维奇为主角的传记小说。两书之间的联系可以从巴恩斯接受记者采访时说的一段话中看出端倪。他说："我一直对肖斯塔科维奇很感兴趣，我第一次听到他的音乐是五十年前，他的《第五交响曲》，我买了一张黑胶唱片，现在我还有这张唱片。这些年来，我也一直在听他的音乐。但总的来说，我对作曲家或艺术家的生活没太大兴趣，我感兴趣的一直是作家。1979年，一本题为《见证》的书出版，此书是肖斯塔科维奇口述、伏尔科夫整理的肖氏回忆录。这本书确实充满争议，特别是它的真实程度。但我认为书中的肖斯塔科维奇还是有很大的真实性。这时，我才意识到肖斯塔科维奇不仅仅是音乐，肖氏这个案例更值得研究。"① 很明显，《时间的噪音》一书深受《见证》的影响，然而两者一为回忆录一为小说，这样的文学体裁定位，又使两者之间的关联与对比更富含义和意味。

一　关于他人的回忆录和关于传主的小说

《见证》与一般回忆录的不同之处从全书第一句话中就体现出来了："这不是关于我自己的回忆录。这是关于他人的回忆录。"② 为什么在回忆录里不谈自己，只谈他人呢？以肖斯塔科维奇接下来表述为据，似乎可以认为这是为了让传记更加真实。"关于往事，必须说真话，否则什么也别说。追忆往事十分困难，只有说真话才值得追忆。"③ 肖斯塔科维奇告诉我们，在回忆往事的时候，要努力只讲真话，是颇有难度的。他把自己定位在"许多事件的目击者"的位置上。事件本身非常重要，并且涉及很多名人显要。所以作为见证人，他的回忆只为了唤起和还原真实。作为反衬的是这样一句话："别人会写到我们，而且自然会撒谎——但那是他们的事。"④ 这里，既传递了对自己在别人眼里和口中可能的不真实形象的隐

---

① ［英］朱利安·巴恩斯：《时间的噪音》，严蓓雯译，译林出版社2018年版，第233页。

② ［俄］季米特里·肖斯塔科维奇口述，所罗门·伏尔科夫记录并整理：《见证——肖斯塔科维奇回忆录》，叶琼芳译，作家出版社2015年版，第27页。

③ ［俄］季米特里·肖斯塔科维奇口述，所罗门·伏尔科夫记录并整理：《见证——肖斯塔科维奇回忆录》，叶琼芳译，作家出版社2015年版，第27页。

④ ［俄］季米特里·肖斯塔科维奇口述，所罗门·伏尔科夫记录并整理：《见证——肖斯塔科维奇回忆录》，叶琼芳译，作家出版社2015年版，第27页。

忧，也表达了自己作为一个据守真实的见证人的信念。

《时间的噪音》是一部传记体小说，传主就是肖斯塔科维奇。作为整个小说的主角，这样一个被塑造的形象，他的自我经历和所见所想当然不能回避。因此在小说里，关于肖斯塔科维奇的回忆和他处理记忆的方式被正面地加以描述。一个人只要不停止思想，就不会遏制记忆。但肖斯塔科维奇不能够像一个驾车老手一样，在下坡的时候，让记忆的卡车空挡滑行。“他的大脑顽固地给他的失败、耻辱、自我厌恶和那些糟糕的决定留出地方。他只想记住他选择的事物：音乐、塔尼娅、妮娜、他的父母、真正可信赖的朋友、加莉娅和猪的玩耍、马克西姆模仿保加利亚警察、一个漂亮的进球、笑声、欢乐、他年轻妻子的爱。他的确记得所有这些事，但它们常常为那些他不想记住的事情所覆盖，所缠绕。这种不洁、这种对记忆的腐蚀，折磨着他。”① 回忆录不仅仅是回忆，它是对回忆的表达，要经历一种符号转换并把自己的某一部分乃至全部公之于众。《见证》作为回忆录，其“口述”的特点凸显了这种表达的公开性，“回忆”成为一种“说出”。“我很少回忆我的童年。大概因为独自回忆未免烦闷，而能和我一起谈我的童年的人越来越少了。”② 肖斯塔科维奇在面对口述回忆录记录者时，对于回忆童年尚能做出这样有点例行公事的说明，但当他陷入对整个人生的回忆时，憎恨、恐惧、屈辱、愤怒、忧伤则让他的思绪变得沉重，口舌变得滞涩。不得不想、不得不说的困境让他嗓音异常，表达艰难。

当然，谈论别人并不能避开自我回忆，而且这还是一种特殊而有效的自我回忆的方式。在伏尔科夫为肖斯塔科维奇《见证》一书写的序中，按其说法，这种谈论别人的回忆法似乎还是他给肖斯塔科维奇出的点子，因

① ［英］朱利安·巴恩斯：《时间的噪音》，严蓓雯译，译林出版社2018年版，第210页。

② ［俄］季米特里·肖斯塔科维奇口述，所罗门·伏尔科夫记录并整理：《见证——肖斯塔科维奇回忆录》，叶琼芳译，作家出版社2015年版，第30页。

为一开始时，他们的合作并不顺利，肖斯塔科维奇对记者所提问题的回答简短而显得有些勉强。于是“我找到一个有效的方法帮助肖斯塔科维奇解除拘束，使他在讲话的时候比对知心朋友谈话还要自然：‘不要回想你自己，谈谈别人吧。’”① 伏尔科夫的策略是肖斯塔科维奇尊敬的一位女诗人安娜·阿赫玛托娃爱用的一种“反映方式”。“这种‘反映方式’是水上城市彼得堡的特征，它闪烁发光，影影绰绰。”② 这样一来，肖斯塔科维奇就能从谈别人而及于自己，从他所谈论的别人身上找到自己的映像。用伏尔科夫的话说，“肖斯塔科维奇的思潮需要时间才能奔放”，而谈别人则是打开肖斯塔科维奇回忆之阀的开关扳手。

然而，多少有些出人意料，在小说《时间的噪音》后记中，作者巴恩斯对《见证》的评价似乎颇有保留：“伏尔科夫的书出版时，在东西方都引起轰动，而关于内容之真伪的所谓‘肖斯塔科维奇之战’鏖战了几十年。我把它当作一本私人日记：虽然显得是要给出全部的真相，但通常是在一天的同一个时候，在同样的主导情绪中，用同样的偏见和遗漏所写成的。”③ 与此相对照的是，作为小说家的巴恩斯基于个人身份的一种自信乃至优越感，指出肖斯塔科维奇对自己的生活有多种论述，有些故事有很多版本．是历经多年逐步建立和“完善”起来的。“广义来说，真相很难把握，更别说在斯大林统治下的俄国了。甚至连名字也靠不住：肖斯塔科维奇在‘大房子’里的审讯者被给予了不同的名字，诸如赞切夫斯基、扎克列夫斯基、扎可夫斯基。所有这些对传记作者来说都是非常令人沮丧的，但对任何小说家来说却最受欢迎。”④ 在另一处地方，巴恩斯继续说：“我

---

① ［俄］季米特里·肖斯塔科维奇口述，所罗门·伏尔科夫记录并整理：《见证——肖斯塔科维奇回忆录》，叶琼芳译，作家出版社 2015 年版，第 6 页。

② ［俄］季米特里·肖斯塔科维奇口述，所罗门·伏尔科夫记录并整理：《见证——肖斯塔科维奇回忆录》，叶琼芳译，作家出版社 2015 年版，第 6 页。

③ ［英］朱利安·巴恩斯：《时间的噪音》，严蓓雯译，译林出版社 2018 年版，第 229 页。

④ ［英］朱利安·巴恩斯：《时间的噪音》，严蓓雯译，译林出版社 2018 年版，第 228 页。

尽量做到历史事实的准确。但曾有人说‘传记和历史结束的地方，就是小说的开始’，小说能够前往传记和历史去不了的地方，写小说的一个长处就是我可以揣度并描写人物的心理。”① 自然，对于一个因生活的诸多不幸和困窘而不愿意随便袒露心迹的受访者，小说家擅长的“揣度”和“描写”能够让他到达“传记和历史去不了的地方”而一展身手，但认为这样一定会让小说比回忆录更受欢迎并因此而能够避免传记作者因一种主导情绪的存在而产生的“偏见和遗漏”，就显得过于自信了。且不说“尽量做到历史事实的准确”的自我要求与“揣度并描写人物的心理”的擅长手段之间是否矛盾，单就回忆录中显现的偏见和遗漏而言，就未必能够等同于其缺陷并借此而怀疑其历史的真实性和文学上的价值。正如美国传记作家和学者玛丽·卡尔所言，回忆录作者会不断地提醒读者，他不是在观看电子文档中投射出的干净的外部事件，而是言说这个人的真实经历，这是一个由记忆拼接而成的个人化的内在空间。“历史和传记常以‘立意文章’开篇，解释作者的内在偏见。而就在如历史、统计等曾经神圣的真理来源根基动摇之时，主观的传说讲述、抢占了一片新的立足之地。这也是回忆录蒸蒸日上的部分原因——不是因为它能避免错漏百出，而是因为它们中最好的杰作公然坦白了自己错漏百出的本性。”② 这些话当然不能作为对回忆录写作中的错漏与偏见的辩护词，但它至少告诉我们，某种意义上的错漏与偏见不可避免，而且对此的公然坦白是值得尊敬的，更何况小说家的身份以及揣度人物心理的自由也并不能保证他的写作中就没有错漏和偏见，文体本身并不能保证一部文学质量高低。对于肖斯塔科维奇的一生这一写作题材，口述自传和传记小说的体裁差异本身也不是作品受欢迎程度的主要衡量标尺。

---

① ［英］朱利安·巴恩斯：《时间的噪音》，严蓓雯译，译林出版社 2018 年版，第 229 页。

② ［美］玛丽·卡尔：《自我与面具：回忆录写作的艺术》，修佳明译，中国人民大学出版社 2017 年版，第 19 页。

二　口音与人称

在《见证》的第一页，我们就读到了出自肖斯塔科维奇之口的这样的话："我是许多事件的目击者，而这些都是重要事件。我认识很多名人显要。我要把我所知道的他们的事说出来。我要既不在任何事情上添加色彩，也不伪造。这将是一个见证人的证词。"[①] 玛丽·卡尔用一种多少带点武断的口吻说："每一本伟大的回忆录的生与死，都百分之百取决于口音。"[②] 她进一步说："因为回忆录是一种朴素简单的文字形式，其中描述的事件——在最差的作品中——可以表达得相当单薄，并且杂乱无章。但如果口音具有足够高的电压，它就能载着读者向前，穿越一切混乱的叙述方式，且不惧突转的话头。因为口音能在读者的想象中，魔法般地变出一个几乎完全现实化的活人。我们基本上会认为，口音就是叙述者。如果故事本身引人入胜，那自然再好不过，但一个绝妙的口音，可以把最枯燥乏味的情节，表达得不同凡响。"[③] 那么，在上述对肖斯塔科维奇话语的引文中，他的口音又是什么样子的呢？我们能够相信，这个说话者他内心的声音（即他自己听到的自己的声音。而我们的经验是，自己听到自己说话的声音与别人听到的声音往往有差异，甚至差别很大，这种情况在我们回听自己说话的录音时表现得最为明显）应该是坚定、低沉、缓慢、从容的。口音基于情绪，口音本身的风格与说话者的身份、经历关系密切。"与其说作者选择这些风格，不如说它是与生

① ［俄］季米特里·肖斯塔科维奇口述，所罗门·伏尔科夫记录并整理：《见证——肖斯塔科维奇回忆录》，叶琼芳译，作家出版社2015年版，第27页。

② ［美］玛丽·卡尔：《自我与面具：回忆录写作的艺术》，修佳明译，中国人民大学出版社2017年版，第41页。

③ ［美］玛丽·卡尔：《自我与面具：回忆录写作的艺术》，修佳明译，中国人民大学出版社2017年版，第41页。

俱来的。他的身份和他过往的经历，形成了风格变换的基础。”① 如此一来，口音又可以成为我们反观说话者的身份、经历的窗口，是反向进入说话者内心世界的通道。那么，肖斯塔科维奇的口音在口述自传记录者和一般公众那里又是什么样子的呢？在《见证》中，关于肖斯塔科维奇说话的声调和口音有多处描写。在电话里，它是“生硬的、嘶哑的男高音”②；在与演奏自己作品的乐队人员交流时，他得“拉直了嗓子说”，“以前，我说话别人不太注意，即使我谈的是我自己的作品，为了克服演奏者的抵制，我不愿意厉害也得厉害。本来用寻常的声气说说就行的事情，我也得拉直了嗓子说”。③ 而在更多的时候，则是一种对尖声叫喊愿望的压制造成的古怪嗓音：“那么多没有说出来的事情积在心里，那么多令人疲惫和烦恼的事像重担一样压在精神上。你必须，你‘必须’卸下你精神世界的负担，否则就有崩溃的危险。有时候你只想尖声叫喊，但是还是控制了自己，只是说出了一些毫无意义的话。”④ 一个人的口音与其面部表情和身体动作是相互配合、相互说明的。《见证》的引言部分，伏尔科夫从安卧墓棺中的肖斯塔科维奇脸上的微笑写起——这是让人未曾记得的笑容：“超脱、安宁、平静、满足。似乎他又回到了童年，似乎他已经逃脱了一切。”⑤ 然而此处的描写与这个典型的倒叙式开头一样，只是为了反衬肖斯塔科维奇在生活中的羞怯、笨拙、紧张、警惕。《见证》中记录了在公众前亮相的极其局促的肖斯塔科维奇：“在欢呼面前举止笨拙、古怪。他鞠躬时显得手足无措

---

① ［美］玛丽·卡尔：《自我与面具：回忆录写作的艺术》，修佳明译，中国人民大学出版社 2017 年版，第 42 页。

② ［俄］季米特里·肖斯塔科维奇口述，所罗门·伏尔科夫记录并整理：《见证——肖斯塔科维奇回忆录》，叶琼芳译，作家出版社 2015 年版，第 7 页。

③ ［俄］季米特里·肖斯塔科维奇口述，所罗门·伏尔科夫记录并整理：《见证——肖斯塔科维奇回忆录》，叶琼芳译，作家出版社 2015 年版，第 49 页。

④ ［俄］季米特里·肖斯塔科维奇口述，所罗门·伏尔科夫记录并整理：《见证——肖斯塔科维奇回忆录》，叶琼芳译，作家出版社 2015 年版，第 54 页。

⑤ ［俄］季米特里·肖斯塔科维奇口述，所罗门·伏尔科夫记录并整理：《见证——肖斯塔科维奇回忆录》，叶琼芳译，作家出版社 2015 年版，第 1 页。

和尴尬，一只脚向旁边一拐。”[①] 观众们甚至因此而更加兴高采烈，他们面对这个不像音乐家的音乐家继续大鼓其掌，全然不顾音乐家本人的感受。其实这时音乐家的内心痛苦是难以言说的。“我相信自己的问题是心理上的，正是这个使我痛苦。由于某种原因，我肯定人人都把眼睛盯着我，都在我背后咬着耳朵看我，他们都在等着我倒下去，或者至少摔一跤。这使我感到我每秒钟都可能摔倒。当灯光暗下去，表演或者音乐都开始的时候，我简直感到幸福。（当然，这是说表演或者音乐不是无聊的玩意儿的话。）等到灯光重新亮了，我又感到悲伤，因为我又在众目睽睽之下了。”[②] 这里的描写和言说，的确令人动容。

至此，我们突然意识到，小说家巴恩斯在指出《见证》的口述记录因一种主导情绪而具有偏见和遗漏时，他自己没有意识到他的小说中也许亦存在重要的遗漏，那就是对肖斯塔科维奇这位主人公内心世界的切身体验和直接表达的遗漏。应该承认，巴恩斯是一位技巧纯熟、手法多样的学院派小说家，他此前完成的小说《福楼拜的鹦鹉》《终结的感觉》等多次获得布克奖提名并终夺大奖，而且在读者中也是口碑颇佳。在构思这部有关肖斯塔科维奇的小说时，他抓住了主人公的“闰年”迷信，将其一生中的三个各相隔十二年的同时发生在闰年中的事件加以提取，为小说分设三章：在电梯旁、在飞机上、在汽车里。在这样的环境中，主人公几乎可以站着或坐着不动，而任由其思绪如插上翅膀般四处飞扬。然而除了站在电梯旁的肖斯塔科维奇，偶尔会被靠在自己小腿肚子上的手提箱踫一下之外，我们几乎感受不到主人公尖锐的声音或笨拙的动作。也就是说，一种进入主人公内心世界的深刻的切身体验被遗漏了，我们听到的是小说作者

---

① ［俄］季米特里·肖斯塔科维奇口述，所罗门·伏尔科夫记录并整理：《见证——肖斯塔科维奇回忆录》，叶琼芳译，作家出版社 2015 年版，第 16 页。

② ［俄］季米特里·肖斯塔科维奇口述，所罗门·伏尔科夫记录并整理：《见证——肖斯塔科维奇回忆录》，叶琼芳译，作家出版社 2015 年版，第 258 页。

不停地在说明、在解释、在为我们作出判断、在向主人公表达同情。但这一切似乎都为作者的聪明才智所裹挟，而在读者与主人公的交流之间编织了一层隔膜。

问题出在哪儿呢？也许是人称问题？很显然，《见证》是以第一人称的口吻写作的，《时间的噪音》则是最终选择了第三人称完成作品。第一人称自然让人联想到说话人的口音，而第三人称则只能以代言的方式去描写和传递一种主人公口音的信息了。这样一来，巴恩斯在构思和写作《时间的噪音》时的人称选择就成了一个讨论的切入点。在向记者介绍自己的写作过程时他说："我刚开始动笔写《时间的噪音》时，我用的是第一人称。但是写了十来页，一直觉得不对劲，后来就改为第三人称。第三人称很灵活，就像一台摄影机，你可以把镜头拉得很远，可以看到你笔下的主人公和他生活的时代的全景；也可以拉得很近，只看到他；还可以把他放在镜头后，以他的目光来看世界，第三人称就成了第一人称。"① 这段话讲得清楚又全面，对比了人称方面的优劣并为自己的选择进行了解释。但他对此真的驾轻就熟了吗？在视角和目光的转换方面游刃有余了吗？那为什么我们总是感受不到主人公的口音，而叙述者的口吻也是含混不清呢？其实巴恩斯的另一段话已经几乎给出了答案："当然，在写作过程中，作家需要设身处地想想别人的生活，写肖斯塔科维奇，我一直感到自己非常幸运，我不需要进行他的选择，不需要像他那样，既要当艺术家，又要当政治家。"② 就像两本书中都曾引用的一句俄国谚语所言："狼不知道羊的恐惧"，当小说作者因为不会如主人公般面临人生选择而自感幸运的时候，生活的恐惧和威胁就从来不是一个需要用心灵和身体去直接面对的问题。这也许就是巴恩斯的问题所在。《见证》的记录者采用了一个明确的策略，

① ［英］朱利安·巴恩斯：《时间的噪音》，严蓓雯译，译林出版社2018年版，第241页。
② ［英］朱利安·巴恩斯：《时间的噪音》，严蓓雯译，译林出版社2018年版，第237页。

让肖斯塔科维奇通过谈论别人而讲述自己，而写作《时间的噪音》的小说家却没有把自己放入主人公的内心世界之中，他的游离与超脱让他最终选择了第三人称的写法。巴恩斯说，他这部小说的写作基于这样一种思考："他的生活究竟发生了什么？是怎么发生的？从谁的角度来看他？"① 巴恩斯的问题本身没有错，只可惜他并没有找到真正的答案，因此我们也无从要求他会有好的解决办法。

三　两书的几处对读

《见证》与《时间的噪音》，传主都是肖斯塔科维奇，因此在对主人公人生经历的叙述和诸多事件的记载上都多有相关之处。但我们也注意到，两书之间的某些不一致，颇有些意味。

先从儿时的记忆谈起吧。在《时间的噪音》中，有一段这样的文字："是的，他记得自己还是孩子的时候，站在尼古拉耶夫斯基卡亚大街公寓楼前的情景，他戴着红领巾，很自豪；之后他和一群同学奔向芬兰火车站，去迎接伟大的列宁回到俄国。"② 不光有"他记得"，而且还有"很自豪"这样的心理记录，显然出自知晓一切的上帝视角。但同样一件事，在《见证》中则是这样的："他们说，我生活中的主要大事是1917年4月列宁到达彼得堡的时候我游行到了芬兰车站。这事是有的。希德洛夫中学的一些同班同学和我跟着一小群人走到车站。但是，我什么也记不清了。要是事先有人告诉我说，要来的是一位怎么样的伟人，那我可能会比较注意一些。但是，事实上，我记不得多少。"③ 这里的开头是"他们说"，最后

① ［英］朱利安·巴恩斯：《时间的噪音》，严蓓雯译，译林出版社2018年版，第249页。
② ［英］朱利安·巴恩斯：《时间的噪音》，严蓓雯译，译林出版社2018年版，第65页。
③ ［俄］季米特里·肖斯塔科维奇口述，所罗门·伏尔科夫记录并整理：《见证——肖斯塔科维奇回忆录》，叶琼芳译，作家出版社2015年版，第31—32页。

是“我记不得多少”，呈现的是儿时回忆的模糊与似是而非。里面有多少别人的传闻，有多少事后的推论，谁也说不清楚。而这一切就蕴含在一个回忆往事的有些犹豫不定的口音里。

再看主人公是如何看待另一位20世纪著名作曲家斯特拉文斯基及其音乐的。《时间的噪音》是这样写的：“他对美国曾有过怎样的希望？他曾期望能和斯特拉文斯基会面。即使他知道这只是个梦想，事实上是幻想。他一直仰慕斯特拉文斯基的音乐。几乎没错过一次《彼得鲁什卡》在马林斯基剧院的演出。在《婚礼和弥撒》的俄国首演上，他弹奏双人钢琴，公开演奏《A大调小夜曲》，将《诗篇交响曲》改编成四手联弹。如果20世纪只有一位作曲家可以称作大师，那就是斯特拉文斯基。《诗篇交响曲》是音乐史上最辉煌的作品之一。”① 如果对照一下《见证》里的相关文字，不难看出小说中的文字有多少脱胎于《见证》中的记述（后者因中文翻译的问题把《诗篇交响曲》译作《圣诗交响乐》），只是在口述回忆录中，肖斯塔科维奇的思绪更加舒缓一些。“斯特拉文斯基是当代最伟大的作曲家之一，我确实喜爱他的许多作品。使我对斯特拉文斯基的音乐产生最早的也是最鲜明的印象的，是舞剧《彼得鲁什卡》。这部舞剧我多次观看过列宁格勒基洛夫剧院的表演，而且我尽量不错过一次演出。……我还演奏过《A大调小夜曲》，在音乐学院，我们常常弹奏为两架钢琴改编的钢琴协奏曲。……《圣诗交响乐》特别使我难忘，我一拿到总谱就把它改编成钢琴四手联弹，并且把它交给了学生们。我必须指出，它在结构上有它的问题，它粗糙，写得粗糙。衔接上有痕迹。在这一点上，《三个乐章的交响乐》比它强。总的说，斯特拉文斯基常常有这样的问题：他的结构像施工架那样外露，缺乏交融，缺乏自然的过渡。我感到这一点令人遗憾，但是另一方面这种明显的分野使听

① ［英］朱利安·巴恩斯：《时间的噪音》，严蓓雯译，译林出版社2018年版，第81页。

者比较容易理解。”[①] 这段有关斯特拉文斯基的文字，除了音乐专业问题上谈得更多以外，也更加公允和留有余地。这使得《时间的噪音》中用过的“仰慕”一词显得有些过分，如果联系到后来肖斯塔科维奇将斯特拉文斯基与同时代的苏联音乐家普罗科菲耶夫相提并论，情况就更加明显。因为肖斯塔科维奇明确表示过：“普罗科菲耶夫和我始终没有成为朋友，大概是因为他总的来说不喜欢交朋友。他这个人无情，除了他自己和他的音乐以外，好像对什么都不感兴趣。”[②] 而斯特拉文斯基与普罗科菲耶夫的相同点在于“两个人知道怎样推销自己的东西”。肖斯塔科维奇进一步分析道：“这倒并非偶然，因为他们两人都是新时代的作曲家，并且在某种意义上说是西方文化的儿子，虽然是过继的儿子。我感到，他们好名爱出风头，所以不能成为十足的俄罗斯作曲家。他们的个性中有些瑕疵，缺少某些很重要的道德原则。”[③] 这里的表述就很明确了，对于斯特拉文斯基及其音乐不但没有“仰慕”，而且还直接指出了其个性中的瑕疵。这些瑕疵在肖斯塔科维奇看来不仅仅属于音乐专业技巧方面的问题，而且事关道德原则。在他看来：“斯特拉文斯基可能是20世纪最有才华的作曲家。但他总是只为他自己说话。”[④] 而这一点妨碍了他成为十足的俄罗斯作曲家。从中我们可以看到，肖斯塔科维奇对斯特拉文斯基音乐的保留态度是建立在把自己定位于“十足的俄罗斯作曲家”的前提之上的。这里面不仅是艺术荣誉的问题，也意味着全部深刻复杂的人生经历和感悟，其中包含责任与屈辱，自尊与畏惧，勇气与怯懦，等等。

---

① ［俄］季米特里·肖斯塔科维奇口述，所罗门·伏尔科夫记录并整理：《见证——肖斯塔科维奇回忆录》，叶琼芳译，作家出版社2015年版，第58—59页。

② ［俄］季米特里·肖斯塔科维奇口述，所罗门·伏尔科夫记录并整理：《见证——肖斯塔科维奇回忆录》，叶琼芳译，作家出版社2015年版，第59页。

③ ［俄］季米特里·肖斯塔科维奇口述，所罗门·伏尔科夫记录并整理：《见证——肖斯塔科维奇回忆录》，叶琼芳译，作家出版社2015年版，第152页。

④ ［俄］季米特里·肖斯塔科维奇口述，所罗门·伏尔科夫记录并整理：《见证——肖斯塔科维奇回忆录》，叶琼芳译，作家出版社2015年版，第152页。

还有在对战争的反思问题上，两者也有微妙的差异。作为经历了第二次世界大战的灾难深重的俄罗斯民族之一员，肖斯塔科维奇对战争的回忆与反思应是饱含伤痛的。但是出人意料的是，他用一种惊人的坦率说："事实是，战争帮了忙。"他立刻解释说："战争带来了巨大的悲伤，使生活非常非常艰难。无限悲伤；无数眼泪。但是战前的日子更加艰难，因为人人都是暗自悲伤。"在战前，按照肖斯塔科维奇的说法，"列宁格勒也几乎没有一个家庭没有失去亲人，或是父亲，或是兄弟，即使不是失去亲人，也是失去亲密的朋友。人人都有为之一哭的人，但是只能无声地哭，蒙着被子哭，不让任何人看见。人人彼此戒备，悲痛压在心里，窒息着我们。"[①] 当战争来临时，人们有了共同的悲哀，大家相互之间可以诉说悲哀了。可以当着人哭泣，为失去的亲人哭泣了。人们不再怕眼泪流下来。于是，"能够悲伤也是一种权利，但是这种权利并非每个人都有，至少不是每个人始终都有。我自己对这一点的感触很强烈。由于战争才有机会表达自己的感情的人不止我一个。每个人都感觉到这一点。精神生活在战前几乎被压制得毫无生机，而这时却饱满了、热烈了，一切都变得鲜明，有了意义"。[②] 战争一定程度上用民族的灾难解除了个人的窒息，人们获得了悲伤的权利，同时使自己的精神生活重新苏醒，人生有了新的意义。这就是"战争帮了忙"一句话的深刻含义，掩卷而思，让人百感交集。然而可惜的是，巴恩斯在小说中只是围绕着"安全"这一关键词处理了这段颇有意味和价值的心灵资料。小说是这样写的："暴虐颠倒了世界，这话是老生常谈；但是实话。在 1936 年到 1948 年的十二年间，他感觉还是卫国战争期间最安全。等待救援的灾难，正如他们所说，上百万又上百万的人死去

① ［俄］季米特里·肖斯塔科维奇口述，所罗门·伏尔科夫记录并整理：《见证——肖斯塔科维奇回忆录》，叶琼芳译，作家出版社 2015 年版，第 157 页。

② ［俄］季米特里·肖斯塔科维奇口述，所罗门·伏尔科夫记录并整理：《见证——肖斯塔科维奇回忆录》，叶琼芳译，作家出版社 2015 年版，第 158 页。

了，不过至少苦难变得更加平常，其中包括他暂时得到的拯救。因为，尽管暴虐是幻想狂，它并不必然愚蠢。如果它愚蠢，就不可能幸存；就像如果它有原则，它也不能存活。暴虐明白绝大多数人的某些部分，即那些软弱的部分，是怎样运作的。它花了一些年排除牧师、清理教堂，但如果士兵在牧师祝福下在战斗中表现得更加顽强，那么牧师会因为短期有用而被召回。同样，如果战争期间人们需要音乐打起精神，那么作曲家也会被投入使用。"[①] 这段文字表述缜密而滴水不漏，具有哲理意味，在谈到暴虐是否愚蠢和是否有原则的问题时，我们自然可以把暴虐还原为那个或那批制造暴虐的人，但是把人们精神的复苏和对音乐的需求仅仅与暴虐统治者的暂时的实用化目的相联系，其思想的力度的确打了不小的折扣。这里，过于冷静的分析与过于修辞化的表达与前引《见证》中的文字相比，明显缺少了真实而深刻的情感呼应和令人感动的简单与清晰。

最后，可以看作是一个插曲，但未必是可有可无的一个对比是，两本书都写到了伏特加。对于有嗜酒习惯的俄罗斯民族来说，这再正常不过了。但不同的描写一经对比，其内蕴意义和思想境界即可高下立判。《时间的噪音》第二章"在飞机上"，一开篇就写到了伏特加。"只有好伏特加，极品伏特加——没有什么坏伏特加"，这在整个苏联都可算是至理名言，但在从美国飞回苏联的旅途中，在美国海外航空公司的飞机上，小说主人公知道了，有一种美国伏特加，添进了水果香味，掺杂着柠檬、冰块和奎宁水，伏特加的口味在鸡尾酒中被掩盖了，因此这是一种坏伏特加。这让人联想到《见证》中是如何写伏特加的，在"难忘的1919年"或者"军事共产主义时期"，伏特加与众多食品一道，失踪了。这里牵扯到了老一辈的俄国作曲家，肖斯塔科维奇的老师，也是他父亲的朋友格拉祖诺夫。"对许多人来说，伏特加的失踪是个悲剧，对格拉祖诺夫来说，这个

① ［英］朱利安·巴恩斯:《时间的噪音》，严蓓雯译，译林出版社2018年版，第85—86页。

可悲的事实构成了大灾难。”[①] 当格拉祖诺夫意识到他生活中诸多不幸的原因是缺乏这种宝贵液体时，只能求助于它的替代品：酒精。于是他找到了能够有门路搞来酒精的肖斯塔科维奇的父亲（当时在度量衡研究所工作）。“酒精像生命一样重要，所以如果在酒精的事情上出了毛病——给抓住了，是要丢命的。”[②] 这句看似轻松的俏皮话包含的却是建立在酒精之上的生死友谊。这不比只是在飞机上谈论伏特加的好坏要深刻得多吗？《见证》一书中还有一处谈到伏特加，是肖斯塔科维奇回忆他最喜爱的作家契诃夫时的一段：“契诃夫不喜欢谈论高雅的题目，他厌恶这种话题。有一次一个朋友去找他，说：‘安东·巴甫洛维奇，我该怎么办？沉思快要把我毁了！’契诃夫回答说：‘少喝点伏特加。’我忘不了他的这个答复，而且经常用它。”[③] 这个插曲告诉我们，伏特加不仅与食品价值和味觉鉴赏力有关，还可以关乎友谊、生命和思想。关于伏特加，就说这些了。

四 《时间的噪音》缺少了什么？

“如何屈辱地生活下去”是肖斯塔科维奇一生的困难抉择。当他屈服于暴君的权威，违心地签署那些公开信，对索尔仁尼琴、萨哈罗夫等持不同政见者加以诋毁的时候，他真正意识到了活着的负担。他背叛了他人，也背叛了自己。于是由衷地感叹道：他活得太长了。活着就是在欠账，这是契诃夫的一部短篇小说《罗特希尔德的小提琴》中的主人公，棺材匠雅列夫·伊万诺夫的人生哲学。伊万诺夫在回顾他从未如意的生活时，习惯

① ［俄］季米特里·肖斯塔科维奇口述，所罗门·伏尔科夫记录并整理：《见证——肖斯塔科维奇回忆录》，叶琼芳译，作家出版社2015年版，第73页。

② ［俄］季米特里·肖斯塔科维奇口述，所罗门·伏尔科夫记录并整理：《见证——肖斯塔科维奇回忆录》，叶琼芳译，作家出版社2015年版，第74页。

③ ［俄］季米特里·肖斯塔科维奇口述，所罗门·伏尔科夫记录并整理：《见证——肖斯塔科维奇回忆录》，叶琼芳译，作家出版社2015年版，第200页。

于把一切从未实现的可能性中包含的收益反过来作为实际生活中的重重损失。比如他想到家乡的那条河，就会这样盘算：这毕竟是一条河啊，你可以去捕鱼，把鱼卖了再把赚的钱存在银行，还可以养鹅，到冬天把鹅杀了，送到莫斯科去。兴许光鹅绒这一项，一年就能挣上十个卢布。可是他白白浪费了这么多年的时间，这些事儿他哪一样都没做。这是损失掉了多少钱啊！这种思考最终引向了生存与毁灭这样一个让那位尊贵的丹麦王子也为之迷惑的问题。一辈子就这么过去了，没有获利，没有快乐；一辈子就过完了，没有目的，没有目标。往前看，没有任何盼头；往后看，浪费的钱多得可怕，可怕得足以使人毛骨悚然。人为什么不能没有这些损失和浪费，就过他一辈子呢？……他得出的结论是，只有一死才能获利。这样一来，他就不用吃，不用喝，不用缴税了。肖斯塔科维奇曾指导他的学生将契诃夫的这篇小说改编成歌剧，并在这位学生于战场上意外阵亡之后，帮助其完成了未写完的配器。肖斯塔科维奇与棺材匠伊万诺夫的相同之处在于，他们都意识到自己的生活是在欠账。只是一个是物质经济意义上的，另一个是在人格精神意义上的。的确，他活得太长了。对此，在《见证》中我们读到了肖斯塔科维奇这样的话："我也害怕痛苦，但是对于死亡并不怎么感到寒栗。不过我知道我会活得很长，因为我已经学会比较冷静地对待死亡。"① 对于一个不怕死的人来说，痛苦是比生命更难承受的沉重，因此他会妒忌那些能够慷慨赴死的人。"他敬佩那些站出来跟权力说出真相的人。他敬佩他们的勇气和正直，他有时甚至妒忌他们；不过这很复杂，因为这妒忌里有一部分是妒忌他们的死，他们脱离了生活的苦恼。"② 那么为什么不去死，不去自杀呢？《时间的噪音》给出的答案是，这样他就不能掌握自己的人生故事了。他的故事会被当局偷梁换柱地重新

---

① ［俄］季米特里·肖斯塔科维奇口述，所罗门·伏尔科夫记录并整理：《见证——肖斯塔科维奇回忆录》，叶琼芳译，作家出版社 2015 年版，第 39 页。

② ［英］朱利安·巴恩斯：《时间的噪音》，严蓓雯译，译林出版社 2018 年版，第 139 页。

写过。所以他只能让自己继续沮丧地活下去。然而，相对于这里对生命的消极领受，我们更希望看到主人公对死亡的积极抗争。在《见证》中，我们看到了一个时刻受到暴虐权力进行生命威胁的肖斯塔科维奇。“等待处决是一个折磨了我一辈子的主题。”① 然而在死亡的淫威面前，人的生命尊严并未退缩，“反对死亡是蠢事，但是我们能够，而且必须反对横死。一个人由于疾病或者贫困而早夭是憾事，但是更坏的是被人杀害。”② 这就是苏联的一位当代哈姆雷特关于“to be or not to be”的思考与回答。

《时间的噪音》作者巴恩斯具有足够的聪慧，同时他能够抓取一个重要的主题来用小说去讨论。当采访记者对小说主题作了如下概括，认为它思考的是英雄、懦夫及人的尊严的关系时，巴恩斯表示同意，并进一步深入讲述了这个话题：“《时间的噪音》确实是在探索强权和艺术的关系：当强权政治在支配你的生活的一切时，你是否会与强权做一笔交易？在放弃掉一些自由的同时，保住另一些可以创作的自由？谁会向恺撒屈服？这个恺撒如此贪婪，你究竟会屈服到什么程度？屈服的代价是什么？向权力屈服之后，艺术家是否还能保持自己的尊严？”③ 一连串的问题其实指向一个已完成的答案：“我想向读者解释我笔下的英雄和懦夫。有时候，传统意义上的英雄并不一定是真英雄。是否在强权下选择当英雄，你必须要权衡所有的利害关系。在斯大林的苏联，如果你选择当英雄，你不仅不可能再继续创作，而且你将被处决，你的家人、朋友；和你有关联的人都将受到牵连，被关进监狱和处决。你的‘英雄行为’会伤害到很多你所爱的人，你的孩子会被带走，会被当局养成一个你不希望他变成的人。那样的情况下，你想当‘英雄’是相当愚蠢的，当懦夫才是唯一理性的选择。很多时

---

① ［俄］季米特里·肖斯塔科维奇口述，所罗门·伏尔科夫记录并整理：《见证——肖斯塔科维奇回忆录》，叶琼芳译，作家出版社2015年版，第203页。

② ［俄］季米特里·肖斯塔科维奇口述，所罗门·伏尔科夫记录并整理：《见证——肖斯塔科维奇回忆录》，叶琼芳译，作家出版社2015年版，第203页。

③ ［英］朱利安·巴恩斯：《时间的噪音》，严蓓雯译，译林出版社2018年版，第236页。

候，我们是不能用‘英雄’或‘懦夫’这些词的，英雄如果变成了一种虚荣，以你的亲友的牺牲为代价，那怎么还能叫英雄呢?”① 这里对英雄与懦夫的思考，是在权衡利害，是在用足够的理性打败了愚蠢、战胜了虚荣心之后作出的审慎选择。它把道理一条条摆在你面前，让你不能不同意它。就像一位严谨的会计师在你面前一笔笔计算出人生的账目。然而为什么总给人一种局外人似的过于冷静、过于清醒的感觉呢？在对照《见证》中的相关感悟后，我们也许能在自己心中找到解释。肖斯塔科维奇想起了自己如何帮助战场上阵亡的学生弗莱德曼完成了他根据契诃夫的《罗特希尔德的小提琴》写的一部歌剧，“我为自己终于完成了《罗特希尔德的小提琴》并为它写了配器而感到自慰。这是一部卓越的歌剧——富于感情而又忧郁。剧内没有廉价的效果，而是体现了智慧，很符合契诃夫的风格”。“我从来没有学会按照契诃夫的主要信条去生活。契诃夫认为人都是一样。他拿出一个个人物来，至于什么是坏，什么是好，得要读者自己去判断。契诃夫一直是公平的。我在读《罗特希尔德的小提琴》的时候不免心潮澎湃。谁对？谁错？是谁使生命除了接连不断的丧失而外一无所有？我心潮澎湃。”② 面对活着还是死去的人生最大问题时，当事人仍然满腹疑问，想不明白，这才是人生的大悲剧。这里主人公的犹疑纠结比之判官式的清醒决断确实要动人得多，内涵也更加深刻。

最后，让我们回到肖斯塔科维奇的音乐观。他在《见证》中明确表达，冷酷的嘲讽不是俄罗斯音乐的特征。“我认为，对于一个作曲家来说，最大的危险莫过于失去信心。音乐，以及整个艺术，不能是冷酷的嘲讽。音乐可以是辛酸的、失望的，但不能是冷酷的嘲讽。”③ 当然，反对冷酷的

① ［英］朱利安·巴恩斯：《时间的噪音》，严蓓雯译，译林出版社 2018 年版，第 236 页。

② ［俄］季米特里·肖斯塔科维奇口述，所罗门·伏尔科夫记录并整理：《见证——肖斯塔科维奇回忆录》，叶琼芳译，作家出版社 2015 年版，第 246—247 页。

③ ［俄］季米特里·肖斯塔科维奇口述，所罗门·伏尔科夫记录并整理：《见证——肖斯塔科维奇回忆录》，叶琼芳译，作家出版社 2015 年版，第 157 页。

嘲讽，绝非是要鼓吹盲目的歌颂。肖斯塔科维奇真正心仪的音乐更可能是一种愤怒与挚爱的混合。下面一段话，堪称肖斯塔科维奇的自我辩白，其中谈到了爱与怒的关系："我一生中不断受到谴责，说我具有悲观主义、虚无主义和其他危害社会的倾向。有一次，我看到诗人尼古拉·涅克拉索夫的一封信，是答复说他过分暴躁的谴责的，写得极好。确切的词语我记不得了，但大意是说有人告诉他，一个人对待现实的态度必须是'健康的'。（说到这里我想顺便提一提，多少世纪以来俄国的美学术语并无改变。）涅克拉索夫对这个要求的回答好极了：对健康的现实才能有健康的态度，如果有一个俄国人终于愤怒地拍案而起的话，他愿意向他下跪，因为在俄国应该拍案而起的事情太多了。我认为他说得好。涅克拉索夫最后写道：'到我们开始多发一些怒的时候，我们就能爱得更好一些，也就是爱得更多一些——不是爱我们自己，而是爱我们的祖国。'我愿意在这些话的下面签上我的名字。就像果戈理在《可怕的复仇》中所说的：'突然间，你能一直望到地球的尽头。'"① 这种未必领受的理性思忖，但必然经历切身体验的感悟，这种困顿无助之后豁然开朗的解放之感，正是《见证》一书的力量之所在。而这一点也正是《时间的噪音》所缺乏的。说到底，巴恩斯是一个聪明过人的英国小说家，他有足够的智慧去意识到"苏维埃俄国"这个称呼里的问题："我是亲俄国派，并不是亲苏联派。我一直觉得'苏维埃俄国'是一个悖论，苏维埃是乐观的，俄国是悲观的，这是两种互相抵触的文化和思想意识，很难融合。"② 但是，他毕竟不是俄国人或苏联人，而且他也缺乏肖斯塔科维奇在公众面前的羞怯与笨拙。这也许就是《时间的噪音》不能像《见证》一样打动我们的最基本原因。还是那句话，"狼不知道羊的恐惧"。

---

① ［俄］季米特里·肖斯塔科维奇口述，所罗门·伏尔科夫记录并整理：《见证——肖斯塔科维奇回忆录》，叶琼芳译，作家出版社2015年版，第255—256页。

② ［英］朱利安·巴恩斯：《时间的噪音》，严蓓雯译，译林出版社2018年版，第254页。

Witness the Noise of Time

Ling Chenguang

Abstract "*Testimony: The Memoirs of Dmitri Shostakovich* "and"*Noise of Time*" are the literary works of Shostakovich, a Soviet composer. The former is Shostakovich's oral memoir, while the latter is a biographical novel. Barnes, the author of the novel, was deeply influenced by the above memoirs, but there are rich and profound differences in their genre orientation, focus of attention and means of expression. Through a comparative reading of the description and comprehension of the same event, the same person and the similar scene in the two books, we can see that "*Noise of Time*" lacks something that the author's life wisdom and writing ability can't make up for, that is, his personal feeling and profound experience of national suffering and humiliation. As the Russian proverb says, "wolves don't know the fear of sheep".

Key Words Biographical Novel; Memoirs; Person; Voice

Author Ling Chenguang, He comes form NingBo, Zhejing. He is Doutor of literatrve, and also he is a professor of Research Center for Liteary Theory and Aesthetis, Shandong Univerty, China. His academi Trtaests are literay theory and Art Critiaism Theory.

学术访谈

Academic Interview

在不断反思中开创中国文论和美学研究的新境界

——访谈问答

谭好哲

摘要 理论作为人类社会实践行为的思想成果，在本质上是反思性的。在文艺和审美实践基础上进行的理论反思是直接性的，在前人文艺理论和美学资料及思想成果基础上进行的理论反思是间接性的。两种理论反思对于文艺理论和美学的发展都是必不可少的。理论反思中最需要的是具有问题意识，也就是要在直面问题、找寻求解问题之道中展开理论之思。对中国当代文论和美学成绩与不足的研讨与总结，对开拓新时代文艺理论和美学研究新境界的展望与思考，都应该建立在理论反思基础之上，在理论反思中展开，与理论反思相伴而行。

关键词 理论反思；中国文论和美学；问题意识；新境界

作者简介 谭好哲，文学博士，山东大学文艺美学研究中心主任、教授，主要从事马克思主义文艺理论与文艺美学研究。

反思是理论研究的基本任务

问：谭老师，纵观您近十年来的著述，有一个较为突出的印象，就是比较注重中国文艺理论和美学的反思，在这方面先后读到您不少论文，如《开放视野　实践品性　问题意识——新时期文艺理论研究的宏观审视》

《论新时期文艺理论的开放性特征》《新时期文学理论观念演进的动因、历程与结构》《马克思主义文艺理论研究的边界、问题与方法——一个基于问题意识的历史反思和创新展望》《马克思主义问题性与文艺理论创新》《新时期美学研究方法论热的学术史反思》《20 世纪五六十年代美学大讨论的学术史意义》等，最近又看到您刚发表了《内容结构、建构机制与身份认同——40 年来中国文论话语体系建设的反思》一文。为什么您如此重视既往理论发展历史的反思，对此您是怎么考虑的?

谭：诚如你所言，反思是我这些年为文的一个用心之所在，而且是较为用心的一个方面。其实，将反思意识纳入我的文艺理论和美学研究视野，早在 20 多年前就开始了。比如在 1995—1999 年，我就先后发表了《需要从认清学科特性着手》《寻求科学性与价值性的统一——文艺学建设的理论思考与历史反思》《世纪之交文艺学研究的反思与前瞻》《由一元至多元　从多元到综合——当代文艺学历程的宏观描述与思考》等文。近些年来，这种反思意识在我的思考中更为加重了，不仅是在一些专门性的反思文章中，而且在一般理论问题的研究中，都贯穿了这种意识。所以如此，是因为我越来越感觉到，理论作为人类社会实践行为的思想成果，在本质上就是反思性的。反思一词来自英文 reflection，原意指光的反射，近代以来的哲学界借用这个概念来概括人类心灵活动的特点，把反思作为认识真理、把握精神辩证发展的高级心理能力和思维形式，也译为反省、反映。美国学者乔纳森·卡勒在其《文学理论》里关于理论是什么的四点回答中，其中一点便是说“理论具有反射性，是关于思维的思维”，他讲的就是理论的反思性。

理论反思有两个不同的方面，或者说是在两个不同的维度上展开，各种不同的理论不仅要对人类各种不同领域的实践行为进行反思，而且要对不同的理论活动本身进行反思。文艺理论和美学也是如此。人类以往数千年的文艺理论和美学研究首先是在不同民族不同时代的文艺和审美实践的基础上所展开的思想认识活动的成果，但也不仅限于此，因为理论一经形成之后，便有了自己的历史，也成为研究的对象，后代人的理论和思想创新也常常是在对前人理论和思想成果批判性继承与转化基础上获得的。在文艺和审美实践基础上进行的理论反思是直接性的，在前人理论资料和思想成果基础上进行的理论反思是间接性的。两种理论反思对于理论的发展都是必不可少的。我在以往的论著中较多地在后一层面上使用反思概念，更注重的是对以往文艺理论和美学理论历程的自觉反省。

放眼学界，大多数人所做的大多数工作，其实都是反思工作，也就是对前人思维的再思维，对已有理论的再研究，不过是研究的领域、关注的时段有所不同罢了。就领域而言，有人侧重于对中国古典文艺理论和美学的反思，有人侧重对西方现当代文艺理论和美学的反思，有人侧重对马克思主义文艺理论和美学的反思；就时段而论，有人侧重于古代，有人侧重于现代，也有人侧重于当代或当下。这一切的反思都是有必要的，也都取得了很多成绩。相对来说，在这两个方面，我都有自己的理论反思侧重点。就研究领域说，在中国古代、西方（欧美）和马克思主义三大文艺理论和美学系统中，我更偏重于马克思主义理论系统或形态的反思，这与我的学术积累和兴趣有关，也是因为在中国现代性文艺理论和美学的发展进程中，马克思主义文艺理论和美学虽然后来后到，但却后来居上，逐渐占据了主导位置，对马克思主义文艺理论和美学的理论研究和反思不够，就不能从整体上把中国现代性文艺理论和美学的历史弄清楚、问题讲透彻，并很好地把握其发展大势。在时段上，我比较偏重于对中国当代的反思，这是因为面向未来的中国文艺理论和美学发展首先是建立在当代的发展基础之上的，不通过反思把当代的状况盘点清楚，对于未来的瞻望和谋划就会无的放矢，陷于盲目境地。知所由来，对当下已有的成绩和问题、优势和局限心中有数，关于未来的愿景和设计才会靠谱，才能较好地实现中国当代文艺理论和美学革故鼎新的持续发展与进步。中国人做事讲求瞻前顾后，文艺理论和美学的发展也需要瞻前顾后，而回望历史的后顾正是一种反思工作，后顾性的理论反思正是有意义的前瞻的基础和前提。

理论反思需要具有问题意识

问：基于您对理论反思性的理解，您认为理论反思应该如何开展呢？

谭：由于主要是从自我反省的角度理解反思，所以我认为理论反思中最需要的是具有问题意识，也就是要在直面问题、找寻求解问题之道中展开理论之思。在一定意义上说，理论研究就是发现问题、解决问题的思维活动，这些问题是由时代生活和人们的实践活动衍生出来的，理论研究者能够敏锐地发现、深刻地分析、辩证地解决这些问题，他就实现了实践经验的理论提炼和升华，并相应获得思想的结晶。一般来说，理论内容的深广程度和思想价值主要是由其问题的深广程度及其隐含着的思想价值体现出来的，而在问题的深广程度及其思想价值里隐含着的则是时代生活与人类实践的具体情状，所以马克思曾明确地讲“问题就是公开的、无畏的、左右一切个人的时代声音。问题就是时代的口号，是它表现自己精神状态的最实际的呼声”。就理论反思来说，对过去的理论进程和成果进行反思也就要能够抓住其中的问题，以构成以往理论内容的问题来思考其理论优劣与思想得失。

在对以往理论问题的反思中，应该采取辩证的态度。一方面，要看到以往理论问题中体现出的时代新质与思想进步，把成绩和贡献讲到位；另一方面，要认识到其时代局限与理论缺陷，把不足乃至错误说清楚。这两个方面都不能仅凭个人的印象和喜好随意胪列妄加论定，而必须在认真研读、全面思考的基础上，实事求是地对其做出理性的分析和辩证。这两个方面的分析和辩证对科学的理论反思来说都是必要的，但从着眼于未来发展的角度来说，我个人更看重后一个方面。这是因为，以往的理论成就只要是获得了学界公认的，一定会作为成果、作为思想养料积淀于当代学者和后来学者的理论认知之中，不说也跑不了丢不掉。而后一方面认识不到、说不清楚，那不仅会降低我们对以往理论认知的真确性，还会在以后的理论活动中继续误导我们的理论认知，使我们继续陷于盲目的自得之中。古代圣贤曾子自言“吾日三省吾身”，他所省思的主要就是自己每天做得不够好的方面，就是自己的过错。我们今天进行文艺理论和美学的反思，也要学曾子，侧重以往做的不足、不够、不好的方面。在最近所写的一篇反思改革开放40年来中国当代文论研究不足的文章里我指出：“就中国文论面向未来的发展而言，仅仅看到以往的成绩是不够的，固步自封地停留在过往成绩上更加不可以，意识到问题，多一点反思，也是理论自我修正与奋力前行的重要动力。”我自己正是本着这样一种态度进行理论反思的。

理论反思是面向事实与真理的认知活动，这种认知不是对此前历史阶段已有理论活动与成果的简单了解，更不是单纯的认同，其中必然伴随着质疑精神与评判活动。对于前人的理论创造，我们固然应该本着谦逊、尊重的态度加以了解和学习，再回到历史语境和思想流变的体察与分析中研判其历史价值与贡献。然而在这种谦逊、尊重基础上的研判不能止于认同，不能只是顺着讲，而必须坚持实事求是的原则。理论总是要进步的，从着眼于未来的发展来思考，过往的理论总是会带有这样那样的历史局限和思想缺憾，因而还需要以一种超越的姿态介入理论反思。理论也有自己的惯性，在惯性的作用下，人们往往会把过去的理论学说、思想观念当成常识性的知识不加思考不加鉴别地接受下来，哪怕是仅仅做出一点点改变都很困难。为此，理论反思就需要一种质疑的精神，甚至是一种挑战既有理论权威的勇气，这也就是乔纳森·卡勒的理论界定中为什么又包括“理论是对常识的批评，是对被认定为自然的观念的批评”的原因。如果我们不能够对过往理论的不足甚至错误有所认识，不敢对已被接受的理论命题和思想观念提出挑战，不敢在大胆的批评和争鸣中做常识性观念的好斗的批评家，理论反思的真理性就大打折扣，理论评判的公信力就建立不起来，理论就会延续自己的惯性，就不会有学术思想的革故鼎新与时代超越。

中华人民共和国成立之后的二三十年中，由于当时高度一统的政治和文化态势使然，在文艺理论和美学的研究中，除去对政治上敌对派别党同伐异的政治性批判外，在学术共同体的内部较少有质疑的批判的声音存在，对于居于正统地位或具有权威性的理论观念尤其如此。改革开放以来，这种状况慢慢地有所改变，但总体上看，质疑的精神、批评的勇气、争鸣的意识，在学界表现得还不够普遍，在许多人那里竟告阙如。应该明确，在学术上，只会照着讲、顺着讲，只是一味认同、全盘接受，是不会有创新有出息的。而质疑精神、批判精神则能够带动理论的新气象，并成就一个研究者的理论名声，20 世纪末曹顺庆先生在“失语症”命名下对中国现当代文论对西方文论的一味模仿的批评，21 世纪以来张江先生以“强制阐释”命题对西方现当代文论与批评的批判与清算，以及学界围绕“文艺审美意识形态论”、文艺本体论、实践美学等的理论争鸣与相互批评等，均对此提供了很好的例证。在新时代的理论创造与反思中，应该把这种质疑精神、批判精神继续发扬光大下去，以形成理论争鸣的更多热闹场景、更大思想场域，大理论、大思想以及学术上的大家与大师，只能从这样的场景和场域里才会产生出来。

中国当代文论和美学的主要成绩与不足

问：前面您说过，您的理论反思工作主要侧重中国当代文艺理论和美学，我印象中您有的文章是专论当代文论和美学的成绩，也有的主要是论不足或者是在正视不足的基础上谈解决之道，能否概括地谈谈您对中国当代文论和美学成绩与不足的看法？

谭：这是个大题目，我简要谈一点初步看法。所谓“中国当代”，按照通常的政治分期来划分是从1949年中华人民共和国成立开始，而对应于英语的当代用法，也可以仅指改革开放以来的这40年，我主要谈这40年。自19世纪末20世纪初以来，中国文论和美学便在传统的古典的基础上发生了所谓现代性转型，走上了现代性学术之路。一百多年来的中国现代性文论和美学研究之路可以历史大节点分为三个阶段：20世纪上半叶为第一时段，1949—1978年的近30年为第二时段，1978年十一届三中全会召开以来改革开放的40年间为第三个时段。三个时段中，第一个时段是中国现代性文论和美学范式的初创期，第二个时段是在马克思主义理论和方法指导下对马克思主义文艺理论和美学进行一元化体系创构的时期，第三个时段是在全球化时代思想、文化以及文艺和美学观念多元化与多样化的语境下寻求有中国特色马克思主义文艺理论和美学的综合创新的时期。每个阶段都有历史成绩也有历史局限。

可以从与前两个时段比较的角度看近40年的成绩。与前两个时段相比，借助于整个国家改革开放以来的巨大社会发展和变化，中国文论和美学在学科体系与学术体系建设方面取得了前两个时段不能比拟的巨大成就，学科体系不断健全，学术体系初步建成，从而为话语体系、学术思想的发展创造了良好的基础条件。仅就学术话语、学术思想创造而言，应该说也取得了很多可以言说的成绩。与第一个时段相比，近40年的文论和美学融入全球化的步伐更快，体现的世界性因素更多，中国学人已经不再仅仅把外来的理论学说和思想观念奉为圭臬，亦步亦趋地学习与模仿他人，而是逐渐地在与西方文论和美学的互动中，试图在世界学术舞台上发出自己的声音，这一点在比较文学理论和文艺理论领域都有例可举。打个比方说，第一个时段更多的是西方理论和观念在中国的旅行，而现在中国的理论和观念也开始去西方旅行了。过去对西方的理论观念我们主要是倾听、接受与学习，现在则进入对话、交流与相互学习的阶段了，尽管这种相互学习还不是很平衡，但毕竟已经开始了。与第二个时段相比，近40年的文论和美学更加多元化与多样化了，完全突破了第二个时段那种以一种文论和美学系统包打天下的局面，而呈现出一种学科林立、观念纷涌、多元并峙、多样竞胜的格局与态势。就大的层面来说，近40年中，马克思主义文论和美学、中国古代文论和美学以及西方现当代文论和美学均取得了长足的发展，成果众多，学人辈出，而且在各个不同文论和美学系统中，也都呈现出百舸争流、众声喧哗的局面，这种当代学人都能亲身感受和体验到的热闹、繁荣是前一个时期所未有过的。尽管还难说中国当代文论和美学研究已经进入百家争鸣的完美学术局面，但已经突破了一家独大或者说一家独霸的格局，这却是不争的事实，这就是进步，有进步必然就会有成绩。

然而，对于近40年中国文论和美学研究的成绩还不能过于乐观、盲目自信。正如习近平总书记《在哲学社会科学工作座谈会上的讲话》中指出的，我国哲学社会科学的学科体系、学术体系、话语体系建设水平总体不高，还存在诸多亟待解决的问题，尤其是在学术命题、学术思想、学术观点、学术标准、学术话语上的能力和水平同我国的综合国力和国际地位还不大相称。这一点，文论和美学界自身也有较为清醒的认识。著名文艺理论家、浙江大学王元骧先生今年6月1日应邀在山东大学文艺美学研究中心做“文学回头看——漫议改革开放四十年”的学术讲座时认为，我国文艺理论经过改革开放40年的发展，眼界大开，但成绩有限，原因是观念和方法上存在瓶颈。中国中外文艺理论学会会长、中国社会科学院文学所高建平研究员8月3日在“第四届全国文艺评论骨干专题研讨班”上所作“新时期、新世纪、新时代——改革开放40年与中国文论的三次转向”的学术报告中也认为，我们今天的理论仍然存在许多缺点，在理论的系统性上不够，有一些新的观点，但还不成体系。对两位先生的这些判断，我深表认同。比较而言，尽管在总体格局和水平上，近40年中国文论和美学取得了超越前两个时段的成绩，但分别而论，也有不如从前的地方，比如近40年来在学术思想的体系化建构方面不如第二个时段明显，而且处于有数量缺质量、有专家缺大师的状况，没有产生第一个时段诸如王国维、梁启超、蔡元培那样一些开宗立派，堪称具有奠基与原创意义的大师级人物。放在当今世界学术舞台上来考量，虽然中国学人的一些理论成果和思想观念也已经开始“走出去”了，但显然进来的多出去的少，就算已经“走出去”的，究竟将来能否在世界文论和美学史上写进去，或者能占多大篇幅和位置，都还是有待时间淘选与检验的问题。

近40年中国文论和美学在话语体系建构上存在的问题和缺陷是由多方面原因造成的，涉及主客观方面的多种因素，如新时期以来整个社会领域思想、价值的多元化与多样化，以及转型期理论研究者个人文艺和审美观念的变幻不定等。就文论和美学领域自身来看，则主要涉及三个方面的原因：一是对文论和美学的学科特性缺乏足够的认识和理论自觉。长期以来，学界是将文论和美学研究视为认知型的知识学科，追求科学性、知识化，而忽视其价值取向的一面，没有认识到它实际上是一种价值——认知型的人文学科。这就造成了文论和美学话语内容结构上的失衡与偏颇，总体上存在重科学性而轻价值取向的问题，在理论和实践层面上均导致严重的后果。致使忽视其科学性追求的一面，也存在与中国当代文艺发展的实际脱节，中国经验的总结不够和表达不足、不充分的问题。二是文论话语的建构机制存在缺陷，文论发展的内、外机制均不完善。就外部看，在管理体制和教育体制方面存在问题；就文论共同体内部来看，文论研究的个体缺乏为学术而学术的追求，而文论共同体则在中国当代文论建设的目的性上缺乏共识性的规定和阐发，特别是没有建立起批评争鸣的公共意识。三是文论和美学建设的目的性不明确，从而造成话语建构的身份认同游移不定。由于整体文论研究格局上先学俄苏、后追欧美，再加上社会文化风潮的不断转换，中国当代文论话语中的个人主体性与社会主体性均未建构起来。以上这几个方面，都是造成当代中国文论和美学研究不尽如人意的主要原因。当然，也还有其他一些原因值得多加思考并加以克服。

开创中国文论的新境界是当代学人的时代责任

问：诚如您所言，对既往理论进行反思的目的是着眼于未来中国文论和美学更为辉煌的创造。作为在这一领域打拼几十年的学者，您对进入新时代的中国文论和美学发展的未来有何种期待？在未来的话语体系建构中，您更为关切和重视的是哪些方面？

谭：理论是时代的产儿，应该乘势而动，与时俱进。中国的历史进入新时代，自然便应该具有与时代相匹配的精神文化创造，这其中包括文艺理论和美学新境界的开创。概括而言，在科学的马克思主义思想与方法指导之下，以当代中国的文艺实践和审美经验为立足点，以中华美学精神、文艺规律的传承和发扬为精神资源和民族特色，以国外尤其是西方现当代一切有价值的理论和观念为重要借鉴和理论参照，创造出既具有民族继承性、时代原创性又具有专业系统性的中国化的马克思主义文艺理论和美学话语体系，是面向未来的中国学人应有的抱负与追求。

这里，有几个方面是我所特别在意的。首要的一个便是“中国化”。我所理解的中国化，与中国性、中国特色基本上是一致的，意在强调未来理论创造的中国风格与气派，中国底色和气韵。如前所述，在中国百多年来的现代性文论和美学发展历程中，在很长时间内、很多情况下，我们的理论都是舶来品，并不姓中，最起码不是我们自己的原创。尽管在全球化时代，各个国家的国情和文化、艺术等，都有一些相同或相通的方面和因素，因此在彼处产生的理论，在其他地方以及在我们这里也会有其一定的普遍性价值和意义，但毕竟那不是在我们的生存语境里产生的东西，用来解决我们的问题便会有些隔膜，而且原创不属于我们，打不上中国的标签。随着中国逐渐由世界舞台的边缘走向中央，我们需要具有中国原创性的理论创新，以与我国的综合国力和国际地位相称。为此，我特别赞赏近些年来学界的两个提法，一是西方理论的本土化，一是马克思主义理论的中国化。而关于后一个提法，我还有一个校正性的提法，就是要从马克思主义理论的中国化，转向到中国化马克思主义理论的创造。我之所以提出这个校正，是因为克思主义理论中国化的提法在理论上和事实上都往往把马克思主义理论当成一种先在、外来的东西，而把中国化仅仅理解为在中国的实践应用，而中国化马克思主义理论的提法则强调了从中国的实践和理论探索中发展新的马克思主义理论，强调了中国自身的理论原创性。我认为中国当代马克思主义文论和美学的创造也应该如此。

其次，我强调要以当代中国的文艺实践经验为立足点。文艺理论和美学的中国化或中国性，首要的一个生成因素便是文艺实践和审美经验的中国性，而且重要的还应是当代中国的。文艺实践和审美经验是文艺理论和美学理论的生长点，理论的内容来源于此，同时它也是理论的检验标准，理论是否具有对于文艺和审美经验的解释效能以及引领能力，存在于其与文艺和审美经验现实的关系之中。当代中国的文艺现实和审美状况与此前相比已经发生了很大的变化，政治的变革、经济的发展以及新文化、新观念、新媒体甚至新人类、新新人类的产生，带给当代中国人新的生存境况、生存体验与审美景观，只有接地气的理论研究才能将这些前所未有的新鲜中国经验提升为理论命题和思想观念的原生性创造。无视中国经验，不了解中国故事，理论就难以传达中国经验，讲好中国故事。

中国未来的理论叙事，一定要在中国的历史叙事与文艺审美叙事的基础上才能产生。

再者，在新时代的中国文论和美学话语体系建构中，依然需要坚持马克思主义立场、观点和方法，我把这称为“主义意识”。早在2012年发表的《马克思主义文艺理论研究的边界、问题与方法》一文中，我便提出弄清什么是马克思主义文艺理论，什么是非马克思主义文艺理论之“是”与“非”的界限或曰边界究竟何在，是继承守正的前提，也是创新发展的基础。确立马克思主义文论研究的“边界”意识，首先要强调文论研究必须回到马克思主义文论的基本精神、原则和主要观念上来。在此前提下，还应将守护边界与拓展边界有机统一起来，在内聚性的守持与开放性的外拓之间建立起一种既守护住“主义”又使“主义”获得新的时代内蕴的创新机制。其后在《马克思主义问题性与文艺理论创新》一文中，我又特别强调了以马克思主义观念和方法进入文艺理论问题的必要性。在我看来，确立马克思主义的“主义意识”与上述两个方面一样，都是建立文艺理论和美学的理论主体性所必需的，而这几个方面也都是从对中国以往理论发展的历史反思中得出来的结论性认识。

当然，在中国新时代的文艺理论和美学发展中，自身传统的继承和转化、外来理论的引进和借鉴，也都是必要的，对此学界已有许多论述，其结论和其中的道理也是以历史的经验为支撑和镜鉴的，就不赘述了。

总之，谈到未来，总是令人神往的事。但画饼不能用来充饥，未来理想的实现有赖于学界的共同努力。开创文艺理论和美学研究的新境界，是中国当代学人的时代责任。愿以此与学界同人共勉！

＊本文是应中国中外文艺理论学会秘书处之约所做的一个访谈问答，正文原刊于《中国中外文艺理论学会通讯》2018年第1期（总第10期）。

In the Constant Reflection to Create a New Realm of Chinese Literary Theory and Aesthetic Research

Tan Haozhe

Abstract As the ideological result of human social practice, theory is reflective in nature. The theoretical reflection on the basis of literature and art and aesthetic practice is direct, while the theoretical reflection on the basis of previous literature and art theories and aesthetic materials and ideological achievements is indirect. Both theoretical reflections are essential to the development of literary theory and aesthetics. In the theoretical reflection, the most important thing is to have the problem consciousness, that is, to face the problem and find the way to solve the problem in the theoretical thinking. The study and summary of the achievements and shortcomings of Chinese contemporary literary theory and aesthetics, and the prospect and thinking of exploring the new realm of literary theory and aesthetic research in the new era should be built on the basis of theoretical reflection, carried out in theoretical reflection, and accompanied by theoretical reflection.

Key Words Theoretical Reflection; Chinese Literary Theory and Aesthetics; Problem Awareness; The New State

Author Tan Haozhe is a professor and director of Research Center for Literary Theory and Aesthetics, Shandong University, China, with main research interests in Marxism literary theory, artistic aesthetics education.

文论选译

Translated Paper

作为商品价值的审美价值以及其他相关问题

王祖哲

摘　要　本文论证商品价值或来源于其审美价值，或来自生产商品所需要的知识和技能，以及对市场的理解；因此，商品价值是文化现象，不是自然现象，与基本需要和体力没有关系。

关键词　审美价值；商品价值；金子；货币；体力劳动；知识；市场

作者简介　王祖哲，文艺博士学位，海南大学副教授，主要研究方向为分析美学、艺术与文化的关系等。

一

按照康德的看法，审美与实用是对立的概念，这毫无疑问是正确的，虽然近来遭到一些肤浅的怀疑。一个东西具有的审美价值本身，必须并应该是反功利主义的；换言之，对我们的生物学存在或者实际活动没有关系；否则，审美这个词就应该废弃，因为它就变成了伪装起来的功利主义，这其实是否认审美的真实存在。音乐对我们的生物学存在而言，不是必要的，这应该被认为是真实的。再如，一个经过艺术性雕刻的烟斗，对抽烟这种实际活动而言，并没有损益，也不必要。

但是，这当然不意味着审美价值与商品价值没有关系；恰恰相反，具有审美价值的物件或活动，具有商品价值，并仅仅因为其有审美价值而有商品价值。其实，全部的艺术品都可以是商品。戏剧和电影，是要卖票的。偶尔地，我们听说某一幅画可以卖出上亿美元的价格。

当然，具有审美价值的东西，不限于作为人工品的艺术品；像金银珠宝那样的自然物也有审美价值。实际上，作为审美对象，艺术品和某些自然物是等值的，因为一个对象无论是人工的，还是自然的，它有审美价值，仅仅是对人类而言。因此，把金银珠宝这类审美对象称作“自然物”仅仅是现象上的肤浅分类，没有任何哲学意义。与艺术品一样，金银珠宝这样的自然物也有商品价值（常常是巨大的），也作为商品买卖。

艺术品和金银珠宝，与食品、饲料、原木、煤炭等一样都是商品；但是，艺术品和作为审美对象的金银珠宝在市场过程中，始终保持其艺术品或审美对象的身份，并不因为与金钱发生这种肮脏的关系而改变这种身份。

二

这当然是一些司空见惯的无聊事实；但是，当我们意识到金子这种东西成了通货或钱的时候，我们会发生一些困惑：为什么金子具有那么大的价值？为什么金子能成为通货？

经济学课本上的解释不得要领。课本说，金子具有良好的抗腐蚀性，容易保存；金子稀少，具有延展性等。我们得承认，这些都是金子成为通货的必要条件，但不是充分条件，更不是本质的条件。抗腐蚀性强，因而容易保存；但首先我们要问，我们为什么要保存它？物以稀为贵，但仅仅是稀少而有价值吗？如果世界上只剩下最后一试管的艾滋病毒，医学家出于某种理由，或许会认为它是宝贵的，但人类不认为它宝贵，因此稀少也无关审美。至于金子在工业中的作用，则完全不能解释金子的价值，因为在现代工业之前，人类早已把金子视为贵重之物了。

课本的这种理性主义思维方式，不能回答这些问题。其实，金子有商品价值，仅仅因为它有审美价值（从本质上说）。我们必须具有这样的想象力：在远古之时，人类没有如今那么多人造的虚浮之物。那么金子发出的那种迷人的光泽，就是人们喜爱它（认为它有价值）的根本原因，也是唯一的原因。现代人和学者其实不那么看重审美，是其缺乏理解力的根本原因。

在远古之时，人类是不可能有通货的，更不可能有纸币。纸币本身没有价值，其实就是白条子。要保证纸币这种白条子总能换来我们想要的东西，则必须有社会的约定；而要保证社会约定的有效性，则必须由强有力的政府来担保。远古不可能存在这种政府。更重要的，是远古人类缺乏抽象的思维方式，不能理解作为符号的通货：通货本身不见得有价值，但它代表一种抽象的价值，而且人人都相信这种代表性——这在远古是不可能的。因此，远古的人类只能进行物物交换——这不仅意味着他们没有通货，更意味着他们不能理解通货这个概念，于是也不存在保证通货有效性的社会条件和政治条件。

因此，在远古，当一个人用一块金子换另一个人的两头牛的时候，他们在进行物物交换；我们不可以说他用一块金子“买”两头牛，因为“买”这个词通常意味着以通货交换某种东西。当其时也，金子不是通货，而是本身就有价值的普通交换物即商品，金子的价值就是其审美价值。这说明，对人类而言，无论是古人，还是今人，审美价值和其他价值之间不存在种类的区别，也不存在高级和低级的区别。只有在特殊情况下，如在无边的沙漠中，一壶水比一块金子更有价值，因为人不渴死，是欣赏金子的前提条件。但是，一旦恢复正常的社会情况，一块金子的价值立刻高于一瓶水。

人们过分喜欢金子，因此一点点金子（容易携带）就能换得某种体积很大的东西；但这不是金子成为通货的唯一原因。更重要的是，在远古，金子除了作为审美对象（因此可作装饰品），别无其他用处；因此，人们自然会用金子去换取各种各样有用的东西。另外，与珍珠或钻石不同，金子可切割，又可捏合起来；如此一来，金子就逐渐成为通货或称钱。这是一个自然的过程，不像纸币作为通货那样是人为过程。

三

如今，许多人工制品的审美品质，貌似胜过金银珠宝；按理人类应该失去对后者的兴趣。我们可以理解并同情古人对金银珠宝的那种璀璨的痴迷：彼时浮华的人工品是很少的。但是，今天的某种合金，其光辉灿烂不逊于金子；五颜六色的玻璃和塑料，其美不下于金银珠宝。因此，理性的现代人就很难理解金银珠宝的巨大价值仅仅出于其审美价值：金银珠宝，美则美矣，但不应该有那么大的价值。于是，现代的理性主义者变得不理性了，胡思乱想金银珠宝有某种内在的神秘品质，这个品质为其巨大价值负责——这就是拜金主义。

拜金主义是一种荒诞的迷信，是错误的；金子别无什么神秘品质来决定它巨大的价值。金子的商业价值仅仅是它的审美价值。与此相似，伟大的艺术品也有巨大的商业价值。有些绘画昂贵到不可思议的程度，与金子的昂贵是相似的。然而，人们很善于习惯一切现象。尽管金子和某些艺术品的商业价值巨大，起初令人惊讶，但人们很快就把这种事情视为理所当然，就好像承认王子和公主天生高贵一般。

如果说金子的商品价值源于它本身的审美价值令人不解的话，那么当我们反思一般的商品之际，同样的现象则无处不在，却并不令人惊讶。例如家具，200 元的餐桌与 2 万元的餐桌，就其用来吃饭的功能而言，前者不比后者差很多。两万元的餐桌是一件奢侈品，是一件有用的艺术品；它作为艺术品的审美价值是其昂贵价格的绝大部分的原因。再如时装，许多女性购买新装，不为任何实用目的（她们的衣柜已经满了），而纯为审美。花昂贵的价钱买时装，在本质上与花昂贵的价钱买金子，是一样的事情。可以毫不含糊地说，人类相当大比例的财富，是以审美对象存在的。包括食品和饲料在内的实用商品，全都有一个审美的方面，此即所谓“卖相”，不需要说，卖家为此弄虚作假，破坏了商品的真正品质。更有过度包装，纯为制造虚假的审美形象，却浪费了大量材料与能源。但是，这也说明人类的审美倾向有多么强烈，多么痴迷商品的形象，正如他们痴迷金子的光泽。如今“文化产业”这个术语专指艺术品的生产与市场；其实，人类的一切产业无不存在一个审美的方面。

四

现在假设你在野地里捡到一块金子，拿到市场卖了 100 万元。你用这些钱可以买来实用的生活必需品，如房子或汽车。现在的问题是：你没有为社会做出其他贡献，那么你得到这笔飞来横财是道德的吗？

我们的回答是：这在道德上是毫无问题的。为什么？因为你为社会贡献的这块金子本身具有审美价值，而审美价值立刻可以变为商品价值。无用的审美价值居然成为商品价值，居然就是财富的一种形式，听起来奇怪，但却是一个事实。这说明，考虑人类价值的本质之际，我们不可设计像上文提到的那种生死存亡的情景，然后问在沙漠里，一瓶水有价值还是一块金子有价值。沙漠这种背景，突出的是人的基本需要或称生物学需要，那时人类价值失去了文化背景，其实就不存在了。满足人的基本需要的东西，不见得是价值；例如空气是人不可须臾离开的，但没有价值。这是当然的：价值只存在于人类社会里，也是主观的。动物也有基本需要，但无所谓价值。如果有人认为价值的根本是所谓“有用”，并且根据这个观念消灭一切无价值的东西，如墨子建议的那样，那么金银珠宝和艺术就应该被视为“浮华之物”被销毁。但是，所谓浮华之物也存在于人类活动的几乎全部领域，我们简直可以说浮华是文化的特色。我们在上文提到的家具、时装、商品包装的审美方面也是浮华之物，都应该禁止；其他领域也应该照此办理。如此一来，文化本身就变得非常乏味了。如果我们以老庄和第欧根尼的标准来判断什么是浮华之物，那么人类一切文化发明都不应该存在，我们就到了黑猩猩那样的自然状态了，价值这个概念本身也消失了。据说第欧根尼像狗一样住在一个丢弃的破酒桶里，只有一件财产：一个破杯子。当他看到狗喝水不需要杯子，他连这个杯子也丢掉了。

五

上文我们提到一张2万元的饭桌，当时我们分析而知它的大部分价值是审美价值；但它毕竟也有使用价值，那么200元的饭桌大概就体现其使用价值吧。然而，“使用价值”这个概念没有意义，因为有用与价值之间没有必然关系。对人类有用的某些东西，甚至是满足人的基本需要的那些东西，有用，但没有价值，如空气。如果你在野外远足，那么木棍、树叶、石头都可能是有用的，但没有价值。对人类有价值的东西，必须是人类社会的创造物，因此其价值来自这个创造物所体现的审美价值或知识价值（自然的金银珠玉之类的审美价值是人类的创造物）。商品的审美价值，已经讨论过了；现在我们讨论商品体现的知识价值。

以小麦为例，作为商品，小麦的价值来自哪里？在回答这个问题之前，我们立刻就需要意识到马斯洛需求层次理论这个图表中的“生理需

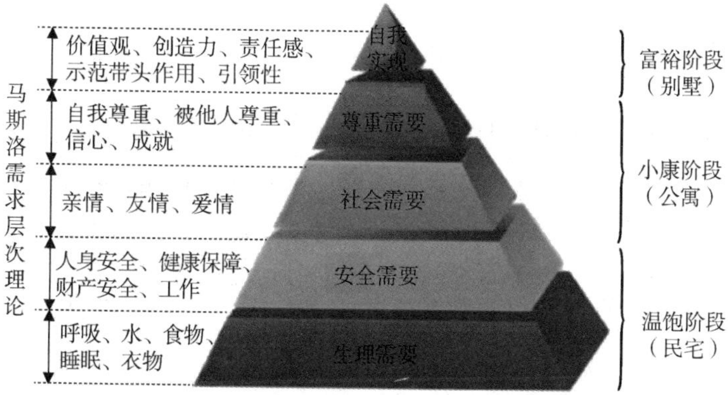

要”这个名称是完全错误的。他列举的那些“生理需要”是针对“人”而言的，其实已经离生物学需要或基本需要相去甚远了。如果我们在此讨论的是其他生物的需要，那么这个领域与价值就没有丝毫关系。

看来，小麦的价值，不来自我们的需要，也不来自生产小麦的体力劳动（稍后讨论）。但是，需要这个概念从来是不清楚的。如果需要是生物学的基本需要，那么它就与商品价值无关，而纯粹是生物学的事实。说到小麦，我们非常容易错误地认为人类需要小麦，属于生物学的基本需要。但是，人吃小麦，不可单纯地视为生物学的基本需要。熊猫吃竹叶，蚕虫吃桑叶，是生物学需要，因此与任何价值或商品价值无关。人吃小麦，不单纯是生物学现象（仅就营养而言），而同时是文化现象；人所吃之物，是人类自己的创造；首先得说，小麦是人类培养出来的作物（虽然小麦来自野麦），种植小麦基于人类的这种农业知识。如果我们回顾一下人类的食物历史，那么人类为自己创造食物这一说法就更加清楚了。全部的农作物的原始形式，都不是那么可口；作物是人类在自然基础上的选择与创造。我们需要小麦，意味着我们需要的是一种人类创造出来的东西，因此也是一种有价值的东西。

人类的需要，是人类创造出来的需要。“需要是发明之母”这句老话是错误的；恰恰相反，发明是需要之母。人类创造出了小麦，我们才吃面粉。人类创造出了眼镜，我们才需要眼镜，等等。

回头再看马斯洛的“需要层次图”，我们发现越是接近这个金字塔的顶端，所需要的资源的价值就越高，离生物学需要就越远；另外，所谓真正意义的“生理需要”或称生物学需要，尽管性命攸关，却少有价值，甚至完全在价值概念之外。声称一小块金子比十袋面粉更有价值，某个舞蹈家跳舞比搬运工的劳动更有价值，这有多么荒谬，这种牢骚是没有意义的，因为这种牢骚针对文化的存在本身。如果没有文化，人类就成为一般动物，那么一切“荒谬”也就消失了。

当然，人类个体完全能够建立一种高尚的个人主义价值观。你可以蔑视金银珠宝，即便一个人是富豪，永远过朴素生活，这当然是可能的，但这不能改变某些社会普遍的价值观。

六

如果小麦有价值与需要没有本质的关系，那么也许与生产小麦的体力劳动有关系？我们的回答是否定的：体力劳动不创造价值。首先，我们记得金子的价值来源是其审美价值，这种价值不需要体力劳动，因为其审美价值的基础是其自然属性。第二，由于有价值的东西，有一些是人类创造的，那么不可避免地需要体力劳动。假如人类有技术手段不用体力劳动而能达到相同的目的，体力劳动就不需要了。第三，如果体力劳动是价值来源，那么人类就不应该孜孜以求地试图以科学技术来消灭体力劳动。第四，如果体力劳动是价值来源，那么现代化农场所付出的体力劳动，与传统农场所需要的体力劳动相比，几乎可以忽略不计，如此一来，现代化农场的价值来源就无从寻求了。第五，亏损企业的亏损原因，不太可能是因为他们的员工不曾充分地发挥体力劳动。如果洋葱种植面积过大，并且获得丰收，那么菜农甚至收不回成本，这也不意味着菜农付出了较小的体力劳动。

那么，体力劳动在小麦价值创造中发挥了什么作用？毫无疑问，如果不付出体力劳动，目前中国的农业不可能生产出小麦。然而，体力劳动仅仅是实现农业活动的手段，而农业活动是农业知识的外在化；因此，体力劳动是把农业知识变为小麦的“历史性”手段——这意思是发达国家的或未来的自动化农业，将涉及极少的体力劳动。体力劳动本身不能创造价值，体力劳动所实现的农业知识才创造价值，以及体力劳动所需要的时间也潜在地具有价值。体力劳动本身没有价值，而农业知识本身具有价值（因此农业学院也有价值）。

人们误以为体力劳动创造价值，仅仅是因为传统农业的知识陈旧而漫长；在几百年的时间里农业知识基本不变，人们就忽视了它，而把农业的价值创造归因于体力劳动，何况传统的劳动乏味和辛苦，在道德上似乎需要得到认可似的。然而，随着知识经济时代的到来，人们就颇为容易地意识到知识是价值创造的唯一原因。当然，一个体力劳动者的收入，主要来自他运用某种知识和技能的能力，我们不妨也承认他付出的体力劳动也得到了一笔津贴似的补偿。体力劳动者不像牛马那样仅仅发挥体力；他们是人，他们仍然是用思想和知识来劳动的。

为了证明体力劳动不创造价值，我们可以举另外一个例子：比方说，一位铺地砖的工人得到了一项委派，为一个小广场铺地砖，报酬是 2 万元，一个星期完成。这位工人开来了一台铺地砖的机器，结果在一天之内保质保量地完成了任务。与他只凭体力工作相比，他在使用机器工作的过程中花费的体力是很小的。老板会因此不按合同付工资吗？不会的。老板不在乎工人在工作的时候是否使用体力，只要求最终的工作成绩。老板付给工人工资，是看重工人铺地砖的知识与技能，不看重他的体力劳动。

七

综上所述，商品价值或者来自其审美价值，或者来自生产商品所需要的知识和技能，以及对市场的理解。这就是说，商品价值是一种文化创造，与自然因素（如人的基本需要和体力劳动）没有关系。

Aesthetic Value as a Commodity Value and Other Related Issues

Wang Zuzhe

Abstract This paper demonstrates that the value of goods either comes from its aesthetic value, or from the knowledge and skills needed to produce goods, as well as the understanding of the market; Thus, commodity value is a cultural phenomenon, not a natural one, and has nothing to do with basic needs and physical strength.

Key Words Aesthetic Value; Commodity Value; Gold; The Currency; Manual Labor; Knowledge; Market

Author Wang Zuzhe, Doctor of theary of literatne and Art. He is a Vive-professor of HaiNan University. His academis Tntorests are anlyhz aesthefns, the relationship of literatare and cultue etc.

一件音乐作品是什么*

[美] 杰拉德·列文森 著　初敏 译

摘要　本文是关于音乐本体论的文章，文章明确地将其自身限定在对标准的古典音乐的研究之中。本文试图询问，除了声响结构这一最为明显的特征之外，我们应该如何理解一件古典音乐作品，或者说这样一件作品中还包含什么因素。对这样一件音乐作品来说，最具根本性的因素是什么？是其创作者？标题？作曲的年代？审美属性？艺术意图？源生语境？器乐安排？演奏的历史？还是对它的批判性接受？本文认为，理解一件音乐作品的本体状态及特点是与对这件作品的审美欣赏密切相关的，如果缺失这样的理解，那么该作品就容易遭到误解和误读。

关键词　音乐本体论；纯粹声响结构；创作；音乐历史语境；演奏方式；指示性结构

作者简介　杰拉德·列文森（Jerrold Levinson），1948 年生，1969 年毕业于麻省理工学院，获哲学和化学学士学位，1974 年获密歇根大学哲学博士，现任马里兰大学哲学系杰出教授，主要研究领域包括美学、形而上学、音乐哲学、电影哲学、精神哲学、价值理论、幽默哲学等，主要出版的著作有：《音乐、艺术和形而上学》（*Music, Art, and Metaphysics*）（康奈尔大学出版社 1990 年第一版；牛津大学出版社 2011 年第二版）；《美学的愉悦》（*The Pleasures of Aesthetics*）（康奈尔大学出版社版 1996 年版）；《音乐瞬间》（*Music in the Moment*）（康纳尔大学出版社 1998 年版）；《沉思艺术》（*Contempla-*

---

* 本文译自《哲学期刊》（总第 77 卷）第 5—28 页，1980 年 1 月第 1 期。*The Journal of Philosophy*, Vol. 77, No. 1 (Jan., 1980), pp. 5 – 28. 原文并无摘要和关键词，此处为译者摘取添加，仅供参考。——译者注

ting Art)（牛津大学出版社 2006 年版）；《音乐关切》（*Musical Concerns*）（牛津大学出版社 2015 年版）；《审美追求》（*Aesthetic Pursuits*）（牛津大学出版社 2016 年版）。他于 1999 年—2001 年期间曾任美国美学协会副会长，2001 年—2003 年期间任会长。

译者简介 初敏，1991 年生，山东大学文艺美学研究中心博士生，研究方向为西方美学。联系方式：aesthetics@ mail. sdu. edu. cn.

确切地说，贝多芬谱写的究竟是什么？我以该问题开始我的论述。我们就以贝多芬 1797 年谱写的降 E 大调钢琴与管乐（长笛、双簧管、单簧管、圆号）五重奏（作品 16）为例子吧。但它是哪一类事物呢？根据哪一种类可以将这一五重奏算作贝多芬创造性活动的产物呢？它内在地包含了什么，或者说它又是由什么构成的呢？我们可以说贝多芬谱写了实际的声响（sounds）吗？不可以，因为声响会消失，而五重奏则会永久留存。贝多芬谱写的是一个曲谱（score）吗？也不是，因为很多熟悉贝多芬作品的人并不了解它的曲谱。[①]

在非实体艺术中，如音乐和文学，在艺术对象的同一性及其本质问题的界定上，哲学家们困惑已久。在这些艺术中——不像绘画和雕塑——并不存在一个我们可以理所当然地当作艺术作品本身的特定物理事物。这一困惑使得一些哲学家（如克罗齐）认为音乐作品和文学作品是纯粹精神性的作品——认为它们实际上是存在于作曲家和诗人头脑中的个人直觉经验。但似乎并非如此，因为经验既不能被人们演奏，也不能被阅读和听到。从更一般的层面来看，克罗齐的观点会把音乐和文学作品的客观性置于十分危险的困境之中——它们成了不可获取和不可共享的。不过，幸运的是，有一种方式，无须削弱这些作品的客观性就可以接纳它们的非实体性（nonphysicality）。

① 对这些意见和我下面将要提到的克罗齐式的意见，当然会存在很多反对之声。我并非想说，我所回顾的这些意见本身就具有明确的决定性。

近期人们就艺术作品的本体论问题展开了反思，那些熟知这些反思的人，将会明白如下一种广为人们所认同的意见，即一件音乐作品实际上是一种抽象对象——也就是说，是结构性类型或种类。① 这一结构类型的实例，可见于对该作品所做的个别演奏之中。通过其实例，该结构类型为我们所听到，但它仍独立于其诸种实例而存在。基本说来，我认为这一点是正确的。一件音乐作品是许多结构类型，而且它本身既是非实体性的，又是可以公开获取的。但它是什么种类的类型呢？在本文中，我将尽我所能，来准确地阐明一件音乐作品所应被认定的那种结构类型。

在该问题上，最自然和最普遍的意见是，一件音乐作品是一种声响结构——纯粹是一种声响的结构、序列或图式。② 我的第一条反对意见将表明，上述观点完全不能令人满意，我认为，从本质上说（*per se*），一件音乐作品并不仅仅是一个声响结构。我将对“声响—结构观”提出三点反对意见来支持我的上述观点。为了形成一种更准确的观点，在提出这三条反驳意见的过程中，我将会提出三点要求，或者说重要条件。我认为，这些条件的正确性——至少是合理性——将会在那一要点上显现出来。我的第二条反对意见将会指出，一个能够满足这些条件的结构类型，就可以被认定为一件音乐作品。③

---

① 例如，可见于 C. L. Stevenson，“On ‘What Is a Poem?’”，*Philosophical Review*，LXVI，3 (July 1957)：329 – 362；J. Margolis，*The Language of Art and Art Criticism*，Detroit：Wayne State UP，1965；R. Wollheim，*Art and Its Objects*，New York：Harper & Row，1968.

② 我们从一开始就应该认为，声响结构不仅包括音高（pitches）和节奏（rhythms），而且也包括音色（timbres）、力度（dynamics）、重音（accents）——也就是声音的所有“纯粹听觉性”属性。

③ 本文借鉴了最近两种关于音乐作品的理论：N. Wolterstorff 的“Toward an Ontology of Artworks”，Nou2s，ix，2 (May 1975)：115 – 142；以及 K. Walton，“The Presentation and Portrayal of Sound Patterns”，In *Theory Only* (February 1977)：3 – 16。这些作者也知道我所举证表明一件音乐作品的复杂性的那些思考。但是，我认为，他们并没有足够严肃地对待这些思考，因此，他们倾向于默认如下观点，即音乐作品只是（或者可能是）声响结构。本文明确地致力于反对该观点，并提出一种更为准确的观点。

不过，首先，我要澄清一点，那就是，我将我的探究限定在一件音乐作品的范型之中，也就是西方文化中那些完全用乐符标识的古典音乐作品，如贝多芬的降 E 大调钢琴和管乐五重奏（作品 16）。因此，当我在本文中言及一件“音乐作品”时，都应该理解为，我所说的仅仅是那些具有典范性的音乐作品，因此这里关于音乐作品的一切主张都应纳入这一隐含的限定之中。

一

对于音乐作品是声响结构这一观点，我的第一条反对意见如下所述。如果音乐作品是声响结构，那么正常来说，音乐作品就不会是被它们的作曲家创作出来的了。因为声响结构全然是一种纯粹的类型，这种类型存在于一切时代之中。这显然源自这样一个事实，即它们——以及它们所包含的个别的构成性的声响类型①——总是可以拥有其各种实例。② 从逻辑上说，一个遵循贝多芬五重奏（作品 16）的声响结构的声响事件本可以出现在古生代（Paleozoicera）。③ 或许，从不那么具有争议性的角度上说，这一声响事件当然本可以发生在 1760 年——也就是贝多芬出生十年之前。但如果那一声音结构能够被实例化，那么，它显然在那时早已存在。对于某一个将会存在的声响结构来说，从次序上讲，贝多芬的作曲活动就不是必需的了。并不必然存在一种可能性，使得某个声响事件作为那一结构的实例而出现。从本质上说，声响结构不是通过谱曲而被创造出来——它们先于任何谱曲活动而存在。声响结构在其第一个实例或者构思之前就已经出现

---

① 如升 F 调小三和弦、三音符法式附点节奏音型、巴松音色中央 C 音等。

② 这一点是沃尔特斯托夫（Wolterstorff）提出来的，见他的《走向一种本体论》（Twoard an Ontology）一文，第 138 页。

③ 尽管在某种非逻辑的意义上，缺乏合适的生产工具当然使得这一点成为不可能。

了，因为它们在那一点之前就可能被例证化。① 所以，如果作曲家真的创造了他们的作品——亦即把它们带入实存——那么音乐作品就不能是声响结构。

我们也可以用某种不同的方式，为纯粹声响结构的先在（pre-existence）做辩护（也就是说，先于任何实例化和构思而存在）。我们只需将如下一点谨记在心，那就是纯粹声音结构实际上是数学性的对象——它们是声音元素集合中的序列（诸如音高、音色、音长等这样的声音元素）。现在，如果我们假定纯粹声音元素类型先在的——我认为我们必须做出这一假定——我们很自然会得出这样的结论，即这些元素的所有集合和集合中所有的序列都是预先存在的。因此，纯粹声响结构是先在的。但如果纯粹声响结构是先在的，那么它们就不一定必须要成为情感活动的客体了。所以，我们再次看到，如果作曲家是真正的创造者，那么他们的作品就不是纯粹声响结构。②

① 我知道有人会坚持认为，当我们说在 t 时代，一种新奇的声响实例是可能的，那么，拿将会成为一个实例的声响结构来说，我们所坚信不疑的一切就是，它在 t 时代可能变为实存（existence），同时成为它的第一个实例。但我认为这并不是一个合理的观点；当我们说在 t 时代上，可能出现某种声响事件时，我们说的是，某种更强大东西将会成为实存，而不是它将使之实例化的那些结构会成为实存——我们说的是，那一结构是正确的，然后是可获取的。

② 一些人仍在抵制纯粹声响结构先于作曲活动而存在这一观念，这些人很可能没有能够在结构（structure）和建构（construction）之间做出区分。的确，为了存在，建构有必要被建造，但这并不能得出结论说，为了存在，结构——实际上就是说把源自部分的事物放置在一起——必须被建造。布鲁克林大桥（The Brooklyn Bridge）是一个建构，并且包含一种结构。布鲁克林大桥在建造之前并不存在。但是它所包含的几何结构是永远存在的，这些几何结构不需要建构，也不会受到建构。

有些人仍将为如下这样一种观点所吸引，即纯粹声响结构某种程度上是由作曲家创造的，大概是通过其精神活动创造出来的，因此这些就是作曲家的作品。有鉴于此，我将简要指出这种观点带来的两种棘手的后果。第一，在作曲家把纯粹声响结构付诸存在之前，一个人只要通过将其注意力集中在声域之中，他便总是能够偶然地听到纯粹声响结构的实例。在这种情况之下，我们将会赞同，在这些作品开始出现之前，这些作品就具有了实例。第二，一个人构思或者描画了一种声响结构，而且这种结构对他来说是全新的，但这不能确证（逻辑上），说他实际上谱写出了某种东西（*anything*）。因为，如果谱曲就是把声响结构付诸实存，那么当一个人在写曲谱时就没法这么做了，除非其他人先前早已构想出了同样的结构。要注意，这并不这是后来者谱写了与其前辈相同的作品这样一个问题；而是——他和我们肯定都觉得难以置信——这样一个问题：他根本就没有谱写任何作品。

但为什么我们坚信确实是作曲家创造了作品？为什么这是一个合理的条件？这一问题有待回答。这一回答就是为真正的创造物所依循的那种需求做一番辩护。

坚持这一观点的主要理由是，在我们关于艺术的信念中，它是最为根深蒂固的一种。大概在我们关于艺术的思想中，没有比如下一种思想更能占据中心地位的了，这种思想就是，正是在一种活动之中，参与者才创造了事物——这些事物就成了艺术作品。整个艺术传统认为，在严格意义上，艺术是富有创造性的，艺术家在一种上帝般的活动中把先前并不存在的东西付诸存在——很像造物主用不成熟的物质来形构一个世界一样。艺术家与蛋糕师、房屋建造师、法律制定者还有理论建构者一样，他们确实向世界增加了东西，这样一种观点也确实是一种根深蒂固的观念，这种观点应该得到尽可能的保护。有这样一种意见：一些艺术家，尤其是作曲家，为了寻求关注，反而仅仅发现或选择那些他们没法创造的实体。这一意见与我们关于艺术家及其作品的基本直觉截然不同，我们会尽可能地用直觉印象方面的理由来拒绝它。如果有可能将音乐作品与绘画和雕塑这样无可争辩地具有创造性的艺术作品做一番比较的话，那么我们该是要拒绝上述意见的。

我们坚持认为音乐作品是真正的创作之物，第二条紧密相关的理由就是，我们附加到音乐作品中的一些状态、意义和价值源于我们在这方面的信念。如果我们认为贝多芬的第五交响曲是永久存在的，那么，在贝多芬的谱曲行为之前，环绕贝多芬这件作品的一小部分荣耀似乎就要被移除掉了。作曲家和其他一些艺术家会被一种特殊的光芒环绕，因为我们把他们当作真正的创造者。我们惊异于一件伟大的音乐作品，部分是因为我们惊异于如下一点：如果没有艺术家参与到某一特定的活动中来，那么现在这件作品就（几乎可以肯定）不复存在。但它又确实是存在的，我们恰在这一点上对作曲家充满敬意。传道书是错的——太阳之下还是有一些新鲜事物的，在众多绝妙的事物里，音乐作品就位列其中——传道书也是绝妙的，因为至少从某种程度上看，它依循了这种绝对的新鲜性（newness）。

那么，我们可以承认之前表明的那种创造性需求了吗？在这么做之前，我们应该强调一种持续存在的不安（qualm）。对一些人来说，他们并不一定必须承认真正的创造构成了音乐作品的重要性特征，或否认音乐作品自身的创造性，这些问题对他们来说是开放的。这样一个人将会指出那些与谱写过程相关联的实体，在这一谱写过程中，作曲家明确地将思想、曲谱、演奏这样一些东西付诸实存，此人会宣称，真正的创造物不需要被拓展得更加深远。现在看来，这些实体确实是被严格创造出来的，在这些事物中，我们也可以辨识出作曲家的创造性。但实际上问题在于作品是最主要的物件，是整个项目的中心和目标，问题还在于，既然音乐作品并不等同于曲谱、演奏或思想，[①] 如果它们实际上仅仅是被创造出来的东西，那么很多东西被我们丢弃掉了。“作曲家是真正的创造者”这一观点太空洞了。在音乐中，创造缩减为一种没有内核的外饰。

因此我认为，对音乐作品所做的一种最为恰当的描述应该满足如下条件，这些条件是关于创造性的[②]：

（Cre）音乐作品必须满足如下条件，即音乐作品不会先于作曲家的作曲活动而存在，它们是被这一活动带入实存的。

二

对于音乐作品是声响结构这一观点，我的第二条反对意见如下所述。（1）如果音乐作品仅仅是声响结构，那么，假如两位不同的作曲家确定同

① 尽管作曲家通过写谱、获得思想或者通过进行演奏（不太典型）来谱写他们的作品。

② 即使有人反对这一创造性的条件，那么，为了支持我最终提出来的那种观点，我（后面）提出来的第二个和第三个条件也会要求放弃这种“声响—结构观”，我认为在此我们留意这一点对我们是有所助益的。对我来说，这些条件是硬性条件（nonnegotiable）。

一声响结构，他们必然就谱写了同一件音乐作品。(2) 但事实上，不同的作曲家确定同一声响结构，就不可避免地产生不同的音乐作品。[①] 因此，我们不能全然地（simpliciter）在声响结构中听到音乐作品。在本节接下来的部分中，我将支持并阐明这一论点的第二个前提。

在具有相同解释程式的同一个记谱系统中，那些创作出相同曲谱的作曲家将会决定同一个声响结构。但他们谱写的音乐作品因而通常也并不相同。其原因就在于，音乐作品的某些属性并非仅仅是由它所包含的声响结构决定的。特别是，从某种程度上说，一件音乐作品的审美属性和艺术属性是总体音乐历史语境（musico-historical context）的一种功能，这两种属性也必须依照音乐历史语境来考量，当一个作曲家谱写他的作品时，他就身处这样一种音乐历史语境之中。由于谱写具体音乐作品的音乐历史语境总是不尽相同的，所以，即使他们的作品在声响结构上是相同的，但它们在审美属性和艺术属性上也存在大量不同。不过这样一来，按照莱布尼茨定律，这些音乐作品本身就一定是非同一性（non-identical）的了。如果W1 具有 W2 所缺乏的某些属性，或者相反，那么，W1≠W2。

我不想为音乐历史语境下一个严格的定义，但我会指出音乐历史语境所包含的很大一部分内容，以此来继续我的论述。应当说，如果在 t 时代有一位作曲家 P，那么其总体音乐历史语境至少包含如下几点：(a) 先于 t 时代而存在的文化史、社会史和政治史的整体，[②] (b) 截至 t 时代的音乐

① 注意：如果我们认为，谱写音乐作品严格说来就是创造它们的话，我们会立马得出如下结论，即两个作曲家不能谱写同一件音乐作品（不论他们确定什么样的声响结构），除非他们合作谱曲或者独立地同时谱曲。这是下面这一事实带来的一个结果：同一件事物不能既在 t 时代被创造出来，又在随后的 t' 时代被创造出来（单独一个作曲家处于时间上分裂开来的诸多情形时也可以得到这一点的支持；如果作曲是创造，那么作曲家就不能两次谱写同一件作品）。不过，我不会在该部分假定作曲就是创造。

② 参见 J. L. Borges, “Pierre Menard, Author of the Quixote” [收录在 *Labyrinths* (New York: New Directions, 1962)]。这篇文章就艺术含义对创作的历史语境的依赖进行了富有文学色彩的阐释（fictional demonstration）。

发展的整体，（c）t 时代流行的音乐风格，（d）t 时代主导的音乐力量（musical influences），（e）t 时代 P 的同代人的音乐活动，（f）t 时代 P 的最鲜明的风格，（g）t 时代 P 的全部音乐曲目，①（h）t 时代 P 的全部作品，（i）t 时代对 P 有影响的音乐力量。为方便起见，我们可以把构成总体音乐历史语境的这些因素分成两组：a 至 d 和 e 至 i。我们可以把前者称为一般的音乐历史语境，它是由那些在 t 时代与所有人的作曲都相关的因素构成的。我们将后者称为特殊的音乐历史语境，它是由那些在 t 时代与 P 的作曲相关的因素构成的。在任何一个事件中，这些因素的作用便是从审美上和艺术上将这些具有相同声音结构的音乐作品区分开来，这就使得我们不能够将这些音乐作品等同为它们的声响结构。我现在就这一点发表一些阐述。②

（1）一件与勋伯格（Schoenberg）的《月光下的彼埃罗》（Pierrot Lunaire）（1912 年）具有相同声响结构，但却由施特劳斯（Richard Strauss）在 1897 年作曲的作品，与勋伯格的作品在审美上是不相同的。我们姑且将这样一件作品名之为《月光下的彼埃罗 *》（Pierrot Lunaire *）。作为一件施特劳斯式的作品，《月光下的彼埃罗 *》将紧随勃拉姆斯（Brahms）的《德意志安魂曲》（German Requiem）之后而作，将与德彪西（Debussy）的《夜曲》（Nocturnes）处于同一时期，将被当作施特劳斯在创作完《查拉图斯特拉如是说》（Also Sprach Zarathustra）之后所采取的下

---

① 见上文所引的 Wollheim 的那本书，第 48—54 页，它讨论了一件作品的表现对于艺术家全部曲目的依赖。“全部曲目”的观念大概是就一系列替代性的决定和选择来说的，艺术家似乎是在创作他的作品时实施了这些决定和选择。Wollheim 从贡布里希论述艺术表现的《艺术与错觉》（*Art and Illusion*）以及《木马沉思录》（*Meditations on a Hobby-Horse*）中获得了启发。

② 这些例子的说服力关键取决于对如下原则的接受：“当艺术作品被正确地感知或看待时，艺术作品确实拥有那些它们看似会拥有的诸种属性。”在此，我不会对这一原则作出辩护，但许多学者对此作出过很好的论述，如 C. Stevenson 的“Interpretation and Evaluation in Aesthetics”（收在 W. E. Kennick, *Art and Philosophy*, New York: St. Martin's, 1964），Walton 的“Categories of Art”, *Philosophical Review*, LXVI, 3 (July 1970): 334－367 等。

一个发展步骤。它本身甚至比勋伯格的作品更加奇异诡谲（bizarre）、更加令人不安（upsetting）、更加痛苦不堪（anguished）和更加怪诞不经（eerie）。因为人们认为这件作品违背了一种音乐传统，违背了一种流行风格场域。包含在《月光下的彼埃罗》声响结构中的诸种音乐特点会繁复地出现在一些作品中，人们认为《月光下的彼埃罗＊》也违背了所有这样一些作品。①

（2）所有人都承认，门德尔松（Mendelssohn）的《仲夏夜之梦》（*Midsummer's Night Dream Overture*）（1826 年）是一件具有高度原创性的音乐作品。此前从没有人写出过这样精巧并以其音色而动人的音乐。但若有一个写于 1900 年的曲谱，该曲谱详细阐明了我们在门德尔松的作品中看到的那一相同的声响结构，那么这个曲谱显然会大大减损这件作品的原创性。

（3）任何一个有感受力的听众都能分辨出来，勃拉姆斯早期的一部钢琴奏鸣曲（作品 2）（1852 年）受到了李斯特（Liszt）的强烈影响。如果一件作品具有与之相同的声响结构，但这件作品是由贝多芬写的，那么，

---

① 如果它是由施特劳斯谱写的，那么认为该说明与《月光下的彼埃罗》将会呈现的东西有关，就是不正确的（我甚至不确定那一假设意味着什么）。这一说明关乎一件可能的音乐作品，这件作品拥有与《月光下的彼埃罗》相同的声响结构，但它是在 1897 年由施特劳斯谱写的。这样一件作品有别于《月光下的彼埃罗》，因为它们在审美上是有区别的。但假若音乐作品被等同于声响结构，就不会有所不同了。

使用这一例子进行这番论证的第二种途径将会是下面这样的。设想一个可能世界 Q，勋伯格的《月光下的彼埃罗》与施特劳斯的《月光下的彼埃罗＊》都存在于 Q 之中，我们将它们共同拥有的声响结构叫作 K。在 Q 中，作品在审美上是不同的，因此它们是非同一性的。显然，作品不能都被同时等同于它们共同的声响结构，但仅将二者中的一个等同于声响结构的话，那是十分武断的。因此，在 Q 中，*Pierrot Lunaire* $\neq K$。而为何在现实世界中也是如此呢？那就要归因于与同一性和差异性相关的必然性（necessity）。如果两件事物在任何一个可能世界中都是非同一性的，那么在任何一个它们所依存的那一可能世界中，这两件事物都是非同一性的。换言之，关于同一性和差异性的这些声明涉及一些严格指示词，这些声明具有必然性。《月光下的彼埃罗》（*Pierrot Lunaire*）和 K 都严格地指示某物，它们是专有名词，而非限定性的描述。因此，*Pierrot Lunaire* $\neq K$ 必然为真，因为它们在 Q 中就有真值。所以，在现实世界中，*Pierrot Lunaire* $\neq K$ [如果要对本文作出必要修改的话，第（2）到（5）部分的论述也可以以这种方式展开]。

这件作品就可能很难具有那些因受到李斯特的影响而带来的属性。而且这件作品会拥有一种预见性（visionary quality），这是勃拉姆斯的作品所不具有的。

（4）人们通常将约翰·斯塔米茨（Johann Stamitz）的交响乐当作管弦乐发展中具有开创性的作品。它们使用了许多引人入胜的技巧，对于作品出现的那个时代来说，这些技巧是很新奇的，其中有一种被称为“曼海姆急速上升”（Mannheim rocket）——其实质是用于弦乐齐奏的一种升音音型。一件运用了曼海姆急速上升的交响乐，或者一件与之类似的作品，是一件让人兴奋（exciting）的音乐作品。但是如果今天写的一件作品，与斯塔米茨的某一件作品具有相同的声响结构，这件作品运用了“曼海姆急速上升”以及其他一切技巧，那么，这件作品可能并不会那么使人兴奋，反而可能会十分古怪（funny）。我们要把斯塔米茨早期的作品、他对巴洛克风格的坚守、同代人青年莫扎特的活动以及拿破仑战争纳入语境之中，斯塔米茨的交响乐需要在这样的语境中被人们欣赏。“现代斯塔米茨”的交响乐是在以下语境中来被欣赏的：“现代斯塔米茨”更早期的作品（可能用了十二音作曲法）、机遇音乐（aleatory music）与电子音乐的存在、皮埃尔·布列兹（Pierre Boulez）和艾尔顿·约翰（Elton John）的音乐公司，以及核毁灭的威胁。

（5）巴托克（Bartok）《管弦乐协奏曲》（Concerto for Orchestra）（1943 年）中的一个乐章讽刺了肖斯塔科维奇（Shostakovitch）1941 年创作的《第七交响曲》（*Seventh Symphony*）（“列宁格勒”）（“Leningrad”），后者的浮夸显然没有赢得巴托克的喜好。人们准确无误地从音乐层面上引用和评论这一交响乐的一个主题。但是要注意，如果巴托克早在 1939 年就写出了相同的曲谱，那么，那时他谱写的作品就不会具有因讽刺肖斯塔科维奇的作品而带来的那种属性。这件作品也不会受到肖斯塔科维奇于 1943 年所写的那些作品的影响。

这些例子应当用来让读者信服如下一点，那就是，根据不同的音乐历史语境，在结构相同的作品中，总是可能存在一些审美差异和艺术差异。在音乐—历史语境中，即使一些小的差异——如 P 的总集之外的一件作品、P 的环境中风格上的稍许改变、从 P 的作曲生涯中去除掉的一些音乐影响力量——也可能会在审美特性和艺术特性上促生一些（或某种）改变，而不管在这些情形中用语言恰当地说明这些变化有多难。

举例来说，假设在 1912 年有一位作曲家（且称之为“滕伯格”[Toenburg]），他与勋伯格在音乐史的各个方面都是相同的，比如生日、国家、风格、音乐发展历程、艺术意图等，但有一点除外，那就是，尽管滕伯格使自己所有的作品都与勋伯格 1912 年之前创作的所有作品在结构上都保持相同，但滕伯格却从未写出《升华之夜》（Verklarte Nacht）这样的作品。现在我们假设，他与勋伯格同时勾勒出了《月光下的彼埃罗》的声响结构。我坚持认为，如果在滕伯格的所有作品中，因为类似于《升华之夜》这样一件作品的缺席，而使得他的作品具有了些许不同的审美/艺术内容，那么滕伯格就并没有创作出勋伯格所创作的那同一件音乐作品。正常情况下，勋伯格的《月光下的彼埃罗》是需要人们参照勋伯格在 1912 年时所有的作品来听的，滕伯格的《月光下的彼埃罗》是需要人们参照滕伯格在 1912 年时所有的作品来听的。因此，根据《升华之夜》引起的共鸣，一个人在勋伯格的作品中听出了滕伯格的作品中所没有呈现出来的某种东西——那大概是由一个更加强烈的表现主义的符号所暗示出来的吧？

在提出第二个充分条件之前，我必须应对背后可能潜在的一种反对意见。针对人们将音乐作品等同于纯粹声响结构，语境差异提出了上述关键问题，应对这种反对意见也是这一关键问题的应有之义。这一反对意见概括地说就是，我所讨论的那些审美差异和艺术差异并不能真正阻碍人们将作品等同于声响结构，因为我们假定的那些存在于诸作品（因其作曲的语境）间的差异，实际上可以归结为一些关于作曲家的事实，它们根本上就不是作品的属性。这一反对意见是可以理解的，但不具有说服力，下面我将简要论述几点理由。

（1）与那些典型地构成了作曲家的属性一样，那些艺术属性和审美属性也直接地和不假修饰地形成了音乐作品的属性。贝多芬具有一些个人品性，他是一个天才，他改变了西方音乐的进程，他向海顿学习过，他还在某一刻赋予了拿破仑偶像色彩。这就是说，《英雄交响曲》（Eroica Symphony）是崇高的、英勇的、原创的、革命性的，它受到了海顿（Haydn）的影响，反映出贝多芬关于拿破仑的一些思想。直白地讲，这两种说法是一样的。（2）尽管我们承认将艺术属性（如“原创性的”“受到海顿的影响”）化简为人物属性有其合理性，但在此，这样处理审美属性时就失之合理了；例如，如果认为“W 是富于才情的”只是“W 的作曲家是富于才情的”的一种言说方式，那么这就是很荒诞的了。（3）就艺术属性来看，它们不仅作为一种确定的、合理的、与作曲家属性相平行的属性而出现，而且，它们常常可能是更主要的属性。例如，就原创性来思考，我们设想一个作曲家及其具有原创性的所有作品。的确，因其作品是原创性的，一个作曲家便是原创性的；因一个作曲家是原创性的，他的一些作品并不一定是原创性的作品。

因此我提出第二个条件——就精细的个性化处理（fine individuation）来说——关于音乐作品的任何一种可接受的理论都应遵从这一条件：

（Ind）音乐作品必须满足如下条件，在不同音乐语境[①]中确定了相同声响结构的那些作曲家所谱写的总是全然不同的音乐作品。

① 这包括单独一个作曲家在不连续的诸种情形中进行创作的情况。

三

如下是对于音乐作品是声响结构这一观点的第三条反对意见。如果音乐作品仅仅是声响结构，那么它们本质上就不涉及任何特定的演奏方式。但本文中我们探究的这些典范性的音乐作品，如贝多芬的五重奏（作品16），显然的的确确涉及某种特定的演奏方式，从根本上说，也就是特定的乐器。音乐作品的器乐安排（instrumentation）是这些作品不可分割的一部分。因此，从本质上说，音乐作品就不能仅仅是声响结构了。演奏方式是音乐作品的必要元素，为了对这一观点作辩护，我们展开如下论述。

（1）作曲家并非依据关于特性的术语来描述纯粹声响图式，而使其生产方式无人问津。相反，他们所具体化的恰恰就是生产方式，通过这种生产方式，一个纯粹的声响图式才能够被间接地暗示出来。无论如何，贝多芬五重奏（作品16）的曲谱都不是要为一种本质性的声响图式提供例子。相反，它向某人发出指令，使之对某些乐器进行特定的操作，以此来生产出特定声响图式的一个例子。当贝多芬为双簧管写下一个中音C时，他所做的远不只是表示在某一音高处需要有一个双簧管般的声响——他需要的是从那种具有老式簧片的我们称之为“双簧管”的东西中发出的一个声响。有这样一种观点，过去三百多年里的作曲家们通常都沉浸于谱写纯粹声响图式，他们十分友善地将如何实现这些声响图式的建议放在其次。这种观点十分不合理。只有当作曲家熟悉了具有某种音色的乐器时，他才能够熟悉这一音色。我们发现，作曲家并非创造了纯粹的音色组合，其后才寻找某种可以将这些声音素材实现或者与之接近的乐器。这样做是毫无意义的，至少是令人沮丧的。作曲家们常常需要他们之前从未听到过也很少去想象的诸种复杂声响，比如中央C调的两支长号和三支短笛，同时伴随着升C调附前半音的四个萨克斯管和五个木琴。显然，在此主要谱写的并不是纯粹的不受拘束的声响，而是一种乐器组合。①

（2）曲谱通常被当作对音乐作品所做的限定，作品产生时代存在记谱解释的诸种惯例，曲谱与当时人们认为有效的那些惯例一同对音乐作品做了限定。我们很难忽视如下一个事实，那就是音乐作品的曲谱十分明确地需要特定的乐器。当我们在贝多芬的曲谱中看到要求使用单簧管（确切来说是 Klarinett）时，我们会想，一个20世纪70年代的老式单簧管，是否能够像19世纪的单簧管一样满足要求，不过就所需的那种乐器来说，我们还是有一个被严格限定的观念的。曲谱本身之中并不存在什么东西，来表明人们应该把乐器的规格（specification）看作具有可选性的——这就像音高、节奏或者力度的规格是一样的。该时代周遭的一些音乐实践也不提倡一种这样看待它们的方式。② 人们通常认为，曲谱在决定音乐作品的同一性时居于中心地位。如果我们不打算放弃这一原则，那么我们必须坚持认为，如果贝多芬的五重奏（作品16）没有单簧管的话，即便保留了所有的

---

① 不可避免，有人会就这一点提出如下反对意见：某些时代的某些作曲家们并没有在头脑中用特定的乐器做作曲，也没有使特定的乐器成为他们作品不可或缺的一部分。某种程度上，这是正确的。但有两点需要我们留意。第一，我已设定，我们要界定的是西方文化中具有典范性的音乐作品的本质，并以贝多芬的五重奏（作品16）为例说明了这一点。大多数"古典作品"，特别是自1750年直到今天的作品，整个都涉及特定的演奏方式，这一点十分符合我的目的。第二，即使在巴赫（J. S. Bach）的作品中——关于巴赫想要、寻求或者说本应允许出现在《平均律钢琴曲集》（*The Well-Tempered Clavier*）或者《勃兰登堡第2号协奏曲》（Brandenburg Concerto No. 2）这样一些作品中的演奏因素，长久以来就有争议——我们也可以清楚地看到，关于那些应该被当成这些作品的一部分的演奏因素来说，这里仍然存在一些限制。因此，《平均律钢琴曲集》可能就是一件不仅只属于古钢琴（harpsichord，与 clavichord［击弦古钢琴］或者 fortepiano［专指18世纪的钢琴］相对）的作品，而显然是一件为键盘（keyboard）而作的作品，基于这一原因，用五个小提琴对它的声响结构所做的演奏就不是对它的演奏。尽管《勃兰登堡第2号协奏曲》的演奏乐器可能在小号（trumpet）和自然号（natural horn）之间何者占据主导部分的问题上模棱两可，但毫无疑问的是，它排除掉了中音萨克斯管。最后一点，对于巴赫的《赋格的艺术》（*Art of the Fugue*）这样的一件作品来说，没有一种声音生产方式是被规定好的或者是被禁止的，在这一语境中，这件作品就仅仅成为证明这一规则的例外。

② 这不应该与如下事实相混淆：许多作曲家随时准备和愿意调整他们的工作，以应对紧急情况，简而言之，对一些抄本进行许可。

声响结构特征（包括音色），那它也不是同一件作品了。一个人自由地对如下观点不予理会——作为演奏方式的曲谱中的一个方面占有主要地位——就意味着，对他来说，他可以随意地，对曲谱中他所不希望遵守的任何一个方面——如节奏（tempo）、临时记号（accidentals）、轻重音（accents）、运音法（articulation）、和声（harmony）——置之不理，这也表明他所拥有的不过是同一件作品。① 看来，一个人若要把演奏方式的规格仅仅作为曲谱的可选择特征，他能够为此做出合理辩护的唯一办法就只能是做出如下假设：音乐作品从本质上讲是声响结构，而不是什么别的东西。

我们来设想一个声响事件，从听觉上来说，这一声响事件不能够从贝多芬五重奏（作品16）的演奏中分辨出来，但却是从多种器乐的组合中传达出来的，大概由一架钢琴加上一套设计新颖的管乐器，数量上有200件之多，每一件乐器只能占据两三个音符。如果演奏方式不是一件音乐作品的不可分割的一部分，那么毫无疑问，这一声响事件构成了贝多芬五重奏（作品16）的一次演奏。但在此确实存在一个问题。对以下表述做出质疑具有十分重要的意义：我们的听到声音并非源自一架钢琴和四个标准的木管乐器，正是基于这一基础，它才成为一场这样的演奏。只有当某事物涉及了作品中所写的那些乐器——更理想的是——涉及那些被写进作品中的乐器时，我们才会把这个东西算作贝多芬五重奏（作品16）的一场演奏。

（3）认为演奏方式对音乐作品很重要，即是认为我们不能够将声响结构从乐器和声音中分离开来，正是通过这些声音，结构才得以确定下来，并且被当成作品本身。至于声响结构为什么不能被分离出来，最有力的一个理由是这样的：一件音乐作品的审美内容并不仅仅是由它的声响结构决定的，也不仅仅是由它的音乐历史语境决定的，一定程度上也是由人们所

---

① 这并不能说，在曲谱中发现的一切东西对音乐作品来说都是构成性的。许多标记并不决定一件作品的同一性，但反而却是建议、灵感、有帮助的命令等诸如此类事物的本质。不过，关于这类音乐规格的那些建议完全是让人不可接受的（insupportable）。

选择的实际生产方式决定的，人们为了使这一结构成为可听的而做出选择。一件音乐作品的特点，如贝多芬钢琴管乐五重奏（作品16），具有某种功能，这种功能关乎如何将其声响结构与某一乐器或一组乐器（这些乐器被用来为听觉生产出那种结构）的潜在可能性联系在一起。要正确评价这些特点，我们就一定不能仅仅去认知我们所听之声的质的本性，也要去认知它们的本源。大致来说，音乐作品理所应当具有一些明确的特点，也就是说，我们可以（也的确）将诸多十分具体的审美特性划归它们。但如果这些划定的因素并非内在地为音乐作品所具有，那么这些音乐作品，就不会具备我们明确认为它们会具有的那些合理而具体的特点。如果人们认为，只要精确的声响结构被保留下来，演奏方式就不重要了，那么，一件作品的审美特性的决定性就会面临危险。

我们设想一件音乐作品为W，它有一种特定的演奏方式M，它具有一些十分具体的审美特性φ。然而，W的声响结构是由不同的演奏方式N生产出来的，这一结构总是会打动我们，要么作为一种全然非φ的特性而打动我们，要么与之前相比，或多或少是作为φ而打动我们的。因此，如果我们不把声响生产方式视为音乐作品不可分割的一部分，那么，我们最终也不能说W具有属性φ。所以，如果我们希望为那些决定性的审美属性保留一个宽广的范围，我们就必须将演奏方式看成音乐作品的重要成分。我现在为这一论点做出两个说明。①

（a）贝多芬的《槌子键琴奏鸣曲》（Hammerklavier Sonata）是一件崇高的（sublime）、粗犷的（craggy）、暴风骤雨式（heaven-storming）的音乐作品。在这整个音乐中，结尾乐章（以上升的和弦颤音为标志）确实是最为壮观（imposing）和最令人敬畏（awesome）的。然而，如果我们认为

① 相关案例例子参见 Walton，“Categories of Art”，*Philosophical Review*，LXVI，3（July 1970）：pp. 349 –50.

《槌子键琴奏鸣曲》的声响全然是从一大套器乐综合中产生，而不是只从88键金属钢琴或木质钢琴中产生，那么我们会感到，这一声响结构似乎就没有那么崇高的、那么粗犷和那么令人生畏了。《槌子键琴奏鸣曲》的审美特性部分地取决于其声响结构施加在钢琴声音能力（sonic capabilities）上的那种限制。如果我们没有在听它那随钢琴演奏产生出来的声响结构，那么我们就没有感受到这一限制，进而我们对审美评价的内容也就改变了。《槌子键琴奏鸣曲》的结尾乐章令人生畏，部分原因就在于，我们似乎听到，钢琴的接缝处几近爆裂，而键盘处于被弹坏掉的边缘。在一个十倍频的电声合成器中，这些乐章就不具有上述这些特性了，从审美上来说，用一种关于来源的知识聆听它们是一种不同的体验。我认为，这里得到的经验（lesson）适用于一切音乐作品（就典范性的作品而言）。如果不是那么激烈的话，那么某种程度上，它们的审美属性总是取决于人们认为它们所应具有的那些演奏因素。

（b）我们设想一件巴洛克小提琴协奏曲，就如巴赫的《D小调协奏曲》（巴赫作品目录1043）（Concerto in D minor，BWV1043）。在这样一件作品中，人们常常会发现一个乐句（A）被指配给一个小提琴，紧接着随之而来的是与之完全相同的一个乐句（B），它被指配给了另一个小提琴。那么现在，当一个人听到那些从两个小提琴中生发出的乐章时（即使在一个给定的演奏中，A和B之间在音色和乐句上也不存在可区分的差异），那么他就会获得从中传达出的一种问答式感觉、一种放松与从容不迫的感觉。但如果一个人想要把这些乐章作为从一个小提琴中生发出来的来聆听，那么那些特性也就不复存在了，取而代之的是，这些乐章将会呈现为一种更具强调性、更引人注目、更具重复性的演奏。

（4）现在，诸种审美属性对那些假定的或被人们理解的演奏因素的依赖这一点应该是很清楚了。艺术属性对这些因素的依赖甚至是更为明显的。（a）我们对帕格尼尼（Paganini）的《随想曲》（作品1，第17号）

（Caprice Opus 1，No. 17）进行一番思考。这件作品确实配得上“精湛的”（virtuostic）这一属性，它也确实获得了这一属性。但如果我们不把《随想曲》（作品 1，第 17 号）当成专为小提琴而写的，也就是从内在层面上说，不把它认作是一件小提琴作品（不仅仅是一件听起来如小提琴声响式的作品），那么那一属性就没什么价值了。因为，使用一些非小提琴的技术，通过电脑或者一些新颖的弦乐器演奏，来获得其声响结构也不会有什么特别的困难。（b）我们想象一件专为小提琴而写的作品，它将以这样的方式被演奏，也就是使得它的某些乐章听起来更像是长笛演奏的，而不像是由一把小提琴演奏的。这样一件作品确实会被当成奇特的（unusual），某种程度上，也会被当成新颖的。然而，一件作品被理解成是为小提琴而作，并偶尔也被理解成为长笛所作，那么它可能根本就没有什么奇特和新颖之处。重新获得了声响结构，但让实际的演奏方式无所凭附，这完全消解了艺术的一部分意味（artistic import）。（c）根据一位令人尊敬的批评家的说法，贝多芬表现在五重奏（作品 16）中的旨趣是解决钢琴和诸管乐器——它们从表面上看是一系列不兼容的乐器——之间的平衡这一问题，他以自己特殊的方式成功地解决了这一问题。① 认同这种评价并不困难，因此，“解决钢琴和诸管乐器之间的平衡问题”就是一种与贝多芬五重奏相符合的属性。但假如这一五重奏纯粹是一种声响结构，假如钢琴和诸管乐器严格说来根本就不是这一作品的一部分，那么我们就很难弄清楚为什么会有这样一种说法了。②

因此，任何对于音乐作品的描述必须满足的第三个条件是：将演奏方式包括在内。

（Per）音乐作品必须满足如下条件，特定的演奏方式或声响生产方式

① James Lyons，liner notes，phonograph record *Nonesuch* 71054.

② 人们充其量会说，五重奏对钢琴般的声响和木管乐器般的声响进行了令人满意的混合。

是音乐作品不可分割的一部分。

四

如果音乐作品并非全然是声响结构，那么它们是什么呢？音乐作品所属的那种类型必须能够被创作出来，必须能够被作品的语境赋予个性化，必须将演奏方式包括在内。第三个考量是最容易满足的，我们首先强调这一点。

我认为，一件音乐作品不仅应当包括一种声响结构，而且也涉及一种演奏方式的结构。如果一件作品的结构，大致上是那些按照质的层面来界定的诸种声响的一个序列，那么，演奏方式结构，就是那些专为在每一个乐点上发出声响的演奏方式的一个对应序列。因此，一件音乐作品至少由两种结构组成。它是声响结构与演奏方式结构的一种复合或联结。这种复合本身就是一种更为复杂的结构，简言之，可以将这种结构称为“S/PM”结构。① 贝多芬的五重奏（作品 16）就以这样一种 S/PM 结构为基础。与那些声音本身的性质和秩序相比，对将之等同为一件作品的同一性来说，这些声响所属的那些生产方式不再是可有可无的。这一点满足条件（Per）。

为了满足我们得出的第一个和第二个充分条件，我们必须认识到，一件音乐作品根本就不是一种纯粹结构，因而甚至也不单单是一个 S/PM 结构。一个 S/PM 结构并不比一个声响结构更加容易创造出来，或者加以语

---

① 有人可能会另外提到一种正确建构起来的单一结构，这种结构既能满足所必需的声响，也能满足所必需的生产方式。这会是一种演奏性的声响结构（a structure of performed sounds），它与纯粹声响相对。举例来说，这样一个演奏性的声响与下面的特例相对应：“在双簧管上演奏的音值为二分音符的中央 C 音。”显然，这既暗含了某个按照质的层面来界定声响，也暗含了它的生产方式。

我赞成声响/演奏方式（S/PM）表达式的主要原因在于它更加鲜明。它取代了声响结构观，保留了与声响结构观之间的一些连续性，它比演奏性的声响这一表达式更加清楚地展示出，尽管音乐作品不仅仅是一个声响结构，但它肯定包括一个声响结构。

境个性化处理。我认为，我们应该把一件音乐作品看作一个更为复杂的实体，也就是：

（MW）由 *t* 时代 X 指示出来的声响/演奏方式结构（S/PM Structure-as-indicated-by-X-at-t）。

在这样表达式中，X 是一个特定的人物——作曲家——t 是作曲的年代。因为在我们所关注的具有典范性的作品中，通常作曲家通过创造曲谱来指示（固定、决定、选择）出一个 S/PM 结构。他所谱写的那一件作品也就是一个 S/PM 结构，这个结构是由他在那种情形中指定的。

一个“由 *t* 时代 X 指示出来的声响/演奏方式结构”，与单纯一个 S/PM 结构不一样，它并不先于作曲活动而存在，因此它是可以被创造出来的。当一个作曲家 θ 谱写了一件音乐作品，他就指示了一个 S/PM 结构 ψ，但他并没有把 ψ 带入实存。不过，通过指定 ψ 这一行为，他确实把某种先前并不存在的东西——也就是 ψ-as-indicated-by-θ-at-t1（由 t1 时代 θ 指示出来的声响/演奏方式结构 ψ）——创造出来了。在 t1 时代的作曲行为之前，θ 和 ψ 之间并不存在任何关系。作曲活动建立起了 θ 和 ψ 之间指示关系。我认为，作为作曲行为的一个结果，世界上就包含了 ψ-as-indicated-by-θ-at-t1 这一新实体。我就把这样的实体称为指示性结构（indicatedstructures）。请允许我用“S/PM * x * t”这一形式来表示这一指示性结构。从本质上说，指示性结构源自纯粹结构，但指示性结构是不同于这些纯粹结构的实体，认识到这一点是十分重要的。因此，尤为重要的是，ψ * θ * t1 并不仅仅是一种具有了由 θ 在 t1 指示出来的那些偶然属性的结构——尽管 ψ * θ * t1 和 ψ 之间当然存在某种关系，但它们之间具有严格的不可等同性。ψ * θ * t1 与 ψ 不同，它可以通过 θ 的作曲活动而被创造出来，也确实是这样被创造出来的。因此，条件（Cre）得到了满足。

指示性结构也能够满足我们的第二个条件（Ind）。如果音乐作品被等同于我们所认同的那种结构，那么，有 ψ * θ * t1 和 α * φ * t2 这样的两件作品，当且仅当（i）$\psi=\alpha$，（ii）$\theta=\varphi$，（iii）$t1=t2$ 时，这两件作品才是可以被等同的。但如果音乐作品由不同的人创作，或者在不同的时代被创造，音乐作品就必然是不相同的话，那么，我们肯定会得出如下一点：谱写于不同的音乐历史语境中的作品是不同的，因为从一件作品到另一件作品之间的任何一点音乐历史语境的差异，都能够被追溯到作曲家的差异，或时代的差异，也或者这两者共同造成的一种差异。换言之，音乐历史语境（如在第二部分解释的那样）是时代和人物的一种功能。指定一个时代和人物，音乐历史语境也就被固定下来了。因此条件（Ind）得到了满足。这一点是通过我们的建议以及其他一些事物来得到满足的，我将在第五节中返回到这个问题上来。现在我要促使读者理解什么是一个指示性结构。

指示性结构是一种不同于纯粹结构的类别。我们可以将纯粹结构的类型叫作暗示性类型（implicittypes），将前者称为源发性类型（initiated-types）。暗示性类型包含了所有那些不相协调的纯粹抽象结构，比如几何图形、家族关系、字符串、象棋走法、把五个球放进三个箱子中的方法等。通过把它们称作暗示性类型，我意在说，当给定一个可能性的一般框架时，它们的实存也就被暗示性地赋予了。举例来说，当我们给定一个空间，那么在这个空间中就会存在一切可能的构型。当我们给定一副象棋，那么也就存在象棋走法（符合规则的）的所有可能的组合。纯粹声响结构显然是暗示性结构。当我们给定各种类型的声响时，那么我们一定也就立即将这些声响的所有可能样式和序列都付诸实存了。因为与一切纯粹结构相比，声响结构总是能够在它被注意到、被认识到、被提到或者被挑选出来这一点之前就实例化了。因此它的存在一定就预示了这一点。对于纯粹演奏方式结构来说也是如此。给定各种演奏方式（如乐器），那么这些方式所有可能的组合和序列也就存在了。这两者的复合，即一种声响/演奏方式结构因而当然也就是一个暗示性结构。

另一种类型是源发性类型，之所以被这样命名，是因为只有当它们是被一个有意图的某种人类行为赋予一个起点时，它们才开始存在。我认为，就像指示一样，我们可以按照那种依赖于一个纯粹结构来实行的操作，来建构所有这些有趣的事物。通常来说，这种指示受到生产所涉结构的一个范例（或者它的一个蓝图）的影响。在这样指示（或决定）这一结构时，这个范例或者蓝图就宣告了这种类型开始存在，这种类型是一种指示性结构，也就是由 *t* 时代 X 指示出来的声响/演奏方式结构（structure-as-indicated-by-x-at-t）。所有的指示性结构必然是源发性类型。

源发性类型包括诸如福特雷鸟（Ford Thunder bird）、一分林肯钢币（Lincoln penny）、刺猬（hedgehog）这样的类型。福特雷鸟不仅仅是纯金属、玻璃和塑料的结构。雷鸟所包含的纯粹结构至少从塑料发明（1870年）以来就早已存在。1900 年当然可以存在它的实例。但福特雷鸟是在1957 年创造出来的，因此，在 1900 年并不存在雷鸟的一个实例。福特雷鸟是一个源发性类型，它是一种玻璃/塑料结构，这种结构是由福特汽车公司在某年某月某日指示出来的。它是作为人类指示行为或决定行为的一个结果才开始存在的。该类型的实例并不仅仅是一种纯粹结构的实例——它们是一种指示性结构的实例。同样的，一分林肯钢币也不是一种纯粹结构，不单单是一种抽象图样，而是一种被指示出来的结构，是由美国政府命名发行的一种图样（a pattern-as-denominated-by-the-U. S. Government）。那些完全符合图样，但却在公元 100 年的罗马帝国就存在的对象，不会是一分林肯钢币的实例。甚至，人们理解刺猬的最好方式，也许并不是将之纯粹作为一种生物结构，而是将之理解为，在历史的某一特定点上，通过自然的陆生动物演化而被决定或固定下来的生物结构（a biological structure-as-determined-or-fixed by natural terrestrial evolution）。我们称之为“刺猬”的那种生物，拥有某些特定的结构，而有些生物在此前特定的时间就已进入实存，刺猬就与这些特定的生物处于确定的因果关系之中。刺猬的生物结构本可以在中生代（Mesozoicera）或者在天王星（Uranus）上就被实体化，但彼时或彼处并不存在我们今天所理解的刺猬的一个例子。音乐作品，就像我所认为的那样，也是指示性结构，因此它们并不是早就存在的类型，相反，它们必须被赋予起点。诗歌、戏剧、小说都是如此——每一种都不仅仅是包含在它们之中的那种纯粹言辞结构，而是更为个性化、在时间上受到限制的实体。

我们大概可以依照语言哲学中久已存在的语句和陈述之间的区别，来推出指示性结构与纯粹结构之间的区别。[1] 这些区别是以类似的方式被阐明的。人们认识到，陈述在某种程度上是为了回应实体的需要，在一些方面，陈述需要比句子经过更为精细的个性化处理，以便为不同场合出现的与某一特定句子相关的不同真理价值提供承载者。[2] 正是如此，指示性结构才会被看作回应了实体的要求，也就是要比纯粹结构经过更为精细的个性化处理，以便为各种不兼容的审美属性、艺术属性、文化属性、语言属性、基因属性提供一个承担者。我们承认，一个特定的句子，当我们在不同的语境中表述出来时，可以形成不同的陈述。同样地，我们认识到，当我们在不同的音乐历史背景指示一个给定的声响/演奏方式结构时，会产生出不同的指示性结构，或者音乐作品。[3]

五

我已提出，音乐作品应被等同为十分具体的指示性结构，在这种结构

① Warren Ingber 使这种类比引起了我的关注。

② 例子可见 J. L. Austin's "Truth", *Proceedings of the Aristotelian Society*, supp. Vol. XXIV (1950): 111 - 128.

③ 就阐明陈述的本质来说，这种类比甚至是可逆的。如果说音乐作品是 structure-as-indicated…，那么句子可能就是：sentence-as-uttered…。

中，不可将特定的人物和时代图式排除在外。我们回顾一下，为了满足可创造性和个性化处理的条件，我们提出了建议 MW。然而，正如我在那一点上注意到的那样，MW 合乎逻辑地满足了个性化处理的条件。大概这两个条件都可以无须借助那种十分具体的类型就能被满足吧？一个明显的解决办法就是认为，音乐作品是这样一种类型——

（MW'）在音乐历史语境 C 中指示出来的声响/演奏方式结构（S/PM structure-as-indicated-in-musico-historical-context-C）。

这样的结构既是可以被创造出来的，也是充分个性化了的。就像一个 MW 类型一样，这样一种类型是通过一个人在一个时代——特定时代的一个人处于特定的语境之中——对一种声响/演奏方式结构（S/PM structure）的一些实际指示而变为实存的。但是这种类型的同一性并不本然地与任何特殊类型本身的同一性联系在一起。因此，两位处于相同音乐历史语境中的作曲家同时但各自独立地决定了相同的声响/演奏方式结构，那么他们实际上创作了不同的 MW 类型，但他们创作的 MW'类型则是相同的。

既然这两种建议都满足了我们所有的考量，那么我们是否有理由偏爱这个或者另一个呢？我将讨论几种考量，其中一种支持 MW'，另外三种支持 MW。

（1）就 MW'这一建议而论，至少对一件将被某个人（而非实际上谱写了它的那个人）谱写的作品来说，这一建议在逻辑上是可能的。如果 A 是一件音乐作品的实际作曲家，（敏补：还有这样一个结构）ψ-as-indicated-in-C1（“在 C1 中指示出来的 ψ”），那么我们所需要想象的就是，某个人而非 A 处于音乐历史语境 C1 中，他是第一个指示出声响/演奏方式结构 ψ 的人。然而，就 MW 这一建议而论，一件作品将被它的实际作曲者之外的人谱写，这一建议在逻辑上就是不可能的了。根据 MW，贝多芬的五重奏（作品 16）可以是由其他人谱写的吗？比如，可能是胡梅尔（Hummel）谱写了这件作品吗？不可以。因为如果 ψ 是五重奏（作品 16）的声响/演奏方式结构，那么，胡梅尔所可能创造出来的一切就是 ψ-as-indicated-by-Hummel-in-1797，而不是 ψ-as-indicated-by-Beethoven-in-1797。[①] 我们必须承认，一种理论使得一件作品的作曲家成为该作品的一个重要因素，这样一种理论多少是有点反直觉的。

（2）不过，我们可以把这一结果颠倒过来。MW 这一建议赋予了作曲家一种逻辑保证，也就是说，他的作品就是他自己的作品，不会有任何其他人创作出或者能够创作出一件作品，并且这件作品可以等同于该作曲家的某一件作品。如果 A 的音乐作品是一种 MW 类型，那么，即使一个处于相同的音乐历史语境中的同辈作曲家决定了相同的声响/演奏方式结构，他谱写的也是一件不同的音乐作品。对我来说，从保护作曲活动的独特性这一观点上看，这似乎是一个值得期许的结果。不过，从抽象层面看，拿画家画一幅画和雕刻家雕刻一件作品来说，他们会被这样的问题——自己的作品是否与别人的作品有所不同（至少在数量上）——所困扰。与他们相比，作曲家的担心有过之无不及，作曲家更担心他的作品并不完全是他的作品，为什么会这样呢？为什么不采纳如下一种关于音乐作品（诗歌、小说、舞蹈等）的解释呢？这种解释尽管坚持把音乐作品看作抽象类型，但对他们来说，这种解释也可以通过艺术家来保证个性化处理。因此，看来考量（1）和考量（2）恰好就相互消解掉了。

（3）不过有一个更加坚定的理由，来确证建议 MW（作曲家 A 和 B 在相同的音乐历史语境中决定了相同的声响/演奏方式结构，但他们谱写的是不同的作品 W1 和 W2），这个理由就是，在作品谱写的那个时代 t 上，W1 和 W2 尽管看起来存在结构或者审美或者艺术方面的不同，但差不多可以肯定，艺术方面的差异是在 t 之后产生出来的。因此，如果我们不赞成

① 我当然认为，胡梅尔本就不可能是贝多芬。如果他可以是贝多芬，那么我认为，即使在 MW 情况下，胡梅尔也可能谱写出贝多芬的五重奏。

如下一种尴尬的说法，即两件音乐作品在它们被谱写的时候是一样的而在随后一个点上是不一样的，那么我们就有强烈的因由来采纳 MW。由于 A 和 B 完全不可能在同等程度上持续受到完全相同的影响，并且在 W1 和 W2 之后，A 和 B 的所有作品也不可能一直是相同的，因此，我们几乎可以说，W1 和 W2 一定会在艺术方面存在不同。如果 A 和 B 的艺术生涯确实在 t 之后展现出这些区别，那么 W1 和 W2 将会获得些许不同的艺术意味，因为 W1 通常会被人们认为违背了 A 的总体发展，W2 也会被认为违背了 B 的总体发展。W1 可能会是一件开创性的作品，而在此，W2 则可能会是一个错误的起点。也或者由于作曲家 A 比 B 变得更为人所熟知，因此 W1 就比 W2 更具影响力。如果 A 和 B 终其一生（或之后）并不是使自己停留在对其他作品进行艺术摹写的状态中，那么在任何一种情形中，A 和 B 之间在艺术属性上总会有一些区别，这些区别可能并非总是如此明显。因为作品创作之后的那些情形并没有包含在其进行创作的音乐历史语境之中，MW’没有解决前面提到的那种尴尬，而 MW 则完全阻止了这一问题的产生。①

（4）我们关于 MW 的最后一个考量包含了某些直觉，这些直觉与“什么算是对某件作品的演奏”相关。为了使一场演奏成为 W 的演奏，这场演奏就不仅必须适应和意图去适应 A 的作品 W 的声响/演奏方式结构，而且，在产生出来的声响事件和 A 的创造性活动之间也或多或少存在一些联系。

① 我要借机指出，尽管审美属性和艺术属性在本文中起了很大的作用，但我并没有坚持认为它们对音乐作品来说是必不可少的，我仅仅把它们看作与个性化处理音乐作品相关联，与其他一切属性也都是相关的。“这些属性是根本属性”这样一个论断在任何地方都不成为一个前提。这一论断仅仅假定，艺术/审美属性真正地属于作品，它们合理地对作品发挥了决定性作用。基于 MW，就音乐作品必不可少的那种东西来说，我们似乎有必要承认某种结构属性和起源属性（genetic attribution）：声响/演奏方式结构、作曲家、谱写日期。但艺术/审美属性并不显然就是必不可少的，也就是说，它们并非在其依寓的所有可能世界中都为一件作品所拥有。我们设想一个可能世界，在这个可能世界中，勋伯格在 1899 年决定了《升华之夜》的声响/演奏方式结构，而瓦格纳（Wagner）尚未出世。最终必然产生的作品可能仍然是《升华之夜》，尽管它的审美/艺术属性可能会稍有不同。

这种联系是一种意图性联系还是一种因果性联系，这基本上是一个难题，① 但我认为，只要不是在当下，我认为我们就不愿意说 A 的作品被演奏了。我们设想有两位作曲家斯特格拉伯（Sterngrab）和格罗滕斯坦（Grotesteen），他们以相同的声响/演奏方式结构谱写了五重奏。再设想，这两件作品甚至具有相同的音乐历史语境。现在，我们想象一下，阿洛西斯乐团（Aloysious Ensemble）是斯特格拉伯的好朋友，他们对斯特格拉伯的五重奏（作品 21）进行了首次演奏（这次演奏是错误的被引起的）（ill-attended）。显然，阿洛西斯乐团演奏的是斯特格拉伯的五重奏（作品 21）——但他们也演奏了格罗滕斯坦五重奏（作品 21）吗？我认为并没有。为什么？有如下几点原因：他们不知道格罗滕斯坦、他们没有使用格罗滕斯坦的曲谱、他们并不认为他们正在演奏的是格罗滕斯坦的作品——简言之，他们的演奏和作者格罗滕斯坦之间没有关联。格罗滕斯坦创作了他的五重奏（作品 21），与阿洛西斯乐团在上述情景中创造出来的声响事件没有任何关系。现在，如果斯特格拉伯的五重奏拥有格罗滕斯坦的五重奏所不曾有的演奏，或者反之，那么，根据莱布尼茨定律，我们再次得出，斯特格拉伯的五重奏与格罗滕斯坦的五重奏是不能够被等同的。依 MW’来看，斯特格拉伯和格罗滕斯坦谱写了相同的音乐作品。照 MW 来看，他们的作品是不同的。MW 与识别演奏的那种直觉相符合，这也成为我们赞成它的一个论点。

因此，我寄希望于那些关于由 MW 表示的音乐作品的论述。在下一节中，我将依据这一论述对演奏和抄本做出一些评论。

---

① 当这些考量起冲突时，就产生一种窘境，我并不想在此处理这一问题。举例说，我们设想阿洛西斯乐团实际上正在阅读格罗滕斯坦的曲谱的一个副本，而他们相信他们正在演奏斯特格拉伯的曲谱。那么，他们演奏了斯特格拉伯的五重奏吗？他们演奏了格罗滕斯坦的五重奏吗？抑或二者他们既演奏了斯特格拉伯的五重奏也演奏了格罗滕斯坦的五重奏？

六

（1）在我看来，我们必须将如下几点区分开来：（a）W 的诸种实例；（b）W 的声响结构的诸种实例；（c）W 的 S/PM 结构的诸种实例；（d）对W 的诸种演奏。音乐作品 W 的一个实例是一个声响事件，它完全符合 W 的声响/演奏方式结构，作曲家 A 创作 W 时存在一种指示性活动，音乐作品的实例也展现出与这一指示性活动的必要关联①。通常来说，W 的一个实例，要么直接地要么间接地，从一个曲谱经由 A 对 W 的创造行为而产生出来，演奏者可以从因果性层面来追踪（trace）这一曲谱，从意图性来讲，该曲谱也与演奏者连在一起。因此，W 的所有实例都是声响结构的实例，也是 W 的声响/演奏方式结构的实例——但反之则不然。

实例是一件作品的一系列演奏中的一个次类。音乐作品 W 的一次演奏是一个声响事件，这一事件意在对 W 实例化（instantiate）——也就是说，依照 A 对它的指示，来表达一种将 W 的声响/演奏方式结构例证化的想法②——在合理的层面来看，这一事件也是成功的。③ 因为如果没有意向的话，没有人可以将一部音乐作品——由 *t* 时代 X 指示的声响/演奏方式——实例化，因为对之进行实例化提出如下需求，即要求良心受到命令、记忆等类似事物的指导，人们认为这些事物源自存在于 *t* 时代的 A 的指示性行

① 在此我将假设，这种必要的关联如果不全是意图性的话，那也应该主要是意图性的。

② 因而是这样一种想法，即将一个“由 *t* 时代 X 指示的声响/演奏方式”进行例证化（to exemplify an S/PM-as-indicated-by-X-at-t）。

③ 对大多数作曲家来说，构成一种“合理的层面”并因而将糟糕的演奏或者边缘性的演奏与非演奏区分开来的那种东西，大概是以一个博识且敏感（informed and sensitive）听众的理解能力为标志的，大致说来，就是理解将要被呈现出来的是什么样的声响/演奏方式结构。以《槌子键琴奏鸣曲》（Hammerklavier Sonata）为例，我企图呈现它的结构，因为我几乎不会弹钢琴，所以，即使一个特别博识且敏感的听众从我的企图中也几乎领会不了《槌子键琴奏鸣曲》的任何东西，任何一个关于《槌子键琴奏鸣曲》的演奏都不会由我或者我这样的人手中呈现出来（更别说一个实例了）。

为之中，由此可见，W 的所有实例都是需要在 W 的演奏中被人们找到的。然而，并非所有对于 W 的演奏算作 W 的实例，如果一些演奏中的大部分想法并不是将声响/演奏方式例证化，那么这些演奏在很大程度上就失败了。因此这些演奏就不能算是 W 的实例，但它们是演奏——或者说是不正确的演奏。当然，严格说来它们是不正确的，但这绝不代表它们是糟糕的。不过，它们不是 W 的不正确的实例，对 W 的正确的演奏才是其实例，而非任何别的演奏。①

最后，请允许我指出，就我的理解来看，我们可以在音乐作品的演奏中，或者通过它们的演奏来聆听它们。大致说来，如果一位演奏者受到我们论题中所说的 X 对于声响/演奏方式结构的指示，那么当一个人听到这样一位演奏者生产出来的声响/演奏方式结构的实例时，这个人就会听到一个"由 *t* 时代 X 指示的声响/演奏方式"（an S/PM-as-indicated-by-X-at-t）。如果一个人十分确切地了解音乐作品，知道这是一种什么样的创造行为，那么，这个人实际上听的就是这件正在被生产出来的声响事件的指导性的来源。

（2）从我的观点来看一件音乐作品（就典范性的音乐作品来说），就会立马得出如下观点，即一件音乐作品的一个抄本（transcription）是一件不同的音乐作品，不论它是否涉及声响结构（正常情况下）的改变，也不管它是否只是涉及演奏方式结构的改变。正是根据这一观点，我对该问题作出了清楚的回答，人们经常认为，这只是一个可以任意回答的问题。如

① 因此，我反对 Wolterstorff 在我们前面引用的 Toward an Ontology of Artwork 一文里提出的建议，他认为，音乐作品是作为规范—类型而被建构的，也就是说，它们有正确的和不正确的实例、有适当的和不适当的实例、有标准的和有缺陷的实例。我认为，我们可以根据对实例和演奏的区分而对音乐作品的论说作出明确地阐释。进一步说，正如古德曼在《艺术的语言》（*Languages of Art*）（Indianapolis：Bobbs-Merrill，1968）中指出的那样，完全遵照曲谱来建构实例有助于保证从作品到实例以及从实例到作品的那种同一性。但同样，通过区分实例与演奏（古德曼没有这样做），我们可以让如下判断变得更加完美，即鲁宾斯坦（Rubinstein）对《肖邦第三叙事曲》（Chopin Ballade No. 3）的演奏有两处错误，他的演奏并不是这一作品的实例，我们当然愿意承认，它是对这一作品的演奏（也可能是一场很完美的演奏）。

果我们想让这些作品具有那些我们使其具有的有限的审美属性，那么我们就不能把乐器安排与这些作品分离开来加以考量。因此，为了支持关于原创作品的抄本具有独特性这一立场，我们就不能仅仅按照是否忠于作曲家意图中对乐器的安排这一原则。我们也应当受到一种更高等级的思量的限制，那就是要保护这些作品的审美完整性（aesthetic integrity）。

在结论部分，请让我强调一下，接受我所提出的这种音乐作品的理论将会带来的一些明显的结果。第一，作曲家将会获得最严格意义上的创作者的身份。第二，人们会看到，音乐作品必然是个人化的。第三，音乐作品可以成功地被看作一种具有历史根基的活动，人们必须根据其起点来理解这种活动的产物。第四，尽管单独看来，音乐作品的声响结构是可以理解的，但我们将看到，它并没有从结构层面详细论述（exhaust，穷尽）作品，因此，若要正确评价作品，那么我们就一定要把潜在的演奏方式纳入考量范围之内。①

杰拉德·列文森
马里兰大学

What a Musical Work Is?

Jerrold Levinson

Abstract The ontology of music is manifestly the focus of this paper which explicitly restricts itself to the ontology of the standard work of classical music. At issue is what is to be un-

① 作出如下观察是有价值的：如果我在本文中提出的这一立场是正确的，那么它就不仅对确定其他种类的艺术作品具有有趣的借鉴意义（我认为这一点是明显的），而且对于确定各种不同的抽象的文化对象来说也是如此——如科学理论、演讲、法律、游戏。举例来说，如果一种物理理论事实上是诸如灵敏、革命性、派生性、即刻接受等属性的拥有者，那么这种物理理论就不能仅仅是句子、命题或者等式的集合。因为人们也可以在50年之前或者之后，从另一种缺乏这些属性的理论中，发现这样一个关于句子、命题和等式的集合。

derstood as comprised in or as partly constituting such a work, apart from the sound structure that is its most salient feature. For instance, are any of these essential to the identity of such a work: its creator; its title; its time of composition; its aesthetic properties; the artistic intentions governing it; its context of origination; its specified instrumentation; its performing history; its critical reception? Underlined throughout is that the grasp of a musical work's ontological status and character is relevant to aesthetic appreciation of it, and that a work is misunderstood where such grasp is absent, distorted, or incomplete.

Key Words Ontology of Music; Pure Sound Structure; Create; Musico-historical Context; Performance Means; Indicated Structure

Author Jerrold Levinson (1948—), graduated from MIT in 1969 with a bachelor's degree in philosophy and chemistry and received the Ph. D. from the University of Michigan in 1974, and is currently the distinguished professor of philosophy at the University of Maryland. His main research areas include aesthetics, metaphysics, philosophy of music, philosophy of film, philosophy of spirit, theory of value, philosophy of humor and so on. His major publications are as follows: *Music, Art, and Metaphysics* (Cornell University Press, 1990, First Edition; Oxford University Press, 2011, Second Edition); *The Pleasures of Aesthetics* (Cornell University Press, 1996); *Music in the Moment* (Cornell University Press, 1998); *Contemplating Art* (Oxford University Press, 2006); *Musical Concerns* (Oxford University Press, 2015); *Aesthetic Pursuits* (Oxford University Press, 2016). He was vice president of the American Society for Aesthetics from 1999 to 2001 and president from 2001 to 2003.

Translator Chu Min (1991—), Ph. D. candidate, Center for Literary Theory and Aesthetics, Shandong University. His aeademit Tnterest is western aesthefive. His contact way is aesthetivs @ mail. sdu. edov. cn.

专题讨论

Seminar Topics

学术对话:论俯瞰

文字整理:凌晨光

对话者:A＝朱丽;B＝郭新钰;C＝冯明肖;D＝谷若涵;E＝黄长明;F＝詹艳杰;G＝安宝颖;H＝李丹丹;I＝刘希言;J＝郭鹏飞;K＝李弋文;L＝王晓丽;M＝王琰;N＝张沁慧;O＝贺晓婕;P＝王意;Q＝贾珊红。

这是一篇虚拟对话的文字记录,它源于研究生学位课“人文科学方法论”上同学们的作业,就一幅画(图1)写一篇论俯瞰的学期论文。在大家所交作业的基础上,经过拆散重组,整理出了这篇文字,内容及表达方式尽量保留原貌。为方便示意,不同的对话者以英文字母按出场顺序命名,然后将英文字母与同学名字对应标注。

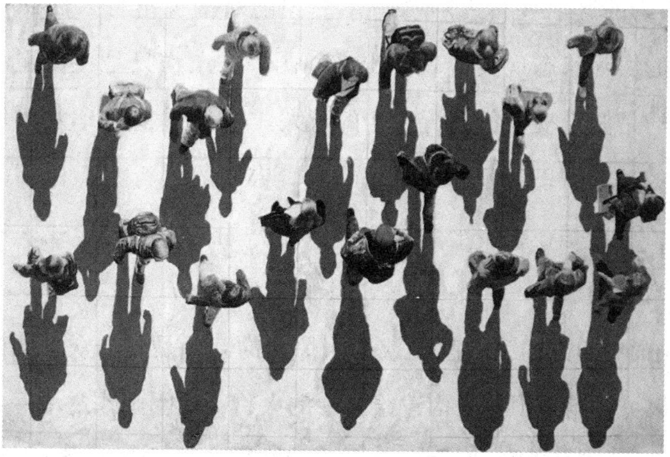

图1

A：这是美国现代画家吉姆·兹瓦德罗创作的《行人》（*Pedestrians*）系列画作中的一幅，它用巧妙的鸟瞰视角和基于摄影的二次创作，造就了独到的都市景观效果。在主题上，着眼于鸟瞰的视角、逼真的人物、抽象的都市空间、街道上行走这四个元素，将行人的运动表现成“发现的舞蹈”，对都市景观垂直性进行创造性的“地图化”平展压缩处理，在光影交织的抽象空间里，捕捉都市生活的逼真瞬间。画家用绘画的笔触，阐释了对都市人生的“平衡—失衡”状态的深沉反思。

我的以下介绍和分析主要基于画家本人自述、访谈和国外报刊的专文：《从高空俯瞰》（*From a Great Height*）。吉姆·兹瓦德罗［Jim Zwadlo，又名 James Zwadlo（詹姆斯·兹瓦德罗）］本人在艾森豪尔画廊中自述道，“我画作（《行人》*Pedestrians*）的主题，是那些在抽象的都市空间中逼真地表现出来的人，这些人就像是被一个想象的空中视角（鸟瞰）所看到。我把这一系列的画作命名为《行人》，来表明这个视角正是这幅画的要点；人们什么事情也没做，尤其是没做任何有趣的事儿，只是在街道上走着”。[①] 可以得出，吉姆的《行人》系列的主题，着眼点有四：鸟瞰的视角、逼真的人物、抽象的都市空间、街道上行走。

B：吉姆的这幅《行人》从一个想象的空中视角将人们在一个抽象的空间中的实际状态现实地表现出来，画中的人物只是在街上走，画面中所刻画的是俯视视角下人行道上的行人。与 19 世纪的印象派城市景观图在大楼的玻璃窗里看行人的视角不同，吉姆的《行人》用了垂直性的俯视视角，更像是在天桥上看行人，或者是用鸟瞰图的形式来进行艺术表达。

C：画面中给人的第一感觉或令人惊奇的部分是它与众不同的绘画视角。绘画以一种俯瞰视角来构建绘画中的人物，这幅画作之中一共有十九

① Jim Zwadlo，Artist’s Statement，http：//www. eisenhauergallery. com/artist/jim-zwadlo，2012.

个不知性别、不知前进方向的画面人物主体，人物或在行进过程中奔赴未知的方向目的地，或处于站立静止状态似乎在思考下一步的行为运动，而这种或行或止的画面人物状态也给予了人思考与反思人生问题的哲理引导。

和谐均衡的画面布局，使得俯瞰视角下的人物布局与排列安排清晰可见，同时这种上帝视角将人物主体间的间距感拉大，人物主体间模糊的性别定位与行为不确定性又使画面中的行为主体带有一种群体亲密性。这种既实际间离又陌生亲密的身体感知受俯瞰视角影响而被身体实际感受。

D：吉姆一生以俯瞰视角下的“Pedestrians”（行人）为主题创作了近千幅画作，穿梭在人行横道上的行人是他永恒的表现主旨。画作中所展现的五层重复性也使得主题表达更具力量。俯瞰视角模糊了其他信息，使行人这一主题更加鲜明。文化工业消磨了人与人之间的异质性，社会所依凭的每个人，都带上了社会的烙印：他们看似自由自在，实际上却是经济和社会机制的产品。吉姆的画作所蕴含的深意就在于此。他站在俯瞰的视角，用画作向我们展现出他所看到的一切：重复着的普遍性或普遍性的重复。

我们很难不去注意到吉姆画作中展现出的多层重复性。我将其概括为五个层面。

第一层面是画中人物的重复性，以“Crosswalkers 227”一图为例，画中展现人物之间有着各异的形态，可人物之间的相似性亦十分明显，各怀心事，步履匆忙，走在路上。我们无法得知他们的面容，却感觉画中人物熟悉又陌生。画中的场景就像每一个国家的每一个路口每天都会上演的情形，真实地再现了十字路口的川流不息、人来人往。

Crosswalkers 227

Pedestrians 542

Pedestrians 538

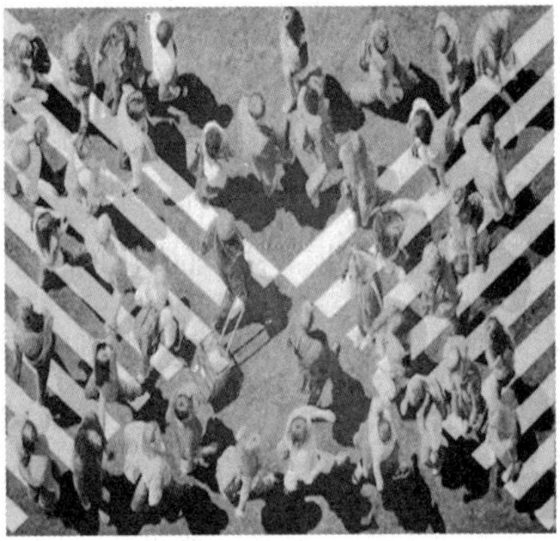

Pedestrians 437

第二个层面是 Jim Zwadlo 画作的重复性，在画家创作的数百幅作品中，画作的主题一成不变，行人复行人，命名也千篇一律，如“Crosswalkers 130”“Pedestrians 542”“Pedestrians 2014 - 71”等，不见画作，只闻其名，我们都可以想象到画作中所展现的内容。而作者的命名用意就在于此，这些人们并没有做任何值得注意之事，他们只是普普通通的行走在路上。就是在对日常普通赶路时的情形的描绘中，故事性包蕴其中。

第三个层面是画家创作的重复性，不仅有 Jim Zwadlo 对行人这一主题大加描绘，还有其他画家也对“俯瞰视角下的行人”这一主题钟情有加。如 Warren Keating 的行人系列。印象派一般的笔触下，人物装束虽不尽相同，却同样走在路上、脚步匆忙。

第四个层面是欣赏者欣赏的重复性。若是仅仅观赏其中的一幅画作，把这幅画作为唯一一幅展现“俯瞰视角下的行人”这一主题的画作来欣赏，和看过了数十幅甚至成百上千幅相同主题画作后的感受截然不同，在一幅接一幅的以行人为主题的画作的冲击下，画作静默无声，但是欣赏者却能在这重而复之的主题中感受到强烈的震撼，一幅幅相似画作中暗含的内容发人深省，让人忍不住去思索其中的深意。

第五个层面是日常生活的重复性。我们之所以能对“俯瞰视角下的行人”这一主题产生共鸣，就是因为我们对画面所展现的场景太过熟悉。生活在现代社会中，每一天，我们都各怀心事、神色匆忙地穿梭在大街小巷，画中的人物，仿若现实生活中的你我他，不管去往何方，都奔波在各自的人生路上，日复一日，年复一年，世世代代，无穷无尽。

“重复”一词在艺术中偏向贬义，仿佛重复的构思是作者江郎才尽、灵感枯竭的象征。但在现代艺术中，重复却具有别样的表现力。就像波普艺术大家——安迪沃霍尔的作品《玛丽莲·梦露》《200 个坎贝尔牌的汤罐头盒》《一百个可乐瓶》等。沃霍尔从日常生活中捕捉灵感，以丝网版印的方式在艺术作品中将主体图像多次重复排列，“装配流水线”一般的创作方式使得作品相同但又不同。艺术作品中意象的大量复制不仅仅创造了秩序感，还生成了意义。画作的意义在重复中展现，社会性重复又使意义凸显。艺术作品的外延得以延伸。

E：在俯瞰的大远景镜头下，个体则退居其次，它追求的是数量庞大和震撼力所引起的崇高感，体现出俯瞰视角下对个人主体性的忽视。而在这幅以俯瞰为视角的画作中，我们可以发现，人们行走的方向是不同的，但是由于光源只处于一侧，所以他们的影子都一致地朝向另一侧。我们可以说，在俯瞰的视角和光源的共同作用下，他们的影子被“同向化”了。更致命的是，他们的影子比他们自身看起来更加丰富多彩、姿态各异，或者说，更像一个“人”。平面的影子在俯瞰的视角下成为“主体”，而真正的主体消失了。

A：大家都谈到了画中的独特视角，一种俯瞰、鸟瞰式的空中视角。画家自己惯用的词是“aerial view”“from high above”。除此之外，在英文中，也可见“overhead view”“top-down perspective”“bird's-eye view”的相关表述。吉姆认为，“鸟瞰视角很吸引人，因为人们的形象似乎是从飞机上走出来，分担了观者的空间”。① 不过实际上，画家的观察点和摄影点，是一个有着特殊标准的高处，而非真正的万里高空上的飞机。“需位于距离街道地面约10—15英尺的地方，且必须对任何人都容易接近，所以我找了桥或商场外面的露台。”②

F：俯，是古时“頫”字的异体字。“頫”在《说文解字》中解释的本义是“低头也”。故“俯视”的基本含义是从上往下看，从高处往下看，

---

① Eisenhauer, Interviews: Passing By: An Interview with Artist James Zwadlo, http://www.eisenhauergallery.com/article/passing-interview-artist-james-zwadlo, 2012-09-13.

② Eisenhauer, Interviews: Passing By: An Interview with Artist James Zwadlo, http://www.eisenhauergallery.com/article/passing-interview-artist-james-zwadlo, 2012-09-13.

与“俯瞰”“鸟瞰”同义。因此，俯视的视觉化世界，狭义上，通常是指平面意义上的立体空间或广阔的全景式的图像；广义上，则是消极层面上人们观看世界的角度背后的信仰、对待自然万物的人生态度及文化现实所体现出的文化观念。

C：关于中文里“俯”和“瞰”的语义学问题，我想在F同学的基础上做一点补充。“俯”在中文字典中属于形声字，有两个意义。第一，人表意，其形像人，表示人把头低下。第二，府表声，府为官吏办公之地，人们见了官吏，常低下头表示敬意或畏惧，本意是向下低头。从这两种意思来看，具有不同层面的关注重点。一种是单纯视角的变换、视线的投射与转移仅涉及人的物理行动与行为方式，是视线直观的改变；后一种意思涉及主体的心理状况与精神活动，而这时的俯视动作是源于敬或畏，是一种被统治、被压制、被钳制的人生无力把握的身体感，这种社会群体成员间制定的必须遵守的身份、阶级、性别等差异等级秩序时，使“俯”这一行为本身带有了一种摆脱不掉的身体宿命感，但同时俯视的行为接受者也在这种行为肢体动作面前确认自身价值，并接受从外界而来的由直观感知到的身体在场所产生的统治感与主宰力量。“瞰”，从目，敢声，也属于形声字。《广雅释诂》中有：“瞰，视也。”《汉书·扬雄》有言：“瞰帝唐之嵩高兮，眽隆周之大宁。”《文选·班固·东都赋》也有：“瞰四裔而抗棱。”由此“瞰”在其中的意思为看，并未有视角的高低、俯仰之别。与“视”的意思一致。《楚辞·九章·悲回风》中“瞰”有从高的地方向下看，俯视的意思：“冯昆仑以瞰雾兮，隐岷山以清江。”明代徐宏祖《徐霞客游记·游黄山记》中有“下瞰峭壑阴森”，也是俯视之义。

G：刚才说到“瞰”有从高处向下看的意思，这让我想到了“登高”这个话题。“登高”在中国是一个延续已久的文化传统。春秋战国时期孔子发出“君子登高必赋，小子怨何”的感叹，还有“孔子登山而小鲁，登泰山而小天下”之说。荀子曰：“吾尝跂而望矣，不如登高之博见也。”可见那时登高而咏已是知识分子所向往推崇的习惯。而一直追随儒家传统的后世知识分子自然争相模仿这一行为，《汉书·艺文志》中记载“不歌而颂谓之赋，登高能赋，可以为大夫”。无数文人墨客在登高俯瞰时创作出抒怀之作，不断充实完善着这一传统，登高诗成为古典文学中的一个重要母题，杜甫、李白、辛弃疾、李煜等优秀的文学家都在登高俯瞰之时创作出闪烁着艺术之美和人性光辉的佳作，强化着中国人对登高俯瞰这一传统的归属感。登高俯瞰这一传统的延续，除了中国传统士人通过文学创作进行强化，还在于中国的建筑文化为古人提供了一个稳定的登临处所，保障了艺术创作的空间。通览中国古代的登高抒怀之作，发现登高俯瞰之处无非两种：一为大自然中景色优美、地位独特的高山；一为中国建筑中的高台塔楼。中国传统文化讲究“天人合一”，所以中国古人无论是身处视野广阔的高山之上，还是登临“结构和谐”的高台楼阁俯瞰远眺，很容易产生观照自身命运之感并通过诗歌创作进行抒发。当我们将视线转向西方，就会发现在中国历时悠久的“登高俯瞰”传统在西方古典文化中的缺失。在我看来，这是由于自古希腊以来欧洲的古典建筑一直体现神的崇拜，但凡高大的建筑物都被塑造成了彰显“神性”的空间。无论是柱式平顶的古希腊神庙，或是圆顶式的罗马教堂，还是尖顶式的中世纪教堂，虽然被建造得高大且个性突出，但始终与“神性”密不可分。古希腊的神庙具有神的灵魂与人的心灵，提供了一个人与神对话的场所。欧洲中世纪的尖顶教堂内部，神的灵光压倒了人性，一方面人在神面前显得渺小与软弱；另一方面，人又将自己的理想寄寓于神。虽然中世纪之后西方宗教“调和人与神的冲突”这一文化主题被淡化了，但教堂这一突出的建筑类型却在欧洲大地上被保留下来并获得了新的发展，强化着欧洲建筑的宗教性。欧洲建筑突出宗教神性的风格与中国突出世俗性的建筑完全不同。中国文化在儒、道、释的冲突调和中强化了儒家文化的核心地位。在中国建筑史上占据主要地位的宫殿“体现出精神意义上的‘人学’本色，是‘人本’而非‘神本’”[①]。而西方高大建筑内我们看到的是对神性极致的强化，米开朗基罗等优秀艺术家绘制在教堂穹顶的壁画需要人们以仰视这一谦恭的姿态进行观赏。因此可以说，“俯瞰”视角在西方古典艺术创作中是缺失的。进入19世纪，西方伴随工业革命而来的技术进步以及工业资本主义的发展使得建造高大建筑突破人类所处的高度成为可能。在我看来，1889年在法国巴黎落成的埃菲尔铁塔，不仅展示了工业革命技术革新带来的成果，而且给人的文化观念带来前所未有的震撼和冲击。罗兰·巴特（Roland Barthes）甚至认为，埃菲尔铁塔的科学用途在人文意义面前甚至是微不足道的，埃菲尔铁塔使人站在高处俯瞰，满足视觉的想象，这种重要的想象功能使人真正成为人。

1889年法国世博会期间铁塔共接待游客高达190万人次，这个巨大的钢铁景观突破了人们以往的视觉想象空间，刺激着人们的感官神经，吸引游客登塔俯瞰巴黎的风景，迅速成了“巴黎的象征、现代性的象征、交流的象征、科学的象征或十九世纪的象征”[②]。罗兰·巴特曾这样分析游客登塔俯瞰的心情：“为什么要参观埃菲尔铁塔呢？无疑是来参与一种梦幻：它更可以说是这种梦幻的聚成者，而不是本来的物件。铁塔不是通常的景物；进入铁塔，攀登铁塔，围着他草书似的身架跑动，从更基本同时也是更深刻的意义上讲，便是进入一种视野和发掘一种对象的内部，是把旅游的习俗变成目光与智力的探险。”[③] 经过以上论述，我们了解到埃菲尔铁塔这个在当时艺术家看来丑陋的怪物不仅对科学史的发展意义重大，而且在人类认识自我，探究人文意义的历程上功不可没。

E：我想简单区分一下“俯瞰”和“俯视”。个人认为，“俯瞰”和“鸟瞰”同义，是观察者脱离地面，飘浮在空中，以垂直的角度观看地面

---

① 王振复：《王振复自选集》，复旦大学出版社2015年版，第477页。
② ［法］罗兰·巴特：《罗兰·巴特随笔选》，怀宇译，百花文艺出版社2005年版，第332页。
③ ［法］罗兰·巴特：《罗兰·巴特随笔选》，怀宇译，百花文艺出版社2005年版，第336页。

上的景象，观察距离相对较远；而“俯视”是人站在高处（而不是飘浮在空中）看向低处，或者观察者本身具有身高上的优势，低头看比自己矮的人，所以俯视不是垂直向下看，而是斜向下。我们可以把俯瞰（鸟瞰）镜头看作是俯视镜头的极端表现。

俯瞰，根据距离的远近至少可以分为三种：(1) 近距离俯瞰少数人，如吉姆·兹瓦德罗的作品，能使人产生一种主宰感和控制欲，这种控制也是画家想要表现的；(2) 距离拉远些的俯瞰，可表现出宏大、壮观的景象，如电影俯瞰镜头下的两军对垒，能使观众产生崇高感，同时由于人数众多单个人的主体性被忽视了；(3) 当距离远到只能看到地形轮廓时，比如卫星地图，俯瞰最大程度地完成了对三维空间的“降维”，使世界“平面化”了。

F：E 同学对“俯瞰”和“俯视”的辨析很有意思，我倒觉得，就人的观看方式而言，俯视似乎比俯瞰涵盖面更广。俯视，是一种重要的视觉化世界的观看方式。视觉化世界，狭义上指视觉艺术，广义上指视觉文化现实。放眼古今中外，俯视在视觉化世界中的运用一直存在。俯视的视觉化世界，狭义上指变形了的平面化的立体空间或全景式图景，广义上指人们对世界的信仰、对自然的态度和对文化现实的观念的消极。为进一步认识俯视，我打算按照三个时间段的线索，来尝试探究不同时期俯视在狭义或广义的视觉化世界中的呈现与其背后相关联的文化观念和技术发展。首先，在早期文明时期，狭义的俯视的视觉化世界体现在古埃及的壁画和中国商周铜器的兽面纹，而人们广义上的观看方式并非俯视。其次，传统文化与前期现代文化时期，从中国传统山水画、军事地图、西方现代绘画中可看到俯视的狭义运用，透视法所引申出的视觉权力与监控管理、飞机摄影技术的广泛使用则可看作俯视的广义运用。最后，在后现代文化时期，狭义上，俯视的观看角度更加多样地被采用；广义上，由于网络和技术的空前发展，这一层面上的俯视含义逐渐以生态和社会危机的形式显露出来。

每个时代都有自己的视觉范式，特定的视觉再现方式总是源于特定的社会和文化。受原始社会文化影响的早期文明时期，不论东西方，由于生产力发展落后，人们对自然、神灵乃至部落图腾都是怀有敬畏之心和持仰视的态度。譬如，古埃及人所描绘的视觉现象，就是一个理想的永恒的意义世界，它们关心的是形象的完整，因为在神的世界，完整性是首要的和必需的。又如，处于古埃及文明到古希腊文明过渡阶段的基克拉泽斯文明时期，以大理石女性人物雕像闻名。这个人就都是脸朝着天，朝天看。而希腊语当中，人就是Ávθρωποι，它字面的意思就是向上看的物种。猫狗都是朝下看；只有人是朝上看，仰望星空的。Ávθρωποι 的这个词，后来就构成所有西方语言当中的人类学，也就是 anthropology，意思是研究向上看的物种的那个学问，就叫人类学。在文明发展的源头，人是唯一敬仰天神的物种，而到了以蓬勃发展的视觉文化为主导的后现代文化时代，随着手机等移动设备和媒体技术的迅速发展，人逐渐流行向下看。这一仰视到俯视的视觉化世界观看方式的变迁，也是值得深思的。

H：自古以来，人们对“俯瞰”视角的理解都离不开几种特殊经验，比如登高体验、飞翔体验和爬树体验等，这些似乎来自人类天性的行为在人类实践活动过程中逐渐为“俯瞰”概念附加上了某些独特的民族文化情感和特殊意识属性。

中国古代文人都有登高远望的情怀，似乎登高望远就能接通天际，获得一种对自然、宇宙的重新认识，严格来说，这与“俯瞰”视角所获得的广阔视野有关。登高望远，可以看到更辽阔的景色，观看者也可以象征性地望向不可望之处，比如家乡和恋人的居所，于是便会思虑万千。当人们看到壮阔山川时，就感到自己的渺小，当人们超越这种渺小复归积极的时候，又可以得到更加豪迈开阔的体验。所以，这种不断传承下来的登高情结中积蓄着传统文人的集体情感，从而使得海拔高度的差异逐渐过渡成心理高度上的差别，于是登高所带来的征服感与成就感等就不可避免地呈现在原本简单的“俯瞰”视角当中了。

“俯瞰”，就是从高处往低处看，正如之前所说，这一地理高度的不同常常隐喻心理高度的差异，加之“俯瞰”一词与神灵、帝王常常出现在同一话语情境中，因此在我们的使用习惯里便固定下来一些与“俯瞰”相关的特殊含义，比如绝对权威、权力压迫和高高在上等。其实平视、俯视与仰视本来只是视线角度的一点差别，但是在人们的使用过程当中，三种视角逐渐形成了独特的意识属性，开始发挥各自不同的独特作用。单就“俯瞰”视角而言，它在帝王权威和宗教神学的浸染下，占据着精神制高点，获得了一部分神灵力量和帝王权威，有了盛气凌人的情绪。另外，中国传统政治制度向来是等级森严的，而这种森严的等级观念，恰恰就是一种高对低的统治与征服。于是，植根于这些环境当中的“俯瞰”视角，不可避免地会携带权力意识的因子。

A：回到画家的创作本身，吉姆并非一开始就意识到这种鸟瞰视角的独到性。在此之前，他采用的仍是传统的透视法（perspective），但透视法的“近大远小”的法则，在空间的排布上，物体的大小受到距离的摆布，似乎带了一种不平等的枷锁。而就像很多创作者一样，吉姆是在某个瞬间，“灵光一闪”后获得某种启发。“某天，我和妻子苏望向窗外，那里有4条车道的车流、摊贩、蜂拥向地铁的人群，她说，‘你为什么不画一下呢?’我们直直地向下看去，那里的台阶上，挤满了要进入地铁的人。所以我自然而然地这么做了，尽管我花了很多年才找到方法技巧来表现出我‘看’它的方式。”[①] 对透视法隐含等级性的“反叛”，让吉姆“发现”了鸟瞰的视角，并且根据自身的情况加以改造。从吉姆出生的威斯康星州北部的奶牛场，到后来生活工作的纽约市，景观在视觉上从平整性到垂直性

① Eisenhauer, Interviews: Passing By: An Interview with Artist James Zwadlo, http: //www. eisenhauergallery. com/article/passing-interview-artist-james-zwadlo, 2012－09－13.

的变化，也让吉姆在绘画上进行了某种“回归性”的尝试。“对我而言，鸟瞰时，曼哈顿市的景观简直成为了一张它自己的地图。都市空间在视觉上平展成了一种‘发现’的绘画。作为一个土生土长的美国中西部人，我将我对中西部景观的平整感，转化为一种用来描绘都市景观垂直性的方法。”① 起先是通过窗户的俯瞰，后来是桥和露台，在不断的摸索中，吉姆找到了自己独特的观察点，用鸟瞰的“地图性”，将自己对都市景观的思考融入绘画中。“与隐含着‘近大远小’等级的传统透视相反，俯瞰下的每个人物在规模和空间上就像民主视野一样平等，但使得含有傲慢态度的‘向下看’相对于‘看’之间的含糊性被加强。”② 鸟瞰视角下，人物占据的空间是垂直于每一点的。这种空间“扁平化”的压缩，用极简的笔触描绘行人，以一种独特的方式强化了色彩，“是一种用来展示看待和存在于世界的方式的活生生的地图”③，巧妙地隐藏了都市环境，却达到了“从来没有人怀疑过这些绘画是都市的”效果。

在采用鸟瞰的视角时，还有个有趣的现象是，吉姆特别关注“阴影”和“细节”的刻画，以及对强化“色彩”和“层次感”的重视。吉姆曾经在专访中谈到，“对我而言，阴影是每一幅画形象中的重要组成部分。阴影将人物推向观者的空间，但空中透视的缩短压缩了色彩，却强化了它们。这就产生了一种紧张感和一种刺激的能量。当然，我喜欢画所有的小细节，手指、手表、眼镜，因为看起来很有趣。头发是一个很大的特征，由很多细小的线条来画”。④ 同时，阴影的展现，使得鸟瞰后的景象出现了

---

① Jim Zwadlo, Artist's Statement, http: //www. eisenhauergallery. com/artist/jim-zwadlo, 2012.

② Eisenhauer, Interviews: Passing By: An Interview with Artist James Zwadlo, http: //www. eisenhauergallery. com/article/passing-interview-artist-james-zwadlo, 2012 - 09 - 13.

③ Eisenhauer, Interviews: Passing By: An Interview with Artist James Zwadlo, http: //www. eisenhauergallery. com/article/passing-interview-artist-james-zwadlo, 2012 - 09 - 13.

④ Eisenhauer, Interviews: Passing By: An Interview with Artist James Zwadlo, http: //www. eisenhauergallery. com/article/passing-interview-artist-james-zwadlo, 2012 - 09 - 13.

两个投影效果——一个是俯瞰后的平展化人像效果；另一个便是影子暗含的高度展示，使得平展性的画面包罗了某种垂直性的提示。俯瞰起来一样大小的人像，似乎是失去了高度的展示，但影子恰恰可以表现出这种微妙的高度比较。

I：说到画面的光线与色彩，我想接着谈一谈。对于光与色的研究是印象派的主要任务，因为这两点与我们的视觉经验直接相关。波德莱尔说："现代性就是过渡、短暂、偶然，就是艺术的一半，另一半是永恒不变。"作为现代艺术的开山祖师，印象派正与其名一样，善于捕捉事物现实运动的一个个偶然却又真实的瞬间。而这个瞬间并非精心设计的"高潮前的顷刻"，而是目之所遇，心之所感。如此看来，表现即目之景的《行人》似乎深谙此道。但印象不同于写实，非确定性才符合我们的视觉特征，因而每一个行人才平添了一份模糊感。但与之相对的，光线与色彩反而被凸显了出来。画面上的光是流动的。光与影的变幻不仅通过强烈的明暗对比营造出立体的空间感，还使静止的画面具有了时间性。此外，大量斜长、纷杂的人影不仅丰富了画面，还营造了某种纷繁错乱的视觉效果。光明、美好，就如雷诺阿眼中的巴黎舞场。透过树叶间隙洒落下的阳光细碎、斑驳，使得画中之人也如这座城市那般鲜活明丽。最后，选择平直、均匀的自然光似乎还有某种象征意味。伦勃朗的《夜巡》通过光线的明暗层次，区分画面中的主次人物；霍珀的房间通过聚光灯的投射，展开画面的情节叙事。但到了《行人》这里，没有中心，没有主次，每一个人都公平地享受着阳光的普照，这是否也暗示着民主？是否也像无意义的行走那样消解了画面的叙事性？如果说民主之意有些过度阐释，那么由色彩体现的多元应该是毋庸置疑的。在这里，为了形成更强烈的视觉效果，画家选取的颜色大部分很鲜艳明丽。当人物作为符号性的存在不再追求清晰的轮廓，那么只有依靠各种色差，才能生动地表现出每一个独立、鲜活的生命个体。

J：那我就说说影子吧。影子在画面中占据了重要地位，这一方面加强了画面的真实感，符合画家对现实表现的追求；另一方面影子似乎代替了以往人本体在画面中的地位，在该系列的很多幅画中，人体是被压缩的，影子却是舒展的，我们无法直接从行人本身看出他们手的姿势，却可以从影子那里间接获取这一信息，影子成为行人存在的一个重要的参照。福柯在《规训与惩罚：监狱的诞生》一书中提到了边沁的全景敞视监狱，这种监狱的周围是一圈环形建筑，也就是囚室所在地，环形建筑的中心即圆心位置是一座高耸的瞭望塔，即监狱看守所在。环形建筑沿着其横切面，被分成了许多个囚室。每个囚室设计有两个窗户，一个正对着瞭望塔，一个对着监狱外面。这种监狱的独特之处在于，“通过逆光效果，人们可以从瞭望塔的光源恰好相反的角度，观察四周囚室里被囚禁者的小人影。这些囚室就像是许多小笼子、小舞台。在里面，每个演员都是茕茕孑立，各具特色并历历在目”。[①] 福柯称这种监狱推翻了剥夺光线与隐藏的牢狱原则，仅仅保留下了封闭的功能。对于囚犯而言，他们陷入了一种可见性与不可见性的并存状态中，即“他的房间被安排成正对着中心的瞭望塔，这就使他有一种向心的可见性。但是环形建筑被分割的囚室，则意味着一种横向的不可见性。正是这种不可见性成为一种秩序的保障”。[②] 想象的空中视角之下的人，同样身处在这种可见性与不可见性状态中。行人对于我们而言是可见的，我们像典狱长一样通过他们的影子来确认其存在，行人自始至终未处在观者的地位，我们对于行人毫无疑问是不可见的，甚至从某种意义来看，行人互相之间也是不可见的，他们在画面上被表现为一个集体，但他们不是因为共同的理想主张聚集在一起，而是因为现代都市生活的需要以及对社会秩序的遵守而走在同一条斑马线上，向着同一个方向抑或不

① ［法］福柯：《规训与惩罚：监狱的诞生》，刘北成、杨远婴译，生活·读书·新知三联书店1999年版，第224页。

② ［法］福柯：《规训与惩罚：监狱的诞生》，刘北成、杨远婴译，生活·读书·新知三联书店1999年版，第225页。

同的方向迈进，在画家对行人的随机排列中，我们看到的不是人群的混乱与集体的失控，而是一种可见的流动的秩序井然，而这来自人们对某种不可见的规则权力的自觉遵守。这是现代都市的日常景象，每一个行人都在向着自己的方向前行，任何的逗留与迟疑都会让自己显得与周围人格格不入，只能加快自己的步伐，找到一所建筑物作为自己的终点与避难所，我们遵循现代城市生活的快节奏。

K：当我们站在天桥之上向下望去，来来往往的行人、车辆以及植物、建筑等城市景观，直接铺展在我们面前。立体的、多面的事物，在俯瞰的视角之下，被压缩成一个个平面的画面。在我们尚且加入这些城市图画的时候，事物仍然以一种平等而交互的方式进入我们。我们平视着世界，看到每个人脸上的神情、每辆车的车牌号、商场玻璃展厅中琳琅满目的商品等可以称之为细节与构成的因素，以及事物间相区别的特征。我们不会把随机两个路人看成同一人，因为他们的长相完全不同——这是我们观察时双眼告诉自己的经验。然而，当我们回到天桥上，以俯瞰的视角观察同一段区域时，原先的经验就靠不住了：所有的人似乎都是相同的，轿车也分不出区别，这座喷泉与那座喷泉都呈现辐射式地喷水——雕在喷泉上的装饰被压入平面而不见了。那些我们用以判别的细节特征，由于视角的转变而消失，三维的世界在俯瞰视角之下成为二维的图画。

E：在吉姆·兹瓦德罗的画作当中，因为采取了俯瞰的视角，三维立体的人降成了二维，成了平面化的对象。虽然在平视或仰视的视角下，我们眼中看到的人及其他一切物体也呈现为一个平面，因为我们无法看到背面，但是俯瞰的视角下观察人类，这种“平面化”更加彻底。我们可以试想，如果把平视和俯瞰看到的人像都画成轮廓，在平视的轮廓里，我们依然可以看出那是一个“人”，但是在俯瞰的轮廓里，只是一个不规则的图形，我们很难把它和“人”联系起来。

L：俯视带来的图像最直接的是俯视图[①]（如图 2）。

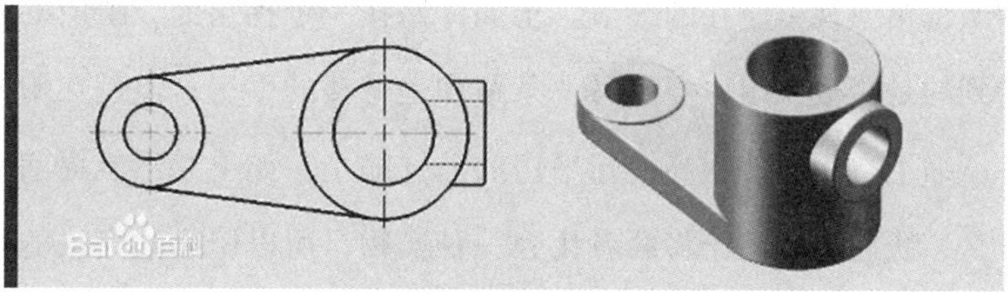

图 2

它带给我们是将三维空间的物品完全抽象成为二维的几何图形，这些几何图形乍看上去与三维空间的实物毫无相像之处，整个俯视图呈现出规则的几何图形，但是，假如认真观察，就会发现几何图形的每一处都和实物的某一处相符。而且如果有正面图和侧面图，我们将会很轻易地把实物复现出来。就如结构主义所倡导的，文本有自己的深层结构，俯视图将实物解体成为更小维度、更容易理解的二维几何图像，成为实物真正的透视图，如此说来，俯视图带有一种深层的结构，但是它并没有带来差异的取消，反而这种复制性的特征保持了实物区别于其他种类的特点。

但除复制性和简化为二维几何的俯视图外，在图像时代，更多俯瞰视角的图像虽然会压缩空间，并不会完全将三维的实物进行彻底的压缩使之成为几何图像，它只是缩小了实物之间的差异。俯视视角使我们从习惯于以“身处其中”式观察世界的方法中脱离出来，它带来的抽离式的观察方式，就像是天空中的一只眼，它使得图像上的每一个人在俯视视角下，都处于一种平等的地位。通常来讲，我们并不会像图 2 一般观察行人的行走，我们所参与的更多的是成为行人中的一员，眼中所观察到是自我周围熙熙攘攘、接踵而至的人以及周围所发生的一切，那将是另一种景象，绝非图

① 俯视图按照《现代汉语词典》严格的意义解释是：由物体上方向下做正投影得到的视图。也叫顶视图。在此，我们仅用这种含义，不考虑摄影和录像所得到的立体的俯视图。

2所呈现的一般，但是俯瞰视角下的行人，在规模和空间上的位置是平等的，俯瞰视角忽视了所在的细节。正如你站在一个拐角处，眼前的一条路上所看到的是高楼大厦，但是另一条路却是低矮的平房，但是在俯视的视角下，压缩了空间，使得高楼与平房的差异缩小，如果并不能提前知道实物是什么，我们更倾向于将两者化为一种实物，所以俯瞰抽离式的观察方式同时带来了视觉效果下的模糊性和不确定性。

K：让我们回到天桥之上。阳光普照大地，投射在每个事物上：人、车辆、建筑，都在支持其运动的大地上留下了影子。影子有时很长，有时很短，视太阳与被照者的角度而定。一般情况下，我们可以准确无误地分辨出事物的实体与其影子——两者根本不在一个平面上。但是，当我们以俯瞰的视角观察事物时，却难以如此自信：立体的世界在我们看来是平面的图画，事物的实体与阴影并存于同一平面，投射在我们眼中，造成了某种视觉错位。我们似乎分辨不清实体与阴影的界线在哪里——除了色彩与明暗的差别，但这种差别也许是某位画家刻意为之。我们还看到，有些影子格外的长而大，甚至盖过了实体在我们眼中的位置。

在后现代的世界里，我们也看到了这样的影子，尤其是当它以符号的身份出现在我们面前。各式各样的物品包围着社会，物资前所未有地丰富。在满足了生存之需求之后，物本身的光芒越发地黯淡，而其背后的影子越拉越长，以至于在与物自身的斗争中占据上风。这种现象正如鲍德里亚在《消费社会》中描述的那样，物的符号意义全然取代了实用意义，消费者在消费过程中，其目的需求“不是物，而是价值。需求的满足首先具有附着这些价值的意义”。[①] 也就是说，这种被制造出来的符号的象征性意义使得人们不再关注物品本身。在如今的资本主义消费过程中，物品通过华丽、刻意、无所不在的焦点突出性展示，包装在各种纷繁复杂的美学、

① ［法］鲍德里亚：《消费社会》，刘成富等译，南京大学出版社2014年版，第59页。

心理学技巧广告之中，在隐含兆示着品位、地位、权力等所谓的成功要素的诱惑之下，物背后的阴影渐渐统治与支配了人们深层心理结构的潜意识，符号制造了意义和象征，操纵着人们日常的消费。更为关键的是，如同阳光下一连串重叠的影子，这种阴影的支配已经成了一种商品之间环环相扣的锁链式的控制。

这种虚影弥漫在社会各处。随处可见的广告、新闻、故事、访谈等传媒方式，将每个人身后的虚影无限放大，建立起一种所谓的明星效应。当摄像机对准某个人的时候，我们所能看到的不过是对其人浮光掠影的一瞥和他背后巨大的影子：我们往往与他的时空与心理距离太过遥远，根本无从了解其真实情况，只有通过镜头的投射，被动地接受刻意构建与传递的某些信息，就像从天桥上俯瞰地面，人的真面目模糊不清，其身后的影子部引人注目。这影子如同明星所谓的"人设"，成为大众评价的核心标准。而这一标准，与消费社会的消费商品通过广告潜移默化地构建其背后的意义与价值一般，也是裹在一系列欺骗性的包装之中的。在机械复制时代，旧的光晕在艺术品的背后消散了，而新的阴影却取代了光晕的位置，并通过新媒介的放大与聚焦，深刻影响着人们的接受与承认。

A："令人熟悉的陌生人"、"逼真"与"匿名"，这些说法似乎有些矛盾，但这的确出现在了吉姆的《行人》系列中，并成为其刻画行人的一种标志性手法。这些行人，或是走在斑马线上，或是走向地铁或商场扶梯，或是走在街道上。"画中的行人都是'不露脸'的，好像他们可以是任何人和某个时间的每个人。然而，与此同时，他们的衣服、性别和发色都是独一无二的，给人以某种个性的感觉。"① 手指、手表、眼镜、头发等细节刻画得十分细腻，这种个性增加了真实感。而进一步来看，实际上，在创

① Eisenhauer, Interviews: Passing By: An Interview with Artist James Zwadlo, http: //www. eisenhauergallery. com/article/passing-interview-artist-james-zwadlo, 2012 - 09 - 13.

作过程中，人像的来源就是真实的影像，是吉姆去实地拍摄，捕捉下的行人的实时实地影像。在电脑上处理好影像后，再通过凝胶传输技术，将图像传输到画布上，再进行颜料上色和阴影处理。“在基础图层上用丽唯特公司的液体质地丙烯酸颜料，用金典公司的开放式丙烯酸颜料来完成人物的最终上色。我用哑光介质打薄颜料，然后在画作的第一个图层上涂抹相当厚，再逐步减少厚度，直到最后一个图层只在所有底层色上有轻微的触感。”[①] 这也是吉姆的创作风格，“从照片起步，开始把现实图像转换成绘画中的真实”。[②]

而匿名感的来源，则是因为鸟瞰视角的特殊性。“他们其实是有脸的，只是鸟瞰时很难看到。当你走在大街上时，你有没有想过别人眼中的你是什么样的？无法识别一个人，并不是真正的匿名。然后你可能会意识到，你看到的其他人可能在用同样的方式在思考你……在人群中，我们有很多迅速的无意识的互动和反应、改变的节奏和身体运动。我们可能会认为走在街道上只是一件普通的事，字面上是行人，但图案和运动使得它更加丰富和复杂，有点像一幅抽象画，就如米罗或康定斯基的画作。”[③] 因为这种匿名感，街道上的行人，不仅仅是独特的每个人，也代表着游荡在都市的我们每个人。

K：当我们以广阔的俯瞰视角观察一片区域时，自然而然地会将关注点从个人转向这一片社群。每个人都是这个集体中的一部分，人与人之间的关系是相对的，并且从未如此紧密过：一个人位置的改变取决于他者的运动。同时，人与支持其成立的大地之间也加深了联系——一般视角下凸显于大地之上的人在俯瞰之中成为大地的一部分，个人强力的奔跑、跳

① Jim Zwadlo，“From a Great Height”，*International Artist Magazine*，2013，p. 71.

② Jim Zwadlo，“From a Great Height”，*International Artist Magazine*，2013，p. 70.

③ Eisenhauer，Interviews：Passing By：An Interview with Artist James Zwadlo，http：//www. eisenhauergallery. com/article/passing-interview-artist-james-zwadlo，2012 - 09 - 13.

跃，群体的运动在大地的蕴含之中显得微不足道。现代社会几个世纪以来形成的个人主义精神，在后现代社会中逐渐消散。

D：据画家吉姆自述，画作的灵感来源于在纽约工作时，对如何定位自己的思索。从空中俯瞰，曼哈顿的风景化作一幅地图，城市空间变得平坦，宛若一幅被“发现”的画。画家用照片重建现实世界的图像，并把它们转化为画作。画家从成千上万张照片中构建出人群，每一个人物都像一个肖像，熟悉却籍籍无名。而画作的构成在随机中包蕴着模式，模式中又显现出随机。

不同于传统的近大远小的透视法构图，在俯瞰的视角下，芸芸众生在空间上都是平等且相近的。我们不再关注人物与人物之间的不同之处，而是为人物与人物之间的相似之处所吸引。画中人不再有不同的容貌形象，不再有不同的阶级职业，容颜被遮蔽，身份被淡化。共性在俯瞰视角下得以凸显：行人。

I：所谓登高望远，俯视下的视野更为开阔。若是能站在帝国大厦的顶端，那么纽约城的全景便可尽收眼底。此时何愁表现不出都市的恢宏壮丽，何愁找不到各类的人物风景。但是，心怀其“大”，也要眼观其“小”，把握全局也要注重细节。也许吉姆正是通此妙理，因而在俯视全览的同时也不忘将视线聚焦于一处——行人。而这样的艺术处理，使得我们不仅看见什么，更联想到看不见的什么。从整体把握局部，方能以有限观看无限。除此之外，“折高折远”并非取决于科学的透视原则，而是“外师造化，中得心源”，即以心灵之眼，拒绝照相式的机械复制。吉姆曾坦言，《行人》这组作品确实借助了摄影技术，但他坚定认为，摄影于他而言只是一种催化剂，照片只是绘画的工具，但它们不会出现在完整的绘画中。因而我们可以看到，《行人》中的每个人物虽是生动形象的，但并不像透视法那般刻意追求逼真。看不见的面孔模糊了人物的身份，写实的同时也强调了表意。这让人不禁会联想到美国照相现实主义代表画家查克·克洛斯，他笔下的人物纤毫毕现，但却因为过度写实缺乏生气而被人诟病（与图3对比之下，似乎不见面目的《行人》反而更有烟火气息，这也许便是整体与局部兼顾、写实与表意同存的“以大观小”之法的妙理吧）。

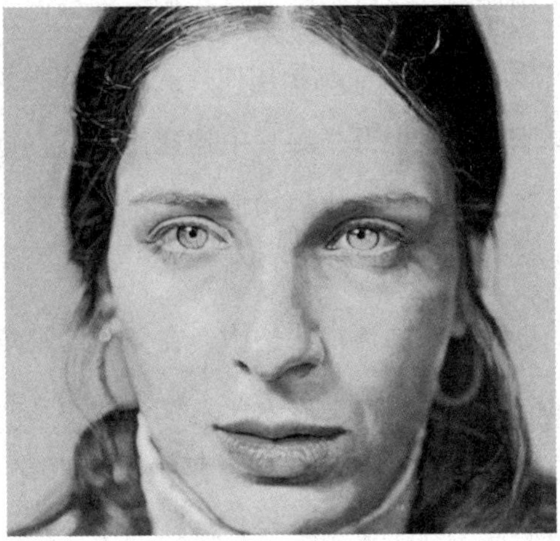

图3

A：鸟瞰压缩了空间，“图像的空间扁平化强化了画作的表层”，都市景观在吉姆的创作下，被压缩成了一张“地图”。需要区分的是，这里的“地图化”，并不是指地理区域的地图，而是每个人的地图。“每个人都呈现出像是被直接从上方看到的样子，所以画作直接呈现出一种不同空间视角。与所有事物都被聚合在观察者眼睛那个单一的点上的透视图不同，我展示着每一个人，就像他们有自己的视角一样。所有绘画空间将垂直性呈现为平面上每个点的表面。这实际上就像一张地图。不是像，这实际上就是一张地图，不过是一张每个人的地图，而不是一张地理区域的地图。我将真实的空间压缩到了一个抽象的空间里。”① 而这种抽象的都市空间里，其实画作上并没有直接绘制环境的存在，而是用一种巧妙的暗示手段。

① Jim Zwadlo, “From a Great Height”, *International Artist Magazine*, 2013, p. 71.

“鸟瞰视角，使得我们可以不用在画中直接描绘整个城市的基础设施，就能暗示出汽车、建筑、街道等环境的存在。”① 吉姆的《行人》系列中，“很多画都有条纹，这指的是街道上的标记：人行横道。对我而言，涂在真街道上的真条纹就是真正的画，‘被发现的绘画’。我对照片和绘画的看法比较死脑筋；它们本身都是真实的，我可以画一张照片，就像我可以画一幅画一样”。② 吉姆用鸟瞰视角发现的绘画，有些是有人行道的标识，有些是电动扶梯，有些甚至就只有行走的人和他们的影子。“这种方式（鸟瞰视角），将图像削减成要素，结果是只显示了人——行人；其他的一切，建筑物、汽车等等，都清楚地反映在一群行人的场景中。”③ 因此，即使只有行人的时候，却依然能辨识出这就是一幅都市景观的画。看似“不在场”却实际“在场”的都市环境，给人一种视觉和意会的头脑风暴。

“被发现的”抽象的都市空间，归功于鸟瞰视角。而吉姆对不同视角保持的好奇心和探索精神，其实并不止此。“我感兴趣的是，从鸟瞰视角看画，会让人很难决定用什么样的方式来挂一幅画，画的哪一面才是‘向上’的？可能有两种或两种以上同样可以接受的方法；那么哪个才是‘正确’的呢？这是很多抽象画存在的问题，这些抽象画可能会在杂志上配图，或者上下颠倒地挂在美术馆，但对于可识别图像的画作来说，这种情况是相当罕见的。后来我发现一幅画可以设计成正方形或菱形挂在墙上；把正方形旋转45°，看起来就是菱形。这里的发现是，一幅画如果是按典型的水平和垂直方法测量的话，可以有多个维度。”④ 抽象的都市空间，造

---

① Jim Zwadlo, Artist's Statement, http://www.eisenhauergallery.com/artist/jim-zwadlo, 2012.

② Eisenhauer, Interviews: Passing By: An Interview with Artist James Zwadlo, http://www.eisenhauergallery.com/article/passing-interview-artist-james-zwadlo, 2012-09-13.

③ Eisenhauer, Interviews: Passing By: An Interview with Artist James Zwadlo, http://www.eisenhauergallery.com/article/passing-interview-artist-james-zwadlo, 2012-09-13.

④ Eisenhauer, Interviews: Passing By: An Interview with Artist James Zwadlo, http://www.eisenhauergallery.com/article/passing-interview-artist-james-zwadlo, 2012-09-13.

成了一种“魔术方块”的境遇，“这些画在每一种构图上看起来都截然不同，但没有一种可能的构图是‘正确的’或者‘更好的’”。[①] 从鸟瞰视角到思考构图和“看画”的姿势，出现了很多创意火花。吉姆由此发现抽象画存在多个视角。而对吉姆来说，这些视角十分有趣，这也是他构思《行人》系列时采用鸟瞰视角的考量。

M：从画家的描述中，他向我们强调“景观垂直度”，那么在此可以将它理解为一种鸟瞰视角的突出，可以说在这幅画中俯瞰的视角是画家所探索的。画家作为特殊身份的观赏者，显然他的想法存在甚至先于这幅画的诞生，但是对于画廊中“普通”的欣赏者来说，他们所关注的未必就与画家所期待的一致。俯瞰视角的解读会是我们观赏这幅作品的第一反应吗？或者换一种提问方法，在“普通游客”中哪些人还是可能会第一眼观察到这种俯瞰视角呢？为什么呢？

我将这幅画拿给一些测试者观看，观看的结果出现了一个很有趣的现象。在七位业余且不受干扰（只是将这幅画摆在他们面前，而不加暗示）的受测者中，有六位受测者对这幅作品的反映并非是对俯瞰视角的关注，只有一位对俯瞰视角做出了第一反应。在这七位之中有三位的回答为：一群人在走路；两位的回答为：光线是从正北方而来；一位提出了质疑：为什么人是朝不同方向行走，影子却全部朝向一面；最后一位回答者说有一种俯视的感觉。

前六位观赏者，他们对这幅画的欣赏可以说停留在辨认的层面上，即去从画中寻找自己熟悉的内容，而这个熟悉的内容来源于所感的日常空间。在20世纪罗马尼亚漫画家索尔·斯坦伯格绘制的漫画中，一条线既可以是陆地与水面的分割线，也可以是晒衣绳，更可能成为俯瞰下一栋大楼的地基。而这一切成为可能的关键，就在于观赏者对画中一系列熟悉参照

① Eisenhauer, Interviews: Passing By: An Interview with Artist James Zwadlo, http://www.eisenhauergallery.com/article/passing-interview-artist-james-zwadlo, 2012-09-13.

物的辨认（见图4）。

图4

辨认作为人类与生俱来的本能，在鉴赏一幅画作的时候无疑是无意识下最迅速的反应。人们将自己生活空间中的熟悉物与画中的物比照，并赋予其含义。于是，在这里我们可以试着去理解一种现象：在一幅画中，它的内容越多就越具体，欣赏者就越容易辨认。例如，20世纪荷兰画家特奥·凡·杜斯伯格对于牛的构图。在现实中辨认出牛可以不费吹灰之力，在画中辨认牛，则是在辨认牛的某些特征。如果一幅画呈现的内容越少，可供联想发挥的空间也就越大，辨认的难度也就加强（见图5）。

图5　特奥·凡·杜斯伯格

在实验中从前六位观赏者那里我们看到在熟悉空间中辨认特征作为欣赏一幅画的本能，欣赏者有感于自己的生存空间，对一幅画中的内容自动匹配空间中习以为常的特征。这是对当下人类生存空间最直观的反应。可是，从一眼就看出俯瞰视角的观画者那里，仍然还是辨认特征在起第一作用吗？

一眼看出俯瞰视角的人是我的父亲，他是一名普通的银行职员，感知到俯瞰的原因恰恰在于他是一名恐高症患者。据他描述，他看这幅画的时间很短，因为一看到这幅画他就立马想起了站在高处俯视的经历，这种视角让他感觉不适。如果此时我们说辨认特征仍然为第一反应，似乎就有了矛盾。辨认的前提一定是对一幅画进行细致且长时间的观赏，对画中“物”的注视时间显然要长一些，但是由于恐惧心理的影响，一旦察觉引起观赏者知觉反映的某些特征后，他会立马做出判断并不会再对一幅画进行仔细辨认，这也就解释了为什么我的父亲对这幅画的观赏时间很短。

对于这种奇特的观赏反应显然第一眼让观赏者注意到的不是对熟悉空间的比照。辨认特征是很容易发生改变的，任何环节的改变都有可能造成误认。恐高作为一种心理反应，它所依靠的知觉是稳定的。如果把画作上的人换成车、高楼，恐高观赏者解读时依然会知觉到这种俯瞰视角。于是，我们可以发现时间的缩短使得辨认的内容模糊化，而画中某些结构性的特征凸显了出来。欣赏一幅画时辨认熟悉空间的特征物也就成为观赏的方式之一而绝不是唯一目的，一幅画也有自身的空间。

N：关于上帝视角：从远古到文艺复兴，人类的精神生活，是一张垂直于天地之间的巨大幕布，上帝纵深而下的目光与众生虔诚的仰望，两种目光的交接构成了其中纷繁的丝线。人类设计了一套套不可亵渎的仪式，编织起关于上帝的巨大幻像。

人类以为能够窥见一切秘密的上帝或天神，终于被拍案而起的尼采夺走了权势的法杖：上帝死了。这个无所不知的上帝，在向下的一瞥中，其实一无所知。他只能看见无数个形状不一的圆脑袋，却心安理得地享受神庙里虔诚的跪拜。

科学的上帝同化复杂多样的个性，它看不见个体收缩的毛孔，喷张的血管，俯瞰下的万物失去了自我的表征，他们只是一个个站在路口，机械着执行着红绿灯命令的圆脑袋，与不明晰的影子相依为命。

立体的人，在新的上帝的俯瞰中，凝缩成一个个色彩斑斓但却大同小异的黑点，就像卡夫卡小说中，那些被称为K、J的人物，没有姓名，只有字母表上的代称。倘若上帝愿意再仔细一点，它会看见他们的影子，但也只能依稀地从影子当中辨出它们的手势或肢体。放在耳间的手，谁说得清是在打电话，或是在整理被微风拂乱的发丝？

边沁曾设想出一种全景式监狱或敞观式监狱，其构造原理为：四周是一个环形建筑，中心是一座瞭望塔。瞭望塔有一圈大窗户，对着环形建筑。环形建筑被分为许多小囚室，每一个囚室中关着一个疯人或一个病人、一个罪犯、一个工人、一个学生。通过逆光效果，人们可以从瞭望塔与光源恰好相反的角度，观察四周囚室里被囚禁着的小人影。[①] 福柯将其阐释为"全景敞视主义"，这个环形建筑可以用在任何一个地方，学校、监狱或公司，在全景敞视建筑的环形边缘，人可以被观看，但不能观看；在中心瞭望塔，人能观看一切，但不会被看到。

全景敞视监狱建立在看与被看的对立中，现代社会就像是个巨型的全景式监狱，我们自认为的自由其实是制度、法律、意识形态监视下的"不自由"，权力化身为隐形的上帝，我们被观看却不自知。

福柯为我们揭橥一种更为暴力的俯瞰，在自然的上帝、理性的上帝中，人类尚且能明晰看与被看的主客体关系。然而全景敞视主义却找不到

---

① ［法］米歇尔·福柯：《规训与惩罚：监狱的诞生》，刘北成、杨远婴译，生活·读书·新知三联书店1999年版，第224页。

向上与向下的视线的交接之处，尽管它发生于光线充足的空间中。在全景敞视主义中，俯瞰成为一种看不见的视觉运动，不仅被看着看不见观看者，瞭望塔上的观看者似乎看见了囚室里所有的一切，然而实际上这种观看是机械地观看，不是人体视觉中呈现的画像，而是机器运作下的观看。

自然的俯瞰、理性的俯瞰、现代社会制度的俯瞰同属俯瞰的一极，在这一极中，俯瞰试图用无所不包的上帝视角将世界纳入自己的视觉版图中。这些上帝看似无所不知，实则一无所知。在这种俯瞰视角下，人成为没有具体形态的大写的人——被赶进宗教谎言中，成为教皇谋取权势与利益的工具，或被理性和科学缩写为没有血肉的公式，或被体制麻痹了的穿着统一囚服的现代囚犯。在俯瞰的专制下，观看者似乎占据着统治地位，但他们无法在有血有肉的个体中体悟精神与自由的丰富。

G：空间是思维理解世界的透镜。法国哲学家米歇尔·福柯（Michel Foucault）对空间在社会中的功能和运作方式进行过深入的探讨。他借用英国哲学家杰里米·边沁（Jeremy Bentham）的“圆形监狱”概念揭示权力控制的关系，这种监狱“四周是一个环形建筑，中心是一座瞭望塔，瞭望塔有一圈大窗户，对着环形建筑。环形建筑被分为许多小囚室，每个囚室都贯穿建筑物的横切面……通过逆光效果，人们可以从瞭望塔与光源恰好相反的角度，观察四周囚室里被囚禁者的小人影”。我们会发现这种监视也是一种“俯瞰”的姿态，以自上而下的目光透视被监视者的每一个细节。这使人想到电影《楚门的世界》的主人公楚门与其有许多相似之处。楚门一出生就被导演选中参加真人秀的节目拍摄，他的日常生活被上千个摄像机环绕着，出现在他生命中的人也都是演员。楚门在和“初恋”被迫分开后一直想离开自己居住的地方，但每一次出逃都遭到了离奇的阻挠。最后楚门发现自己其实是一个全天真人秀直播节目的主人公，过去几十年的生活他都处在全球观众的观看之下。而节目的导演 Christof 则一直如上帝一般站在楚门生活的世界的高处，俯瞰和操纵了他的人生。最后，楚门依靠决心和勇气走出了摄影棚，感动了所有的观众。事实上，所谓的“俯瞰”不仅是一种站在空间的高处向下察看的姿态；更是掌握权力的人站在可以观看全局的位置窥探被俯瞰者，其实质就是监视。我们在电影中看到的“楚门”以一种环形的结构被俯瞰着：影片中的导演；观看真人秀的观众；电影《楚门的世界》的导演；观看电影的观众。影片播出后引起观众的巨大共鸣，就是因为观众发现每个人都如我们看到的在荧幕上看到的楚门的视觉形象，被社会赋予了不同标签，我们的每一层社会身份都被不同的人俯瞰着，如家庭中我们被长辈俯瞰，在学校中被老师俯瞰，在工作中被上司俯瞰，如美国学者乔治·瑞泽尔描述的，我们在这种生存状态下被分配、分类，在空间上被固定，在这种复杂的交融中俯瞰者“训练他们的身体，对他们的连续行为进行编码，把他们保持在理想的能见度中，用监视机制包围他们，将他们登机注册，在他们之中建构一套累积、集中化的知识”。[①] 观众观看楚门时会发现，其实每个人生活中都处在被俯瞰的空间内，每个人都是“楚门”。

O：福柯谈到国家管治的基本原则是全景敞视主义，类似于英国思想家边沁所言的“全景式监狱”，受监视者被全方位连续不断地彻底监视且看不到监视者，监视者监视一切而不被受监视者察觉。当今社会几乎完全沉浸在全景敞视中，医院、学校、监狱，一切被称为意识形态国家机器的机构都在时刻监察着民众，监视的举动在维持权力有效、稳定地运转的同时增强了权力的约束力和权威性，使得权力在法律之下运作一种既宏大又细密的机制，国家治理依赖于监察机制的施行，然而在悬于上空的监视之下，民众的个体性和人格走向了同一化，用福柯的话说，“这种使个人限于权力境遇而控制个人的训诫权力机制，一方面对个人作癫狂/健全、有害/无害、反常/正常这样的二元划分；另一方面又对贴上不同标签的个人

① ［美］乔治·瑞泽尔：《后现代社会理论》，谢立中译，华夏出版社2003年版，第79页。

做强制安排、有区别的对待”，在全景式的监控下，权力的扩散伴随着个体色彩被削减，因此监察的适度性问题引发热议。

电影《楚门的世界》导演创造着楚门的记忆，他的过去、现在、未来都按照规定好的脚本演进，这个被操纵的，每周7天且每天24小时持续直播的楚门的世界是拟真的真实，也就是鲍德里亚所说的超真实，这个超真实的世界令人细思极恐。当下的社会是否也像楚门的世界一样被俯视者时时刻刻观看呢?

当人们意识到自己被某种无法克服和无法逃避的目光俯视时，他们之于自身完全沦为了一种缺乏内在灵魂力量的形象。于是大多数民众沦为他者，按照观看者的喜好“演绎人生”，失去了自己的真情实感，个性的同一化亟待呼唤独立性的回归，这种独立性定义着人的存在方式。海德格尔借助荷尔德林的诗句，畅言“诗意地栖居在大地上”，倘若连“诗意”都千人一面，那么人存在的意义到底是什么？帕斯卡尔说人是一根有思想的芦苇，有思想并运用这种思想走出被看的虚假困境，进而自己创造、自己选择时人得以存在。若步履匆匆的行人在某一瞬间，醍醐灌顶般抬头，发现了俯视的眼睛后大步逃离视域范围，此时的被看者树立了一种他者的思维，被看者通过可逆的看来看那个看者，从而使自身摆脱被奴役的地位，便不会将自身与周围的人同化，进而寻找属于自己存在的意义，打开楚门的世界的大门。

E：控制欲（desire for control）是指一种个人对自我、他人或某件事加以控制的心理动机。每个人都会有这类动机，但如果控制欲太强，就会成为一种心理疾病。杰里·M. 伯格（Jerry M. Burger）在《控制欲：人格、社会和临床的角度》（*Desire for Control*：*Personality*，*Social*，*and Clinical Perspectives*）一书中按这种动机的强弱将人分为高控制欲和低控制欲人群。“控制欲被定义为人们通常认为自己能够控制生活中事件的程度。我认为控制欲是一种人格特征。就像其他的特质变量一样，我们每个人都可以被放置在一个连续统一体的某个地方，从极低控制欲的人到极高控制欲的人。”① 俯瞰是一种上帝视角，这种神一般的高高在上的视角，能够很好地满足人们内心的主宰感和控制欲。还是以电影中的俯瞰镜头为例，不同于上文分析的宏大的场景，俯瞰镜头的另一种呈现方式，是近距离俯瞰少数几个角色。与被观察者保持较远的距离，俯瞰千军万马能使人产生崇高感，而聚焦于个人，近距离俯瞰两三个人物在同一画面中的行为，则能够让观众产生主宰感，满足人们的控制欲。俯瞰作为全知的上帝视角，观众仿佛悬浮在角色上方，而画面中的人物都是提线木偶，他们在荧幕上表演一出傀儡戏。提线木偶又称“悬丝傀儡”，是一种在“表演时艺人通过提拉丝线来控制木偶做出各种演出动作”的传统戏曲表演形式，它与皮影戏类似，但又有所不同。皮影戏在表演时，表演者或者要将皮影举过头顶，将它们贴在白色幕布上，或者与皮影处于同一水平线上。也就是说，皮影戏的表演者是以一种仰望或平视的姿态来操纵道具的；而在表演提线木偶时，表演者是低头俯视的。一个是“举”，一个是“提”。提线木偶的这种自上而下俯视的表演形态更能给表演者带来更强的操纵感和控制感。在电影当中，俯瞰的镜头下，观众就像是漂浮在角色上空的一个提线木偶的操纵者，一个无所不知的上帝。

A：对于绘画来说，视觉上的感知则是最主要的感官。对于吉姆而言，则是两种感官：视觉上的“看”和心灵上的“理解”②。这种感触，则是吉姆在成长过程中，对自然与艺术的逐渐领悟而得到，在自然风景与都市景观的绘画探索中而摸索出来。“我在农场里长大，周围环绕着森林、田

① Jerry M. Burger, *Desire for Control: Personality, Social, and Clinical Perspectives*, New York: Plenum Press, 1992, pp. 6 – 7.（原文：Desire for control is defined as the extent to which people generally are motivated to see themselves in control of the events in their lives. I conceive of desire for control as a personality trait. Like other trait variables, each of us can be placed somewhere along a continuum ranging from those with an extremely low desire for control to those with an extremely high desire for control.）

② Jim Zwadlo, “From a Great Height”, *International Artist Magazine*, June/July, 2013, p. 71.

野、成群的动物、琥珀：这正是我接触艺术的前奏，是华兹华斯笔下的天堂。我沉浸在现实——自然的实境中，在其间，人们将艺术理解为一种关于图像和主体的存在。他们在看一幅画的时候，总是问，‘这是什么?’……在大学里，我开始看到真正的绘画，而不仅仅是杂志上的照片，这真的很有效。这是一种觉醒，让我看到了来自心灵的图像，而不仅仅是源于自然。”①“我遇到过很多人，他们能坦然接受直接来自内心的想法，而不需要与自然有明显的联系。我花了一段时间来适应这种态度，并且找到既承认又挑战这种态度的绘画方法。几年来，我画的都市景观和自然风景交替出现；这个想法，是把自然和都市这两种彼此对立的观点并置放在一起。”② 通过鸟瞰视角，巧妙地解决了都市景观的单独绘制。行人的“体验性”与“感知”的抽象感，被形象地绘制出来。人像与阴影的配合，图像压缩后强化的色彩、凸显的紧张感和刺激的能量，对行人在都市景观的存在方式与定位做了一种独特的解读。

C：以往受平视观察角度所限，而“被遮蔽”无法观察到的事物的顶部位置通过俯视视角的转换达到了一定程度上的“去蔽”。俯视使得以往被忽视的存在者与周围环境之间互动产生的身体感知与身体经验重新被刺激调动，平面感的身体意识因为熟悉而变得反应机械化，相对陌生化俯视视角介入使以往疲惫、麻木的身体感知能力重新调动活跃，同时身体接收新的审美视角带来的身体体验，并积极参与到周围环境的互动呼应中发挥身体感知在不同视域中的融合互洽，同时某些三维立体的场域单一造型设计在俯瞰视角统摄下可能会变得只可见二维平面图形，这也使得身体能够摆脱日常审美惯性，重新参与新的审美视域的建构。

---

① Eisenhauer, Interviews: Passing By: An Interview with Artist James Zwadlo, http://www.eisenhauergallery.com/article/passing-interview-artist-james-zwadlo, 2012-09-13.

② Eisenhauer, Interviews: Passing By: An Interview with Artist James Zwadlo, http://www.eisenhauergallery.com/article/passing-interview-artist-james-zwadlo, 2012-09-13.

O：绘画或摄影中的俯视在全知全能这一方面便相形见绌，居高临下的俯视主体将三维空间中的立体事物平面化，视野仅局限在事物的上方，而其内部、底部、侧方则成了视觉盲区。以倒放的三角锥为例，若俯视它，只能看到一个圆形，俯视者对被圆形所遮蔽的锥体部分一无所知，俯视者甚至会盲目地以为自己看到了一个球体或圆柱体。荷尔拜因的《两位使节》前景的右侧出现了一个怪异而扭曲的物体，如果从画面的右上方某个更高的角度看，可以发现这是一个颅骨，但当颅骨的幻象可以从画面右方看到时，使节的形象就变得扭曲而无法把握。拉康认为这种矛盾揭示出主体视觉领域里的盲点，以及企图彻底把握全部视域的徒劳（见图6）。

图6

美国现代画家 Jim Zwadlo 在介绍绘画作品 *Pedestrians* 时指出从上往下看，人们在规模和占有的空间上都是相同的，可“俯视”所带有的傲慢意味和“看”之间的对抗为其增加了模棱两可的含义。画家在绘画时展现出了每个人独特的、详细的特征，如黄色的风衣、蓝色的牛仔，绿色的 T 恤衫等，但每个人看上去又是那么熟悉和平凡。行人的个性被掩盖，“傲慢的俯视视角”将城市的空间压缩为平面，个性化的三维空间以平面化样式呈现，独特性被压缩为同一性。俯视者自以为拥有了洞察一切的能力，将城市的人群尽收眼底，但每个行人的面部表情是否能被觉察到？穿桃红色衬衫的女性此刻是开心还是难过呢？答案自然是否定的。观看视角的改变只能带来一时的满足感，把一切尽收眼底之后，万物统一为一个模式带给俯视者的是疲倦感，若俯视者未曾察觉到这种疲倦感，他只能被自负的荣耀感裹挟，自以为掌握一切的俯视者实际并非全知全能。

P：俯视视角最显著特点在于观者与被观者之间的高度差异。具体而言，在俯视关系中，主体会获得“陌生化”的视觉体验，而对象则往往感受到心理压迫感。高度优势带来视觉便利和心理优越感都体现出视角的不对等性。这种不对等性可以具体分为疏离的俯视、悲悯的俯视和窥探的俯视。上帝以高空俯瞰的基督教教义隐喻，表达对人类整体性悲剧的洞察与悲悯。俯视主体的隐蔽性带来窥探的便利，在监视的可能性下获取对对象的控制权力。现代社会的个体实则处于被科技俯视的圆形监狱中。此类俯视皆来源于他者，主体处于被他者俯视的境地中反省这一俯视关系，因而与外界的关系是割裂的。

相较于日常的平视视野，俯视具有强烈的二分性，主体的俯视往往与对象的仰视相伴随。俯视对象也即仰视主体。视觉主体依靠高度优势与被俯视者遥遥相对，隔着一定的垂直距离和偏移角度，平视下的互动平等性被遮蔽了。俯视时的视线比例被改变，对象被推向画面的背景处，与远景的差异变小。高空俯拍镜头下，城市田间、高楼大厦无不瞬间缩小。视觉的不对等带来心理上的不平等，俯视视线如光源散射般的笼罩，具有不可逃脱的压迫感。对象则怀有对超越自身的强大力量的崇拜或恐惧。

与之相对，中国古典绘画是一种想象式的俯视，建立在神游基础上的观审方式。不同于传统西方绘画的定点透视法，中国古典绘画的透视有着“散”和“动”的特点，而这正与上文所述的游观方式相契合。神游是贯穿整个艺术过程的，不论是创作前的观赏行为，还是创作中的对审美意象的取舍加工，以及艺术作品留给欣赏者的想象空间。无不是建立在视觉经验的基础上，意识熔铸记忆、联系与想象，在大千世界穿梭游离，综合成新的审美意象。所形成的画面也并非以画面中心为固定焦点，而是将各个方位角度乃至不同时空统一融合。“以大观小，小中见大”的俯视角度收放自如，使得画面空间更为丰富。“古典山水画家，神游而后顿悟，想象为鸟瞰式观照，将‘山水大物’想象为假山盆景，将自然想象为整体地推为远景，减弱近大远小，减弱体积。将近大远小的自然空间关系转换为山水画艺术图式中自下而上的层次空间关系。”

B：刚才你所说的“在大千世界穿梭游离”的神游状态是中国古典艺术推崇的一种理想精神状态，而这也引发了我对一种行为方式的联想。那就是法国诗人波德莱尔塑造的“浪荡子”典型形象，“浪荡子”拥有富裕的家庭环境和充裕的闲暇时间，拥有对世界的好奇心。“浪荡子”通过与日常生活保持一定距离的方式来观察现代社会，他们整日漫步在街头，用自己的目光记录城市里转瞬即逝的瞬间和流动不息的人群，这幅画的垂直俯视视角就像观察者在人行天桥上向下看人行道上的行人一样，能出现在这个时空点的观察主体与“浪荡子”无所事事又对世界充满好奇的身份十分符合。他们游离在人群之外，对世界保持着高高在上的疏离和藐视，用一种飞翔于高空俯瞰众生的视角拉开了与日常生活的距离，或许用这种方式更能让我们用审视的目光来对抗日常生活的自动化。爱德华·布洛的心理距离说很好地解释了这个现象，创造和欣赏美的基本原则是与对象保持适当的心理距离，当我们仅仅融入人群变成行人中的一个的时候，因为距离太近，我们会忽视其作为艺术审美对象的可能，只有跳脱出这个人群，在一个距离较远的抽象视角去重新审视，我们才能作为欣赏者去进行审美体验。俄国形式主义文论家什克洛夫斯基运用“陌生化”的理论来解释文学艺术创作中陌生化手法带给读者的新奇体验，这种垂直性的俯视视角也是一种陌生化的表达方式，这种方式，造成了我们审美体验上的困难，延长了感觉的深度和时间的长度，让我们从都市行人这个再日常不过的题材中体会到了都市街道上行人的繁忙，都市生活快节奏的氛围和现代都市社会人与人之间的冷漠。

A：我们的解读好像已经进入画中人的身份甚至是心态的层面上，对此，还是从画家的自述谈起吧。画家说："对我而言，并且我也考虑到其他人，日常生活正是一连串持续的危机，不断地被解决（或没有被解决）。在生活中，我们并不是真正了解我们是从哪儿来、要到哪儿去的这种感觉。当我们试图去找到这些问题的答案时，我们会经历一种情感上的眩晕。"① 行人在街道上匆忙地行走，正如高速旋转后彩色陀螺变成了一种颜色，正如旋转的滑梯带来的"失重感"，过快的速度导致了颜色和意识的丧失，过快的行走也导致了某种"眩晕"感，对自我和世界的认识产生了彷徨。

吉姆把这种都市人们行走中所处的"眩晕感"和生活状态，用鸟瞰的视角和摄影的手法记录下来并进行创作，达到了一种奇妙的效果。"对我而言，相机是一种记录、传输和缩放图像的工具。相机便于在空间上设置网格；我不再需要绘制网格线，也不再需要费力地将图像从绘图转移到画布上。数码相机在网格上的像素点很小，用来记录细节，让我更容易地测量缩放图像。摄像机还会随着时间的推移放置一个网格，以记录1/1000秒的时间间隔，来获取另一种细节，即运动的细节。在这些定格快门的速度下，我看到了我们称之为行走的平衡动作的微妙变化。在我的画作中，步行变成了'被发现的舞蹈'，一种极简主义舞蹈。"② 摄影对于细节捕捉的便利性，鸟瞰视角下观察到的一个"平衡—失衡"的交替性，正是"眩

① Jim Zwadlo, "From a Great Height", *International Artist Magazine*, 2013 (91), p. 70.

② Eisenhauer, Interviews: Passing By: An Interview with Artist James Zwadlo, http://www.eisenhauergallery.com/article/passing-interview-artist-james-zwadlo, 2012-09-13.

晕”的写照。或许对于那些人生基本哲学问题来说，“并不存在完全的答案，但我们确实每时每刻在前行，不断地解决着每个时刻的危机（或没有解决）。这正像行走的动作，确实是一系列迅速的运动，将自己抛置于失衡状态中，然后再次恢复正常。pedestrian（行走的；呆板的）在字面上意味着无趣，但即便是一个细微的踉跄，也能产生巨大的影响”。[①] “眩晕”“失重”“平衡—失衡”“陶醉”等内在的微妙感，却在鸟瞰视角下的都市行人运动中外化得淋漓尽致。也正因此，行人的行走运动，乍看起来只是走来走去，却包含了丰富的哲思，成为“被发现的舞蹈”。

N：俯瞰在视觉世界中兜兜转转，一会儿是压迫的罪魁祸首，一会儿却成了理想的家园，这便是俯瞰的悖论。何以相同的俯瞰视角，造就了两种截然不同的景观。

原因之一是我们始终处于异化的循环怪圈中。当专制的俯瞰膨胀了人类的欲望，忽视了具体鲜活的生命，我们渴望回到地面，贴近物体去感受那流淌的血液。而当人们如愿以偿地站在地面去感受细微的局部时，却又受到了来自狭小空间中逼仄的压迫。于是俯瞰的全景视野成为稀释人与人之间剑拔弩张的精神鸦片。

纵观人类的全部生活，无非就是两个方向上的运动，或贴着地面的平行，或仰望天空、俯瞰大地的垂直。单一方向的运动都不是完美的，是否存在从水平线与垂直线相交处引申出来的第三种不全然是水平，也不全然是垂直的生活呢？我想，卡尔维诺为我们勾画出来了，《树上的男爵》柯希莫忍受不了贵族家庭中烦琐的绅士礼节，决定逃往树上。然而这并非对原始生活的回归，相反，住在树上的柯希莫，更大范围地参与了田野上的生活，他帮助人们驱逐强盗、野狼。他鹰式的双眼，能捕捉生活在地上的人们所看不见的一切。他被奉为拥有智慧的哲人。

① Jim Zwadlo, Artist's Statement, http://www.eisenhauergallery.com/artist/jim-zwadlo, 2012.

卡尔维诺为男爵构筑了一个处在天地之间，不高不低的位置——树。树，既远离了地面，得以俯瞰平原上的一切，却又扎根于土地，象征着与土地和尘世的生死相依，这是一个依然能够积极参与尘世生活和感受爱欲温热的世外桃源。

这或许就是逃离水平的逼仄和垂直的专制的第三种生活状态——它如树木的枝杈一般，向上斜着生长着，处于天地之间，既能触碰大地，也能触碰天空，既是逃离，也是回归。

在树上生活的男爵在俯瞰地面时，躲避了位置过高可能看不清一切的危险，这不高不低的位置，成就了他守卫家园的使命。男爵将生命永远留在了树上，卡尔维诺没有让他的肉体被尘土埋葬，而是像一缕风轻轻地飘走了。在家族的墓地上竖起一块纪念他的墓碑，上面刻着：柯希莫·皮奥瓦斯科·迪·隆多—生活在树上—始终热爱大地—升入天空。

G："行走"是法国学者德·赛托空间美学的一个重要概念。他认为日常生活是介入、挪用权力和空间的方式，在行走中人们将创造出观察、窥看的机会，搅乱和打碎稳定的城市秩序。行走将开辟新的空间，创造出传奇和故事。更重要的是，在空间的移动模糊了空间的界限，使人们从城市的管辖中创造他们自己的空间和意义。这种"行走"的美学也成为我们走出"被俯瞰者"怪圈的一把钥匙。

胡塞尔晚年在《欧洲科学的危机与超验现象学》中使用"生活世界"(life world)一词以反驳自然科学对我们日常生活的抽象化。随后，许多学者如维特根斯坦、海德格尔、哈贝马斯、卢卡奇等人也越来越重视对"日常生活"的研究。康德认为空间是人类感知世界的方式，并非物质世界的属性。伴随着人类所处空间领域的不断突破，人们愈加关注自己在空间领域内所处的位置以及不同空间位置的关系。

I："整个艺术史是一部关于视觉方式的历史，关于人类观看世界所采用的各种不同方法的历史。"正如赫伯特·里德所说，有什么样的观看视角，就会有什么样的艺术技巧。观看不应是一种受制于视觉的习惯，也不应是一种被理性绑架的程式，而应是一种自由多元的选择——取决于艺术家们自身“发现或构造一个可信的世界的愿望”。而这一愿望，在吉姆那里呈现为一个俯视下的压缩空间。

如果引用一句话来总结20世纪以来的文化现象，那就是叶芝的诗句：“万物都已肢解，中心再难维系；只有混乱被松开捆绑，横行于世。”的确，解构主义在推翻理性集权与二元等级制的同时，也使得人类的精神世界只剩下虚无。上帝已死，真理不复，“一切坚固的东西都已经烟消云散，一切神圣的东西都被亵渎了，人们终于不得不冷静地直面他们生活的真实状况和他们的相互关系……”那么面对现代社会这一座崩塌的废墟，人类又该依靠什么来实现自救？让我们回过头来去思考那废墟之上“看”的主体，他是谁？为什么选择站在高处？俯视到底使他看得更清还是使他离现实更远？当一切深度被平面化，一切历史被现实化，我们有必要对艺术家作出这样的追问。借用木心先生对希腊神话中“迷楼”一则的阐释：由伦理、制度、道德、条例围筑起的现代社会有如一座“迷楼”，将象征欲望的弥诺陶洛斯囚于其中。人类要想摆脱这一困境，只有像伊卡洛斯那般飞出去。但是，如何飞？尼采认为要借助艺术的翅膀——“艺术，与我们在一起，我们也许不会死于真理。”但尼采式的英雄是天才，是超人，他们的“强力意志”怎会允许自己满足于不高不低的现状？于是他们重估了一切价值，打碎了一切偶像。但却在追求自身无限可能的同时败给了不可企及的太阳。伊卡洛斯式的艺术家是飞天的梦想家，他们敏锐地察觉到了社会的病症并企图寻找超越一切混沌的终极价值。但很可惜，飞得越高阳光越是耀眼，享受着“造神”欢愉的尼采们忘记了自己作为羸弱之“人”的现状——眩晕症。这种“眩晕”最令人恐怖之处不是虚无，而是过度膨胀。俯视下的对象虽然暗合某种民主愿景，但“‘向下看’和‘看’的傲慢态度又使这种民主增添了模糊性”。关于这一点，法西斯即为最好例证。

同样，越来越阳春白雪的现代艺术因为疏离了大众所以也被大众放逐，艺术家们在选择成为文化精英的那一刻起就注定了要与孤独同行。但狂欢是狂欢者的通行证，孤独是孤独者的墓志铭。有人向往天堂自有人渴求地狱。波德莱尔说：“在任何人身上，在任何时刻，都同时有两种诉求：一种指向上帝；另一种指向撒旦。呼吁上帝，或精神性，是上升的渴望；呼吁撒旦，或兽性，是沉沦的快乐。”而他，斩钉截铁地高呼：“我是撒旦!”在波德莱尔眼中，现代都市是开在腐朽土地上的恶之花，现代人是失去灵魂的漫游者，而与死神同舞的艺术家们是这个颓废时代的“浪荡子”——他们既是“对衣着和物质过分讲究的”的纨绔子，也是能“从流行的东西中提取出它可能包含着的在历史中富有诗意的东西，从过渡中抽出永恒”的观察家。而这种与社会若即若离的矛盾态度萨特以为源于波德莱尔“看”世界的方式：“波德莱尔的原初态度是个俯身观看者的态度。俯向自身，如同那喀索斯。在他身上，没有任何直接意识不为一道犀利的目光所穿透。对于我们其他人来说，看见树和房子就够了；我们全神贯注于观看树和房子，忘却了自身。波德莱尔是从不忘记自身的人。他看着自己看见了什么；他看是为了看见自己在看。”波德莱尔通过审视自我来观察世界，而人的自我在纪德看来便是那位美男子那喀索斯，而他倾慕的“水中倒影”就是艺术，即“超自我的自我”。木心先生认为“艺术、哲学、宗教，都是人类的自恋”，但一如静水无波两相照，只有“适当保持距离时，才有美的可能、真的可能、善的可能”。但浪荡不羁的波德莱尔似乎不懂也不愿去懂我们的中庸之道，他不但要投石激水，还要用各种恶物搅得一池污浊不堪。他是撒旦，因而他追求堕落。如果说升高使人眩晕，那么他正是在享受坠落带给他的安全感。在下坠的过程中，他感到“众人皆醉我独醒”的独立与自由，萌生了“自己是造物之主”的欢愉与骄傲。他不愿高高在上地与世界保持距离，因为逃避现实是他“生命中不可承受之轻”。于是“他不断重复自己有罪，以使得现代性感到惭愧，为之自责”。波德莱尔式的艺术家是大地的守护者，他们与世界一起沉沦，直至身心俱亡。当世界崩塌，万物不复，总还有人在废墟之上为我们指点迷津，“在生存的边缘采撷花朵”。

J：想象的空中视角之出现与该视角下人的存在之间具有一种悖论关系。想象的空中视角本是现代人从神与暗箱的束缚中挣脱的产物，是现代性与人的主体性之显现。世界在人们面前得到图像式的把握，诸科学学科的发展使人们可以直接的、没有任何障碍地去把握眼前事物的原始状态。然而人们却陷入了新的束缚之中，我们生活在由摩天大楼筑建的现代都市“监狱”之中，丧失了自己的独特性，沦为了一张张城市地图上被反复标注的记号。由此我们可以说，现代城市生活给我们带来的是一种开放与限制并存的存在体验。而人的这种矛盾性存在是社会现代化进程的必然产物，存在于我们现实的社会生活的深层结构之中，正如哈贝马斯所讲“这一进程在经济增长和国家管理的诸种戒律的压力下，越来越深地侵犯到社会既有生活形式的生态系统里去，侵犯到历史性的生活世界的基本交往”结构里去。”[①] 我们不能希冀丹尼尔·贝尔等新保守主义者所说那种宗教复兴的出现，我们不能把现实社会的发展历程作割裂式的看待，即只接受现代科学促进技术进步、社会发展的方面，排斥这种进步发展本身带来的问题。萨义德曾热情地呼唤一种“实践的人文主义”[②] 的回归，这种人文主义内涵之一就是人所具有的自我批评，自我认识的能力。面对现代社会中复杂纷纭的矛盾，我们不应该逃避或拒绝承认它的现实性存在，而应向萨义德所主张的那样，先接受后抵抗，保持对事物的批评接受能力，才能使人由平面被压缩的状态恢复到血肉饱满的状态。

---

① 高建平、丁国旗主编：《西方文论经典·第六卷·后现代与文化研究》，安徽文艺出版社2014年版，第18页。

② ［美］爱德华·萨义德：《人文主义与民主批评》，朱生坚译，中央编译出版社2017年版，第8页。

Q：海德格尔在探讨艺术时认为体验消解了艺术的独立性导致艺术的终结，因此反对体验对艺术作品的过分干预。他对纯然物、器具和艺术作品进行区分，侧重从物性角度探讨艺术，跳脱人的主体幻象。海德格尔认为艺术作品建立世界并制造大地，以俯瞰的视角观察艺术从而发现艺术与大地的紧密关系。他从艺术延伸到技术的追问，跳脱“座架”的束缚和“订造”的单一性，认为艺术中蕴含解蔽的无限潜能。这些都展现了海德格尔艺术观中的俯瞰视角。这种视角就如同吉姆在他的都市景观绘画《行走的人们》中所展现的一样，他并不向人们展示稀疏平常的正视图，而是将街景和行人放置于广阔的大地背景之中，展现人群和城市日常所为人忽视的一面，也展示了事物呈现自身的多样可能性。

海德格尔的观点明显是跳出主体幻象对人的束缚，以一种更加脱离个人性的视角看待艺术。但跳脱主体也形成了两种不同的视角，一种便是将艺术作品放于艺术背景之中加以判断的平视。以安迪·沃霍尔的《布里洛盒子》为例，该作品一经问世便引发了艺术界的一场争论：这个作品能否算得上艺术品？沃霍尔用木板仿制了一批商场中常见的肥皂包装盒并将其单独或多个放置进行展览。这些盒子在外观上与日常用品无异，也就将艺术和日常生活的界限模糊化，最终也引发了艺术界的讨论。如果按照以往主体体验的视角来欣赏《布里洛盒子》，其给人带来的美感体验与日常生活无异，因此难以将其作为艺术作品对待。亚瑟·丹托则以平视的视角将其放置于艺术背景中看待，他认为：“我们只有通过艺术世界的背景才能了解艺术是什么。因此，在波普艺术语境下——既包括其周围的实践，也包括理论话语——沃霍尔的《布里洛盒子》成为艺术品。”①此处，一件作品能被作为艺术品看待并非出于人的主观审美感受，而是由

① ［澳］芭芭拉·波尔特：《海德格尔眼中的艺术》，章辉译，重庆大学出版社2016年版，第52页。

于其在艺术背景和艺术理论话语的相互关系中占有一席之地。在艺术与日常生活的边界逐渐模糊的语境中，这样看待和评价艺术品的视角也越来越多地被使用。

同样是从主体幻象中跳脱出来看待艺术品，不同于丹托将艺术作品放于具体背景和话语中进行参照，海德格尔采用了一种俯瞰的视角，从高空看待艺术作品，从而以“大地”作为其远观的背景，也给艺术作品的阐释提供了更为广阔的空间。

海德格尔所谈的“大地”有着“质料”的内涵，他以俯瞰的视角压缩了作品中的意义世界，将作品置于大地的背景中加以审视，便看到了艺术作品所具有的物性。石头被制作为希腊神庙并非如制作石斧那般是为了人所追求的功用性，在作品中其作为石头的存在仍被保留，这也是艺术作品制造大地的内涵之一。可见，海德格尔在看到艺术作品与世界紧密关系的同时，也看到了艺术作品制造的大地对事物存在的保存。

若从海德格尔的这一视角来看杜尚的《泉》，他将小便池作为雕塑作品，质料便在艺术作品中被保存，而非在小便池这一器具中被逐渐消耗。它如同其他艺术作品一样建立了“世界”并制造了“大地”，因此可将其作为艺术作品看待。《泉》和《布里洛盒子》均模糊了艺术和日常生活的界限，此时便需要跳出主体束缚对其进行审视，无论是在布托的平视中还是在海德格尔的俯瞰下，二者都可以作为艺术作品看待。

在《艺术作品的本源》中，海德格尔将艺术与真理联系在一起。但他所探讨的真理并非是以往符合论意义上的真理，而是更具有本源性的真理，它无法用科学度量和展示，正如海德格尔所说“科学绝不是真理的原始发生，科学无非是一个已经敞开的真理领域的扩建”①。这也就意味着艺术作品并非因其对外在事物的模仿之贴近才与真理紧密相连，“海德格尔认为艺术

① ［德］海德格尔：《海德格尔选集》，孙周兴译，上海三联书店 1996 年版，第 282 页。

本质上是一种模式，它创造出一种敞开区域，而真理在其中出现”。[1] 也就是说，《农鞋》之所以揭示出真理，并非由于其对农鞋这一器具本身描摹得多么逼真，而是因其揭示了农鞋之器具存在，让人在日常生活的沉沦中对遗忘的存在有所发现。正如保罗·格利所言：“艺术并不描绘可见的东西，而是把不可见的东西创造出来。”这其中便包含着被庸常生活所遮蔽的存在之真。而唯有以俯瞰的视角，才能超脱日常从而发现艺术作品的这一潜能。

海德格尔的艺术观中充满俯瞰的因素，但并不彰显作为主体的权威性，他的俯瞰想要打破的便是这种居于权威的主体幻象。海德格尔的俯瞰是一种对多样性潜能的发现和肯定，对艺术独立自持性质不加规约和干涉的强调，对自由和平等的拥抱。

在布置这篇作业时，我只是提供了文前的一幅图，然后做了视角、垂直性、俯冲、中国画的三远法、现代科技与人的感受力等关键词的提示，并提及边沁、福柯、维利里奥、卡尔维诺等学者作家的名字。同学们的论文在完成度、理论深度和表述的逻辑性、清晰度方面表现令人满意。某些文章相当完整，就像用七巧板已拼装好的图形。那么，面对十几个原本已拼好的七巧板拼图，打散重组的目的和意义何在？一个能够接受的解释也许是，尽管原先的拼图已足够完整，但如果它们只是各自用某一颜色的组块拼好的，那么拆散之后重新搭建的结果，除了体量会变大之外，就算最后的图形未必会更加完美，单以其色彩的斑斓缤纷则已喻示出了思想的丰富和观点的多姿多彩。

整理者附记

---

① ［澳］芭芭拉·波尔特：《海德格尔眼中的艺术》，章辉译，重庆大学出版社 2016 年版，第 57 页。

论吉姆·兹瓦德罗的绘画《行人》的主题意蕴

——鸟瞰视角下“被发现”的都市景观“地图”

朱　丽

摘要　美国现代画家吉姆·兹瓦德罗，创作《行人》（*Pedestrians*）系列画作，用巧妙的鸟瞰视角和摄影的二次创作，造就了独到的都市景观效果。在主题上，着眼于鸟瞰的视角、逼真的人物、抽象的都市空间、街道上行走这四个元素，将行人的运动表现成“发现的舞蹈”，对都市景观垂直性进行创造性的“地图化”平展压缩处理，在光影交织的抽象空间里，捕捉都市生活的逼真瞬间。画家用绘画的笔触，阐释着对都市人生的“平衡—失衡”状态的深沉反思。

关键词　鸟瞰；行人；主题意蕴；都市景观；视角；鸽子视点；都市漫游者

作者简介　朱丽，女，湖北十堰人，山东大学文艺美学研究中心硕士研究生，主要研究方向为文艺美学。

正如美国现代画家吉姆·兹瓦德罗［Jim Zwadlo，又名 James Zwadlo 詹姆斯·兹瓦德罗］在艾森豪尔画廊中自述道，“我画作（《行人》*Pedestrians*）的主题，是那些在抽象的都市空间中逼真地表现出来的人，这些人就像是被一个想象的空中视角（鸟瞰）所看到。我把这一系列的画作命名为《行人》，来表明这个视角正是这幅画的要点；人们什么事情也没做，尤其是没做任何有趣的事儿，只是在街道上走着”。[①] 可以得见，吉姆的《行

① Jim Zwadlo, Artist's Statement, http://www.eisenhauergallery.com/artist/jim-zwadlo, 2012.

人》系列的主题，着眼点有四：鸟瞰的视角、逼真的人物、抽象的都市空间、街道上行走。

一 观察者的视点：鸟瞰的视角

鸟瞰，又名俯瞰、空中视角。画家吉姆·兹瓦德罗惯用的词是“aerial view”“from high above”。而在2013年的《国际艺术家杂志》（*International Artist Magazine*）谈论其画作时，用的是“From a Great Height”①。除此之外，在英文中，也可见“overhead view”“top-down perspective”“bird's-eye view”的相关表述。吉姆认为，“鸟瞰视角很吸引人，因为人们的形象似乎是从飞机上走出来，分担了观者的空间”。② 不过实际上，画家的观察点和摄影点，是一个有着特殊标准的高处，而非真正的万里高空上的飞机。“需位于距离街道地面约10—15英尺的地方，且必须对任何人都容易接近，所以我找了桥或商场外面的露台。”③

但鸟瞰并非是吉姆的首创，除了露台和桥的观察点，还有过窗户。我国现代派诗人卞之琳的诗歌《断章》里就有过这样的描述，“你站在桥上看风景，看风景人在楼上看你。明月装饰了你的窗子，你装饰了别人的梦”。④ 从中体现了作者对于“风景”“相对性”“俯瞰视角”的思考。而早在西方印象派画家中，就出现过很多从高处俯瞰街道的画，“尤其是毕沙罗曾画了300多幅从旅馆窗户和露台俯瞰城市的画作”。⑤ 根据吉姆的考

① Jim Zwadlo，“From a Great Height”，*International Artist Magazine*，2013，p. 70.

② Eisenhauer，Interviews：Passing By：An Interview with Artist James Zwadlo，http：//www. eisenhauergallery. com/article/passing-interview-artist-james-zwadlo，2012－09－13.

③ Eisenhauer，Interviews：Passing By：An Interview with Artist James Zwadlo，http：//www. eisenhauergallery. com/article/passing-interview-artist-james-zwadlo，2012－09－13.

④ 卞之琳：《断章》，见朱栋霖、龙泉明主编《中国现代文学作品选（1917—2000）第二卷》，高等教育出版社2002年版，第60页。

⑤ Jim Zwadlo，“From a Great Height”，*International Artist Magazine*，2013，p. 71.

证，“鸟瞰视角确实脱胎于摄影师，尤其是那些和鲍豪斯建筑学派相关的人”。[1] 也正因此，吉姆也使用了摄影技术来辅助创作。而在近代，在纽约画派的抽象主义画家和极简主义画家的笔下，也可见鸟瞰视角的运用。

漂洋过海到中国，当代作家王安忆在《长恨歌》的开头，就用一种被徐德明称为“鸽子视点”的视角纵览了整个上海都市，这种鸟瞰的手法，与吉姆的绘画有着异曲同工之妙。文学作品中全知全能的“上帝视角”，因为鸽子的视角而推陈出新。“站一个制高点看上海，上海的弄堂是壮观的景象。它是这城市背景一样的东西。”[2] 观察点的选取上，同样是一个制高点，吉姆选择了桥、露台、窗户等类似于直升机观测的位置，并且与观测对象的距离是一定的，而王安忆选择了机动性强、随时会改变距离高低和方位的鸽子。“太阳从连绵的屋瓦上喷薄而出，金光四溅的。鸽子出巢了，翅膀白亮白亮……有谁看这城市有它们看得清晰和真切呢？许多无头案，它们都是证人。它们眼里，收进了多少秘密呢？它们从千家万户窗口飞掠而过，窗户里的情景一幅接一幅，连在一起。虽是日常的情景，可因为多，也能堆积一个惊心动魄。”[3] 除了太阳，鸽子就是这个世界最明亮的色彩，是“城市的精灵”“唯一在俯瞰这城市的活物”“这城市里唯一的自然之子”。鸽子视点的超越性，有些许本雅明的“都市漫游者”味道，却暗含“自我反观”，视点的本身也是都市的一分子，而非“漫游者”那样心理上视都市为“他者”。[4] 另外，鸽子视点带来的方位高远、见识广杂、入目细微、用情深切，将作家的悲悯情怀融入其中，把上海的都市场景和王琦瑶们的生活，用画面感和生活感极强的笔触，淋漓尽致地展现出

---

① Jim Zwadlo, “From a Great Height”, *International Artist Magazine*, 2013, p. 71.

② 王安忆：《长恨歌》，人民文学出版社 2004 年版，第 1 页。

③ 王安忆：《长恨歌》，人民文学出版社 2004 年版，第 2 页。

④ 曾军：《观看都市的方式——非典型性漫游：〈长恨歌〉中的“鸽子视点”》，《都市文化——文学学术研讨会论文集》，上海师范大学都市文化研究中心 2006 年版，第 199 页。

来，写的是一类人，又好像是每个人。而对王琦瑶们“详细”与“匿名”所代表的一类人的刻画，也正是吉姆画作中鲜明的特色。“我把每个人物都描绘成一幅详细的个人肖像，令人熟悉却是匿名者。”①

另外，在采用鸟瞰的视角时，还有个有趣的现象是，吉姆和王安忆不约而同地关注了“阴影”和“细节”的刻画，以及对强化“色彩”和“层次感”的重视。吉姆曾经在专访中谈到，“对我而言，阴影是每一幅画形象中的重要组成部分。阴影将人物推向观者的空间，但空中透视的缩短压缩了色彩，却强化了它们。这就产生了一种紧张感和一种刺激的能量。当然，我喜欢画所有的小细节，手指、手表、眼镜，因为看起来很有趣。头发是一个很大的特征，由很多细小的线条来画”。② 同时，阴影的展现，使得鸟瞰后的景象出现了两个投影效果——一个是俯瞰后的平展化人像效果，还有一个便是影子暗含的高度展示，使得平展性的画面包罗了某种垂直性的提示。俯瞰起来一样大小的人像，似乎是失去了高度的展示，但影子恰恰可以表现出这种微妙的高度比较。而王安忆在《长恨歌》的开头，也对光影有着特殊的情结，“街道和楼房凸现在它之上，是一些点和线，而它则是中国画中称为皴法的那类笔触，是将空白填满的。当天黑下来，灯亮起来的时分，这些点和线都是有光的，在那光后面，大片大片的暗，便是上海的弄堂了。那暗看上去几乎是波涛汹涌，几乎要将那几点几线的光推着走似的。它是有体积的，而点和线却是浮在面上的，是为划分这个体积而存在的，是文章里标点一类的东西，断行断句的。那暗是像深渊一样，扔一座山下去，也悄无声息地沉了底。那暗里还像是藏着许多礁石，一不小心就会翻了船的。上海的几点几线的光，全是叫那暗托住的，一托便是几十年。这东方巴黎的璀璨，是以那暗作底铺陈开。一

① Jim Zwadlo，Artist's Statement，http：//www. eisenhauergallery. com/artist/jim-zwadlo，2012.

② Eisenhauer，Interviews：Passing By：An Interview with Artist James Zwadlo，http：//www. eisenhauergallery. com/article/passing-interview-artist-james-zwadlo，2012－09－13.

铺便是几十年。如今，什么都好像旧了似的，一点一点露出了真迹。晨曦一点一点亮起，灯光一点一点熄灭：先是有薄薄的雾，光是平直的光，勾出轮廓，细工笔似的”。[1] 光影交织的场面，弄堂里“暗”对应着阴影刻画，渐变的层次感，有如工笔之画。“新式里弄的铁栏杆的阳台上也有了阳光，在落地的长窗上折出了反光。这是比较锐利的一笔，带有揭开帷幕，划开夜与昼的意思。雾终被阳光驱散了，什么都加重了颜色，绿苔原来是黑的，窗框的木头也是发黑的，阳台的黑铁栏杆却是生了黄锈，山墙的裂缝里倒长出绿色的草，飞在天空里的白鸽成了灰鸽。”[2] 对细节和颜色的重视，让文字画面感极强，在读者的眼前展开了一幅绝妙的都市景观图。

不过，吉姆并非一开始就意识到这种鸟瞰视角的独到性。在此之前，他采用的仍是传统的透视法（perspective），但透视法的“近大远小”的法则，在空间的排布上，物体的大小受到距离的摆布，似乎带了一种不平等的枷锁。而就像很多创作者一样，吉姆是在某个瞬间，“灵光一闪”后获得某种启发。“某天，我和妻子苏望向窗外，那里有 4 条车道的车流、摊贩、蜂拥向地铁的人群，她说，‘你为什么不画一下呢?’我们直直地向下看去，那里的台阶上，挤满了要进入地铁的人。所以我自然而然地这么做了，尽管我花了很多年才找到方法技巧来表现出我‘看’它的方式。”[3] 对透视法隐含等级性的“反叛”，让吉姆“发现”了鸟瞰的视角，并且根据自身的情况加以改造。从吉姆出生的威斯康星州北部的奶牛场，到后来生活工作的纽约市，景观在视觉上从平整性到垂直性的变化，也让吉姆在绘画上进行了某种“回归性”的尝试。“对我而言，鸟瞰时，曼哈顿市的景

① 王安忆：《长恨歌》，人民文学出版社 2004 年版，第 1—2 页。

② 王安忆：《长恨歌》，人民文学出版社 2004 年版，第 2 页。

③ Eisenhauer，Interviews：Passing By：An Interview with Artist James Zwadlo，http：//www. eisenhauergallery. com/article/passing-interview-artist-james-zwadlo，2012 – 09 – 13.

观简直成为了一张它自己的地图。都市空间在视觉上平展成了一种‘发现’的绘画。作为一个土生土长的美国中西部人，我将我对中西部景观的平整感，转化为一种用来描绘都市景观垂直性的方法。”① 起先是通过窗户的俯瞰，后来是桥和露台，在不断的摸索中，吉姆找到了自己独特的观察点，用鸟瞰的“地图性”，将自己对都市景观的思考融入绘画之中。“与隐含着‘近大远小’等级的传统透视相反，俯瞰下的每个人物在规模和空间上就像民主视野一样平等，但使得含有傲慢态度的‘向下看’相对于‘看’之间的含糊性被加强。”② 鸟瞰视角下，人物占据的空间是垂直于每一点的。这种空间“扁平化”的压缩，用极简的笔触描绘行人，以一种独特的方式强化了色彩，“是一种用来展示看待和存在于世界的方式的活生生的地图”③，巧妙地隐藏了都市环境，却达到了“从来没有人怀疑过这些绘画是都市的”效果。

二 观察的对象：逼真的匿名人物

“令人熟悉的陌生人”、“逼真”与“匿名”，乍看起来似乎有些矛盾，但这的确出现在了吉姆的《行人》系列中，并成为其刻画行人的一种标志性手法。这些行人，或是走在斑马线上，或是走向地铁或商场扶梯，或是走在街道上。“画中的行人都是‘不露脸’的，好像他们可以是任何人和某个时间的每个人。然而，与此同时，他们的衣服、性别和发色都是独一无二的，给人以某种个性的感觉。”④ 手指、手表、眼镜、头发等细节刻画

① Jim Zwadlo，Artist's Statement，http：//www. eisenhauergallery. com/artist/jim-zwadlo，2012.
② Jim Zwadlo，Artist's Statement，http：//www. eisenhauergallery. com/artist/jim-zwadlo，2012.
③ Jim Zwadlo，Artist's Statement，http：//www. eisenhauergallery. com/artist/jim-zwadlo，2012.
④ Eisenhauer，Interviews：Passing By：An Interview with Artist James Zwadlo，http：//www. eisenhauergallery. com/article/passing-interview-artist-james-zwadlo，2012－09－13.

得十分细腻，这种个性增加了真实感。而进一步来看，实际上，在创作过程上，人像的来源就是真实的影像，是吉姆去实地拍摄，捕捉下的行人的实时实地影像。在电脑上处理好影像后，再通过凝胶传输技术，将图像传输到画布上，再进行颜料上色和阴影处理。“在基础图层上用丽唯特公司的液体质地丙烯酸颜料，用金典公司的开放式丙烯酸颜料来完成人物的最终上色。我用哑光介质打薄颜料，然后在画作的第一个图层上涂抹相当厚，再逐步减少厚度，直到最后一个图层只在所有底层色上有轻微的触感。”① 这也是吉姆的创作风格，“从照片起步，开始把现实图像转换成绘画中的真实”。②

而匿名感的来源，则是因为鸟瞰视角的特殊性。“他们其实是有脸的，只是鸟瞰时很难看到。当你走在大街上时，你有没有想过别人眼中的你是什么样的？无法识别一个人，并不是真正的匿名。然后你可能会意识到，你看到的其他人可能在用同样的方式在思考你……在人群中，我们有很多迅速的无意识的互动和反应、改变的节奏和身体运动。我们可能会认为走在街道上只是一件普通的事，字面上是行人，但图案和运动使得它更加丰富和复杂，有点像一幅抽象画，就如米罗或康定斯基的画作。”③ 因为这种匿名感，街道上的行人，不仅仅是独特的每个人，也代表着游荡在都市的我们每个人。

而作为群体来说，都市行人更是象征着一种复杂的社会环境，吉姆“从成千上万的照片中构建人群，任意排列来组成图案，而从图案上亦可看出其随机性”。因此，在《行人》系列画作中，有时能隐约看出有趣的排列方式，诸如平行斜线、数字等，以及人像和影子的相映成趣。并且这

---

① Jim Zwadlo, “From a Great Height”, *International Artist Magazine*, 2013, p. 71.

② Jim Zwadlo, “From a Great Height”, *International Artist Magazine*, 2013, p. 70.

③ Eisenhauer, Interviews: Passing By: An Interview with Artist James Zwadlo, http://www.eisenhauergallery.com/article/passing-interview-artist-james-zwadlo, 2012-09-13.

种鸟瞰视角下的人物排布，其实不仅仅是某个桥上、露台上、窗旁的观察者视角，被观察到的行人，恰似“你站在桥上看风景，看风景人在楼上看你”[①] 中看与被看的转换一般，他们自己也有其视角。“与所有事物都被聚合在观察者眼睛那个单一的点上的透视图不同，我展示着每一个人，就像他们有自己的视角一样。所有绘画空间将垂直性呈现为平面上每个点的表面。”[②]

处于都市中的行人，所持的视角，正反映着某种“体验性”。正因为有了行人的参与，都市不再是一种自然风景般的单纯环境概念，而是一种景观。伯林特提及景观与环境的不同，在于其“体验性”。阿普尔顿更是说景观是“被感知的环境”，尤其是“视觉上的感知”。而对于绘画来说，视觉上的感知则是最主要的感官。对于吉姆而言，则是两种感官：视觉上的“看”和心灵上的“理解”[③]。这种感触，则是吉姆在成长过程中，对自然与艺术的逐渐领悟而得到，在自然风景与都市景观的绘画探索中而摸索出来。“我在农场里长大，周围环绕着森林、田野、成群的动物、琥珀：这正是我接触艺术的前奏，是华兹华斯笔下的天堂。我沉浸在现实——自然的实境中，在其间，人们将艺术理解为一种关于图像和主体的存在。他们在看一幅画的时候，总是问，‘这是什么?’……在大学里，我开始看到真正的绘画，而不仅仅是杂志上的照片，这真的很有效。这是一种觉醒，让我看到了来自心灵的图像，而不仅仅是源于自然。”[④] “我遇到过很多人，他们能坦然接受直接来自内心的想法，而不需要与自然有明显的联系。我花了一段时间来适应这种态度，并且找到既承认又挑战这种态度的绘画方法。几年来，我画的都市景观和自然风景交替出现；这个想法，是把自然

---

① 卞之琳：《断章》，《三秋集》，1935 年版。

② Jim Zwadlo，“From a Great Height”，*International Artist Magazine*，2013，p. 71.

③ Jim Zwadlo，“From a Great Height”，*International Artist Magazine*，2013，p. 71.

④ Eisenhauer，Interviews：Passing By：An Interview with Artist James Zwadlo，http：//www. eisenhauergallery. com/article/passing-interview-artist-james-zwadlo，2012 －09 －13.

和都市这两种彼此对立的观点并置放在一起。"① 通过鸟瞰视角，巧妙地解决了都市景观的单独绘制。行人的"体验性"与"感知"的抽象感，被形象地绘制出来。人像与阴影的配合，图像压缩后强化的色彩、凸显的紧张感和刺激的能量，对行人在都市景观中的存在方式与定位做了一种独特的解读。

三　暗示的环境：抽象的都市空间

鸟瞰压缩了空间，"图像的空间扁平化强化了画作的表层"，都市景观在吉姆的创作下，被压缩成了一张"地图"。需要区分的是，这里的"地图化"，并不是指地理区域的地图，而是每个人的地图。"每个人都呈现出像是被直接从上方看到的样子，所以画作直接呈现出一种不同空间视角。与所有事物都被聚合在观察者眼睛那个单一的点上的透视图不同，我展示着每一个人，就像他们有自己的视角一样。所有绘画空间将垂直性呈现为平面上每个点的表面。这实际上就像一张地图。不是像，这实际上就是一张地图，不过是一张每个人的地图，而不是一张地理区域的地图。我将真实的空间压缩到了一个抽象的空间里。"② 而这种抽象的都市空间里，其实画作上并没有直接绘制环境的存在，而是用一种巧妙的暗示手段。"鸟瞰视角，使得我们可以不用在画中直接描绘整个城市的基础设施，就能暗示出汽车、建筑、街道等环境的存在。"③ 吉姆的《行人》系列中，"很多画都有条纹，这指的是街道上的标记：人行横道。对我而言，涂在真街道上的真条纹就是真正的画，'被发现的绘画'。我对照片和绘画的看法比较死

---

① Eisenhauer, Interviews: Passing By: An Interview with Artist James Zwadlo, http://www.eisenhauergallery.com/article/passing-interview-artist-james-zwadlo, 2012-09-13.

② Jim Zwadlo, "From a Great Height", *International Artist Magazine*, 2013, p. 71.

③ Jim Zwadlo, Artist's Statement, http://www.eisenhauergallery.com/artist/jim-zwadlo, 2012.

脑筋；它们本身都是真实的，我可以画一张照片，就像我可以画一幅画一样”。[①] 吉姆用鸟瞰视角发现的绘画，有些是有人行道的标识，有些是电动扶梯，有些甚至就只有行走的人和他们的影子。“这种方式（鸟瞰视角），将图像削减成要素，结果是只显示了人——行人；其他的一切，建筑物、汽车等等，都清楚地反映在一群行人的场景中。”[②] 因此，即使只有行人的时候，却依然能辨识出这就是一幅都市景观的画。看似“不在场”却实际“在场”的都市环境，给人一种视觉和意会的头脑风暴。

“被发现的”抽象的都市空间，归功于鸟瞰视角。而吉姆对不同视角保持的好奇心和探索精神，其实并不止此。“我感兴趣的是，从鸟瞰视角看画，会让人很难决定用什么样的方式来挂一幅画，画的哪一面才是‘向上’的？可能有两种或两种以上同样可以接受的方法；那么哪个才是‘正确’的呢？这是很多抽象画存在的问题，这些抽象画可能会在杂志上配图，或者上下颠倒地挂在美术馆，但对于可识别图像的画作来说，这种情况是相当罕见的。后来我发现一幅画可以设计成正方形或菱形挂在墙上；把正方形旋转45°，看起来就是菱形。这里的发现是，一幅画如果是按典型的水平和垂直方法测量的话，可以有多个维度。”[③] 抽象的都市空间，造成了一种“魔术方块”的境遇，“这些画在每一种构图上看起来都截然不同，但没有一种可能的构图是‘正确的’或者‘更好的’”。[④] 从鸟瞰视角到思考构图和“看画”的姿势，出现了很多创意火花。吉姆由此发现抽象画存在着多个视角。而对吉姆来说，这

① Eisenhauer, Interviews: Passing By: An Interview with Artist James Zwadlo, http: //www. eisenhauergallery. com/article/passing-interview-artist-james-zwadlo, 2012-09-13.

② Eisenhauer, Interviews: Passing By: An Interview with Artist James Zwadlo, http: //www. eisenhauergallery. com/article/passing-interview-artist-james-zwadlo, 2012-09-13.

③ Eisenhauer, Interviews: Passing By: An Interview with Artist James Zwadlo, http: //www. eisenhauergallery. com/article/passing-interview-artist-james-zwadlo, 2012-09-13.

④ Eisenhauer, Interviews: Passing By: An Interview with Artist James Zwadlo, http: //www. eisenhauergallery. com/article/passing-interview-artist-james-zwadlo, 2012-09-13.

些视角十分有趣，这也是他构思《行人》系列时采用鸟瞰视角的考量。

四 “发现的舞蹈”：街道上行走

“对我而言，并且我也考虑到其他人，日常生活正是一连串持续的危机，不断地被解决（或没有被解决）。在生活中，我们并不是真正了解我们是从哪儿来、要到哪儿去的这种感觉。当我们试图去找到这些问题的答案时，我们会经历一种情感上的眩晕。”① 行人在街道上匆忙地行走，正如高速旋转后彩色陀螺变成了一种颜色，正如旋转的滑梯带来的“失重感”，过快的速度导致了颜色和意识的丧失，过快的行走也导致了某种“眩晕”感，对自我和世界的认识产生了彷徨。保罗·维利里奥在《无边的艺术》中谈及，“‘速度透视’颠覆了传统艺术的客观再现模式，制造了情绪化再现的观看幻觉”。②

本雅明的“都市漫游者”所处的“陶醉感”状态，也与其有种内在的关联性。“漫游者在街道及拱廊商场四处晃荡，于群众中浑然忘我，因此他的状态有如商品。虽然他对自身的特殊状态浑然不觉，却丝毫不减此状态对他的影响；这种状态幸福地渗透他的身心，就像是麻醉药般弥补了他的羞耻感。漫游者沉迷于这种陶醉感（intoxication）中，有如商品沉浸于一波波顾客中的陶醉感。”③ 本雅明笔下的在街道和拱廊晃悠的“都市漫游者”，正在某种程度上契合着吉姆的《行人》系列中的行走者形象。这种“没有目的”的漫游，与吉姆所言的“人们什么事情也没做，尤其是没做

① Jim Zwadlo, “From a Great Height”, *International Artist Magazine*, 2013, p. 70.

② 符鹏：《“速度透视”与当代艺术危机——保罗·维利里奥〈无边的艺术〉简介》，《美育学刊》2014 年第 5 期。

③ 彭小妍：《浪荡子美学与跨文化现代性：20 世纪 30 年代上海、东京及巴黎的浪荡子、漫游者与译者》，浙江大学出版社 2017 年版，第 18 页。

任何有趣的事儿，只是在街道上走着”[①] 的状态，有着相似的境遇。

对于身为画家的吉姆来说，“我的主题——从鸟瞰视角来描绘都市行人，正是提出并深思这些问题的一种方式，并且试图通过画作来解决这些问题……一个基本的指引问题正是一种转换，将这些大问题变成转换成绘画”。[②] 吉姆把这种都市人们行走中所处的“眩晕感”和生活状态，用鸟瞰的视角和摄影的手法记录下来并进行创作，达到了一种奇妙的效果。“对我而言，相机是一种记录、传输和缩放图像的工具。相机便于在空间上设置网格；我不再需要绘制网格线，也不再需要费力地将图像从绘图转移到画布上。数码相机在网格上的像素点很小，用来记录细节，让我更容易地测量缩放图像。摄像机还会随着时间的推移放置一个网格，以记录 1/1000 秒的时间间隔，来获取另一种细节，即运动的细节。在这些定格快门的速度下，我看到了我们称之为行走的平衡动作的微妙变化。在我的画作中，步行变成了‘被发现的舞蹈’，一种极简主义舞蹈。”[③] 摄影对于细节捕捉的便利性，鸟瞰视角下观察到的一个“平衡—失衡”的交替性，正是“眩晕”的写照。或许对于那些人生基本哲学问题来说，“并不存在完全的答案，但我们确实每时每刻在前行，不断地解决着每个时刻的危机（或没有解决）。这正像行走的动作，确实是一系列迅速的运动，将自己抛置于失衡状态中，然后再次恢复正常。pedestrian（行走的；呆板的）在字面上意味着无趣，但即便是一个细微的踉跄，也能产生巨大的影响”。[④] “眩晕”“失重”“平衡—失衡”“陶醉”等内在的微妙感，却在鸟瞰视角下的都市行人运动中外化得淋漓尽致。也正因此，行人的行走运动，乍看起来只是

---

① Jim Zwadlo, Artist's Statement, http://www.eisenhauergallery.com/artist/jim-zwadlo, 2012.

② Jim Zwadlo, “From a Great Height”, *International Artist Magazine*, 2013, p. 70.

③ Eisenhauer, Interviews: Passing By: An Interview with Artist James Zwadlo, http://www.eisenhauergallery.com/article/passing-interview-artist-james-zwadlo, 2012-09-13.

④ Jim Zwadlo, Artist's Statement, http://www.eisenhauergallery.com/artist/jim-zwadlo, 2012. Jim Zwadlo, “From a Great Height”, *International Artist Magazine*, 2013: 70.

走来走去，却包含了丰富的哲思，成为“被发现的舞蹈”。

五　结语

美国现代画家吉姆·兹瓦德罗，创作了表现都市景观的系列画作：《行人》（*Pedestrians*），有着独特的风格意蕴。不论是创作画作的特殊方式，还是观察世界的视角和画作上表现对象的反映，无一不凝结着画家自身的创造力和独具匠心的思考切入点。吉姆的《行人》系列主题，着眼点有四：鸟瞰的视角，逼真的人物，抽象的都市空间，街道上行走。其采用的特殊视角——鸟瞰，更是包含了悠长的意味和深思的考量。从将人生问题转化为绘画，到对都市景观垂直性的“地图化”描绘模式，人像和都市空间“压缩”后的色彩“强化”，从行走中“发现的舞蹈”，成就了尺寸之间盈缩却丰富的心灵世界。

On the Thematic Implications of Jim Zwadlow's Painting Pedestrian

——"Map" of Urban Landscape "discovered" from a Bird's-eye View

Zhu Li

Abstract The paintings created by the modern artist Jim Zwadlo, which are called Pedestrians, lead to a unique urban landscape from anaerial view and the secondary creation of photography. The theme focus on four aspects: an aerial view, lively figures, the abstract urban space and walking in the street. In these paintings, walking becomes "found choreography". The verticality of the urban landscape is created by the "Mapization", which means being flattened and compressed. In the abstract space of the light and shadows, the camera records the urban life by the stop-motion shutter speeds. The paintings illustrate the artist's introspection on the condition of "balance-imbalance" in the urban life.

Key Words Aerial View; Pedestrians; Connotation of the theme; Abstract Urban Space; Perspective; Dove' s Eye View; Metropolis-roamer

Author Zhu Li, Female, From Shiyan, Hubei, Postgraduate Student, The Center for Literary Theory and Aesthetics of Shandong University, Major in Literary Theory and Aesthetics.

俯看《行人》

——由一组都市绘画引发的思维跳接

刘希言

摘　要　美国纽约现代画家 Jim Zwadio 的都市景观组画《行人》，从高空俯瞰的视角，既表现了都市人的生活状态，又暗示了整个城市的生存空间，从而将“人”在虚拟的城市空间中现实地表现了出来。这种“以大观小、移远就近”的空间意识与凸显光色、简化线形的形式技巧，不仅与我国传统绘画的空间观念暗合，更明显继承了印象派等现代主义绘画的审美理想。挖掘作品深处的哲学之思与审美之维后我们可以发现，俯视不仅展示了一种看世界的方式，更体现出某种“和、与、共”的存在方式。

关键词　俯视；都市行人；扁平化；块茎思维；存在方式

作者简介　刘希言（1995—），女，山东大学文艺美学研究中心，文艺美学硕士，主要从事美学、中国文学批评史研究。

引　言

“整个艺术史是一部关于视觉方式的历史，关于人类观看世界所采用的各种不同方法的历史。”① 正如赫伯特·里德所说，有什么样的观看视角，就会有什么样的艺术技巧。观看不应是一种受制于视觉的习惯，也不

① ［英］赫伯特·里德：《现代绘画简史》，刘萍君译，上海人民美术出版社 1979 年版，第 5 页。

应是一种被理性绑架的程式，而应是一种自由多元的选择——取决于艺术家们自身“发现或构造一个可信的世界的愿望”。而这一愿望，在美国纽约现代画家 Jim Zwadio 那里呈现为一个俯视下的压缩空间。我们知道关于一种观看方式的研究无外乎有三个出发点：看什么？怎样看？以及为什么这么看？带着这些问题，笔者以《行人》为线，在与其他艺术作品与观念的对比中，试图找寻俯瞰这一视角的特别之处。在分析了作品的主题、形式与背景之后我们发现，压缩的空间不仅展示了一种看世界的方式，还体现了一种生存于世的方式，值得我们为之深思。

一　看什么？——俯视下的人与景

（一）都市游走的行人

纵观西方绘画史的长河，从中世纪的醉心上帝到文艺复兴时的人之觉醒，从封建君主制度下的贵族趣味到当今民主时代的大众风尚。题材的改革反映了时代的变迁，社会持续地“向上”发展影响了艺术家不断地“向下”挖掘——艺术关注人生，尤其是平凡大众的普通人生，越来越为大多数艺术家们所认可甚至奉为准则。早在 19 世纪，美国就已经步入了城市化的快车道。而画家所处的曼哈顿地区，作为如今全美的经济文化中心，更是拥有全世界最集中的摩天大楼与全世界最繁忙的行人过道。由此可见，《行人》这组都市景观作品正是取材于画家的生活日常，刻画的就是他身边的芸芸众生以及众生脚下的城市大地。但相较于景观，这组画无论是从主题还是从画面所占的比例来看，主要凸显的仍是作为社会主体的人。的确，人是都市灵魂的象征，是城市风貌的直接体现。在 Jim 的笔下，来往的行人衣着服饰各有特色，颜色纷杂主调鲜亮，可以使人直观地感受到纽约这座城市的多元与活力。但色彩的处理尚在其次，这组画最别具匠心之处就在于作家观察人物时所选取的视角——从一个假想的高度向下俯视，来往的行人虽不至小如蝼蚁般无法分辨，但每个人的身高、样貌显然已无从知晓。用这样的视角观看人物有何效果？或者说画家希望借此传达出何种思想、情绪？我们知道在西方传统透视画法中，画家们往往借助于经营位置、调和光色来区分人物的主次高低。《雅典学院》（见图1）虽然人物众多，但纵深的拱门背景却可以使人在第一时间将视线留给画面正中的苏柏师徒；《拿破仑一世加冕大典》（见图2）人物更为复杂，但“近大远小”视觉原则却让人物的高低贵贱鲜明可判；由此再反观这组《行人》，俯视下的人物皆享受着自然光的普照，且在规模和空间上的显示都是均等的。这是否意味着某种程度上的平等？是否传达出作者对于民主的愿景？

图1　雅典学院

图2　拿破仑一世加冕大典

但正如一枚硬币总有两面，过度平等的背后也许意味着个体差异的消磨。谈及“都市行人”，很难不联想到波德莱尔的诗句：“拥挤的城市！充满梦幻的城市！大白天里幽灵就拉扯着行人！到处都像树液流淌着神秘，顺着狭窄的管道群。”① 法国画家蒙克将此般幽灵搬上了画布，但不同于波氏的白昼，巴黎的冬夜更增添了一份阴森恐怖的气氛。在画作《卡尔约翰大街的夜晚》（见图3）中，拥挤的人群如行尸般游走，骷髅似的面容透着无尽的麻木与冷漠。他们每个人都是人流中的一分子，但却又是与旁人毫不相干的独立个体。蒙克通过幽暗的色调与模糊的线条表现出人们精神世界的孤独恐惧与彷徨绝望。再反观这组《行人》，虽然整体的色调是明亮欢快的，但俯视的视角仍旧造成了个体差异性的模糊，从一个头顶我们无法了解他的身高长相、行为动作；无法得知他的心理状态、性格特征。甚或可说，这幅图就像由一块块彩色碎布拼接而成的，什么样的人物出现在画面上何处完全是随机任意的，人似乎只是画面的填充物，一个功能性的符号，在画面结构的安排中，随时面临着被替换的可能。除此之外，人物体积的缩水使得画面留出了大量的空地，暗示着与远方未知空间的联系。人们步履匆匆却不知去向何方，照面不识也不知来自何处。这让人不免联想起高更的那幅名作《我们从哪里来？我们是谁？我们往哪里去?》(见图4)，高更在南太平洋的塔西提岛上寻找到了未经现代文明污染的世外桃源，而我们的画家是否也像他那般在潜意识中暗流着对乡村故土的依恋？至少有一点我们可以证实，作为一个土生土长于美国中西地区的画家，他无形中已将“中西部景观的平整感”应用于对“城市垂直景观”的描绘上。也许详细又模糊、熟悉又陌生、简单又复杂正是当今都市人的形象写照与生存状态。

① ［法］波德莱尔：《恶之花》，郭宏安译，广西师范大学出版社2002年版，第58页。

图 3 《卡尔约翰大街的夜晚》

图 4 《我们从哪里来？我们是谁？我们往哪里去？》

（二）行人身处的都市

“于我而言，从空中俯瞰，曼哈顿的风景就像一幅地图。城市的空间在视觉上平展成一幅‘被发现’的绘画。”生活在现代都市的人们可能都会有一种感受：每日的时间被划分地越来越精细但流逝的节奏反而越来越快，上天入地的建筑不断地刷新着历史记录但留给每个人的生存空间却越发不够。我们似乎真的走向了哈维所说的“时空压缩”的时代——“世界好像向内倾倒，压迫于我们。”①

---

① ［美］戴维·哈维：《后现代的状况》，阎嘉译，商务印书馆2004年版，第300页。

历史并非一贯如此。中世纪的地图绘制者通常以感性的细节来描绘世界，使其几乎像一幅画。在这样的地图中，河流蜿蜒连接着城市，山峦层叠覆有茂林。在上帝的眼中，人类不是这个世界上唯一的居民，各种神鬼仙怪，各种珍禽异兽，显示出一番奇幻神秘的图景（见图5）。但随着文艺复兴一声号响，人类代替上帝睁开了双眼。我们发现借助欧几里得的标尺与托勒密的测量仪，世界于我们而言不再神秘，高山大海均不过是地图上一个小小的坐标。到了18世纪的启蒙运动，空间更被视为某种可以征服的东西，人类成了世界的主宰，仿佛天涯咫尺尽在脚下。但事实真的如此吗？相信每一位初涉都市的人都会遇到如下尴尬：林立的高楼千栋一面，错综的道路百结如麻，为了避免迷失其中，我们唯有依靠平面的地图导航系统，才能剖开城市的肌理，厘清城市的脉络。这也许是Jim，一个生活在都市的“异乡人”选取俯视角度观看和创作《行人》的深层心理动因。

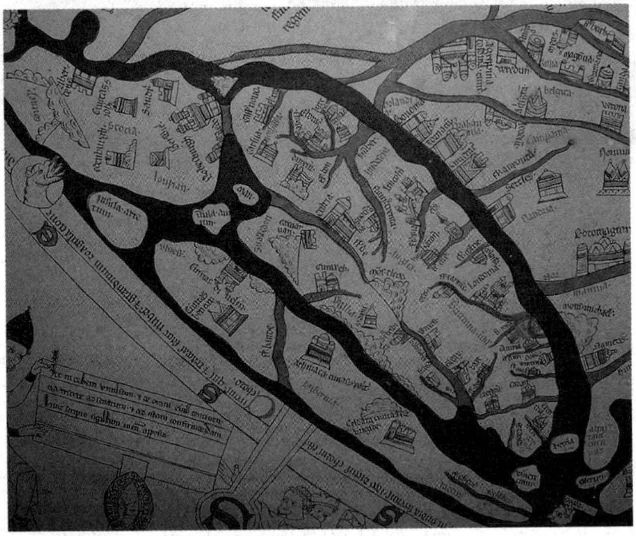

图5　赫里福德地图

但吉姆的“地图”明显不同于卫星测绘出的虚拟影像，它是直观经验的，它是现实可感的。原因就在于他选取的具体绘画场景：《行人》的脚下或是人行横道，或是方砖街面，抑或是茵茵绿地，皆是最平凡普通之处，也是市民最熟悉，最贴近生活的所在。并且它们还有一个最大的共通之处，那就是开放性。从高空向下看去：压缩的人物为环境挪出了位置，类似于中国画中的“留白”，那一条条斑马线、一块块方砖路、一片片青草地似乎向着画外无限延展出去，仿佛一张大网，与看不见的世界相勾连。因此无须实际描绘，仅凭方寸之画便能暗示出整个城市的基础设施，当然也包括其上的行人。对比同样为纽约代言的著名艺术家爱德华·霍珀的绘画作品。霍珀同样放弃了高楼大厦但选取的场景却是一些都市角落，画家借这些封闭独立的空间希望传达一种孤寂幽闭之感（见图6）。那么以此类推，Jim 笔下的开放空间是否也营造出了某种氛围？传达出了某种情绪？正如画家自己所说的那样：“压缩的空间是一幅地图，一幅活生生的地图。”① 地图的生命力也许不仅取决于那些看得见的、呈现为画面的人物与环境，还依赖于那些我们留存于脑海中的，看不见的生存记忆。也许画家有意通过绘制仅属于他个人的记忆地图，来传达对纽约这座城市的归属

图6 《纽约的房间》

① Jim Zwadlo, Artist's Statement, http://www.eisenhauergallery.com/artist/jim-zwadlo, 2012.

感与融入感。正如卡尔维诺在他的小说《看不见的城市》中所说的那样："旅行的时候，你会发觉城市是没有差异的：每个城市看起来就像任何一个城，它们互相调换形状、秩序和距离，不定形的风尘侵入大陆，你的地图却保存了它们的不同点：不同性质的组合，就像名字的笔画。"①

二　怎样看？——俯视中的空与形

（一）《行人》的空间意识

中西传统绘画里有一个最为显著的差异，那就是画面的空间意识。"西洋人善勾股法，故其绘画与阴阳远近，不差锱黍，所画人物、屋树，皆有日影。其所用颜色与笔，与中华绝异。布影由阔而狭，以三角量之。画宫室于墙壁，令人几欲走进。学者能参用一二，亦其醒法。但笔法全无，虽工亦匠，故不入画品。"② 这里，邹一桂对西洋画法的评价虽有偏见，但他无疑点出了西方传统绘画技法的精髓所在。一是建立在科学理性上的空间观念；二是借助透视、明暗、色彩实现空间立体感的构建方式；三是注重整齐统一、对称均衡、比例和谐的空间审美理想。与此相对，中国画所表现的空间意识，"是大自然的全面节奏与和谐。画家的眼睛不是从固定角度集中于一个透视的焦点，而是流动着飘瞥上下四方，一目千里，把握全境的阴阳开阖、高下起伏的节奏"（见图7）。③ 由此观之，俯视下的《行人》以其整体性、平面化、虚实结合的艺术技巧，比起西方传统的透视画法，似乎与中国画的某些理念更为贴合。因而在此尝试对其进行比较分析，以期找出作为现代绘画的《行人》与西方传统绘画的差异之处。

① ［意］伊塔诺·卡尔维诺：《看不见的城市》，张密译，译林出版社2012年版，第23页。
② （清）邹一桂撰，王其和注：《小山画谱》，山东书报出版社2009年版，第144页。
③ 宗白华：《美学散步》，上海人民出版社2006年版，第166页。

图7　中国传统山水

首先是“以大观小”。沈括在其《梦溪笔谈》中以为，仰画楼阁，只能见其飞檐，以大观小，方能“重重悉见”。[①] 俯仰之间，这其中的“妙理”似乎与视角很是有关。所谓登高望远，俯视下的视野更为开阔。若是能站在帝国大厦的顶端，那么纽约城的全景便可尽收眼底。此时何愁表现不出都市的恢宏壮丽，何愁找不到各类的人物风景。但是，心怀其“大”，也要眼观其“小”，把握全局也要注重细节。也许 Jim 正是通此妙理，因而在俯视全览的同时也不忘将视线聚焦于一处——行人。而这样的艺术处理，使得我们不仅看见什么，更联想到看不见的什么。从整体把握局部，方能以有限观看无限。除此之外，“折高折远”并非取决于科学的透视原则，而是“外师造化，中得心源”，即以心灵之眼，拒绝照相式的机械复

① （宋）沈括：《梦溪笔谈》，侯真平校点，岳麓书社 1998 年版，第 136 页。

制。Jim 曾坦言,《行人》这组作品确实借助了摄影技术,但他坚定认为,摄影于他而言只是一种催化剂,照片只是绘画的工具,但它们不会出现在完整的绘画中。因而我们可以看到,《行人》中的每个人物虽是生动形象的,但并不像透视法那般刻意追求逼真。看不见的面孔模糊了人物的身份,写实的同时也强调了表意。这让人不禁会联想到美国照相现实主义代表画家查理·克洛斯,他笔下的人物栩栩如生,但却因为过度写实缺乏生气而被人诟病(见图 8)。对比之下,似乎不见面目的《行人》反而更有烟火气息,这也许便是整体与局部兼顾、写实与表意同存的“以大观小”之法的妙理吧。

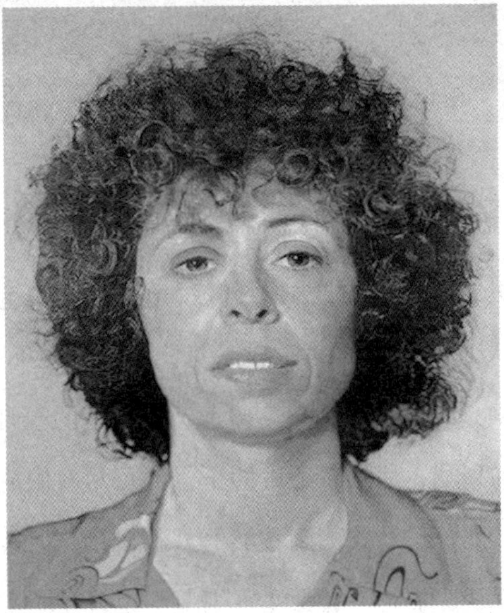

图 8　照相现实主义

其次是“移远就近”。西方古典绘画中的透视法是依据科学的计算构造出的一个三进向的立体虚幻空间。而这个立体空间的实现主要借助于虚构、明暗、色彩等方法构建。我们之所以觉得这些“行人”真实可感,是因为头顶的光亮、衣褶的深暗,以及不同方向、不同长度的影子——这些对比变化是给人以立体感的重要手段。但是，和传统透视法所形成的纵深空间不同，我们可以明显地感受到俯视的视角压缩了空间，使画作趋向于平面化。而这恰好符合中国画的空间意识。中国画善于运用“散点透视”来观察物体，其中最具代表的体现就是“三远法”。宋代画家郭熙在《林泉高致·山水训》中云：“山有三远，自山下而仰山巅谓之高远，自山前而窥山后谓之深远，自近山而望远山谓之平远。”① 高、深、平分指仰视、俯视与平视，由高转深，由深及远，说明画家观察对象时的视角没有固定不变，而是往复流动的。如此再看《行人》这组画，我们发现画家的眼睛也像是一台移动的摄像机，每一个人物都平等地出现在他视线之中，没有远近大小之分，也没有高低贵贱之别。此外，俯视的视角还巧妙地将“远”拉近，将高压低。如此一来，观者难免要发出疑问：这样平面化的处理还如何体现空间感呢？但也许这就是现代主义画家追求的审美理想，在超写实的摄影技术面前，消解深度、表达抽象也许是一种反抗与突破。但我们仍应看到，无论是行走的人物，还是流动的色彩，都旨在努力建构着一个画家眼中心底的理想世界。正如宗白华先生在《美学散步》中所说：“以宇宙人生的具体为对象，赏玩他的色相、秩序、节奏、和谐，借以窥见自我的最深心灵的反映；化实景而为虚境，创形象以为象征，使人类最高的心灵具体化、肉身化，这就是‘艺术境界’。”② 且这个艺术境界是美的。

（二）《行人》的形式技巧

格林伯格在《现代性绘画》一文中指出：平面化乃是现代主义绘画最基本的特质。“构成绘画媒介的某些限制——平面，支撑物的形状与颜料特性——曾被传统的绘画大师们视为消极因素。现代主义绘画却把同样的

---

① （宋）郭熙著，周远斌注：《林泉高致》，山东书报出版社 2010 年版，第 51 页。
② 宗白华：《美学散步》，上海人民出版社 1981 年版，第 70 页。

这些限制当作积极因素，并公开予以承认。”① 的确，扁平化的空间在消解深度的同时强化了绘画表面的形式。光线、颜色、线条，那些与我们的视觉最直接接触的因素，终于从古典绘画精心设计的舞台上跳脱出来，成为独立于宗教、历史的表演艺术家。也正因如此，作为现代绘画作品的《行人》在形式上难免具有时代的烙印。吉姆曾明确坦言，印象派的城市风景，包豪斯摄影，纽约学派的抽象与极简主义都对其艺术观念产生了重要的影响。那么这些影响是如何具体表现的？我们还是要回归到画作本身中去。

首先是光线与色彩。对于光与色的研究是印象派的主要任务，因为这两点与我们的视觉经验直接相关。波德莱尔说：“现代性就是过渡、短暂、偶然，就是艺术的一半，另一半是永恒不变。”② 作为现代艺术的开山祖师，印象派正与其名一样，善于捕捉事物现实运动的一个个偶然却又真实的瞬间。而这个瞬间并非精心设计的“高潮前的顷刻”，而是目之所遇，心之所感。如此看来，表现即目之景的《行人》似乎深谙此道。但印象不同于写实，非确定性才符合我们的视觉特征，因而每一个行人才平添了一份模糊感。但与之相对的，光线与色彩反而被凸显了出来。画面上的光是流动的。光与影的变幻不仅通过强烈的明暗对比营造出立体的空间感，还使静止的画面具有了时间性。此外，大量斜长、纷杂的人影不仅丰富了画面，还营造了某种纷繁错乱的视觉效果。光明、美好，就如雷诺阿眼中的巴黎舞场（见图9）。透过树叶间隙洒落下的阳光细碎、斑驳，使得画中之人也如这座城市那般鲜活明丽。最后，选择平直、均匀的自然光似乎还有某种象征意味。伦勃朗的《夜巡》（见图10）通过光线的明暗层次，区分画面中的主次人物；霍珀的房间通过聚光灯的投射，展开画面的情节叙事。

---

① ［美］克莱蒙特·格林伯格：《现代主义绘画》，秦兆凯译，《美术观察》2007年第7期。
② ［法］波德莱尔：《现代生活的画家》，郭宏安译，浙江文艺出版社2007年版，第32页。

图 9 《煎饼磨坊舞会》

图 10 《夜巡》

但到了《行人》这里，没有中心，没有主次，每一个人都公平地享受着阳光的普照，这是否也暗示着民主？是否也像无意义的行走那样消解了画面的叙事性？如果说民主之意有些过度阐释，那么由色彩体现的多元应该是毋庸置疑的。在这里，为了形成更强烈的视觉效果，画家选取的颜色大部分都很鲜艳明丽。当人物作为符号性的存在不再追求清晰的轮廓，那么只有依靠各种色差，才能生动地表现出每一个独立、鲜活的生命个体。

其次是线条与几何图形。由钢筋水泥构建的现代都市给人们带来了新的视觉体验与价值观念，机械化批量生产的方式和经济概念使得艺术趋向于一种简洁抽象的美学追求。作为现代主义建筑的雏形，包豪斯学院的校舍以其简洁实用、经济美观的特质在全球被大批量复制。其代表性建筑家柯布西耶坚信建筑之美应当基于柏拉图式的纯粹、绝对的形式，应当展现数学秩序和科学理性的宏伟。[①] 而这一观念在绘画界对其最先作出回应的便是塞尚。塞尚的作品大都表现出结实的几何感，忽略物体的质感及造型的准确性，更关注物体之间的整体和谐。他成熟时期的画作《圣维克多山》（见图11）体现出自然毫不妥协的坚实感。稳定的三角形山体，对称的弧形高架桥，平行分割画面的地平线，一切皆体现着理性的秩序与和谐。此时再来看这组《行人》，俯视下的人物背景或是人行横线，或是方形地砖，除去上一章所提到的延展感，这些连接的几何图形似乎还起到了对画面进行分割的作用。

图11 《圣维克多山》

① ［美］吉姆·鲍威尔：《图解后现代主义》，章辉译，重庆大学出版社2005年版，第74—75页。

这些简单稳定的几何形式为混沌的画面找到了某种永恒。除此之外，相较于棱角分明的几何图形，人物的轮廓线条更为柔和。画家并没有采用立体主义画派纯粹用几何形状来表现空间的理念，而是仍旧关注色彩、光影与明暗变化，从而在扁平化的空间中表现出小范围的立体感——每个人物的体积。

三　为什么这么看？——俯视里的哲学之思与审美之维

（一）俯视的哲学之思

西方古典绘画借用透视法来客观再现具象性空间的审美理念可追溯至古希腊。柏拉图认为，艺术是对自然的模仿，是“影子的影子”；毕达哥拉斯学派则提出了“数是万物的本源，而艺术的美在于数的比例与和谐”。这种科学化、客观化的艺术理念在经历了漫长的中世纪后被文艺复兴时期的巨人们重新拾回并加以修正。在达·芬奇看来，艺术不仅要模仿自然现实，还要传达人类理性。他认为：“那些作画时单凭实践和肉眼的判断，而不运用理性的画家，就像一面镜子，只会抄袭摆在面前的一切东西。”①为了使镜中的世界更符合理想的标准，透视、明暗、光色都成为不可忽视的因素，由此才诞生了《蒙娜丽莎》《最后的晚餐》这类人类艺术史上的丰碑。从此，均衡、秩序、和谐的审美理想贯穿了整个西方古典绘画的始终，直至工业革命机械的轰隆声才打破了这份长久未变的宁静。摄影技术的发明，动摇了以模仿自然为目标的写实传统；两次世界大战，宣告了“上帝”之死与人类理性的灭亡。画家们纷纷“向内转”，开始关注自身心灵的渴望与诉求。印象主义用光和影捕捉时间碎片，立体主义借线与形重建空间概念。从追求立体到强调平面，从注重题材到凸显形式，整个现代

① ［意］达·芬奇：《达芬奇讲绘画》，刘祥英等译，人民美术出版社2005年版，第150页。

主义绘画的发展脉络就是不断简化视觉语言与回归艺术本体的过程。从20世纪以来，社会发生了翻天覆地的变化。与此呼应的是，有关艺术的一切也被彻底颠覆。21世纪的画家们不再用同一双眼睛看世界，不再遵循同一种标准，服从同一种教条。

绘画史的变迁为我们打开了一扇窗口，借由其上可以看到更为深层的哲学领域的思维转变。以“模仿论”为基础的艺术观实际上反映了本质主义、中心主义的思维模式。从古希腊开始，对世界本源的追问就成了哲学的终极命题。文艺复兴、启蒙运动更是将人类的主体意识抬至高位。对本质主义的过分追求使得人们不免陷入理性至上、主客二分的思想境地，由此形成一种层层分叉的“树状思维”，即“基于一个中心，以理性分析、逻辑推演和经验实证为主要方法的认识论传统”。① 这种“树状思维”在西方传统绘画理念中的体现就是：根的唯一性意味着统一的审美标准，茎的分叉性意味着艺术要符合自然，而根—茎—叶的层级划分又暗含了等级与秩序。究其本质，树的譬喻意味着终极真理、中心意识，而它恰好与多元复杂、丰富多彩的现代社会形态相悖。正因如此，拒斥同一性、批判二分法的法国后现代主义哲学家德勒兹在此基础上提出了“块茎”理论。“块茎”本意指在土壤浅表层匍匐状蔓延生长的平卧茎，德勒兹借这一种植物样态，传达出一种去中心，反层级，强调整体统一的思维模式。因为交错缠绕而又各生枝叶的藤茎象征着普遍联系与个别独立的统一；块茎超强的繁殖力与生命力则分别意味着思维的创造性、发散性与社会的包容性、稳定性。身处高楼林立的现代都市，我们一直对 Jim 选择俯视的视角持有疑问。是什么决定了他放弃探索空间的高度，反而青睐平面化的艺术效果呢？也许这两种思维之间的博弈

① 邢志勇：《块茎思维与游牧空间——德勒兹非理性主义认识论研究》，硕士学位论文，南京师范大学，2018 年。

能为这种选择给出一个答案。

生活在都市中的人，与其说是一个独立的个体不如说是一个社会性的存在，而社会性是通过水平式的人际交往产生的。生活在都市中的行人在某种程度上来看就像块茎，一条条人流如一根根须茎在地表上不停地生长、蔓延。人们在城市里游荡，每一次驻足都只是短暂的停留。然而每一次“扎根”都会伴生出新的“果实”，即由新的身份、新的功能、新的职业所构成的新的关系网。在卡夫卡眼中，这张网是易破的。就如异化为甲虫的格里高尔，当他不再是父母的儿子，公司的职员，客户的房东，他便什么都不是了。即便他知道自己仍是自己，但离开了社会这张大网，他只能在孤独与痛苦中走向死亡。但在德勒兹看来这张由“块茎”思维编织的大网是稳定的，因为每一个个体都是具有差异性的存在。就像每一个行人，虽然线条模糊了轮廓，但是色彩却突出了差异。而在没有等级秩序的社会里，这种差异即意味着永恒。应该说，树的比喻关注的是起源、根基、本体，而画家似乎并不关注眼底的行人到底从哪里来，究竟要到哪里去。他所展现的就是一张无意义的关系网，这也许意味着德勒兹眼中的存在方式：“坚实地存在是要一起存在，而不是绽出来：共存，多重的‘和’与‘一起’的逻辑，而非单独的‘是’的逻辑。”①

（二）俯视的审美之维

如果引用一句话来总结20世纪以来的文化现象，那就是叶芝的诗句：“万物都已肢解，中心再难维系；只有混乱被松开捆绑，横行于世。”的确，解构主义在推翻理性集权与二元等级制的同时，也使得人类的精神世界只剩下虚无。上帝已死，真理不复，“一切坚固的东西都已经烟消云散，

① ［美］尤金·霍兰德：《导读德勒兹与加塔利〈千高原〉》，周兮吟译，重庆大学出版社2016年版，第135页。

一切神圣的东西都被亵渎了，人们终于不得不冷静地直面他们生活的真实状况和他们的相互关系……”[①] 那么面对现代社会这一座崩塌的废墟，人类又该依靠什么来实现自救？让我们回过头来去思考那废墟之上“看”的主体，他是谁？为什么选择站在高处？俯视到底使他看得更清还是使他离现实更远？当一切深度被平面化，一切历史被现实化，我们有必要对艺术家作出这样的追问。

借用木心先生对希腊神话中“迷楼”一则的阐释：由伦理、制度、道德、条例围筑起的现代社会有如一座“迷楼”，将象征欲望的弥诺陶洛斯囚于其中。人类要想摆脱这一困境，只有像伊卡洛斯那般飞出去。[②] 但是，如何飞？尼采认为要借助艺术的翅膀——“艺术，与我们在一起，我们也许不会死于真理。”[③] 但尼采式的英雄是天才，是超人，他们的“强力意志”怎会允许自己满足于不高不低的现状？于是他们重估了一切价值，打碎了一切偶像。但却在追求自身无限可能的同时败给了不可企及的太阳。伊卡洛斯式的艺术家是飞天的梦想家，他们敏锐地察觉到了社会的病症并企图寻找超越一切混沌的终极价值。但很可惜，飞得越高阳光越是耀眼，享受着“造神”欢愉的尼采们忘记了自己作为羸弱之“人”的现状——眩晕症。这种“眩晕”最令人恐怖之处不是虚无，而是过度膨胀。在波德莱尔眼中，现代都市是开在腐朽土地上的恶之花，现代人是失去灵魂的漫游者，而与死神同舞的艺术家们是这个颓废时代的“浪荡子”——他们既是“对衣着和物质过分讲究的”的纨绔子，也是能“从流行的东西中提取出它可能包含着的在历史中富有诗意的东

① ［德］马克思：《共产党宣言》，转引自［美］马歇尔·伯曼《一切坚固的东西都烟消云散了——现代性体验》，徐大建等译，商务印书馆2013年版，第114页。

② 木心：《文学回忆录》，广西师范大学出版社2013年版，第32页。

③ ［美］门罗·C. 比厄斯利：《西方美学简史》，高建平译，北京大学出版社2006年版，第251页。

西，从过渡中抽出永恒”的观察家。[①] 而这种与社会若即若离的矛盾态度萨特以为源于波德莱尔“看”世界的方式：“波德莱尔的原初态度是个俯身观看者的态度。俯向自身，如同那喀索斯。在他身上，没有任何直接意识不为一道犀利的目光所穿透。对于我们其他人来说，看见树和房子就够了；我们全神贯注于观看树和房子，忘却了自身。波德莱尔是从不忘记自身的人。他看着自己看见了什么；他看是为了看见自己在看。”[②] 波式通过审视自我来观察世界，而人的自我在纪德看来便是那位美男子那喀索斯，而他倾慕的“水中倒影”就是艺术，即“超自我的自我”。木心先生认为“艺术、哲学、宗教，都是人类的自恋”，但一如静水无波两相照，只有“适当保持距离时，才有美的可能、真的可能、善的可能”。[③] 但浪荡不羁的波式似乎不懂也不愿去懂我们的中庸之道，他不但要投石激水，还要用各种恶物搅得一池污浊不堪。他是撒旦，因而他追求堕落。如果说升高使人眩晕，那么他正是在享受坠落带给他的安全感。在下坠的过程中，他感到“众人皆醉我独醒”的独立与自由，萌生了“自己是造物之主”的欢愉与骄傲。他不愿高高在上地与世界保持距离，因为逃避现实是他“生命中不可承受之轻”。于是“他不断重复自己有罪，以使得现代性感到惭愧，为之自责”[④]。波德莱尔式的艺术家是大地的守护者，他们与世界一起沉沦，直至身心俱亡。

当世界崩塌，万物不复，总还有人在废墟之上为我们指点迷津，“在生存的边缘采撷花朵”。不同于波式的浪荡子，本雅明的漫游人不但“在自己身上培植美的观念”，还为整个人类文明在现代性的垃圾中拾回美的

---

① ［法］波德莱尔：《1846 年的沙龙：波德莱尔美学论文选》，郭宏安译，广西师范大学出版社 2002 年版，第 424 页。

② ［法］萨特：《波德莱尔》，施康强译，北京燕山出版社 2006 年版，第 6—7 页。

③ 木心：《文学回忆录》，广西师范大学出版社 2013 年版，第 33 页。

④ 安丽霞：《现代性的忧郁：从颓废到碎片的灵光》，中国社会科学出版社 2017 年版，第 68 页。

碎片。[①] 正如一滴水折射出一个世界，本雅明认为每一块碎片都埋藏着关于整个家园的记忆，而艺术的使命，就是要在迷楼中绘制出属于个人记忆与想象的地图，在混沌中唤出诗意，找回永恒。这让我们不仅联想起凡·高的《农鞋》，在海德格尔眼中一双鞋便凝聚着人类的艰辛，回响着大地的召唤。因为它不仅是具备"有用性"的物，还是凭借"可靠性"的艺术。[②] 因此世界不是一个"在那里"有待于理性分析的对象，一个与沉思的主体对立的对象。而是我们与世界互相构成，互相依赖，在联系与对话中互相成其存在。正如吉姆在介绍中的最后一句总结："压缩的空间不仅展示了一种看世界的方式，更体现出一种存在于世界的方式。"[③] 故一个艺术家可以在高空中对世界冷眼旁观、理性思考。但一个伟大的作品必然是诗意地栖居于大地之上，与万物共生，与人类同存。

小结：苦中作乐——一种思维跳接的游戏

李欧梵先生在《重构人文学科和素养》中用一句话总结了自己的研究方法——耦合式的"接枝"，使我深受启发。李先生所谓的"接枝"，不再是"自古至今一条线的持续方式，而是从'现实'出发的一种'跳接'"，既有"以古照今"的竖向关联，又有"跨国家、跨文化、跨学科"的横向对比。除此之外，这种"接合"在李先生看来更应突出强调一个"偶"字，所谓"有心栽花花不开，无心插柳柳成荫"，此种"声东击西、误打误撞"地研究过程收获无穷，乐亦无穷。[④] 这便是笔者写作本文时最大的感受。初拿此题，毫无头绪。后执一端，顺藤摸瓜。写

---

① ［德］瓦尔特·本雅明：《单行道》，王才勇译，江苏人民出版社2006年版，第56页。
② ［德］海德格尔：《林中路》，孙周兴译，上海译文出版社1997年版，第19页。
③ Jim Zwadlo，Artist's Statement，http：//www. eisenhauergallery. com/artist/jim-zwadlo，2012.
④ 李欧梵：《重构人文学科和人文素养》，《苏州大学学报》（社会科学版）2012年第3期。

作期间因为对于绘画原理一窍不通，所以难免要从零基础学起，且走了不少“弯路”。但正是这些“初看无关，终却偶合”的弯弯绕绕，在不断给人以惊喜的同时也让笔者看到了该论题巨大的阐释空间。对于一种观看方式的研究，无外乎三个角度：从“看的对象”来说，此组图既表现了都市人的生活状态，又暗示了整个城市的生存空间，从而将“人”在虚拟的城市空间中现实地表现了出来；就“看的方式”而言，这种“以大观小、移远就近”的空间意识与凸显光色，简化线形的形式技巧，不仅与我国传统绘画的空间观念暗合，更明显继承了印象派等现代主义绘画的审美理想；回归到“看的主体”，在挖掘作品深处的哲学之思与审美之维后我们可以发现，俯视不仅展示了一种看世界的方式，更体现了某种存在的方式。至此，笔者苦中作乐，在这种思维跳接的游戏中初尝甜头。但我深知，高山仰止，景行行止，一切思考才刚刚开始。

Overlooking the Pedestrian

——A Jump-start in Thinking Triggered by a Group of Urban Paintings

Liu Xiyan

Abstract The urban landscape painting Pedestrians created by Jim Zwadio, a modern New York painter, not only shows the living state of urbanites, but also implies the living space of the whole city from the aerial point of view, so as to represent “people” in an abstract urban space realistically. This kind of spatial consciousness of “observing the small ones through the big ones and moving the distant to the near” and form skills of “highlighting light and color and simplifying line and shape” are not only in accord with the spatial concept of traditional Chinese paintings, but also inherit the aesthetic ideal of modern paintings such as impressionism. After excavating the deep philosophical thought and aesthetic dimension of the works, we can find that “aerial view” not only shows a way of seeing, but also a way of being that “harmony and co-existence”.

Key Words Aerial View; Urban Pedestrians; Flattening; a Way of Being

Author Liu Xiyan (1995—), female, a postgraduate Student at Literary and Artistic Aesthetics Research Centre of Shandong University. He main research interests are aesthetics and the history of Chinese literary criticism.

海德格尔艺术观中的俯瞰视角

贾珊红

摘要 海德格尔在探讨艺术时认为体验消解了艺术的独立性导致艺术的终结，因此反对体验对艺术作品的过分干预。他对纯然物、器具和艺术作品进行区分，侧重从物性角度探讨艺术，跳脱人的主体幻象。海德格尔认为艺术作品建立世界并制造大地，以俯瞰的视角观察艺术从而发现艺术与大地的紧密关系。他从艺术延伸到技术的追问，跳脱“座架”的束缚和“订造”的单一性，认为艺术中蕴含解蔽的无限潜能。这些都展现了海德格尔艺术观中的俯瞰视角。

关键词 俯瞰；艺术；主体；大地；技术

作者简介 贾珊红，女，山东大学文艺美学研究中心硕士研究生，主要研究方向为西方美学。

笛卡尔哲学张扬了人的主体性也促成了哲学的近代转向，但实则反映出人的主体性对世界的过度干涉和攫取，导致了人与世界的危机；在艺术领域，19 世纪以来兴盛的浪漫主义重视情感作用，对文学艺术产生了深远的影响，这使艺术更加重视人的情感和艺术家的天才作用，但也逐渐削弱了艺术的独立性。海德格尔认为传统哲学混淆了存在与存在者，其对存在的定义和追问便是对传统哲学过分强调主体性的纠偏。海德格尔的艺术观植根于他的存在论哲学之中，因此也就对主体性幻象有着反思和纠正。浪漫主义美学过分强调人及人的审美体验对艺术的作用，将人的主体意识注入作品当中。海德格尔则用物性取代人性作为探讨艺术的着眼点，以俯瞰的视角跳脱出人原有的主宰地位。海德格尔的俯瞰视角更像是一种旁观的第三人称视角，排除了艺术家的创造力和欣赏者的审美判断。在重视艺术对世界的建立作用的同时，俯瞰艺术作品从而将其与大地紧密相连。在对技术的追问中，海德格尔认为技术是一种解蔽，但现代技术的解蔽造成了对自然的“促逼”。他同样以俯瞰的视角超越了“座架”的框选，将救赎的希望之光投向艺术的审美解蔽，从而打破现代技术“订造”下的解蔽的单一性和规定性。海德格尔对艺术的思考充满俯瞰的视角，但这种俯瞰并不具有上帝般的权威，而是从另一个侧面探讨问题，这也反映出海德格尔对主体性幻象的舍弃和对存在之显现潜能的追求。

一　跳脱主体性束缚

在《艺术作品的本源》的结尾海德格尔提出了艺术终结的原因，他认为：“人体验艺术的方式，被认为是能说明艺术之本质的。无论对艺术享受还是对艺术创作来说，体验都是决定性的源泉。一切皆体验。但也许体验却是艺术终结于其中的因素。这种终结发生得如此缓慢，以至于它需要经历数个世纪之久。”① 传统审美观认为艺术作品离不开人的创作与欣赏，但海德格尔则重点强调艺术作品被创作出来之后所具有的独立性，他认为诸如移情、感召等主体体验将人放置在主导的位置，从而忽视了艺术作品的物性存在；同时，他将艺术作品与艺术家的紧密关系割断，认为艺术是真理的自行置入，他虽未言明是谁以怎样的方式将真理置入艺术作品之

① ［德］海德格尔：《艺术作品的本源》，孙周兴译，［德］海德格尔《海德格尔选集》，上海三联书店 1996 年版，第 300 页。

中，这也使得“自行置入”这一说法显得十分模糊和先验。但海德格尔的“自行置入”更像是一种真理的“冲行”：“因为真理自置于存在者而成其为真理这回事属于真理的本质；所以，真理的本质有着一种冲行——冲向作品，冲向真理的这种高标特立的可能性，从而可能使本身在存在者中间以存在者的方式存在。”① 因此艺术作品的创作并非依赖于艺术家，“艺术家就像一条为了作品的产生而在创作中自我消亡的通道”。② 在这些艺术观点中也能看出海德格尔有意将艺术作品与人分离，从人作为主体对艺术作品进行欣赏的视角中跳脱出来，从物性的角度展开艺术作品的本源之思。因此邓晓芒批评海德格尔对艺术的思考离开了人性的标准，必定会陷入空谈。③ 但这也可视作海德格尔为了确保艺术独立性和自持性的一种矫枉过正的做法。

在探讨艺术作品本源之前，海德格尔将物分为纯粹物、器具和艺术作品。器具与艺术作品虽都为人所制作，但却有着不同的独立性。器具的存在就在于它的有用性，“有用性又根植于器具的一种本质性存在的丰富性之中，我们称之为可靠性”④，但器具的可靠性逐渐消耗在它的有用性之中。正像石头的存在消失在了石斧的有用性之中一样，人以自身为中心出发，关注于器具是否有用，因而也就忽视了器具的物性。但艺术作品与器具不同，在希腊神庙中，由于艺术作品建立了“世界”，因此质料在“世界”的敞开领域中出现，而这一切的出现基于“作品把自身置回到石头的硕大和沉重、木头的坚硬和韧性、金属的刚硬和光泽、颜料的明暗、声音的音调和词语的命名力量之中”。⑤ 质料的存在并未在艺术作品中被遗忘，

① 陈嘉映：《海德格尔哲学概论》，生活·读书·新知三联书店1995年版，第261页。

② ［德］海德格尔：《海德格尔选集》，孙周兴译，上海三联书店1996年版，第260页。

③ 邓晓芒：《什么是艺术作品的本源——海德格尔与马克思美学思想的一个比较》，《哲学研究》2000年第8期。

④ ［德］海德格尔：《海德格尔选集》，孙周兴译，上海三联书店1996年版，第254页。

⑤ ［德］海德格尔：《海德格尔选集》，孙周兴译，上海三联书店1996年版，第266页。

“大地”也在这种回归中被彰显。海德格尔将器具与艺术作品进行对比，强调了艺术作品的独立自持的特性，这也从侧面对人的主体性和统治地位进行了颠覆。

海德格尔的观点明显是跳出主体幻象对人的束缚，以一种更加脱离个人性的视角看待艺术。但跳脱主体也形成了两种不同的视角，一种便是将艺术作品放于艺术背景之中加以判断的平视。以安迪·沃霍尔的《布里洛盒子》为例，该作品一经问世便引发了艺术界的一场争论：这个作品能否算得上艺术品？沃霍尔用木板仿制了一批商场中常见的肥皂包装盒将其单独或多个放置进行展览。这些盒子在外观上与日常用品无异，也就将艺术和日常生活的界限模糊化，最终也引发了艺术界的讨论。如果按照以往主体体验的视角来欣赏《布里洛盒子》，其给人带来的美感体验与日常生活无异，因此难以将其作为艺术作品对待。亚瑟·丹托则以平视的视角将其放置于艺术背景中看待，他认为：“我们只有通过艺术世界的背景才能了解艺术是什么。因此，在波普艺术语境下——既包括其周围的实践，也包括理论话语——沃霍尔的《布里洛盒子》成为艺术品。”① 此处，一件作品能被作为艺术品看待并非出于人的主观审美感受，而是由于其在艺术背景和艺术理论话语的相互关系中占有一席之地。在艺术与日常生活的边界逐渐模糊的语境中，这样看待和评价艺术品的视角也越来越多地被使用。

同样是从主体幻象中跳脱出来看待艺术品，不同于丹托将艺术作品放于具体背景和话语中进行参照，海德格尔采用了一种俯瞰的视角，从高空看待艺术作品，从而以“大地”作为其远观的背景，也给艺术作品的阐释提供了更为广阔的空间。

---

① ［澳］芭芭拉·波尔特：《海德格尔眼中的艺术》，章辉译，重庆大学出版社 2016 年版，第 52 页。

二　世界与大地

海德格尔认为“艺术作品建立了世界并制造了大地”。早在《存在与时间》中海德格尔便使用了“世界”这一概念并将其与“此在”紧密相连。在《艺术作品的本源》中海德格尔并未明确说明“世界”和“大地”的确切内涵，但认为“一块石头是无世界的。植物和动物同样也没有世界；它们不过是一种环境中掩蔽了的杂群，它们与这环境相依为命。与此相反，农妇却有一个世界，因为她居留于存在者之敞开领域中”。[①] 可见，此处的“世界”与人性、社会性、历史性以及各种意义的赋予有着紧密的关系，同时“世界”并非物的纯然聚合，也不是给物加上人的表象的想象框架。世界是为事物的解蔽提供一个敞开的空间，使它们在其中彰显自身，“重新获得秩序、位置和节律，让存在者居留在去蔽的领域中”[②]。艺术作品恰恰张开了“世界”的敞开领域，因此建立了“世界”，使“世界世界化”。在凡·高的《农鞋》中，农鞋作为器具处于隐蔽的状态本不拥有“世界”，但画作开启了一个“世界”使其可以在其中展现自身，同时也建立了农妇的“世界”。“大地”这一概念海德格尔最早使用于对荷尔德林诗的阐释之中，在《艺术作品的本源》中作为与“世界”相对应的概念界定了艺术作品的两个职责。有学者认为海德格尔关于大地有着两到三个不同的概念：“第一便是与世界相对的，世界作为其意义整体的东西；第二是出于世界之内，标识世界一维的概念；第三在《艺术作品的本源》中大地有时指与世界开敞相对的一切存在者的总称，有时

① ［德］海德格尔：《海德格尔选集》，孙周兴译，上海三联书店 1996 年版，第 265 页。
② 张弘：《关于海德格尔艺术本原论的几个问题》，《学术月刊》2002 年第 12 期。

特指艺术作品中的质料。”① 在本文中我们主要从第三种概念来探讨海德格尔的“大地”。笔者认为“大地”与“世界”相对，因此更加贴近于本源意义上自然的含义。

海德格尔认为“世界”是敞开的而“大地”是锁闭的，“大地是一切涌现者的返身隐匿之所，并且是作为这样一种涌现把一切涌现者返身隐匿起来。在涌现者中，大地现身而为庇护者”。② 可见，在敞开“世界”与事物显现之时有着“涌现者”返身这一过程，此时“大地”便成了承接处。艺术作品显现存在者之存在并构建“世界”之时，“大地”将其存在隐匿，使存在不致如同在器具之中一样被有用性消耗。海德格尔将此过程概括为“作品把大地本身挪入一个世界的敞开领域中，并使之保持于其中”③。这样，作品在使“世界世界化”的同时也“让大地成为大地”。艺术作品所构建的“世界”和制造的“大地”始终处于一种争执之中，在“解蔽”之时存在一种“遮蔽”的趋势。值得注意的是，“世界”和“大地”的争执并非是争斗意义上的针锋相对，也非辩证统一关系中的更高层次的综合和超越，而是始终保持一种“争执”的动态状态。在这种争执中，在“世界”和“大地”之间的裂缝中，真理也得以被解蔽。

在上述“世界”和“大地”内涵下看海德格尔视角的转变可以发现，布托虽然跳脱出了主体体验对艺术作品审美意义的强行附加，但仍然将艺术作品单一地放置于艺术背景中进行考量。而这一背景仍属于“世界”的范畴，仍是人对艺术作品的规约和评判，忽略了作品中的“大地”。海德格尔则与此不同，在对希腊神庙的解读中，海德格尔认为其并未像《农

① 陈嘉映：《海德格尔哲学概论》，生活·读书·新知三联书店 1995 年版，第 278 页。
② ［德］海德格尔：《海德格尔选集》，孙周兴译，上海三联书店 1996 年版，第 263 页。
③ ［德］海德格尔：《海德格尔选集》，孙周兴译，上海三联书店 1996 年版，第 267 页。

鞋》一样描摹什么，它在建构“历史性民族的世界”[①] 的同时，“岩石的璀璨光芒使得白昼的光明、天空的辽阔、夜的幽暗显露出来”。[②] 在此处，海德格尔所谈的“大地”有着“质料”的内涵，他以俯瞰的视角压缩了作品中的意义世界，将作品置于大地的背景中加以审视，便看到了艺术作品所具有的物性。石头被制作为希腊神庙并非如制作石斧那般是为了人所追求的功用性，在作品中其作为石头的存在仍被保留，这也是艺术作品制造大地的内涵之一。可见，海德格尔在看到艺术作品与世界紧密关系的同时，也看到了艺术作品制造的大地对事物存在的保存。

在《艺术作品的本源》中，海德格尔将艺术与真理联系在一起。但他所探讨的真理并非是以往符合论意义上的真理，而是更具有本源性的真理，它无法用科学度量和展示，正如海德格尔所说“科学绝不是真理的原始发生，科学无非是一个已经敞开的真理领域的扩建”[③]。这也就意味着艺术作品并非因其对外在事物的模仿之贴近才与真理紧密相连，“海德格尔认为艺术本质上是一种模式，它创造出一种敞开区域，而真理在其中出现”。[④] 也就是说，《农鞋》之所以揭示出真理，并非由于其对农鞋这一器具本身描摹得多么逼真，而是因其揭示了农鞋之器具存在，让人在日常生活的沉沦中对遗忘的存在有所发现。正如保罗·格利所言：“艺术并不描绘可见的东西，而是把不可见的东西创造出来。”这其中便包含着为庸常生活所遮蔽的存在之真。而唯有以俯瞰的视角，才能超脱日常从而发现艺术作品的这一潜能。

---

① ［德］海德格尔：《海德格尔选集》，孙周兴译，上海三联书店 1996 年版，第 262 页。

② ［德］海德格尔：《海德格尔选集》，孙周兴译，上海三联书店 1996 年版，第 262 页。

③ ［德］海德格尔：《艺术作品的本源》，孙周兴译，［德］海德格尔《海德格尔选集》，上海三联书店 1996 年版，第 282 页。

④ ［澳］芭芭拉·波尔特：《海德格尔眼中的艺术》，章辉译，重庆大学出版社 2016 年版，第 57 页。

三　对技术的追问

在《艺术作品的本源》中，海德格尔为了展示艺术品的独立自持性，对“器具”进行了详尽的阐释。早在《存在与时间》中他便展开了对“器具”的探讨。在其存在论哲学中，“此在”作为人所特有的对存在的追问和领悟，其与其他存在的不同在于“操心”的存在方式，而此在“操心”的对象便是“用具”。“用具的意义就在于理解‘在世界之中’是此在的基本建构，用具的使用意味着一种接近本原的途径。”① 可见，此在通过用具展开自身的可能，同时与“世界”建立“在”的联系，用具更像是一种“显现”的媒介。在《艺术作品的本源》中，海德格尔则看到了“器具”的有用性对器具存在的遮蔽，物性消失在主体对价值和功效的追求之中。如上所述，此处海德格尔突破了自笛卡尔哲学以来的主体性迷信，从物性的角度看待事物的存在。《技术的追问》中海德格尔进一步延续了其对“器具”的认识，通过对技术的探讨揭示人所面临的危险。

正如其对艺术本源的探究一般，海德格尔追问的是技术之本质。不同于以往观点将技术视为人的一种手段，海德格尔将技术视为一种解蔽方式，这与其认为“器具”是此在的一种展现方式是一脉相承的。他认为“技术乃是在解蔽和无弊状态的发生领域中，在真理的发生领域中成其本质的”②，技术同样与真理有着密切的联系。此处的“真理”与《艺术作品的本源》有着相同的含义，并非指科学意义上的“真实”与“准确”，而是“本源”意义上的真理。古代技术在对事物进行解蔽之时，依然保存着事物的神秘性，这一点与艺术有着异曲同工之处。而现代技术则存在过

① 宋洁、王博鲁：《从“用具”到“技术”——海德格尔此在的敞开与遮蔽思想流变解读》，《北京理工大学学报》（社会科学版）2019 年第 1 期。

② ［德］海德格尔：《海德格尔选集》，孙周兴译，上海三联书店 1996 年版，第 932 页。

犹不及的弊端，现代技术的解蔽并不是一种“产出”，而是一种“促逼”。古代技术虽然利用自然，但并未将其作为一个能量源看待。但现代技术则远非如此，其对自然提出蛮横的要求，以科学理性的态度预先规划好一切，也将事物“订造”成运行过程中的固定部件，将自然作为一个矿藏开采其能量。在现代技术下，存在者之存在失去了广阔的现身空间和可能性，被按照特定的方式进行显现，在解蔽的过程中成为了一种“持存”，因特定的需求被“摆置”。而“摆置”（stellen）聚集（Ge-）起来便成了“座架”（Ge-stell），即技术的本质。

技术对自然进行着“促逼”，这一切看似是人的行为，但海德格尔指出，人在成为技术“摆置”一切的帮凶之时，自身也逐渐被卷入其中。人因各种需求被打造成某种特定的样子，在疯狂发展的现代技术“订造”一切的过程中人也如同自然一般成为一种“持存”，诸如“人力资源”“复合型人才”等词语便是一个最好的反映。可见，在现代技术的解蔽下，海德格尔一直所强调的存在显现的可能性和多样性被堵塞，人和自然一样被要求按照某种特定的方式解蔽，这种单一化的解蔽也就扼杀了人通向自由的可能。令人深思的是，技术之“订造”和“促逼”人和自然的根据依旧是人作为主体对事物发展所进行的预设和判断，即人对功用性的狂热追逐。这使得“座架”犹如一个选定框，将事物可发掘的资源框选在内，其余的则被排除在外，而人所应该做的便是在对技术之本质进行追问时认识到这种危险并寻求跳脱被框选的命运。

海德格尔在《技术的追问》中认为“由于技术之本质并非任何技术因素，所以对技术的根本性沉思和对技术的决定性解析必须在某个领域里进行，此领域一方面与技术之本质有亲缘关系；另一方面又与技术之本质有根本的不同”。① 他最终将这一救赎的希望寄托于艺术之上。艺术作品在建

① ［德］海德格尔：《海德格尔选集》，孙周兴译，上海三联书店 1996 年版，第 954 页。

立“世界”和制造“大地”之时，事物之存在在艺术品中得以显现，且这种显现并没有任何“订造”的成分。艺术作品的审美解蔽相比于现代技术解蔽的“促逼”而言是一种生产和给予，艺术作品将广阔的显现空间给予存在，从而避免了事物沦为“持存”。正如海德格尔在《技术的追问》中所举的例子，现代技术和艺术都对莱茵河进行了解蔽，但不同的是，现代技术将莱茵河作为水力发电的电源进行“订造”，这种解蔽便成了一种“促逼”；而荷尔德林的赞美诗则给予莱茵河一个显现自身存在的空间，在这种开放性和多元性的关系中，莱茵河走向了自己的解蔽，现代技术所“订造”的千篇一律的模板和关系也就烟消云散了。

海德格尔曾言：“要是认为我们的描绘是一种主观活动，事先勾勒好了一切，然后再把它置于画上，那就是糟糕的自欺欺人。”① 如同反对技术“订造”自然一般，海德格尔也认为艺术并非出于人的“订造”，艺术并不依赖于艺术家而只是通过艺术家被展现出来。但在当下，纵然艺术作为一种审美性解蔽可以使事物摆脱“座架”的“订造”，但在高速发展的现代社会中，技术的“座架”性质也逐步渗透进了艺术领域。在艺术行业之中，纯然物被创作成艺术作品已逐渐如同技术“订造”一般被预先设定和规划好，艺术家为了成名便需要将艺术品创作成被展览和销售的样子。艺术行业逐渐如同技术一般成为一种“座架”，在此影响下的艺术也逐步离其真理性质和开放性潜能越来越远。

海德格尔的技术观是其艺术观的一个延伸，在其中同样包含着一贯的俯瞰视角。“座架，就和画框一样，规定了什么可以作为图像的一部分被看见。画框之外的任何东西都失去了真正的意义。”② “座架”究其根本源于人对事物的判断和规划，对理性和效率的狂热迷信和不懈追求。海德格

① ［德］海德格尔：《海德格尔选集》，孙周兴译，上海三联书店1996年版，第255页。

② ［澳］芭芭拉·波尔特：《海德格尔眼中的艺术》，章辉译，重庆大学出版社2016年版，第101页。

尔对技术的追问则引导人跳出“座架”带给人的局限视角，从技术所应该解蔽的广阔领域出发看待存在显现的无限可能性，避免主体性规划导致的单一模式。这种视角就如同美国现代画家 Jim Zwadlo 在他的都市景观绘画《行人》中所展现的一样，他并不向人们展示稀疏平常的正视图，而是将街景和行人放置于广阔的大地背景之中，展现人群和城市日常所为人忽视的一面，也展示了事物呈现自身的多样可能性。

四 结语

海德格尔在其思想中一直致力于打破和跳脱主体性幻象。在其存在论哲学中，海德格尔认为传统哲学将存在与存在者混淆，过分强调存在者即主体，因此他对存在进行了探讨。在艺术观中，有用性——这种人的主体判断——消耗了器具的可靠性，海德格尔以器具为对比强调艺术作品建立世界和制造大地的功能，在探讨艺术时着重从“物性”而非“人性”出发，压缩了欣赏者审美体验和艺术家创作灵感对艺术的干扰，从而居高临下地俯瞰艺术。正如孙周兴所认为的“海德格尔的艺术见解明显地构成了对近代以来的以‘浪漫美学’为标识的主观主义（主体主义）美学传统的反对……‘美’绝非主体的体验，绝非‘天才’的骄傲跋扈的创造”。[①] 海德格尔的技术观与艺术观紧密相连，他主张从“座架”的平视画框中跳跃出来，在审美解蔽的高度看到存在显现的无限潜能。海德格尔的艺术观中充满俯瞰的因素，但并不彰显作为主体的权威性，他的俯瞰想要打破的便是这种居于权威的主体幻象。海德格尔的俯瞰是一种对多样性潜能的发现和肯定，对艺术独立自持性质不加规约和干涉的强调，对自由和平等的拥抱。

① 孙周兴：《在思想的林中路上》，［德］海德格尔《海德格尔选集》，上海三联书店 1996 年版，第 14 页。

The Overlooking Perspective of Heidegger's Artistic View

Jia Shanhong

Abstract When discussing art, Heidegger thought that experience dissolves the independence of art and leads to the end of art, so he opposed the excessive interference of experience in artistic works. He distinguished pure objects, appliance and works of art, focusing on the discussion of art from objecthood, and jumping out of the illusion of human subjectivity. Heidegger believed that works of art establish "world" and create "earth", and observe art from a bird's-eye view so as to find the close relationship between art and "earth". He extended his inquiry from art to technology, jumping out of the bondage of "Ge-stell" and the unicity of "bestellen", and believed that art contained unlimited potential of unconcealing. All these show the bird's-eye perspective of Heidegger's art view.

Key Words Bird's-eye View; Art; Subjectum; Earth; Technology

Author Jia Shanhong, female, a postgraduate of the Center for Literary Theory and Aesthetics of Shandong University, her main research interest is western aesthetics.

《文艺美学研究》稿约

《文艺美学研究》系教育部人文社会科学重点研究基地山东大学文艺美学研究中心主办的学术刊物。一年两期，由中国社会科学出版社正式出版，国内外公开发行。

本刊常设“文艺美学”“生态美学”“文学理论”“审美教育”等专栏，并不定期开设“文论选译”“学术前沿”“热点讨论”“著译选评”“学术聚谈”“理论随笔”“学术会议专稿”等栏目。欢迎从事文艺学、美学、艺术学理论研究及批评实践的学者专家、高等院校科研机构广大师生为本刊投稿。稿件以一万至一万五千字为宜。来稿须未在其他刊物、书籍等媒体上公开发表过。本刊尤其欢迎问题意识突出，具有独到见解的原创性研究。

本刊采用匿名审稿制。投稿 2 个月未收到用稿通知，作者可自行处理。稿件经采用刊出后，即付稿酬，每千字 80 至 100 元，优稿优酬。同时寄送作者该刊两份。

来稿时请一并提供以下信息：作者工作单位、个人简介、联系方式。

稿件引文注释按国内公开出版专著或论文集通行惯例处理。用页下注并以①②③形式标出。

来稿请用 A4 幅面稿纸单面打印。电子稿版本请发送至编辑部邮箱：lta@ sdu. edu. cn 或 lcg117@ 163. com。

《文艺美学研究》编辑部

2018 年 10 月 10 日